Vor, nach und zwischen dir

Bibliografische Information der Deutschen Nationalbibliothek: Die Deutsche Nationalbibliothek verzeichnet diese Publikation in der Deutschen Nationalbibliografie; detaillierte bibliografische Daten sind im Internet über dnb.dnb.de abrufbar.

© 2017 Saskia Hirschberg, 1. Auflage
Lektorat/Korrektorat: Birgit Rentz, Itzehoe
Covergestaltung: ZERO Werbeagentur, München
Verwendete Fotos: FinePic/shutterstock
Herstellung und Verlag: BoD – Books on Demand, Norderstedt
ISBN: 9783743196582

www.saskiahirschberg.de

Handlungen und Personen im Roman sind frei erfunden. Ähnlichkeiten mit lebenden oder toten Personen sind rein zufällig.

Saskia Hirschberg

Vor, nach und zwischen dir

Für meinen Mann

*Weil du mich dabei unterstützt,
meinen Traum zu verwirklichen.
Ich liebe dich.*

Ich hätte nein sagen sollen ... – Frühling 2010

... als man mich fragte, ob ich erwachsen werden möchte

»Okay, Alte, flipp jetzt bloß nicht aus!« Rechts unten auf dem Bildschirm an meinem Arbeitsplatz poppte das kleine Fenster meines Skype-Accounts auf.
»Was ist passiert?«, tippte ich schnell und minimierte das Fenster wieder.
»Andrew hat sein Profil in Facebook offen!« Erneut blinkte es rechts unten in der Ecke.
»Halt die Klappe! – Seit wann?«, wollte ich hektisch zurückschreiben und zog dabei einige umliegende Tasten in Mitleidenschaft, die in meinem Satz nichts verloren hatten, weil ich gar nicht so schnell tippen konnte, wie die Gedanken aus mir rauswollten. Außer meiner besten Freundin konnte es niemandem möglich sein, dieses Gemetzel zu dechiffrieren, und so blinkte Teresas Antwort bereits auf, als ich meine Tippfehler überhaupt erst bemerkte.
»Keine Ahnung! Hab's gerade gesehen, als ich bei Michael auf der Seite war«, schrieb sie und ich sah mich schon den Vormittag mit Online-Stalking verbringen, als es klingelte.
»Oh, Sekunde, Telefon ...« Eine schnelle Info an Tess, dass sie bloß nicht offline ging in der Zwischenzeit, *und Mist, Mist, Mist! Ausgerechnet jetzt!* Meine Gedanken tippelten auf der Stelle, als müssten sie dringend aufs Klo. Eilig schloss ich das Fenster und nahm den Hörer ab. »Schönen guten Tag, SolarPlant GmbH, Sandra Kirschtal, was kann ich für Sie tun?« Während ich mit der

linken Hand den Hörer an mein Ohr hielt und automatisiert meinen Standardsatz abspulte, führte meine rechte Hand bereits den Mauszeiger zum Internet Explorer. www.facebook.com eingeben, einloggen und nun über Michael auf Andrews Seite gehen.

Married to Catherine T. Verheiratet mit Catherine T.
Children: Emily T. Kinder: Emily T.

In meinem Kopf fing es an zu rauschen.

Married to Catherine T.
Children: Emily T.

»Hallo? Frau Kirschtal? Sind Sie noch da? – Hallo?«
Meine Gedanken an den Inhalt auf Andrews Profilseite verloren, hatte ich den Kunden in der Leitung völlig ausgeblendet. »Herr Spangert? Hallo? Ja, ich bin noch da. Entschuldigen Sie bitte!« In der leisen Hoffnung, mein Mund würde im Gespräch mit ihm schon irgendetwas Sinnvolles von sich geben – immerhin machte ich den Scheiß hier nicht erst seit gestern –, befasste sich meine geistige Aufmerksamkeit mit der Information, die sich soeben schwarz auf weiß vor mir auftat. Ich hatte es ja die ganze Zeit kommen sehen, diese Info seinem seit zwei Jahren nicht mehr aktualisierten Myspace-Profil jedoch während all meiner Besuche nicht entnehmen können. Dort war *sie* noch Catherine P., sein girlfriend, seine Freundin. War ja klar, dass die Hochzeit nicht lange auf sich warten ließ bei den Amis! Und natürlich mussten da auch gleich Kinder hinterher.
Während ich meine Stimme hörte, die sich unter einem Vorwand von Herrn Spangert verabschiedete, weil mein Kopf nicht in der

Lage war, klar zu denken, schlugen meine Finger schon panisch in die Tasten, um Trost bei meiner besten Freundin zu finden.

»Tess, Tess!!!!!! Bis du noch da??? Bitte, Hilfe, ich sterbe! Das ist jetzt nicht sein Ernst!!!« Ich demonstrierte meine Panik anschaulich mit mindestens fünf Heul-Smileys, bis endlich Teresas Antwort kam.

»Ja, ich bin da! Mensch, hast du etwa schon nachgeschaut? Ich wusste, dass du ausflippst!« Ein kleiner Smiley ohrfeigte mich aus dem Bildschirm heraus.

»Das kann er doch nicht machen!!«, haute ich in die Tasten, als hinge mein Leben von der Geschwindigkeit meiner Antwort ab, so verstört war ich von der Tatsache, dass er geheiratet hatte – *er*! Zehn Jahre Wunden lecken für die Katz! Mit einem einzigen Status-Update zunichtegemacht. Ich setzte dem armen unschuldigen Smiley mit den beiden Kreuzen in den Augen die kleine schwarze Knarre an den Kopf und ballerte ihm mit einem ordentlichen Schlag auf die Enter-Taste die Kugel in sein kleines gelbes Hirn.

»Das war doch zu erwarten!«, schrieb Teresa nüchtern und ich konnte mir bildlich vorstellen, wie sie beim Schreiben mit den Achseln zuckte, als wollte sie sagen: Da kann man nichts machen!

»Das Leben ist ungerecht!« Ich tat mir mal wieder selbst leid, und das war schlecht, denn das führte bei einer Dramaqueen wie mir fast immer zu einem Haufen dummer Aktionen.

»Erzähl mir was Neues! Maus, sorry, ich muss los ... Termin. Wir telefonieren später!«

»Tess! Hallo! Komm zurück! Du bist meine engste Vertraute in der Sache, und als meine Freundin ist es deine Pflicht ...« Aber da knutschten mich schon die kleinen roten Lippen im Skype-Fenster.

Teresa ist offline.

Na vielen Dank auch! Nicht mal neun Uhr, und der Tag war schon wieder so was von gelaufen!

* * *

Nach Vorfällen wie diesem verbrachte ich gerne mal die halbe Nacht im Kleiderschrank und blätterte durch die alte Mappe, in der all die ausgedruckten E-Mails und Fotos verstaubten. Die zerfledderte Mappe aus der Kiste mit den verkratzten CDs, die sich aus Mangel an anderweitigem Stauraum zwischen den Ordnern mit den Versicherungen und all den übrigen spießigen Erwachsenen-Dokumenten in meinem Kleiderschrank versteckte. An manchen Stellen war die Druckerschwärze schon ganz abgegriffen oder vom vielen Auf- und Zufalten kaum noch lesbar.

Von: Andrewindadesert03@yahoo.com
An: B.Koenig@web.de
CC:
July 12, 2003
Subject: I miss you

Sandra,
I'm still doing fine, just very busy all the time. I definitely wish I was back in Germany. It's incredibly hot here. Right now I'm working a lot. Usually about 16 hours a day, seven days a week. I will keep you updated, sweetie. Just glad you wrote and I just want to let you know that I'm okay.
Miss you,
Andrew

12. Juli 2003
Betreff: Ich vermisse dich

Sandra,

mir geht es immer noch gut, ich habe einfach nur sehr viel zu tun. Ich wünschte, ich wäre wieder in Deutschland. Es ist so unglaublich heiß hier. Ich arbeite momentan ungefähr 16 Stunden am Tag, sieben Tage die Woche. Ich halte dich auf dem Laufenden, Süße. Ich freue mich, dass du geschrieben hast, und wollte dich nur wissen lassen, dass alles okay ist.
Du fehlst mir,
Andrew

Da saß ich nun in meinem sechzig Zentimeter tiefen Einbauschrank, mit angezogenen Knien, über meinem Kopf frisch gebügelte Blusen, und ich fragte mich, wohin all die Jahre gegangen waren. Wohin unsere Jugend gegangen war. Wo die Zeit geblieben war, als ich um zwei Uhr aus der Schule kam, Mittagessen bei Mama schon auf dem Tisch stand und ich mir höchstens Gedanken darüber machen musste, wie viel Hausaufgaben ich aufhatte oder wie ich den süßen Typen aus der Oberstufe auf mich aufmerksam machen konnte. Und dachte ich damals noch, ich überlebe die Abfuhr von Patrick aus der 11c nicht, hatte ich ja noch keine Ahnung davon, was Überleben wirklich hieß. Überleben in einer Welt, die nur zehn Jahre später völlig anders aussehen konnte. Oder der Weg dorthin, der dich vor so viele Prüfungen stellt, vor so viele Entscheidungen. Auf dem dich so viel Hoffnung begleitet und auch so viel Enttäuschung. Und auf dem so viele deiner Träume in der Realität verloren gehen. Nicht dass ich im wörtlichen Sinne und aus auf Hartz IV basierenden Gründen wirklich ums Überleben kämpfen müsste und nicht gewusst hätte, wie ich meine Rechnungen bezahlen sollte, nein. Vielmehr ging es darum, die Realität zu überleben. Damit zu leben, dass alles ganz anders gekommen ist, als man es sich immer ausgemalt hatte. Dass man im Job nicht zwangsläufig die Erfüllung und Lebensaufgabe fand, wie man es ganz selbstverständlich erwartet und wofür man jahrelang die Schulbank gedrückt hatte. Dass das Leben nicht leichter wurde, nur weil man endlich arbeiten ging und sein eigenes Geld verdiente. Denn mit der Arbeit kam das Geld, dem Geld folgten die Rechnungen, und mit den Rechnungen und wiederum dem vorangegangenen Rest meldete sich die Verantwortung. Die Verantwortung für das eigene Leben und alles, was sich darin befindet. Da sitzt du mit dem Mann, mit dem du deine Zukunft planst, in eurer ersten gemeinsamen Wohnung und scheinst genau an dem Punkt zu sein, an dem du dachtest, mit sechsundzwanzig sein zu müssen, und schon erwischt dich eine ordentliche Identitätskrise. Und wieder drängt dich diese Verantwortung, die wie über Nacht dein Leben in Beschlag genommen hat, in die Verpflichtung, in einem Job auszuharren, der dich genauso ankotzt wie die beiden Jobs davor. Du fragst dich, warum du vor lauter Liebe und Harmonie in deiner lichtdurchfluteten, neu eingerichteten Wohnung nicht so unbeschwert und leicht bist, wie du es dir vorgestellt hattest. Und warum du all den Punkten, die dich so unzufrieden machen, mehr Platz in deiner Seele einräumst als dem Teil, der dich glücklich macht.

Weißt du eigentlich ... – 2002
... wie viele Dinge dein Gesicht haben?

Der Jeep auf der Überholspur neben mir auf der Autobahn, der leere Hocker gegenüber in meiner Lieblingsbar, das Schmunzeln in so vielen alten Lieblingsliedern, das Passwort zu all meinen Accounts. Dort und an hundert anderen Orten bist du. Immer noch, so deutlich wie damals, als wir uns gerade kennengelernt hatten. Als du als Flirt begannst. Als *wir* als Flirt begannen. Ein Flirt, Party, Spaß – was interessierte mich die große Liebe, als mir mit achtzehn plötzlich die Welt zu Füßen lag.

Wie gut, dass Pia und ich nie um eine Ausrede verlegen waren, wenn wir auf die Piste und unsere Jungs vom Hals haben wollten. Am besten direkt von Freitag bis Sonntag. Das Einzige, was uns wirklich interessierte, waren ehrlicherweise wir selbst. Zwischen Haarkuren, Peelings und Masken – um nur einen Bruchteil der Prozedur zu erwähnen, die sich da jeden Freitag zwischen vier und zehn bei uns zu Hause im Badezimmer abspielte – genossen wir unseren ausgeprägten Egoismus jede Woche aufs Neue. Uns war völlig egal, dass man nicht, wie auf jeder Kurpackung versprochen, frischer oder die Haut glatter und straffer aussah, wenn die Gurken anschließend im Müll landeten und die grünliche Creme den Abfluss hinuntergespült wurde. Wir waren achtzehn Jahre alt, wie viel frischer konnte unsere Haut denn bitte aussehen? Dass ich mich am nächsten Tag wieder über einen Pickel ärgern würde von dem ganzen Chemieschrott, den ich mir da überflüssigerweise ins Gesicht geschmiert hatte, war mir – wer hätte es vermutet – egal. Hey, das war ja das Tolle am Teenager-

Sein. Dir durfte alles egal sein. Und selbst wenn es das nicht war, konntest du wenigstens so tun als ob. Keiner erwartete von dir, dass du zwangsläufig bei jeder Handlung über die Konsequenzen von morgen nachdachtest. Die wenigen Zellen der Vernunft in deinem Hirn, die nicht von Party, Knutschen und Musik in Beschlag genommen wurden, mussten im Prinzip nur ausreichen, um dein Abi zu bestehen oder deinen Job auf die Reihe zu kriegen. Mehr verlangte kein Mensch von dir.

Bis Pia jedenfalls nach Stunden damit fertig war, ihre Haare zu glätten und ich nach zehn anprobierten Outfits schließlich doch in dem aus dem Haus ging, das ich zuerst angehabt hatte, sah das Badezimmer aus, als hätte darin jemand eine Make-up-Schlacht veranstaltet und eine blonde Langhaarperücke in der Luft zerfetzt. Meine Mutter war heilfroh, als sie endlich ihren Abschiedskuss auf der Wange hatte und nach Stunden vor verschlossener Tür das Bad wieder betreten konnte. Unsere Arschbacken hatten noch nicht die Autositze berührt, da hatten wir schon die erste Kippe im Mund, Justin Timberlake und Konsorten auf voller Lautstärke und Tess angeklingelt, dass sie sich schon mal an die Straße stellen konnte. Ungefähr drei Kilometer Luftlinie von meinem Zuhause entfernt erwartete uns jeden Freitag der gleiche Anblick: Teresa erhob sich von der Treppenstufe vor ihrer Haustür, schnippte die Zigarette weg und machte einen Schritt nach vorn, um mit ihren Mörderabsätzen die Kippe auszutreten – als wäre sie nicht ohnehin schon die Größte von uns. Ein Hauch von »Christina Aguilera Eau de Parfum« entfleuchte den hellbraunen Locken und erfüllte den gesamten Innenraum des rostigen Opel Corsa, kaum dass sie auf den Rücksitz geklettert war. Von unserer Stammdiskothek trennte uns jetzt noch eine fünfundvierzigminütige Fahrt. Das lag nicht nur an der Entfernung, sondern auch an meinem Auto. Apropos: Ich besaß als Erste von uns ein eigenes. Selbstverständlich ließ ich mich dadurch nicht automatisch zum Fahrer verdonnern. Man darf es ja kaum laut sagen heutzutage, nur noch eine Fahne von der 0,0-Promille-Grenze entfernt, darum sag ich es leise: »Wir halten uns alle zurück und schauen mal, wer nachher noch am besten fahren kann.« Für jede von uns bedeutete das in der Praxis: trinken bis der Arzt kommt und hoffen, dass sich eine der anderen an die Abmachung hielt. Zurück zum Auto – oder dem fahrbaren Untersatz aus Blech, der sich »Auto« schimpfte: Ab hundertfünfzig Stundenkilometer wackelte die alte Schüssel so entsetzlich, dass wir jedes Mal um unser Leben bangten und hofften, demnächst nicht auf nur einem Reifen unter unseren Hinterteilen auf der Autobahn zu sitzen.

Im World Palast angekommen, ging es für uns direkt an der Warteschlange vorbei und mit kurzem Umweg über die Garderobe sofort an unsere Lieblingsbar. Oberhalb der Tanzfläche befand sich eine Art Galerie, die man über eine Treppe erreichte und die den Mittelpunkt der Diskothek bildete. Von dort aus hatte man den besten Ausblick. Den brauchte man auch, wenn man immer nur so viel Geld dabeihatte, um die nötige Tankfüllung, den Eintritt und ein Getränk zu bezahlen – wohlgemerkt, den Mindestverzehr auf der Karte schon einkalkuliert. Die Preise in den Clubs, kombiniert mit unserem nicht wirklich üppig ausfallenden Taschengeldbudget oder Azubigehalt, ließen jeweils einen Wodka Red Bull für jede von uns springen, den wir traditionell zuerst tranken – abgesehen von dem Sekt während der Autofahrt. Waren die ersten acht Euro fünfzig durch den Strohhalm gezogen, finanzierte uns irgendein Wayne, der oft nicht gerade heiß, dafür aber umso spendierfreudiger war, den restlichen

Abend. Und wo wurde man am besten von einem Wayne gesehen? Natürlich oben in der Galerie. Leider wussten die meisten Waynes, dass sie ohne ihre Spendierhosen radikal an Attraktivität verloren, und bemühten sich, so schnell wie möglich ihren Nutzen aus der Situation zu ziehen. Der dreiste Wayne versuchte dir bereits die Zunge in den Hals zu stecken, bevor du dein erstes Getränk leer hattest; der naive Wayne zappelte geduldig den gesamten Abend an deinem kleinen Finger in der Hoffnung auf ein Date mit dir; der realistische Wayne schließlich traute sich maximal mit der Frage nach deiner Telefonnummer um die Ecke. Sorry, aber ein Date mit dem naiven Wayne, der noch nicht mal heiß war, ging natürlich überhaupt nicht klar. Knutschen mit dem dreisten Wayne war nur möglich, wenn er hot war, und gut, Telefonnummer-Wayne war damals ja nicht wirklich die Herausforderung. Man drehte einfach die letzten beiden Ziffern der Telefonnummer, und schon war das Problem gelöst. Heute klingelt dich ja gleich jeder Typ an. »Damit du meine Nummer auch hast.« Übersetzt heißt das: Mal sehen, ob sie mir auch die richtige Nummer gegeben hat! – Und wehe, dein Handy klingelt dann nicht in deiner Tasche.
»Ich hab mein Handy lautlos.«
»Zeig mal, ob's auch angeklingelt hat!«
Zeig mal, ob's auch angeklingelt hat – spätestens jetzt bist du am Arsch. Dann lieber doch der gute alte Wir-gehen-nur-kurz-auf-Toilette-Klassiker. Zwar wirft dir in dem Fall der ein oder andere Wayne schon mal einen enttäuschten Blick hinterher und murmelt noch: »Also, dann mach's gut!«, weil ihm klar ist, dass du nicht zurückkommst, aber was soll's, irgendeine Kröte muss man schlucken, wird schon nicht gerade der Froschkönig dabei gewesen sein.

So oder so ähnlich verliefen unsere Freitage in unserer Lieblingsdisko. Wir flirteten, tranken, knutschten und tanzten, bis schließlich weit nach vier Uhr in der Früh auch in den letzten Räumen die Musik aus- und das Licht angegangen war. Nachdem uns die Putzfrau von der leeren Tanzfläche gekehrt hatte, fanden wir uns schließlich im Morgengrauen auf dem riesigen Parkplatz wieder, wo die Lücken rund um unser Auto jetzt viel größer waren als Stunden zuvor beim Einparken. Völlig fertig und die Mägen irgendwo in den Kniekehlen, wollten wir nur noch eins: so schnell wie möglich nach Hause. Im Auto zu übernachten wäre zwar der Originalschlachtplan gewesen, wenn die »Operation Wayne« optimal verlaufen war, allerdings kamen wir über diese Variante nicht an unsere Nudeln mit gepanschter Soße. »Gepanschte Soße« war der Name für unsere Eigenkreation, in der sich alles befand, was in irgendeiner Form etwas mit Tomaten, Käse oder Tütensoße zu tun hatte. Und für Spaghetti hätten wir noch so einiges mehr getan, als unseren Führerschein riskiert.

Wer zuletzt lacht, lacht ... – **März 2002**

... betrunken ...

Bei guter Vorbereitung der Alibis hatten wir bis Sonntag »männerfrei« und somit das restliche Wochenende für uns, um uns von unseren berühmt-berüchtigten Freitagabenden zu erholen. Ab Montag war dann wieder Schluss mit Hirnausschalten. Neben Schule und Ausbildung waren auch Jan und Moritz angesagt. Da waren sie wieder, die beiden Namen, die für die letzten achtundvierzig Stunden auf die Liste der Tabuworte verbannt worden waren. Gleich hinter »Ich bin vergeben« und »Das kann ich nicht annehmen«. Nichtexistent in unserem Wortschatz beim Flirten mit den üblichen »Getränkespendern« und gedanklich ausgeblendet beim Knutschen mit einem fremden Kerl. Doch diese Sache mit der nicht vorhandenen Existenz war leider immer nur ein vorübergehender Zustand. Wenn du dann nach einem ultra-anstrengenden Montag, an dem du immer noch den ganzen Tag mit drei Litern Wasser gegen die Matschbirne vom Wochenende gekämpft hast, am Abend wieder neben ihm im Bett liegst, er dir deine Lieblingskekse mitbringt und anfängt, dir die Füße zu massieren, weil er einfach zu nett für diese Welt ist, dann ballert es mit Getöse an die Tür deines Hinterstübchens – das schlechte Gewissen. Dann tut es dir mal wieder leid, dass du einen Streit angefangen, sein Vertrauen missbraucht und seine Gutgläubigkeit ausgenutzt hast. Dann fällt es dir schwer, ihm in die Augen zu schauen und zu beteuern, dass du natürlich treu warst und brav – wie immer. Dass du ihn doch liebst und nicht weggehst, um andere Typen kennenzulernen, sondern um mit deinen Freundinnen Spaß und mal ein bisschen Zeit für dich zu haben. Ja, das sind die Tage danach.

Ich hasste diese Tage! Und mich wiederum dafür, dass ich manchmal so war, wie ich eben an diesen Freitagen war.

Trotz des schlechten Gewissens wiederholen wir jedoch Dinge, die unvernünftig und verletzend sind, und haben auch noch Rechtfertigungen und Ausreden parat. »Es tut mir leid, ich war so betrunken.« Oder: »Ich bin doch noch jung. Ich muss mich austoben und ausleben, solange ich kann.« Die Reihe ließe sich endlos fortführen. Warum er mich nicht verließ? Weil ich es ihm nie sagte. Wurde er doch irgendwann mal misstrauisch, gab ich alle Argumente zum Besten, von denen ich wusste, sie würden ihn beruhigen. Bis er nachgab und mir glaubte. Ich denke, er wollte die Wahrheit auch gar nicht wissen. Bestimmt hätte er nicht damit umgehen können, Konsequenzen zu ziehen, solange er mich so liebte, wie er es eben tat. Jan war unglaublich auf mich fixiert. Was mir auf der einen Seite dieses angenehme Gefühl von Sicherheit und Stabilität gab, auf der anderen Seite jedoch das Gefühl zu ersticken. Am liebsten hätte er sich jede Minute des Tages an mich geklammert. Genau das war der Grund dafür, dass ich manchmal wie von Sinnen und ohne Rücksicht auf ihn einfach nur all das tat, wozu ich Lust hatte. Schluss zu machen wäre hier natürlich eine Lösung gewesen, wird man objektiv betrachtet jetzt wohl vorschlagen. Mitleid und Angst vorm Alleinsein, muss ich darauf – subjektiv betrachtet – leider antworten. Ja, so war das. Ein ständiges Auf und Ab. Bis es plötzlich wieder Freitag war. Ein Freitag wie sämtliche Freitage auch. Oder?

* * *

»Excuse me, can I get through to order a drink?« Entschuldigung, kann ich kurz mal durch zum Bestellen? Offensichtlich eine rhetorische Frage, denn der Typ, der sie gestellt hatte, hatte mir schon am Allerwertesten geklemmt, bevor ich überhaupt reagieren konnte, als ich nämlich gerade genüsslich meinen ersten Wodka Red Bull des Abends schlürfte. Ich nickte beiläufig, damit es wenigstens noch so rüberkam, als hätte meine Antwort hier irgendein Gewicht, bevor ich den letzten Zentimeter zwischen Tess und mir freigab und mir daraufhin erst einmal bessere Sicht verschaffen durfte. Die eine Hälfte der Unterhaltung wurde ja ohnehin schon von der Musik geschluckt und die letzten paar Fetzen, die ich noch von Tess' und Pias Lippen ablesen konnte, nun von ihm. »Der geht mir auf den Sack!« Ohne Stimme, dafür aber mit umso mehr Mimik, fluchte ich an dem sperrigen Typen vorbei, der seit gefühlten zehn Stunden zwischen unseren Köpfen hin und her turnte und auf seine Bestellung wartete. Unser Terrorzwerg – wie wir Pia oft liebevoll, aber keinesfalls zu Unrecht nannten – holte gerade zu einem Seitenhieb mit dem Ellenbogen aus, als der Typ seine Siebensachen klarmachte und sie nur noch ins Leere traf. Pia hatte den orangefarbenen Gürtel in Karate – mit ungefähr zwölf Jahren gemacht. Der allerdings mutierte in ihren Kampfansagen vor Überzeugung strotzend und ohne abgelegte Prüfungen gerne mal zum schwarzen Gürtel. Im Zuge ihrer leichten Reizbarkeit und der niedrigen Aggressionsschwelle blendete sie häufig die Tatsache aus, dass die durchaus beachtlichen Überbleibsel ihrer Bauchmuskeln nicht gleichzeitig eine Garantie dafür waren, dass sie die Kampfschritte noch beherrschte und Leute ausknocken konnte, die drei Mal so schwer waren wie sie. Glücklicherweise blieb uns heute der Anblick erspart, wie Pia sich zu einem ein Meter achtundfünfzig großen Kampfterrier transformierte, und ich musste nicht entschuldigend auf Leute einreden, die lediglich im Gedränge der Tanzfläche ihr Glas verschüttet hatten oder Pia aus Versehen auf den Fuß getreten waren, während Tess die kleine Gifttöle an die Leine nahm.

Ich hatte mich jedenfalls noch nicht wieder vollständig in das Gespräch eingefunden, als wie aus dem Nichts ein Glas vor mir auf dem Tresen stand. Mein Blick wanderte den Arm entlang, der zusammen mit diesem Glas unerwartet vor mir aufgetaucht war. Und wer hing da fröhlich grinsend dran?

»I'm sorry! Can I make it up to you with a drink?« Es tut mir leid! Kann ich es mit einem Drink wiedergutmachen? Da verzieh ich natürlich blitzartig und erkannte meine Chance.

»Oh, no problem!« Ach, kein Problem!, winkte ich überfreundlich ab, und auch die Mädels erfreuten sich schnell an den Freigetränken.

»I'm Andrew! What's your name?« Ich bin Andrew. Wie heißt du?

»Sandra!« Im gleichen Atemzug hatte ich seinen Namen wieder vergessen. Nun fing er mit dem üblichen Small Talk an und erzählte mir, wie lange er schon bei der Army und hier stationiert sei. *Ach, so einer!* Gedanklich sortierte ich meine ersten Eindrücke bereits in Schubladen, während er die Geschichte seiner Herkunft mit Details schmückte, die mir offenbar imponieren sollten. Jedenfalls unterstellte ich ihm das. Wieso sonst sollte er erwähnen, dass er in Michigan in direkter Nachbarschaft zu Kid Rock aufgewachsen war oder in der Rockband der Highschool gesungen hatte? Zumindest waren das, zusammengefasst, die groben Eckdaten, die ich mir nebenbei einprägte, während ich in erster Linie auf meine Rolle konzentriert war, glaubhaft die interessierte Zuhörerin zu mimen. *Sehe ich so hohl aus? Sind es die blonden Haare?* Ich fragte mich, wie er auf den schmalen Trichter kam, dass ich ihm seine Storys abkaufen würde. *Du bist schon wieder zu nett, Sandra! Das ist es, du bist immer gleich viel zu nett!* Mental ließ ich meinem Kichern freien Lauf, aber verbal streute ich hier und da im Wechsel mit ernster Miene »Hm, yes, yes!« Hm, ja, ja! oder »Wow, ach ja reeeaaally?!« Echt?! zwischen seine Sätze und sein seltsames Grinsen. »Wir werden schon noch sehen, wer von uns zuletzt lacht!«, warf ich, abgelenkt durch meine gedankliche Debatte, auf Deutsch in seinen Redeschwall.

»Once more?« Wie bitte? Die dunklen Brauen über den blauen Augen zogen sich zusammen und der veränderte Gesichtsausdruck lenkte meine Aufmerksamkeit wieder auf die tatsächliche Unterhaltung.

»Oh, nothing, sorry, I didn't mean to interrupt you!« Oh, nichts, sorry, ich wollte dich nicht unterbrechen!, tat ich meinen Satz ab und setzte schnell wieder meinen interessierten Blick auf.

Er erzählte weiter irgendwelche Storys von Spring Break Parties und Nippelpiercings, die im Vollrausch entstanden waren, von nackten Kerlen, die am Ballermann von Balkon zu Balkon gesprungen waren, als er mit seinem »German Buddy Kumpel Michael« auf Mallorca gewesen war, und ich heuchelte mit meinem breiten Colgate-Grinsen Begeisterung und hangelte mich dreist von Drink zu Drink. Bis ich so gehörig einen im Tee hatte, dass ich nicht mehr wusste, wo hinten und vorne war, und mir von einer Sekunde auf die andere unheimlich schlecht wurde. Wie vom Blitz getroffen sprang ich auf, brabbelte irgendwas von wegen ich müsse meine Mädels suchen und machte mich fluchtartig aus dem Staub. Ich hatte überhaupt kein Gefühl dafür, wie lange ich dort mit ihm gesessen hatte, keinen Schimmer, wo die Mädels in der Zwischenzeit hingegangen waren und wie lange ich mich in der Toilette rumdrücken musste, bis ich zumindest wieder anständig atmen konnte und die Schweißausbrüche nachgelassen hatten. Mühsam schleppte ich mich zum Waschbecken und versuchte zu retten, was zu retten war. Meine Haare fielen in dünnen Strähnen über meine Schultern, weil ich die Spitzen mal wieder vor lauter Unruhe permanent um meinen Zeigefinger gewickelt hatte. Mein Lipgloss war über die Ränder meiner Lippen hinausgelaufen. Einer der Vorteile, wenn man nur Naturtöne tragen konnte, war, dass man in dieser Situation nicht aussah, als hätte man gerade frisch die Lippen aufspritzen lassen. Da ich weder eine Haarbürste noch Make-up oder Lippenstift bei mir hatte, wischte ich kurzerhand den durchsichtigen Gloss mit einem Stück Toilettenpapier ab und beschloss, dass einmal kopfüber Haare schütteln reichen musste, damit ich wieder vor die Menschheit treten konnte.

In der Cocktailbar, die sich unterhalb der Galerie befand, war nicht so ein Gedränge und die Lautstärke war erträglicher als überall sonst in der ganzen Diskothek. Es war kühler, und hier am Fenster kam man sich nicht so eingeengt vor wie oben in der Menge. Da saß ich nun und hoffte, dass irgendwo in dem Menschenstrom, der am Fenster vorbeizog, ein hellbrauner Lockenzopf in Jeans und bordeauxfarbenem Top auftauchen würde, gefolgt von einem kleinen Energiebündel in weißer Pumphose und Boxerstiefeln. Ich trug keine Uhr, aber es kam mir vor wie eine halbe Ewigkeit. Immer noch erschöpft von meiner Wodka-Red-Bull-Eskapade, fixierte ich den Türrahmen, bis die Details zu einem bunten Klumpen verschwammen. »Ah there she is! I was

looking for you!« *Ah, da ist sie ja! Ich habe dich gesucht!* **Unwillkürlich musste ich lächeln, als ich ein weiteres Mal an dem Arm, der »aus dem Nichts kam«, entlang nach oben sah und dieses Mal ein Wasserglas vor mir fand. Da stand er und schaute mich mit seinen tiefblauen Augen fast entschuldigend an. Er zog einen Stuhl heraus, sagte, er hätte sich Sorgen gemacht, und setzte sich ohne zu fragen einfach zu mir an den Tisch.** »I'm sorry! I shouldn't have bought you so many drinks!« *Es tut mir leid, ich hätte dir nicht so viele Drinks spendieren sollen!* **Irgendwie tat er mir fast ein bisschen leid, als er mich zerknirscht ansah.**
»It's not your fault, you know!« **Dieses Mal sah ich ihn wirklich aufmerksam an, als ich versuchte, ihm klarzumachen, dass ihn keine Schuld traf. Ich gestand ihm, dass ich verärgert gewesen war, weil er mich für dumm hatte verkaufen wollen und ich ihm deshalb als Denkzettel eine endlose Rechnung produzieren wollte. Gut, diese Rechnung war nicht unbedingt ganz so aufgegangen, wie ich mir das vorgestellt hatte.** »But … you know … I am not stupid!« *Aber … weißt du … Ich bin nicht doof!* **Meine Zunge war noch immer schwer und ich winkte erschöpft ab, als ich mich gegen die Stuhllehne plumpsen ließ.**
Lachend stand er auf, schob mit einem Schritt nach hinten seinen Stuhl zurück, schnappte sich meine Hände und zog mich aus dem Sitz. Als ich so direkt vor ihm stand, fiel mir erst richtig auf, wie groß er eigentlich war. *Entschuldigung, was soll das bitte werden?* Meine Gedanken mussten sich in meinem Blick widerspiegeln, doch er ignorierte die Fragezeichen in meinen Augen und dachte sich offenbar, er könne meine Hände auch gleich behalten, wenn er sich schon die Mühe gemacht hatte, mich wie einen nassen Sack hochzuziehen. Er führte mich aus der Bar heraus, wohlgemerkt, immer noch an der Hand. Auf meine Frage, wo er mit

mir hinwolle, bekam ich ebenfalls keine Antwort, sondern wurde nur näher an ihn herangezogen, als wir im Gänsemarsch in den Menschenfluss im Gang eintauchten. Solange er nicht vorhatte, die Disko mit mir im Schlepptau zu verlassen, konnte eigentlich nichts passieren, dachte ich mir, während ich stur hinter ihm herlief und mein Blick an seinen Schultern klebte. Die breiten Schultern und sein selbstbewusster Gang weckten in mir ganz selbstverständlich ein Gefühl von Sicherheit. *Wie naiv, meine liebe Sandra, dich von Äußerlichkeiten so leicht beeinflussen zu lassen ... dich täuschen zu lassen?* Wie auch immer, mein Bauchgefühl schien ihm zu vertrauen. Während mein Verstand noch darüber philosophierte, wie vertrauenswürdig der Fremde wohl sein mochte, an dessen Hand ich da augenblicklich hing, steuerte dieser geradewegs auf das angrenzende Bistro zu, wo ich mich nur wenige Minuten später ihm gegenüber auf einer der roten Sitzbänke wiederfand. Die hübsche, dunkelhäutige Kellnerin, die ich vom Sehen kannte, stellte mir einen Burger vor die Nase und zwinkerte mir verschmitzt zu, bevor sie auf dem Absatz kehrtmachte.
»That's just what you need!« Das wird dir guttun!, sagte er und schob, mit einem Finger am Tellerrand, den Teller ein Stück auf mich zu. Er schnappte sich einen Pommesschnitz, steckte ihn in einem Stück in den Mund und legte die Unterarme entspannt auf der Tischplatte ab, während er darauf wartete, dass ich in den Burger biss.
»Haben die auch Besteck hier?« Ich hielt den triefenden Burger von mir und sah ihn Hilfe suchend an, wobei ich eisern die Lippen aufeinanderpresste, um bei dem Gedanken an mein mit Ketchup verschmiertes Gesicht nicht zu allem Überfluss auch noch in ein Lachen mit vollem Mund auszubrechen.

»I have no clue what you are talking about, but you probably asked for a napkin.« Ich habe keine Ahnung, was du gesagt hast, aber wahrscheinlich brauchst du eine Serviette. Mit einem kurzen Ruck zupfte er eine Papierserviette aus dem Spender und hielt sie mir unter die Nase. Um seine Mundwinkel zuckte ein Grinsen und ich bemühte mich, seine Finger nicht mit meinen klebrigen Händen zu berühren, als ich nach dem Tuch griff.
»So Kid Rock, eh?!« Also Kid Rock, oder was?, nuschelte ich mit vollen Backen, um die Aufmerksamkeit endlich von mir und meinem Nahrungsmittelintermezzo abzuwenden, und versuchte dabei meine Lippen nur minimal zu öffnen.
»Cowboy baby ... with the top let back and the sunshine shining ...« Mit den Zeigefingern trommelte er den Takt auf der Tischkante und nickte zu seinem Einzeiler, bevor er mir mit seiner Cola zuprostete und darauf zurückkam, dass Kid Rock wirklich in Michigan aufgewachsen war. Und während meine Konzentration auf seine Stimme verloren ging, verpasste ich meine Lektion zu Kid Rock, fand aber heraus, dass mein Gegenüber wohl tatsächlich das gesangliche Talent für die Schulband mitbrachte.
Unterdessen zeigte der Verzehr des Burgers seine Wirkung und mir ging es langsam besser. Das lag wohl nicht nur daran, dass mir nicht mehr schlecht war und ich endlich nicht mehr doppelt sah, sondern war der Tatsache geschuldet, dass sich »dieser Typ« so nett um mich kümmerte.
»Ah, Pommes, geil!« Neben mir war, ohne dass ich sie hatte kommen sehen, Tess aufgetaucht, die entschuldigend grinste und sich einen Pommesschnitz griff, während Pia im selben Moment mein Wasserglas ansetzte und es mit einem Schluck leerte.

»Da du ja wohl nicht mehr fahren wirst, brauchte ich das jetzt! Auf geht's, wir fahren!« Pia klatschte entschlossen in die Hände, um Aufbruchstimmung zu signalisieren.
»Oh nee! Ihr wollt schon gehen?« Mit der Nörgelstimme eines Kindes, das Mama zum Aufbleiben überreden will, versuchte ich noch ein wenig Zeit herauszuschlagen.
»Schon? Hast du mal auf die Uhr geguckt?« Pia tippte ungeduldig auf ihr Handgelenk und ihr strenger Blick verriet, dass jede Diskussion sinnlos war. In solchen Momenten poppte vor meinem geistigen Auge immer ein Bild von ihrer Kindergartengruppe auf und ich sah sie erhobenen Zeigefingers die armen Kleinen ausschimpfen. Wieder musste ich innerlich kichern, und als ich meinen verstummten Kid Rock ansah, der Pias resolute Körpersprache auch ohne Übersetzung verstand, konnte ich mir ein Grinsen nicht mehr verkneifen. »Ob du auch noch so grinst, wenn die Bullen uns blasen lassen, liebe Freundin?!« Pia, charmant und beherrscht wie immer, kehrte uns, ohne sich von Andrew zu verabschieden, den Rücken und machte sich schnurstracks auf den Weg in Richtung Ausgang.
Tess warf mir einen genervten Blick zu, hielt mein Jackenmärkchen hoch, das sie bei unserer Ankunft in ihrer Tasche verstaut hatte, und gab mir damit zu verstehen, dass sie schon mal unsere Jacken holen und Pia davon abhalten würde, ohne mich loszufahren.
»She is a real sunshine!« Sie ist ein richtiger Sonnenschein! Mit einem Blick, der fragte: »Was ist denn in die gefahren?«, erhob er sich, um mich zu verabschieden. Ich versuchte mich so nett zu bedanken wie nur möglich, denn ich fühlte mich auf einmal schrecklich schuldig, dem armen Kerl solche Umstände gemacht zu haben. Als er dann sagte, er würde mich gerne wiedersehen,

und mich schließlich nach meiner Telefonnummer fragte, musste ich sofort an Jan denken. Ich hatte mir ja mal wieder fest vorgenommen, keinen Mist mehr zu machen. *Sag nein und erkläre ihm, dass du einen Freund hast!*, wiederholte ich am laufenden Band in meinem Kopf. *Sag nein, sag nein!*
»Zero, one, five …« Null, eins, fünf …, waren allerdings die Worte, die stattdessen aus mir heraussprudelten, und mit »Nein« hatte das ja wohl nicht sehr viel zu tun. *Dann dreh die nächsten zwei Zahlen!*, sagte ich mir. Und schließlich: *Dreh die letzten beiden Zahlen!* Doch irgendwie konnte ich es nicht tun. So hatte Andrew kurz darauf meine komplette Nummer und ich seinen Namen wohl doch nicht vergessen.

Schmetterlinge … – **März 2002**
… im Bauch sind sie besonders schön …

Als ich am nächsten Morgen in meinem Bett aufwachte, konnte ich zuerst keinen klaren Gedanken fassen. Mir war flau im Magen und ich musste erst mal das Wirrwarr in meinem Kopf sortieren, um nach und nach die Eindrücke des Abends zurückzugewinnen. So im Nachhinein hatte ich die ersten seltsamen Gefühle von heute Nacht verdaut. Eine nach der anderen wachten auch meine allfreitaglichen Bettgenossinnen auf, und irgendwie dämmerte mir da in meinem Hinterstübchen, dass Pia gestern noch aus irgendeinem Grund sauer gewesen war. Dann fiel es mir wieder ein: Sie hatte für mich die Heimfahrt übernehmen müssen, obwohl ich auf dem Hinweg versprochen hatte, mich diese Woche zurückzuhalten. »Sorry, Leute, wegen gestern!« Ich gähnte herzhaft, während ich mich aus dem Bett schälte.
Der erste Gang am Morgen führte uns, mit Kaffee und Zigaretten ausgerüstet, auf den großen Wohnzimmerbalkon. »Ach, erzähl uns lieber, was mit dem Fritz noch ging!« Pia winkte ab und zog sich, nachdem sie ihren Stammplatz auf der Eckbank eingenommen hatte, ihr verwaschenes Schlafshirt über die angezogenen Knie. »Wie alt ist der denn überhaupt?«, schob sie noch hinterher, ohne meine Reaktion auf ihre Frage abzuwarten. »Zwanzig! Und *nichts* ging mit *dem Fritz*!«, beantwortete ich beiden Fragen in einem Satz. »Wir haben *nur* an der Bar gesessen und getrunken.« Bei dem Gedanken daran grinste ich entschuldigend. »Irgendwann war mir schlecht und wir sind was essen gegangen. Da kamt ihr ja dann dazu.« – Danke für *nichts*!

»Hm. Aha. Ist klar. Getrunken, gegessen, tschüss.«
»Ja, was wollt ihr denn hören? Der ist doch überhaupt nicht mein Typ!«
»Alte! Du hast keinen Typ!«, warf Tess ein und setzte, um zu sprechen, kurz ihre Kaffeetasse ab.
»Auch wieder wahr!« Das hatte ich mir bisher noch gar nicht so bewusst gemacht. Wenn ich darüber nachdachte, konnte ich wirklich keinen Stereotyp festmachen. Von »blond« und »groß«, wie Jan es war, oder »südländisch« und »klein« wie Pepe aus dem letzten Italienurlaub – ich war da scheinbar wirklich nicht festgelegt. Wie auch immer. So war es nun mal. Es gab nichts zu erzählen.
Er gefiel mir kein bisschen. Abgesehen davon hatten wir einige Anlaufschwierigkeiten. Er hielt mich für strohdumm und ich hatte ihn ausgenommen wie eine Weihnachtsgans. Zugegeben, später war er überraschenderweise sehr nett gewesen. Auch fürsorglich. Und charmant. Diese unerwartete Wandlung lag wohl an den Schuldgefühlen, die er gehabt haben musste, nachdem er mich so abgefüllt hatte. Fazit: kein spektakulärer Abend, über den es sich noch länger zu reden lohnte. Gewissensbisse Jan gegenüber musste ich auch keine haben – war ja nichts passiert. Außer einer klitzekleinen Nebensache. Ich hatte *ihm* meine richtige Telefonnummer gegeben. Na und! Das war nur ein Versehen. Ich hatte mich nicht rechtzeitig entscheiden können, welche Zahlen ich drehen sollte. Nein, es war keinesfalls unwichtig, welche Zahlen man vertauschte. Man musste die Nummer schließlich genauso wiederholen können, falls der Typ noch mal nachfragte. Die waren ja auch nicht alle blöd! Erst lassen wir uns den ganzen Abend einladen und täuschen deshalb Interesse vor, und anschließend verabschieden wir uns und hinterlassen die falsche

Nummer in der Hoffnung, den Kerl nie wiedersehen zu müssen. Das ließ sich aber leider nicht immer vermeiden, wenn man Woche für Woche in den gleichen Club ging. Dank der Zahlendreher-Taktik konnte man sich jedoch leicht dafür rechtfertigen, dass der Ärmste die ganze Zeit nur die nette Damenstimme vom Band an der Strippe hatte.

Und wenn schon, dann hatte er sie halt jetzt. Er war mir egal. Ich interessierte mich nicht die Bohne für ihn. Lust, mit ihm zu telefonieren, hatte ich schon gleich dreimal nicht, und so beschloss ich, einfach nicht abzunehmen, falls er anrief. Wahrscheinlich würde er sowieso nicht anrufen. Schluss. Aus. Ende der Diskussion.

* * *

In der Annahme, meine Mutter am anderen Ende der Leitung zu haben, da sie die einzige Person war, die mich ohne Nummernübertragung anrief, war ich natürlich kein Stück auf diesen Anruf vorbereitet.

»Hey, it's me!« Hey, ich bin's!, vernahm ich zu meinem Schrecken und verschluckte mich fast an den Chips, die ich beim Fernsehen kaute. Unmittelbar neben mir Jan – wie immer, wenn mein Handy klingelte –, sprang ich also auf und brachte erst mal kein Wort heraus. Ohne eine Erklärung verließ ich das Zimmer, polterte die Treppe hinunter zur Haustür und stand schließlich in Hausschuhen auf dem Parkplatz. Erst jetzt reagierte ich auf seinen Anruf. Wobei – »reagieren« konnte man mein Stammeln nicht wirklich nennen. Oh, wie ich es hasste, so kalt erwischt zu werden! Ich war nicht gerne unvorbereitet. Schon gar nicht, wenn es um eine solche Situation ging. Wie sollte ich denn Jan später beibringen, wer da gerade am Telefon gewesen war. »Ach, das war ein Freund von mir. Na, der Amerikaner! Hab ich ihn etwa in den eineinhalb Jahren, die wir jetzt zusammen sind, nie erwähnt?« Kicher ... kicher ... wink ab ...

Zuerst jedoch galt es, ein anderes Problem zu lösen. Nach einigen Minuten Small Talk musste ich Farbe bekennen und gestehen, dass ich gerade bei meinem Freund war.

»You've got a boyfriend?!« Du hast einen Freund?!, fragte er irritiert. »Warum hast du mir das gestern nicht gesagt?«

»Du hast mich nicht gefragt!«, entgegnete ich ziemlich kleinlaut. Na ja, und nachdem wir noch kurz irgendwelchen Kram in unsere Telefone genuschelt hatten, beendeten wir dieses peinliche Gespräch.

Warum hätte ich es ihm verheimlichen sollen? Nun, da er es wusste, würde er bestimmt nicht mehr anrufen. Jan erklärte ich, dass ich den Typ gestern kennengelernt und aus reinem Interesse an der Sprache mit ihm die Nummern getauscht hatte. Immerhin war das die Wahrheit. Also fast. Ich hätte bestimmt nicht so lange mit ihm gequatscht, wenn es mir nicht so viel Spaß gemacht hätte, Englisch mit ihm zu reden. Jan wusste um meine Leidenschaft für die englische beziehungsweise die amerikanische Sprache, für Amerika und alles, was damit zu tun hatte, und machte deshalb auch kein großes Drama daraus. So anhänglich und nervig er auch manchmal sein konnte, übertrieben eifersüchtig war er nun wirklich nicht, und daher war das für ihn auch weiter kein Thema.

Apropos Leidenschaft für die Sprache: Gelegenheit zur Konversation bot sich in den nächsten Tagen häufig. Meine Theorie, Andrew würde sich nicht mehr melden, weil er jetzt wusste, dass ich vergeben war, widerlegte er so schnell, wie ich sie aufgestellt

hatte. Immer wieder rief er an – ungefähr jeden zweiten Tag – und ich begann damit, seine Anrufe abzuweisen. Ignorierte sie nach Möglichkeit. Außer, er rief von der Arbeit aus ohne Nummernübertragung an. Unsere Unterhaltungen waren jedes Mal ganz nett, trotzdem war ich schnell genervt davon. Ich sah keinen Sinn darin, mit jemandem zu telefonieren, dem ich bisher nur an diesem einen Abend in der Diskothek begegnet war. Außerdem erschien mir die Häufigkeit seiner Anrufe ungewöhnlich für eine flüchtige Bekanntschaft. Noch absurder fand ich allerdings dieses unwillkürlich aufkommende, freundschaftliche Geplänkel.
Über mein Vorhaben bezüglich Freitag ließ ich ihn im Ungewissen. Bei jedem Telefonat fragte er nach, doch ich entgegnete dann wider besseres Wissen: »I don't know yet.« Ich weiß es noch nicht. Eigentlich gab es keinen Grund, ihm vorzuenthalten, dass ich wieder da sein würde. Traf ich dort auf ihn, würde mich das noch lange nicht dazu verpflichten, den Abend mit ihm zu verbringen oder ihm auf irgendeine Weise Beachtung zu schenken. Wie auch immer, jetzt hatte ich sowieso schon die ganze Woche behauptet, ich wüsste es nicht, und damit war das Thema für mich erledigt.
Aber nur vorerst. Nämlich genau so lange, bis er wieder vor mir stand.

* * *

Wie jeden Freitag schlenderte ich gut gelaunt durch den Gang, der vom Eingang in den Hauptbereich führte. Aber irgendwie war die Vorfreude heute auffällig unangemessen dafür, dass wir hier fast schon routinemäßig unsere Wochenenden verbrachten.

Unsere Lieblingsbar war voll besetzt und somit waren wir gezwungen, unseren Abend in der Cocktailbar zu beginnen. Das änderte natürlich nichts daran, dass wir, zumindest was das Getränk betraf, nicht von der Tradition ließen. »Drei Wodka Red Bull, bitte!«
Wir saßen noch nicht lange an der halbrunden Bar, da erblickte ich ihn auf der anderen Seite der Theke. Direkt gegenüber stand er und schaute zu mir rüber. Er lächelte, sichtlich positiv überrascht, und ich winkte ihm unter einem viel zu breiten Grinsen zu. *Ein Lächeln hätte auch seinen Zweck erfüllt, Sandra!* In Gedanken ohrfeigte ich mich selbst, leicht verärgert über diesen spontanen Gefühlsausbruch. Als hätte ich mich übermäßig darüber gefreut, dass er hier war. Er hob sein Glas an und prostete mir zu. »Cheers!«, entgegnete ich lautlos, sodass er es von meinen Lippen ablesen musste. Etwas verwundert darüber, dass er keinerlei Anstalten machte, zu mir herüberzukommen, vermutete ich, er hätte wohl inzwischen aufgegeben, wofür es sich nicht lohnte, Anstrengungen aufzubringen. So hatte ich mir das schließlich ausgemalt. Besser hätte sich dieses kleine Missverständnis nicht in Luft auflösen können. Eigentlich konnte ich nur froh darüber sein. Scheinbar hatte er die Lage verstanden und akzeptiert. Er schien noch nicht einmal ein Problem damit zu haben. Offensichtlich amüsierte er sich und verschwendete keinen Gedanken mehr an mich. Nicht einmal einen Blick, abgesehen von seiner kurzen Begrüßung. Bei dem musste ich ja mächtig Eindruck hinterlassen haben, dachte ich mir insgeheim. Warum hatte er dann aber die ganze Woche angerufen? Während ich meinen Gedanken nachhing, erwischte ich mich dabei, wie ich nicht aufhörte, ihn zu mustern. Er war groß und gut gebaut, keinesfalls mollig, aber auch nicht definiert muskulös. Stämmig würde ich sagen. Ein

Mann musste schon etwas auf den Rippen haben, wenn es nach mir ging. Aber er durfte nicht untrainiert sein. Pia konnte sich mit Moritz die Hosen teilen, weil seine Hüften den gleichen Umfang hatten wie ihre. Bei aller Liebe zur Emanzipation, insgeheim wollen wir Frauen uns doch bei einem Mann geborgen fühlen. Wir wünschen uns jemanden, der uns beschützen kann. Der Arme hat, in denen man versinken kann. Sich klitzeklein zu machen und in riesige Arme zu kuscheln, kann manchmal das Beste sein, was man sich vorzustellen vermag.

»Was ist das Beste?« Pias Stimme holte mich aus meinen Gedanken zurück und auch Tess sah mich jetzt fragend an. »Ihr!«, antwortete ich schnell und hob mein Glas, um mit den Mädels anzustoßen. Hatte ich ernsthaft nichts Besseres zu tun, als hier zu sitzen und Selbstgespräche zu führen? Peinlich genug, dass es mir nicht aufgefallen war, schien er nichts davon mitbekommen zu haben. Wie auch? Die Begeisterung für die Unterhaltung mit seinen Kumpels machte ihn offensichtlich blind und taub für seine Umgebung. Sie grölten so laut, dass sie förmlich den ganzen Raum damit unterhielten. Die mussten ja brennend heiße Geschichten erzählen, dass er seine Aufmerksamkeit so an sie verlor. Was gab es denn bitte die ganze Zeit zu lachen? Wobei mir auffiel, dass er eigentlich ein recht sympathisches Lachen hatte. Gut, es war sogar irgendwie ganz süß. Das war dann aber auch alles. Ehrlich! Allein schon diese abrasierten Haare! Und diese schrecklichen Klamotten! Gab es die karierten Hemden irgendwo im Dreierpack im Angebot? Okay, was die Haare anging, hatte er keine große Wahl, aber die Freizeitkleidung würden sie den Jungs bei der Army bestimmt nicht vorschreiben.

War das denn die Möglichkeit?! Was tat ich hier eigentlich? Es war Freitag. Wir hockten an der Bar in unserer Lieblingsdiskothek, aber statt mit den Mädels zu feiern, saß ich herum und beobachtete diesen Typ. Ich musste hier weg. Das wurde mir entschieden zu dumm. Dabei war doch alles gut. Ich hatte meine Ruhe vor ihm gewollt, und nun hatte ich sie. Ich sollte einfach zufrieden sein und damit aufhören, mir Gedanken zu machen. Grübeln konnte ich auch morgen noch. Schließlich waren wir hier, um uns zu amüsieren, und so beschlossen wir, einfach den Raum zu wechseln und tanzen zu gehen.

Nach der Schlappe an der Bar führte es uns in die Spaßkneipe in der Hoffnung, DJ FunMax würde es gelingen, mit seinem bunten Party-Mix unsere Stimmung zu heben. Da wir hier niemanden kannten, half uns die Musik vielleicht, dass die Stöcke aus unseren Hintern verschwanden. Vor Leuten, die man nie wiedersah, konnte man sich ruhig blamieren, war unsere Devise. An dem ein oder anderen Abend, je nachdem *wie sehr* DJ FunMax unsere Stimmung gehoben hatte, war es eindeutig von Vorteil gewesen, dass sich in diesen Raum nur selten junge, attraktive, männliche Wesen verirrten.

Glücklicherweise wollte die Stimmung hier heute nicht ganz so schnell überkochen und wir beschränkten unsere Tanzeinlagen auf eine Fläche von einem Quadratmeter pro Person. Ohne Hebefiguren und exotische Drehungen mit irgendeinem Bastian, Thomas oder wer auch immer spontan Patrick Swayze ersetzen musste, wenn DJ FunMax in stets derselben Reihenfolge »Time of my Life« und »Hungry Eyes« abspielte.

»Wer von euch hat schon wieder mein Feuer eingesteckt?!«, fragte Pia mit der üblichen Portion Gereiztheit in der Stimme und zog sich eine Zigarette aus der Schachtel.

»Ich nicht!«, verneinten Tess und ich im Chor und gleichzeitig schweiften unsere Blicke durch den Raum auf der Suche nach einer Person mit Feuerzeug. Bis mein Blick an der Bar von zwei blauen Augen festgehalten wurde. Von seinen blauen Augen. Unter dem angetrunkenen Mut machten sich meine Beine selbständig und ich ging zu ihm rüber.

»How long have you been watching us?« Wie lange schaust du uns schon zu?, fragte ich ihn auf den Kopf zu, während ich mich auf den Barhocker neben ihn schwang, den er mir spontan zugeschoben hatte.

»Long enough to find out that you guys are great dancers!« Lange genug, um festzustellen, dass ihr ausgezeichnete Tänzer seid! Er lachte und zog den Barhocker, auf dem ich saß, ein Stück näher zu sich heran.

Ich ignorierte den Seitenhieb und deutete einen militärischen Gruß an. »Are you observing me, Sir?« Beobachten Sie mich, Sir?

»Ma'am, I hope you don't mind my honesty, but you were looking at me first!« Ma'am, ich hoffe, Sie nehmen es mir nicht übel, wenn ich so frei bin und Ihnen sage, dass Sie es waren, die mich zuerst beobachtet hat!, gab er gestellt förmlich zurück und sah mich herausfordernd an.

»*Me*? Looking at *you*, Sergeant?! Oh please! I didn't even notice you!« Ich? Sie beobachtet, Herr Unteroffizier? Oh bitte! Ich habe Sie noch nicht einmal bemerkt! Ohne auch nur die geringste Ahnung von den Dienstgraden bei der Army zu haben, haute ich den ersten Titel raus, der mir auf der Zunge lag, und auch sonst wurde mir alles, was da noch so unüberlegt aus mir rauskam, eher zum Verhängnis als dem Versuch, mich rauszureden, zuträglich.

»How do you know that anyway? You were sooo busy talking to your friends!« Woher willst du das überhaupt wissen? Du warst doch sooo sehr damit beschäftigt, mit deinen Freunden zu reden!

»I am never too busy to notice you, Ms. CLG!« Ich bin nie zu beschäftigt, um Sie zu bemerken, Fräulein CLG! Er ignorierte den ganzen restlichen Wortsalat, den ich da abgespult hatte, und ich spürte, wie mein Gesicht warm wurde und mein Puls in meinen Ohren klopfte. Amüsiert berührte er meine Wangen.

Oh Gott, alle Worte sind weg! CLG, was soll das sein? Ich weiß nicht, was ich sagen soll! Hilfe! Meine Gedanken schrien panisch durcheinander und ich merkte, wie noch mehr Blut in meinen Kopf stieg. Schnell wich ich seinem Blick aus und schaute auf den Boden. Aus lauter Verlegenheit schüttelte ich nur grinsend den Kopf.

»What?« Was?, fragte er und nahm mein Kinn zwischen Zeigefinger und Daumen, um meinen Blick auf sich zu richten. Zu diesem Zeitpunkt war mir noch nicht klar, dass ich dieses »What?«, wie er es immer auf seine ganz spezielle Weise sagte, nie mehr vergessen würde. Dass dieser leicht irritierte Blick, begleitet von einem Schmunzeln, für die nächsten zehn Jahre wie ein Foto in meinem Kopf gespeichert sein würde.

»Nothing!« Nichts! Ich grinste ihn immer noch kopfschüttelnd an, ohne in der Lage zu sein, ganze Sätze zu sprechen.

Nach einigen Sekunden gewann ich schließlich und glücklicherweise meine natürliche Hautfarbe zurück. Was nicht zuletzt daran lag, dass er ganz spontan vom Thema ablenkte und ich langsam, aber sicher meine Umwelt wieder wahrnahm.

»What does it mean, ›Sternenliebe‹?« Was heißt das, »Sternenliebe«?, unterbrach er sein Ständchen. Durch den gesamten Raum hallte »Sternenhimmel« von Hubert Kah und alle Leute um uns herum brüllten aus voller Kehle den Text mit. »Es heißt nicht ›Sternenliebe‹, es heißt ›Sternenhimmel‹.« Ich schmunzelte und übersetzte ihm die einzelnen Wörter zur Erklärung.

»My German is not yet very good. I only know a few words. You could teach me some German!« Mein Deutsch ist bis jetzt nicht sehr gut, ich kenne nur ein paar Wörter. Du könntest mir ein bisschen Deutsch beibringen!, schlug er begeistert vor. »Every time we meet, you can teach me something new. And I want to become fluent in German!« Jedes Mal, wenn wir uns treffen, kannst du mir was Neues beibringen. Und ich will fließend Deutsch sprechen lernen! Er zwinkerte mir zu.

Es war einmal … – **März/April 2002**

… ein kleines Chaos …
… das wollte die Welt erobern …

Das war schon seltsam gestern. Irgendwie fühlte es sich im Nachhinein immer unecht an. Als hätte das alles nicht wirklich stattgefunden. Als sähe ich es durch einen Schleier. Mir war schummrig und die Eindrücke, die ich mit ins Bett genommen hatte, waren nur wie durch eine Nebelwand vor meinem geistigen Auge zu erkennen. Und nein, mir war nicht schummrig, weil ich zu viel getrunken hatte, und die Nebelwand und die verblassten Eindrücke waren auch keine schöne Umschreibung für einen alkoholbedingten Filmriss!
Es fühlte sich alles so weit weg an. Vielleicht trifft es das. Auch dieses warme, kribbelnde Gefühl im Bauch war auf einmal wie ausgelöscht. Ich spürte nichts von all dem, was in mir aufkam, wenn er tatsächlich vor mir stand. Es war fast jedes Mal, nachdem ich aufgewacht war, so, als wäre er überhaupt nie da gewesen. Irgendwie waren meine Gefühle dann plötzlich neutral und ich konnte noch nicht mal mehr nachvollziehen, wie er es überhaupt immer wieder schaffte, mich durcheinanderzubringen, wenn er mich anlächelte, mit mir flirtete oder mich flüchtig berührte. Das alles ergab keinen Sinn für mich. So etwas war mir noch nie passiert und ich wusste überhaupt nicht, was ich von dieser Sache halten sollte. Erst recht konnte ich nichts mit diesen komischen Gefühlen – oder »Nicht-Gefühlen« – anfangen. Und eigentlich sollte ich mir auch keine Gedanken über diese Dinge machen. Vielmehr musste ich mir überlegen, wie ich die Risse in meiner

Beziehung kitten konnte. In den letzten Monaten war diese nämlich zur reinsten Katastrophe ausgeartet. Ständig führten wir diese zermürbende Grundsatzdiskussion um dasselbe Thema. Ich wollte meinen Freiraum und Jan genau das Gegenteil. Je mehr ich mich rarmachte – oder machen wollte –, desto schlimmer klammerte er. Plötzlich war er jeden Freitag oder grundsätzlich immer dann krank, wenn ich irgendetwas ohne ihn unternehmen wollte, und sei es einfach nur mal zu Hause in meinem eigenen Bett zu schlafen. Mit diesem Verhalten konnte er mich zur Weißglut bringen. Klar rechtfertigte das nicht, dass ich ihn deshalb für manche Stunden komplett aus meinem Leben ausschloss oder unsere Beziehung aus meinen Gedanken verdrängte, aber irgendwann konnte ich einfach nicht mehr anders. Manchmal wollte ich nur noch alles hinwerfen und ihn verlassen. Aber ich schaffte es nicht. Abgesehen von seiner besitzergreifenden Art trug er mich nämlich auf Händen. Ich hatte noch nie erlebt, dass ein Mensch so sehr für einen anderen leben konnte, wie er es für mich tat. Genau das war das Problem, das mich von ihm wegtrieb, das mich aber gleichzeitig auch an ihn fesselte.

Wir waren kurz vor meinem siebzehnten Geburtstag zusammengekommen und hatten von heute auf morgen wie ein altes Ehepaar gelebt. Und jetzt wurde mir immer mehr bewusst, dass ich so nicht leben konnte und wollte. Noch nicht.

Nach eineinhalb Jahren war unsere Beziehung also an diesem Punkt angekommen.

* * *

Ich hatte endlich mal wieder einen Abend zu Hause rausschlagen können und gab mich gerade vor dem Badezimmerspiegel meiner Imitation zu »Dirty« von Christina Aguilera hin, als mein Handy klingelte. Von Jans Verfolgungswahn leicht geschädigt, nahm ich genervt ab.

»Hey it's me, Andrew!« Hey, ich bin's, Andrew! Seit dem ersten Telefonat sagte er immer seinen Namen dazu. Offensichtlich hatte er den Eindruck gewonnen, ich hätte damals seine Stimme nicht sofort erkannt. Dass ich allerdings zu jenem Zeitpunkt mit einem klebrigen Bonbon – Geschmacksrichtung Jan – zu kämpfen gehabt hatte, hatte er ja glücklicherweise nicht sehen können. Und obwohl wir mittlerweile schon öfter telefoniert hatten, schlug jedes Mal wieder dieser Blitz in meinen Bauch ein, wenn sein Name auf dem Display blinkte. Ich nahm ab, hörte seine Stimme, und von der Sekunde an, in der er sich meldete, bis er damit fertig war, seinen Namen auszusprechen, zuckten Stromschläge durch meine Fingerspitzen, wodurch sie augenblicklich taub wurden. Fast gleichzeitig bildete sich in meinem Kopf eine Druckwelle und mein Herz begann so schwer zu schlagen, dass ich meinen Puls bis in die Fußspitzen spüren konnte. An ihrem Scheitelpunkt angekommen und kurz bevor mein Kreislauf versagen konnte, brach die Druckwelle rauschend über mir zusammen, sodass ich kaum noch etwas anderes hören konnte als mein eigenes Blut in meinen Ohren. Das Telefon wog unter dem Adrenalin, das mir durch alle Adern strömte und meine Arme und Beine schwer wie Blei werden ließ, so viel wie eine ganze Telefonzelle. Das alles geschah in Sekundenbruchteilen, und während er in seiner gewohnt lässigen Art standardisiert sein rhetorisches »What's up?« Was geht? abspulte, kam über meine Lippen stets nur ein hilfloses »Nothing!« Nichts!, weil ich noch mit den Ausläufern der Wellen zu kämpfen hatte, die unterdessen auch mein Hirn geflutet und meinen gesamten Wortschatz weggeschwemmt hatten. Zumindest lachte er daraufhin immer und es entsprach zudem noch der Wahrheit. Meistens ging nämlich wirklich »nothing«, weil ich eh nur bei Jan auf der Couch rumhing. »Where you at?« Wo bist du gerade?, fragte er dann. »Bei Jan«, antwortete ich stets knapp, weil ich es irgendwie hasste, das vor ihm zuzugeben. Aber was sollte ich machen, dort war ich nun mal fast jeden Tag. Ich hatte keine Lust, meine Beziehung weniger präsent zu reden, als sie tatsächlich war, und alles noch komplizierter zu machen, indem ich bei ihm den Eindruck erweckte, dass sie für mich kein ernst zu nehmendes Hindernis sei. Er hatte dafür immer nur ein ironisch gemeintes »Fun, fun!« übrig, was er ungefähr so betonte, als wollte er sagen: Oh wie schön! – *Nicht!* Ich reagierte darauf meistens mit einem trockenen »Hm«, weil ich ohnehin nicht nachvollziehbar hätte erklären können, was mich dazu verleitete, diese Art von Kontakt zu ihm zu haben, während ich bei meinem Freund war. Nachdem dieses Thema dann auch abgehakt war, erlöste er mich meist von meinen Spracheskapaden und erzählte erst mal von sich. Was bei ihm auf der Arbeit und im Freundeskreis los war oder welche Pläne es für das Wochenende gab. Ich war dankbar für jedes unverfängliche Thema und froh, solange ich nicht viel sprechen musste – was für mich ja nur absolut untypisch war! Wenn irgendjemand schneller reden als denken konnte, dann war ich das. Doch sobald Andrew am Telefon war, schnappte sich mein Wortschatz den Rettungsring und sprang von dem sinkenden Schiff, mit dem ich sang- und klanglos unterging. Während meine Vokabeln frech grinsend im Wasser paddelten, blieb mir nichts anderes übrig, als mich mit der Notation durchzuschlagen und die Worte, die mir

nur noch aus der Ferne zuwinkten, zu umschreiben, bis er die Sätze für mich beenden konnte. Doch heute kamen keine Hilfestellungen von ihm. Er ließ mich mit meinen jämmerlichen Versuchen allein auf dem Meer treiben. Und mitten in mein unkoordiniertes Stammeln, als höre er überhaupt nicht zu, sagte er plötzlich: »I miss you!« Du fehlst mir!
Mein Herz stolperte. Dieser Satz aus seinem Mund ließ bei mir schon wieder alle Sicherungen durchbrennen. Jetzt konnte ich erst recht keinen klaren Gedanken mehr fassen und ich wusste ehrlich gesagt nicht, ob ich lachen oder weinen sollte beim Anblick meines dämlich verknallten Gesichtsausdrucks im Spiegel. Während ich die Herzchen zählte, die um meinen Kopf schwirrten, eröffnete er mir unverblümt, dass er oft an mich denken und mich gerne öfter sehen würde. Und zum ersten Mal sagte er nicht »Fun, fun« zum Thema »boyfriend«, sondern: »Ich hasse die Vorstellung, dass du gerade bei ihm bist!« Er machte seinen Gedanken Luft, und mit jedem Satz, den ich verdaute, und jedem Ton, der mir unter die Haut kroch, war ich mehr und mehr durch den Wind, sodass es einfach aus mir rausplatzte: »I miss you too!« Ich vermisse dich auch! Und das tat ich, zu meinem Erschrecken, wirklich in diesem Moment. Kaum ausgesprochen, schlug ich mir die Hand auf den Mund und kniff reflexartig die Augen zu, um mich nicht im Spiegel ansehen zu müssen. *What? Was war das denn? Das hab ich jetzt nicht gesagt!* Grob hämmerte ich mir mit der geballten Faust gegen die Stirn und verfluchte mich in Gedanken. »Hey, when can I see you?« Hey, wann kann ich dich sehen?, fragte er und klang dabei ungewohnt ungeduldig, ähnlich wie ich mich gerade fühlte. *Jetzt, bitte jetzt!*, schrien meine Gedanken, ohne mit mir Rücksprache zu halten, weil seine Stimme in Kombination mit dem, was er sagte, mich schon wieder total verrückt

machte. *Sandra! Reiß dich zusammen!* Ermahnend erhob ich den Zeigefinger gegen mich selbst im Spiegel und sprach dieses Mal zum Glück nicht aus, was ich dachte, sondern quietsche nur laut, nachdem wir aufgelegt hatten, um den Druck rauszulassen, der mir bis in die Kehle gestiegen war. I miss you! Seine Stimme echote in meinen Gedanken. Er hatte einfach die schönste Stimme der Welt! Durchatmen, runterkommen! *Du kannst jetzt unmöglich Hals über Kopf wegfahren. Erst denken, dann handeln. – Das versuchen wir doch gerade zu lernen, Sandra! Note to self: Chaosreduktion durch Nachdenken!*

* * *

Und so kam es, dass ich am darauffolgenden Freitag zum ersten Mal mit einem ganz anderen Gefühl dem Abend entgegenfieberte. Ich war unendlich aufgeregt. Fast schämte ich mich ein wenig für die Worte, die in diesem Telefonat zwischen uns gefallen waren, vor allem für die, die mir über die Lippen gekommen waren. So etwas hätte ich nicht sagen dürfen. Nicht zu ihm.
Schon während der Autofahrt war ich das reinste Nervenbündel. Am liebsten hätte ich eine Zigarette nach der anderen geraucht. Das allerdings verkniff ich mir, weil es für einen Nichtraucher wohl kaum etwas Abstoßenderes gab als abgestandenen Rauch, der in Haaren, an Händen und Kleidern hing. *In deinen Haaren hat er sowieso nichts verloren, du unbelehrbare Kuh!* Strafend zwickte ich mir in den Oberschenkel, damit niemand meinen inneren Monolog mitbekam, und rief mich zur Ordnung. *Unmögliches Weib!*

Am Eingang angekommen, war ich dann endgültig reif für die Insel, und ehrlich gesagt hätte ich am liebsten auf dem Absatz kehrtgemacht. Der Weg durch den kleinen Gang gleich hinter dem Eingangsbereich kam mir endlos vor. Ich nahm den süßlichen Geruch der Nebelmaschine, der dort immer in der Luft lag, viel intensiver wahr als sonst. Allein dieser Duft machte mich nervös. Mir war seltsam flau und kribbelig zugleich im Bauch. Das Schallen der Musik klang dumpfer als gewöhnlich. Ich achtete kaum darauf, wer mir entgegenkam oder welches Lied gerade lief, denn ich war einzig und allein darauf konzentriert, meinen Blick wandern zu lassen. Ich wollte ihn finden, bevor er mich sah. Ich hätte mich nämlich gerne mental auf unsere Begegnung eingestellt. Hatte ich das nicht eigentlich schon die ganze Woche getan? Seit diesem Telefonat? Tausend Situationen durchgespielt? Oh, wie ungern ich die Kontrolle aus meinen Händen gab! Am Ende des Ganges angekommen, sah ich ihn an der Treppe lehnen, die hinauf zur Galerie führte und von der man den Eingangsbereich direkt im Blick hatte. Anders als sonst, wo wir uns immer ganz selbstverständlich in der Bar trafen, wartete er heute also auf mich. Ein Bein an der Wand abgestützt, krempelte er gerade seinen Ärmel hoch, als er kurz aufblickte und mich entdeckte. Prompt ließ er den Ärmel los und stieß sich mit dem Fuß von der Wand ab, um ohne Umschweife seinen Weg in meine Richtung aufzunehmen. Und mit jedem Schritt, den wir näher aufeinander zukamen, verflog ein Teil meiner Aufregung. Das war komisch. Am Telefon und in meinen Gedanken hatte er mich in letzter Zeit immer so nervös gemacht, dass ich mich vor jeder Begegnung vollends verrückt machte. Doch wenn er dann vor mir stand, war ich auf einmal total entspannt. Er hatte eine Art zu reden, die mir die innere Unruhe nahm. Er sprach sehr klar und achtete stets darauf, dass ich ihn verstand. Sein Erscheinungsbild wies ihm diese typische Beschützerrolle zu. Das lag nicht nur an seiner Statur, sondern auch an seinem Gang und der Art, wie er sich bewegte. Er wirkte völlig sortiert und selbstbewusst bei allem, was er tat. Alles, was er machte, hatte Hand und Fuß. Er war viel selbstständiger als die anderen Jungs, die ich kannte.

Mit einem Schmunzeln auf den Lippen, als wollte er sich ein breites Grinsen verkneifen, kam er mir das letzte Stück entgegen und nahm meine Hände, als wir unmittelbar voreinander standen. In seinen Augen war dieses Leuchten, das immer wie auf Knopfdruck ansprang, wenn er mich ansah. »Hey!« Er grinste.

»Hey!«, erwiderte ich strahlend wie ein Honigkuchenpferd und lugte unter meinem Pony hervor. Für einige Sekunden war um mich herum gar nichts mehr – kein Club, keine Mädels, keine hundert Menschen. Da waren nur ich und diese zwei blauen Augen. Die hervorstechenden Grübchen über den Mundwinkeln, wenn er lachte, und diese warmen Hände, die meine Finger umschlossen.

Bis Pias Zupfen an meinem Top in mein Bewusstsein drang. »Gott, ey, ich hasse es, wenn du so bescheuert grinst!« Pia konnte sich heute wieder besonders leicht für mich freuen – *nicht* – und drängte darauf weiterzugehen. Andrew bekam nur einen angehobenen Mundwinkel von ihr, der noch nicht mal annähernd an ihre Wangen reichte, damit man ihn bloß nicht zufällig mit einem Lächeln verwechselte.

»I still don't see what you like about her!« Ich verstehe einfach nicht, was du an ihr magst! Er zog mich an meinen Händen ein Stück zu sich, bis mein Kopf an seinen Mund reichte, sodass Pia ihn nicht hören konnte. Ich gab ihm einen Klaps auf die Brust, weniger für den frechen Spruch, sondern weil ich ständig das Bedürfnis verspürte, ihn zu berühren.

»I'm waiting in the bar!« Ich warte in der Bar! Er drückte meine Hände kurz, bevor er sie losließ, und verschwand mit einem Zwinkern hin zu den Mädels in Richtung Treppe. »I'll see you later, ladies! Pia, it was a pleasure as always!« Bis dann, Mädels! Es hat mich wie immer gefreut, Pia!

Pia war kein Unmensch. Pia war einfach nur launisch. Die wenigsten Menschen konnten nachvollziehen, warum wir so gut befreundet waren. Im Gegensatz zu Teresa konnte Pia nichts mit Andrew oder seinen Freunden anfangen, und sie war nicht der Mensch, der sich verstellte. Da ich sie gut genug kannte und wusste, dass ihre Laune nicht besser werden würde, je länger sie unbeachtet und ohne Flirt hier rumstand, entschied ich mich dafür, meinen Abend zu retten, indem sie erst mal ihren Willen bekam.

Wir beschlossen also, einen Drink an der Bar im Bistro zu nehmen, und so hatte auch ich Gelegenheit, dieses kurze, aber intensive Zusammentreffen erst mal auf mich wirken zu lassen. Ein Salitos Ice, eine Zigarette *und* ein Kaugummi später, kombiniert mit einem Mal tief Durchatmen und Teresa mit einem Redeschwall zu überschütten, war ich wieder Herr meiner Sinne. Pia amüsierte sich unterdessen bereits mit dem Barkeeper, während Tess, die mir die ganze Zeit geduldig zugehört hatte, wie sie es immer tat, wenn ich seinetwegen mal wieder keinen klaren Gedanken fassen konnte, sich visuell bereits auf die Suche nach einer netten Bekanntschaft machte. Das traf sich gut. *Du kannst abzischen, Sandra!*, dachte ich so bei mir mit piepsiger Stimme und entschuldigendem Grinsen. Innerlich platzte ich schon wieder fast vor Ungeduld, weil ich wusste, dass er nur eine Etage tiefer auf mich wartete. Ohne viele Worte gab ich Tess mit einer Kopfbewegung zu verstehen, wo sie mich finden würde, und Pia war es gerade eh schnuppe, ob ich mich jetzt kopfüber von der kleinen Brücke, die zum Bistro führte, stürzen oder mich jemand entführen würde.

In gefühlt weniger als einer Minute Drängeln und Schieben hatte ich es rekordverdächtig schnell die Treppe hinunter zur Cocktailbar geschafft, wo ich allerdings noch schneller feststellte, dass er nicht auf seinem Platz saß. Keiner seiner Kumpels war in Sichtweite, und so drehte ich eine Runde auf der überfüllten Tanzfläche, auf der sich Pärchen tummelten, die sich in Hip-Hop-Manie unermüdlich aneinander rieben. Jeder Zehnte von ihnen zischte in der tanzenden Menge seelenruhig einen Joint und war fest davon überzeugt, dass niemand den Unterschied zu einer Zigarette bemerken würde. Auch hier keine Spur von Andrew, Michael und Co. Also machte ich mich inklusive eines kleinen Umweges über die Toiletten auf den Weg in Richtung Treppe, um die nächstmögliche Option anzusteuern. Während ich mich dieses Mal wieder die gewohnte Ewigkeit lang zwischen den Massen hindurch die Treppe hinunterquetschte, suchte ich bereits von oben, soweit ich sehen konnte, die Gänge rund um die Galerie ab. Leider war das nicht sehr viel, denn bei meiner geringen Körpergröße hatte ich kaum eine Chance, irgendetwas außerhalb der Menschenmenge, die mich unmittelbar umgab, zu sehen. Ich war fast unten angelangt, als mir von der Seite kommend ein Typ in den Weg sprang und sich so nah vor mich presste, dass ich Angst hatte, das viele Gel aus seinen Haaren könnte in meinen Ausschnitt tropfen, wenn er noch einmal den Kopf bewegte, um seinen scannenden Blick schweifen zu lassen.

»Hi Süße!« Er grinste mich schmalzig an und griff mit seiner auffällig behaarten Hand nach meinem Arm. Angewidert von seiner schleimigen Erscheinung und dem aufdringlichen Parfüm, das mir beißend in die Nase stieg, trat ich reflexartig einen Schritt zurück und hätte dabei fast die Stufe verfehlt.

»Hi!«, erwiderte ich kurz angebunden, aber auch nicht allzu unfreundlich, obwohl bei mir sofort die Alarmglocken läuteten. Ich konnte in der Sekunde nicht sicher einschätzen, ob er eher von der Sorte war, die laut bellte, aber direkt abzog, wenn man sie in den Schwanz kniff, oder ob er aggressiv werden würde, wenn er einen Korb bekäme. Daher entschied ich mich zunächst für die diplomatischere Variante und gab mich ruhig, aber distanziert, bevor ich ihn durch vorlautes Gepöbel erst richtig aufmischte.

»Bist du allein hier oder was?« Er nahm eine Stufe, um die gewonnene Distanz wieder zu verringern, und zupfte an meinem Top: »Cooles Shirt! Der Regenbogen ist sexy!«

Ich lehnte mich gerade so weit nach hinten, dass ich nicht das Gleichgewicht verlor, aber dennoch Abstand von seinem Gesicht gewann. »Nein, ich bin mit Freunden hier!« Ich deutete auf irgendwelche Leute, die uns unmittelbar umgaben, und ignorierte seine zudringliche Art und sein grell-pinkfarbenes Shirt, dessen Erscheinung einem fast in den Augen wehtat. Seine Grabschversuche waren mir nicht nur unangenehm, sondern sie lösten Panik in mir aus. »Also, ich muss dann mal weiter, viel Spaß noch!« Nach außen gab ich mich weiterhin abgeklärt, aber mein Herz raste, weil ich spürte, dass mich dieser Typ nicht so leicht abziehen lassen würde. Schon während ich mich betont beiläufig verabschiedete, versuchte ich mich seitlich an ihm vorbeizudrängen, ohne ihn zu berühren, was nur schwer möglich war, weil er inzwischen den gesamten Treppenabgang eingenommen hatte.

»Hey! Keine Lust zu tanzen?« Seine schwarze Klebefrisur kam mir jetzt eindeutig zu nah, und als er auch noch dreist nach meinem Gürtel griff und versuchte, mich an sich ranzuziehen, schnappte ich entsetzt nach Luft.

»Nimm deine Finger weg!« Empört funkelte ich ihn an und presste meine Kiefer aufeinander. Ich konnte nichts sagen. Nichts, was es wahrscheinlich nicht noch schlimmer gemacht hätte. Darum versuchte ich erneut, ihn beiseite zu schieben, um endlich an ihm vorbeizukommen. Wortlos, aber energisch. Das musste jetzt schnell gehen. Doch dieser blöde schmierige Wichser machte keine Anstalten, mir aus dem Weg zu gehen. Stattdessen machte er sich noch breiter. Sein Blick wurde jetzt dunkler und wechselte von »aufdringlich« zu »unfreundlich«. Unfreundlich *und* aufdringlich. – Keiner der Umstehenden schien die Situation wahrzunehmen, weshalb ich überlegte, mich blindlings an die nächste Person zu hängen, die vorbeikam. Bei dem Versuch rannte ich direkt in den Gegenverkehr.

»What's going on here?« Was ist hier los? Ehe ich reagieren konnte, drängte sich der Gegenverkehr alias Andrew, der mich längst gesucht hatte, zwischen mich und den aufdringlichen Kerl. Halt suchend griff ich nach dem Geländer. Mein Herz rutschte mir nun mit schlagartiger Erleichterung vollends in die Hose. Mit weichen Knien beobachtete ich, wie Andrew sich vor dem Typen aufbaute, konnte aber nicht detailliert verstehen, was er sagte. Durch die Musik hindurch verstand ich nur irgendwas, das klang wie: »Get your hands off of her!« Nimm deine Finger von ihr!, gepaart mit einigen Schimpfworten und Drohungen, bevor der Typ ohne großes Theater plötzlich die Biege machte. Unten angekommen, drehte er sich noch mal um und schrie irgendwelche halbstarken Kampfansagen zu uns hinauf, doch Andrew bekam

davon schon gar nichts mehr mit, weil er sich zu mir umgedreht hatte. »Are you okay?« Alles klar bei dir? Er nahm meinen Kopf zwischen beide Hände und drehte ihn prüfend nach links und rechts, als inspiziere er, ob noch alles an seinem rechtmäßigen Platz war. »Was machst du hier?« Mit einer Selbstverständlichkeit rückte Andrew meine Gürtelschnalle wieder gerade, während ich etwas von wegen »Restroom!« Toilette! faselte.
»Sandra, how many times do I have to say that you shouldn't ...«
Sandra, wie oft muss ich noch sagen, dass du nicht ...
»... walk around all alone because there are too many shitheads in here!« ... allein rumlaufen sollst, weil es hier zu viele Arschlöcher gibt!, beendete ich automatisiert seinen Standardsatz.
»Exactly!« Genau! Er öffnete seinen Arm.
Erschöpft von dem rückläufigen Adrenalin in meinen Adern ließ ich mich gegen ihn plumpsen.
»Ich muss aufhören zu fluchen, wenn du in der Nähe bist! Du merkst dir immer alles gleich!« Andrew lachte angesichts dieser Feststellung und ich vor Erleichterung – und weil er manchmal irgendwie einfach süß war.
Auf den Schrecken brauchten wir jetzt einen Drink, und so verzogen wir uns in die Cocktailbar und setzten uns an den letzten Tisch in der Ecke.
»Freak!« Andrew schnaufte noch mal laut und schüttelte den Kopf, während die Bedienung unsere Getränke abstellte.
»Gutes Timing, Andrew! Danke!« Ich griff nach seiner Hand, die auf dem Tisch lag, und drehte den Ring an seinem Finger. »Hat der eine Bedeutung?«
»My grandpa gave it to me! And he got it from my great-grandpa.« Er ist von meinem Opa! Und der hat ihn von meinem Uropa. Andrew erzählte mir, wie die Geschichten seines Opas

von klein auf seine Einstellung zur Army geprägt hatten und wie sehr sein Vater sich eigentlich einen anderen Beruf für ihn gewünscht hätte. In dieser Nacht unterhielten wir uns zum ersten Mal über ganz private Dinge. Über Sachen, die wir sonst nicht jedem erzählten. Wir redeten über unsere Familien, unsere Kindheit und unsere Lebensziele. Über Zukunftsängste und Entscheidungen, die wir treffen mussten. Er erzählte mir von seiner Mutter, die vor einigen Jahren die Familie verlassen hatte, und von seiner älteren Schwester, die sich deshalb auch heute noch für ihn verantwortlich fühlte. Während er so redete, beobachtete ich ihn aufmerksam und mir wurde allmählich bewusst, dass ich ihn mittlerweile richtig mochte. Ich erzählte ihm natürlich auch von meiner Familie, vor allem von meiner Mom. Von ihrem großen Herz für alles und jeden und dass er sie irgendwann unbedingt kennenlernen musste. Moment mal, was hatte ich da gerade gesagt? Er musste meine Mutter kennenlernen? Was um Himmels willen war mit mir los? War ich von allen guten Geistern verlassen? Wie hatte mir so etwas rausrutschen können?

»What about your boyfriend?« Was ist mit deinem Freund?, unterbrach er mich in diesem Zusammenhang.

»What?« Was?, stieß ich irritiert hervor, als er mich aus meinen Gedanken riss.

»Do you love him?« Liebst du ihn?, fragte er mit fester Stimme, ohne seinen Blick von mir abzuwenden.

»How do you mean, do you ...?« Wie meinst du das, ob ich ihn ...? Ich stammelte die Worte, merklich überrascht von der Wendung, die dieses Gespräch ohne Vorwarnung genommen hatte.

»Do you love him?« Liebst du ihn?, wiederholte er mit einer Leichtigkeit in der Stimme, von der ich beinahe meinte, sie enthalte ein Lachen. »Fällt es dir so schwer, das zu beantworten?« Ungläubig neigte er den Kopf zur Seite und schien tatsächlich kein Verständnis dafür aufzubringen, was an dem Thema nicht einfach »schwarz« oder »weiß« sein konnte. »Ehhm ... Yes ... No, I don't! I mean, in a way I do, but ... you know ... well, I don't know! It's not that easy! You don't understand that!« Äähmm, Ja ... Nein, tu ich nicht! Ich meine, irgendwie schon, aber weißt du ... ach, keine Ahnung! Das ist alles nicht so einfach! Du verstehst das nicht! Nach Erklärungen ringend, ohne zu sehr ins Detail gehen zu müssen, suchte ich nach den alles sagenden Worten, die sich natürlich auch dieses Mal mit der erstbesten Rettungsmannschaft aus dem Staub gemacht hatten. *Eines Tages steche ich euch das Gummiboot unterm Arsch weg, das schwöre ich euch!* Ich verfluchte mal wieder den Vokabelsalat in meinem Kopf und drehte nervös meine Haarspitzen um den Zeigefinger, was mir erst auffiel, als er die Strähne von meinem Finger fuselte und seine Hand auf meine legte.

»So you don't love him!« Also liebst du ihn nicht!, sagte er daraufhin entschieden.

Wenn viele kleine Dinge ... – **Sommer 2002**

... etwas Großes ergeben ...

In meinem Kopf machte sich von Treffen zu Treffen, von Telefonat zu Telefonat, von SMS zu SMS zunehmend das Chaos breit. Zwischen all seinen liebevollen Worten und Aufmerksamkeiten stellte er mein Leben immer mehr auf den Kopf. Den Zustand in meinem Herzen versuchte ich erst gar nicht zu erklären. Ich war hin und her gerissen. Konnte mich nicht entscheiden, was ich fühlen sollte. Sollte? Soweit ich mich erinnern kann, wurde ich, was das betraf, nicht nach meiner Meinung gefragt. Natürlich konnte man immer lange um den heißen Brei herumreden. Doch wenn ich ehrlich war – wenigstens zu mir selbst –, dann musste ich mir eingestehen, dass all diese Erklärungsversuche nur Ausreden waren. Mein Herz hatte sich doch längst entschieden. Aber mein Verstand nicht.

Sollte ich meine Beziehung mit Jan beenden, weil ich mich – vielleicht nur voreilig – in etwas verrannt hatte? Hatte ich mich denn verrannt? Hatte ich mich am Ende gar verliebt? Oder war es nichts weiter als eine kleine Schwärmerei? Ich hatte keinen blassen Schimmer, was mit mir los war, seit ich ihn getroffen hatte. Ich wusste nur, dass ich ständig an ihn denken musste. Dass ich sein Lachen nicht aus meinem Kopf bekam. Dass ich jeden Tag auf seinen Anruf wartete und abends nicht mehr einschlief, bevor ich nicht eine Gute-Nacht-SMS von ihm bekommen hatte. War ich deshalb verliebt? Auf jeden Fall war ich verliebt in die Kosenamen, die er mir gab. Ich war verliebt in seine Stimme und in das Leuchten in seinen Augen, wenn er mich ansah. Ich war verliebt in dieses kleine Muttermal über seiner Oberlippe und in seine Wangen. Ich war verliebt in die Art und Weise, wie er mich verbesserte, wenn ich wieder mal nicht die richtigen Worte fand. Ich war verliebt in das Kribbeln, das er in meinem Bauch auslöste. Ich war verliebt in seinen Namen. Und ich liebte es, wie er meinen Namen sagte. War ich somit nur in all diese Kleinigkeiten verliebt? Oder in ihn als Mensch, weil ihn diese vielen kleinen Dinge ausmachten?

* * *

»Let's go out for dinner!« Lass uns ausgehen!, schlug er einige Wochen später vor. Im ersten Moment wusste ich nicht, ob ich mich über diese Einladung freuen sollte oder nicht. Das wäre unser erstes richtiges Date gewesen, wenn man es genau nahm. Klar sahen wir uns ständig. Aber das ergab sich immer so. Woche für Woche. Weil er stets dort war und ich auch. Es war einfach selbstverständlich, dass wir uns dort sahen. Jedes Wochenende, ohne vorher Uhrzeiten oder Treffpunkte auszumachen. Ich freute mich natürlich darüber, dass er sich richtig mit mir verabreden wollte. Er gab mir damit schließlich zu verstehen, dass er an mir interessiert war und mehr Zeit mit mir verbringen wollte. Gegen diese Tatsache hatte ich nicht das Geringste einzuwenden. Im Gegenteil. Ich hätte ihn auch gerne häufiger gesehen, statt permanent den Freitagen, und je länger wir uns kannten, immer öfter den Samstagen entgegenzufiebern. Manchmal fehlte er mir sogar ein bisschen an den Wochentagen. Dann zählte ich schon die Stunden, bis ich ihn wiedersehen würde, erwartete sehnsüchtig seine Anrufe und schickte ihm immer öfter kleine Nachrichten. Auf der anderen Seite machte mir diese Vorstellung auch Angst. Schließlich bedeutete es, dass er an unserem Verhältnis zueinander etwas verändern wollte. Er wollte einen Schritt weiter gehen. Und dazu hätte ich natürlich eine bestimmte Sache in meinem Leben ändern müssen. Ich konnte nicht gerade behaupten, dass ich ein Freund von Veränderungen war. Bisher hatten die meisten Veränderungen nämlich nichts als Schwierigkeiten mit sich gebracht. Wie viel Veränderung konnte ich also zulassen und gleichzeitig allen gegenüber fair bleiben? Es wäre nicht richtig gewesen zu provozieren, dass er sich vielleicht irgendwann in mich verliebte und ich ihn auch noch verletzte. Er schien ja zumindest auf dem Weg dorthin zu sein. Wie hätte ich mich wohl im umgekehrten Fall gefühlt? Ich bewunderte seine Geduld. Ich wäre in dieser Situation wahrscheinlich viel fordernder gewesen. Doch er akzeptierte das alles. Drängte mich zu nichts, verlangte nichts von mir. Fest stand für mich jedenfalls, dass ich zuerst selbst wissen musste, was ich wollte – oder was ich bereit war zu riskieren. Deshalb schlug ich seine Einladung aus. Ich denke, er war enttäuscht, auch wenn er sich das nicht anmerken ließ. Aber irgendwie spürte ich es. Er war zwar nicht sauer und reduzierte daraufhin auch nicht den Kontakt, nein, so war Andrew nicht. Er machte alles immer erst mal ewig mit sich selbst aus. Egal wie lange ich ihn hinhielt oder wie oft ich versuchte, mich aus der Affäre zu ziehen, er verlangte keine ausführlichen Erklärungen oder Ausreden für meine Absagen. Er nahm sie einfach hin.

Mir wurde irgendwann klar, dass es noch nicht mal meine Beziehung war, die mir im Weg stand, sondern meine Angst vor der Ungewissheit. Meine Unsicherheit lag darin begründet, dass ich dieses Mal nicht alles planen konnte. Nicht alles kontrollieren konnte. Keinen Einfluss auf die Veränderungen hatte, die unweigerlich auf mich zukommen würden. Die Schwierigkeiten, die die Zukunft mit sich brachte, nicht beeinflussen konnte. Schließlich war es von Anfang an klar gewesen, dass er nicht für immer hier in Deutschland bleiben würde. Ich hatte keine Angst davor, mich in ihn zu verlieben. Ich hatte nur Angst davor, mich zu verlieben und ihn eines Tages gehen lassen zu müssen. Also, was hatten wir für eine Chance? Unsere gemeinsame Zeit rieselte schon jetzt wie kleine Sandkörnchen durch die Sanduhr. Bereits in diesem Moment war alles, was wir hatten, zeitlich begrenzt. War es deshalb nicht besser, sich nicht zu sehr aneinander zu gewöhnen? Nicht allzu viel zuzulassen? Lieber rechtzeitig die Notbremse zu ziehen, bevor der Zug unaufhaltsam in Richtung Herzschmerz fuhr? Andererseits, sollte man nicht heute leben, ohne an morgen zu denken? Wenn man versuchte, sich mit logischen Erklärungen und permanenter Planung vor Schmerz und Leid zu schützen, was würde man alles verpassen? Welche Chancen und Erfahrungen blieben einem verwehrt? Das waren die zwei Seiten der Münze. Auf Dauer gibt es immer nur »entweder – oder«. Zwischen den Stühlen zu bestehen – nicht nur zu stehen –, gelingt vielleicht eine gewisse Zeit, aber nicht für immer. Irgendwann werde ich danebentreten und irgendjemand wird dabei verletzt werden.

The big and the little dipper – **September 2002**
Der Große und der Kleine Wagen

Ich arbeitete gerade, als er mich auf dem Handy anrief. An diesem Morgen hatte ich mal wieder die erste Schicht in dem Café übernommen, in dem ich nebenbei jobbte. Ich war überrascht, seinen Namen auf dem Display zu lesen. So früh am Morgen rief er sonst an, wenn er Nachtschicht gehabt hatte und sich noch mal kurz melden wollte, bevor er schlafen ging. »I'm just calling to say good night, sweetie!« Ich wollte nur gute Nacht sagen, Süße!, sagte er dann für gewöhnlich. Doch an diesem Tag hatte er keine Nachtschicht. Inzwischen wusste ich immer, wann er welche Schicht hatte, da wir so ziemlich jeden Tag in Kontakt waren. »Listen, cutie – something's just come up ... I gotta leave for a training unit for three weeks.« Hör zu, Süße, ich muss für eine Übung drei Wochen lang weg. Das hat sich gerade erst ergeben. Zwar hörte ich an seiner Stimme, dass es ihm leidtat, dass diese Info für mich so unerwartet kam, doch so unvorbereitet wie ich reagierte er wie immer nicht.

»Wie kommt's, dass sich das jetzt erst ergeben hat? Wann musst du weg?«

»Tomorrow. Listen, I'd really like to see you before I go!« Morgen schon! Hör mal, ich würde dich wirklich gerne noch mal sehen, bevor ich wegmuss. »I promise I won't consider it a date!« Ich verspreche dir auch, ich werde es nicht als Date betrachten!

Ich konnte das Grinsen in seiner Stimme hören, und damit war es auch schnell um allen Widerstand meinerseits geschehen. Meine Gedanken schwenkten bereits die weiße Flagge und

sprangen ins Auto. Natürlich wollte ich ihn auch noch mal sehen, bevor er für drei Wochen wegfuhr. Wir mussten uns treffen! Treffen – das würde ein Treffen sein. Das war kein Date, das war ein Notfall! – *Aber klar doch, Sandra!*
Für den Moment war mir egal, was sich verändern würde oder in was ich mich da verrannte. Noch weniger interessierte mich, was ich Jan sagen sollte. Ich hatte Andrew bereits die ganze Woche vermisst und wollte ihn einfach nur sehen. Mit ihm reden, mit ihm lachen, bei ihm sein. Wir würden uns also heute Abend treffen. Eigentlich hatte ich es mir ganz anders vorgestellt, falls es wirklich einmal zu einem »Treffen« kommen würde. Ich dachte, ich hätte ein paar Tage Zeit, mich darauf vorzubereiten. Was würde ich anziehen? Wo würden wir hingehen? Eben all das, worüber man vorher so nachdachte. Und nun? Nun hatte ich genau einen Tag, um mir tausend Gedanken zu machen.

* * *

Wir trafen uns in der Mitte. Das bedeutete, auf halber Strecke. Ich wollte auf keinen Fall, dass er mich zu Hause abholte, wie er zuerst vorgeschlagen hatte, oder wir bei mir in der Nähe etwas trinken gingen. Wir suchten also einen Treffpunkt aus, von dem wir uns sicher waren, dass ich den Weg dorthin mit meinem nicht existenten Orientierungssinn finden würde. Also, er war sich sicher und ich tat nur so. Bereits als das erste Örtchen ins Spiel kam, von dem ich mein Lebtag noch nichts gehört hatte, war mir selbstverständlich klar, dass meine Chancen ohne externe Hilfsmittel gleich null waren. Wenn ich überhaupt jemals dort ankommen würde, dann – so viel stand von vornherein fest – niemals zur verabredeten Zeit – Zeitpuffer eingebaut, logo!

Es bestätigte sich mir wie erwartet. Als ich trotz großzügigen Zeitfensters unsagbar spät am auserkorenen Parkplatz ankam, lehnte Andrew schon wartend an der Motorhaube.
War ja klar, dass ich die falsche Ausfahrt nehmen würde! Schließlich war der gesamte Fahrplan, den ich mir vorher aus dem Internet gezogen hatte, nur noch dazu zu gebrauchen, um meinen Kaugummi darin zu entsorgen. Die verzweifelten DIN-A4-Seiten auf dem Beifahrersitz würden sich im Gegensatz zu jedem noch so billigen Navi wohl kaum neu orientieren, und so blieben mir nur die Tankstellen am Fahrbahnrand, um mich durchzufragen, und die Standleitung zu Tess, die zu Hause vorm Routenplaner saß und mich durch schier endlos wirkende Käffer lotste, bis das Guthaben auf meiner Prepaid-Karte aufgebraucht war.
Als ich einparkte, kam er auf mich zu, und als ich endlich meine Siebensachen vom Beifahrersitz zusammengesucht und in meiner Handtasche verstaut hatte, stand er bereits neben mir und öffnete die Fahrertür. Wie selbstverständlich ergriff ich seine Fingerspitzen, die er mir reichte, und ließ mich schwungvoll aus dem Sitz ziehen, bis ich vor ihm stand und er mir zur Begrüßung einen Kuss auf die Stirn drückte. Schon jetzt war es mir das ganze schlechte Gewissen wert. Allein dieser kurze Zusammenstoß, die undefinierbare Note aus »frisch geduscht« und Parfüm, allein dafür war ich bereit, den faden Beigeschmack während der nächsten Tage zu ertragen. Die Schmetterlinge in meinem Bauch, die ich mit den richtigen Gedanken gezielt erscheinen lassen konnte, übertünchten ohnehin jedes andere Gefühl, das bisweilen in mir aufkeimen wollte. Als könnte er in mich hineinschauen, verhielt er sich in den entscheidenden Momenten immer perfekt. Als wüsste er, wie aufgeregt ich vor ein paar Wochen vor unserem

ersten Wiedersehen nach dem besagten I-miss-you-Telefonat gewesen war – und es auch jetzt war –, löste er die Spannung einfach auf. Ich hatte mir die ganze Fahrt lang überlegt, wie ich ihn am besten begrüßen sollte. Ein Küsschen rechts und eines links, wie wir Deutschen das eben so machen, fand ich unpassend. Vielleicht eine Umarmung, wie das die Amis so machen? Ein einfaches »Hallo!« und sonst gar nichts war wiederum zu wenig. Doch er hatte wieder genau das getan, was er immer in solchen Situationen tat: Er war einfach er selbst geblieben.

Neugierig schaute ich mich um. Um mir die Anfahrt »leichter« zu machen, hatte er vorgeschlagen, dass wir uns hier trafen, um dann mit nur einem Auto weiterzufahren. Am Telefon heute Morgen hatte ich aus lauter Verzweiflung zugestimmt, mich überraschen zu lassen. Das musste man sich mal vorstellen! Ich hasste Überraschungen! Überraschungen waren der blanke Horror für einen Kontrollfreak wie mich. Doch da ich innerhalb des dreiminütigen Telefonats mit keiner besseren Idee um die Ecke gekommen war, blieb es bei seinem Vorschlag. Somit stieg ich also zu ihm ins Auto und nutzte die weitere Fahrtzeit, um herauszufinden, wie diese drei Wochen auf dem Truppenübungsplatz aussehen sollten. »What are you doing there?« Was macht ihr da? Ich warf ihm ein Häppchen hin und hoffte, er würde die Details nun ohne mein Zutun abspulen.

Aber weit gefehlt. »Sleeping in fields, pretty much.« Im Freien übernachten und so, sagte er abwesend und checkte dabei wiederholt Außen- und Rückspiegel.

»Sleeping in fields?« Im Freien übernachten?, wiederholte ich ein wenig unbefriedigt angesichts der dünnen Information. Vielleicht um zu trainieren, längere Zeit draußen zurechtzukommen?

Ich bemalte jetzt selbst das Bild in meinem Kopf mit Farbe, während er das Radio lauter drehte. Ob das mir galt, damit ich meine Klappe hielt? Ohne den Gedanken länger zu verfolgen, setzte ich das Interview fort. Nichts anderes war das nämlich gerade. Zur Unterhaltung fehlte da noch die Kommunikationsbereitschaft meines Gesprächspartners – sorry, Interviewpartners. »Und daaas soll waaas genau heißen?« Mit lang gezogenen Worten und einem tiefen Seufzer signalisierte ich meine Ungeduld.
»Verschiiiedene Üüübungen«, »Fitnesstraaaining.« Laut lachend warf er mir jetzt noch mehr Fetzen hin, wenn auch gleichermaßen lang gezogene Fetzen.
Okay, es war angekommen! Ich würde meine Fragerunde einstellen. Ich hatte mich mittlerweile daran gewöhnt, dass er die Dinge nicht so totredete wie ich. Ihn brachte einfach wenig aus der Ruhe. Was sein musste, musste sein, da gab es nie große Diskussionen für ihn. Während ich noch darüber philosophierte, wie Andrew stets abgeklärt alles hinnehmen konnte, was ihm das Leben so vor die Füße warf, setzte er bereits den Blinker und fuhr rechts raus. Zweihundert Meter weiter schaltete er den Motor ab, stellte den Schalthebel auf »P« und sah mich zufrieden an. Woraufhin ich mich erwartungsvoll umsah, nur um festzustellen, dass es hier nicht viel belebter war als an unserem ersten Treffpunkt. – Und wie Sie sehen, sehen Sie nichts! Die Nase an der Windschutzscheibe, dann wieder am Beifahrerfenster plattgedrückt – wohin ich auch sah, war außer ein paar Büschen am Rande des Schotterwegs nichts zu entdecken. Nur ganz am Ende des Parkplatzes, bevor die einzelnen Büsche in eine Hecke wuchsen, erblickte ich einige Meter entfernt einen Zaun.

»Okay, what are we doing here?« Okay, was genau machen wir hier?, fragte ich ihn mit hochgezogenen Augenbrauen und stieg aus.
»Oh, come on! Are you kidding me?« Oh bitte, machst du Witze?! Er schüttelte den Kopf darüber, dass ich wohl irgendwie zögerlich wirkte.
Hättest du nur auf Mama gehört, Sandra! Gehe niemals mit Fremden! Innerlich ließ ich einem kleinen Schmunzeln freien Lauf, da mir selbstverständlich klar war, dass Andrew nicht hinter der nächsten Hecke meine Leiche verscharren würde. Ohne weitere Erklärungen nahm er mich an die Hand und lief mit mir geradewegs auf den Zaun zu. Kurzerhand warf er die Autoschlüssel und seine Zipperjacke über den obersten Querbalken und schnappte mich, um mich ohne viele Worte oben auf den Zaun zu setzen.
»I'll go over first, then I'll help you over from the other side.« Ich gehe zuerst drüber und helfe dir dann von der anderen Seite, sagte er, ohne lange zu fackeln oder meine Zustimmung abzuwarten.
»Okidoki!« Mit zwei Fingern an der Schläfe segnete ich seine Instruktionen ab, während er geschickt über den Zaun kletterte und mich dabei lauthals aufzog.
»Okidoki? Are you serious?« Okidoki? Ist das dein Ernst? »Das kommt sofort auf die Liste zu ›Holy Moly‹!« Er grinste provozierend, als er mir die Arme entgegenstreckte und damit signalisierte, dass ich zu ihm runterhüpfen sollte.
Ich wollte ihm gerade den üblichen Klaps auf die Brust geben, und zwar dafür, dass er auf die Liste mit den typischen Schulenglisch-Ausdrücken auch noch veralteten Kitsch aufgenommen hatte, als er mich vor sich absetzte, die Hände immer noch unter meinen Achseln, so wie er mich aufgefangen hatte, und ich meine

Hände stattdessen dafür brauchte, mich an seinen Oberarmen festzuhalten. Ein wenig aufgeputscht von so viel unvertrautem Körperkontakt ertappte ich mich dabei, wie ich mich immer noch an seinem Bizeps festkrallte, obwohl ich längst wieder Boden unter den Füßen hatte. *Alte, hör auf, ihn zu begrabschen!*, ermahnte ich mich mal wieder streng, als meine Blicke unverblümt über seine breite Brust wanderten, über seinen Bauch, der sich unter dem grauen Baumwollstoff leicht abzeichnete, den Ledergürtel, an der Jeans entlang hin zu den dunklen Turnschuhen. Ich konnte spüren, dass er auf mich herab sah, und tat alles, um meine Augen unter meinem Pony zu verstecken. Ob ich ihn fragen konnte, welches Parfüm er benutzte? Selbst aus dieser Nähe konnte ich diesem keine mir bekannte Marke zuordnen. *Nein, Sandra, du kannst ihn nicht fragen, welches Parfüm er trägt!* Und wieder war ich in einen inneren Monolog verstrickt, während ich spürte, wie sich sein Grinsen durch meine Haare grub und mich in den Mundwinkeln kitzelte. Aus meiner Zeitlupe erwacht, strich ich mir den Pony aus der Stirn und sah mich jetzt um, ebenfalls grinsend, aber immer noch ohne seinen Blick zu treffen. *Ein See. Ende September?* In meinem Kopf kreisten kleine Fragezeichen. Ein Stück weiter jedoch, um die Biegung herum, die der Weg am Ufer entlang nahm, konnte ich ein Licht erkennen. »Also was machen wir hier?« In einem zweiten Anlauf hoffte ich, endlich in seine Pläne eingeweiht zu werden.
»Das hier gehört Michaels Eltern!« Endlich ließ er die Katze aus dem Sack und mich nach unserem zweiminütigen Standbild los, aber nur um statt meine Achseln meine Hand zu greifen und mit mir im Schlepptau auf die Veranda zuzusteuern.

Aha! Das hier gehört Michaels Eltern! Die kleinen Fragezeichen wandelten sich in Ausrufezeichen. *Und was genau soll »das hier« sein?* Wieder kamen die Fragezeichen ins Spiel.
Nach weiteren Sekunden, die sich in der planlosen Dunkelheit meiner Gedanken wie Minuten anfühlten, erzählte mir Andrew endlich, dass diese Hütte eigentlich eine kleine Strandbar war, die nur im Sommer geöffnet hatte, wenn täglich die Badegäste an den See kamen, dass aber sein »German Buddy Michael« ihm gerne den Schlüssel für sein »Date« mit mir geliehen hätte.
Das ist kein Date! Wieder hüpften Ausrufezeichen in meinem Kopf im Kreis herum. »Hey, this is not a date!« Hey, das ist kein Date! Ermahnend stieß ich ihn in die Seite und verkniff mir das fette Grinsen, das mir in den Mundwinkeln juckte. Andrew zwinkerte mir zu und hob unschuldig die Hände, bevor sie in seinen Hosentaschen verschwanden und rechts und links kleinere Utensilien wie Feuerzeug und Streichhölzer zutage förderten. Während ich ein wenig eingeschüchtert am Treppenaufgang wartete, bis die beiden kleinen Leuchten auf dem Geländer, die Andrew gerade angesteckt hatte, mehr Licht spendeten, stellte er bereits geräuschvoll zwei Weingläser auf den kleinen Holztisch in der Mitte der Veranda und machte sich daran, die Bank davor in zwei riesige Decken zu hüllen. Ich musste schmunzeln, als die Situation endlich Form und Farbe annahm. Zugegeben, ich war auch ein Stück weit erleichtert. Ich war nun mal kein Fan dieser Art von Spontanität. Von Wein eigentlich auch nicht, aber heute war mir alles recht, was mich ein wenig lockerer machen würde, und glücklicherweise war der edle Tropfen wenigstens weiß.
Es stimmt schon, die spontanen Aktionen sind meistens die lustigsten und man muss sich manchmal einfach mitreißen lassen, statt alles zu planen. Und zugegeben, auch ich kann auf das ein

oder andere unvergessliche Erlebnis spontaner Art zurückblicken. Nichtsdestotrotz bin ich ein durchgeplanter Mensch. Schon ein wenig spießig, oder? Aber nicht ganz zu Unrecht. Hätte ich mich nämlich in diesem Fall vorbereiten können, hätte ich nicht in T-Shirt und nur mit Strickjacke ausgerüstet Ende September auf einer Veranda im Freien gesessen. Doch dank Michael und seinen Heinzelmännchen waren wir hier gut versorgt, wie mir schien. Mit den riesigen Wolldecken, die zusammengerollt in einer Kiste neben der Bank lagen, hätten wir wohl unversehrt eine Nacht in Sibirien überstanden. Planlos, was ich anstellen sollte oder wie ich ihm zur Hand gehen konnte, richtete ich mir kurzerhand mein Plätzchen auf dem Bänkchen ein, während Andrew noch dabei war, die Fackel am Treppenaufgang in der schon ziemlich feuchten Herbstluft anzustecken. Nachdem er die Weinflasche geöffnet und die Gläser gefüllt hatte, hielt er mir etwas zögerlich mein Glas unter die Nase. Sah ich da etwa so was wie Verlegenheit beim Meister der Abgeklärtheit? Wow, Tatsache! Ich konnte ihn genauso einschüchtern wie er mich, wenn ich mir mal nicht alle Gedanken aus meinem üblicherweise von Mimik überladenen Gesicht ablesen ließ.

»Das sieht mir doch ziemlich stark nach einem Date aus!«, warf ich jetzt auf den Tisch, um eine Unterhaltung zu beginnen und die Atmosphäre aufzulockern.

»Kerzen und Wein? Mit was für Typen bist du denn bisher ausgegangen?« Er grinste und schüttelte den Kopf, wie ich es immer tat. Schließlich zupfte er an meinem Pulli und streckte mir seine Hand entgegen, um mich aus meinem steifen Schneidersitz zu sich rüberzuziehen und mich von Kopf bis Fuß unter die Decke zu packen. Als er damit fertig war, die Decke rechts und links unter meinen Po und meine Beine zu stecken, griff er wieder nach meinen Fingern, küsste sie und schloss sie dann in seine Hände ein. Wir unterhielten uns ganz leise, fast schon flüsternd, weil um uns herum alles so ruhig war. Warum tendiert man dazu, leise zu reden, wenn alles so still ist, oder am Telefon zu flüstern, nur weil am anderen Ende der Leitung der Gesprächspartner ebenfalls flüstert? Seltsam. Wieder mal driftete ich in meine Gedanken ab und nach und nach redeten wir immer weniger. Schon bald waren wir aus unserer Sitzposition in eine Liegeposition gerutscht, bist wir irgendwann einfach schweigend dalagen, ich mit der Brust auf seinem Bauch, und uns anschauten. Ich verfolgte seinen Blick, der über mein Gesicht wanderte. Von den Augen über die Nase bis hin zu meinen Lippen und wieder zurück. Wieder bei meinen Augen angekommen, sah er mich lange an und lächelte. Ich erwiderte sein Lächeln, ohne Fragen zu stellen, denn ich wusste, was er dachte. Wenn ich mir jetzt etwas hätte wünschen können, dann, dass sich die Erde für die nächsten drei Wochen ohne uns weiterdrehen würde. Wir wären einfach so lange hier liegen geblieben, ohne auch nur ein Wort zu sprechen, und hätten uns die ganze Zeit angesehen. Seine Blicke hätten in diesen drei Wochen wahrscheinlich unzählige Kreise in meinem Gesicht gezogen und ich hätte pausenlos sein Lächeln beobachtet. Irgendwann verschwand dieses Lächeln und seine Mundwinkel entspannten sich. Auch sein Blick veränderte sich, als würde er etwas suchen. Mit einem Mal wirkte er nachdenklich. Dann öffneten sich seine Lippen ein Stück, doch nach einigen Sekunden schlossen sie sich tonlos wieder. Ich sah ihn weiterhin nur an. Fragte nicht. Sein Blick schweifte jetzt von meinem Gesicht ins Leere, bevor er mich Sekunden später wieder ansah und flüsterte: »You know that I like you, don't you?« Du weißt, dass ich dich mag, oder? Seine Offenheit kam dieses Mal nicht überraschend für mich. Natürlich wusste ich es. Mir war nicht entgangen, wie seine Augen strahlten, wenn er mich ansah. Dass er mich ständig beobachtete. Dass er diesen Blick hatte – diesen Ich-finde-alles-toll-an-dir-Blick. Alles, was du sagst, alles, was du machst. Dieses Lachen, das nur Verliebten möglich ist. Dass er ständig Körperkontakt suchte. Ich war nicht blind für die Signale, die ihn verrieten. Aber ich war vorsichtig mit den Signalen, die ich sendete. Natürlich sollte er spüren, dass auch *ich* Gefühle für *ihn* hatte. Ich wollte ihn wissen lassen, dass seine Gefühle nicht einseitig waren. Aber ich musste zurückhaltend mit Worten sein. Ich wollte ihm nichts versprechen, was ich vielleicht nicht halten konnte. Wollte ihm keine Hoffnungen machen, die womöglich irgendwann zerplatzen würden wie Seifenblasen. Deshalb antwortete ich gar nicht, sondern drückte seine Hand nur fester und legte mein Kinn auf seiner Brust ab. Er sah mich an und blinzelte bedächtig. Ich interpretierte diese Geste als Zustimmung zu meinem Schweigen. Er musste verstehen, dass ich ihm auch aus Anstand meine Gefühle nicht gestehen konnte. Konnte ich ihm sagen, dass ich dabei war, mich in ihn zu verlieben, obwohl ich nicht frei war? Natürlich konnte man sich, auch wenn man vergeben war, in jemanden verlieben. Schließlich schaut sich dein Herz nicht erst vorher um, ob die Bahn frei ist. Aber wäre es richtig gewesen, es zuzugeben? Für einen kurzen Augenblick fühlte ich mich schlecht. Jedes Mal war ich diejenige, die uns im Weg stand. Er gab sich so viel Mühe und ich erwartete immer nur Geduld.

Ich musste mich aufsetzen, musste meine Gedanken kurz unterbrechen. Ich wollte diese zerknirschte Stimmung beseitigen und vom Thema ablenken. So zog ich die Beine an und legte meinen Kopf in den Nacken. »Schau mal, da ist der Große Wagen!« Mit

dieser Bemerkung versuchte ich seine Aufmerksamkeit auf etwas anderes zu lenken. Natürlich wusste ich nicht, was »der Große Wagen« auf Englisch hieß. Also begann ich wie immer die betreffenden Worte zu umschreiben und er nannte mir die Übersetzung. Auf diese Weise war es kinderleicht, ihn abzulenken.
Andrew setzte sich ebenfalls auf und sah in den Himmel.
»I can't find the little dipper anywhere!« Ich kann den Kleinen Wagen nirgends sehen!, sagte ich, um beim Thema zu bleiben, und erzählte ihm im selben Zusammenhang davon, wie enttäuscht ich als Kind gewesen war, als ich herausgefunden hatte, dass der Große Wagen gar nicht der Kleine Wagen war. »Ich hatte mir den Großen Wagen immer noch *viiiiel* größer vorgestellt!« Und wieder nahm ich seine Blicke aus dem Augenwinkel wahr. Die von der Seite kommenden Schwingungen der Verzückung angesichts meiner Aussage. Aber ich tat wieder einmal so, als würde ich es nicht bemerken, und schaute weiter in den Himmel und in die Dunkelheit, die über dem See lag.
Es war spät geworden. Um uns herum war es stockdunkel und die Fackel war bereits ziemlich heruntergebrannt. Ich wollte nichts sagen, wollte nicht, dass der Abend schon zu Ende war. Scheinbar dachte auch er gerade darüber nach, denn er klappte die Decke zur Seite, die uns beide gewärmt hatte. Ich sah ihn an, presste meine Lippen aufeinander und machte diese Kleinkind-Kulleraugen, als wollte ich ihm sagen, wie schade ich es fand, dass es schon so spät war. Doch er sagte nichts darauf. Nahm nur meine Hände und zog mich langsam auf seinen Schoß. Ich konnte seinen Herzschlag in meiner Handfläche spüren, als ich ihm nun direkt gegenübersaß und meine Hand unter seiner auf seiner Brust lag. Er wirkte völlig selbstsicher und abgeklärt. Nur sein Puls verriet mir, dass er nervös war. Ich spürte seine Finger durch

die Decke, die er wieder um uns gewickelt hatte, wie sie meinen Rücken streichelten, und getraute mich kaum zu atmen in dieser fast klirrenden Stille. Unsere Gesichter waren sich so nah, dass ich seine Wärme auf meiner Haut spüren konnte, noch bevor wir uns überhaupt berührten. Als er begann, mit seiner Nasenspitze jede einzelne Partie meines Gesichts nachzuzeichnen, schloss ich die Augen und verfolgte mit jedem Nervenende meiner Haut die zarten Berührungen. Er kreiste mit seiner Nasenspitze um meine und schmiegte seine Wange an meine Lippen, die ich unter der Berührung intuitiv zu einem Kuss formte. Dann wanderte er weiter zu meinen Augen und küsste erst das rechte, danach das linke. Obwohl ich meine Augen geschlossen hielt, konnte ich sein ganzes Gesicht sehen. Weil ich es fühlen konnte. Jede einzelne Partie, die er sanft an meine Lippen schmiegte. Zuerst das eine Auge, dann das andere, danach seine Wangen, seine Nase. Seine Wimpern kitzelten meine Haut und sein warmer Atem machte mich so leicht, dass es sich anfühlte, als würde er mich jeden Moment einatmen.

Als »immer wenn« … – September/Oktober 2002
… das »wenn« verlor …

Die Straßen waren leer. Es war stockdunkel. Wie ferngesteuert fuhr ich die Autobahn entlang und lutschte dabei permanent an meinen Lippen. Wenn ich sie einsog und durch meine Zähne gleiten ließ, konnte ich ihn immer noch schmecken, konnte ich immer noch seine Lippen spüren. Wie warm sie waren, wie sie sich anfühlten, ihre Form, wie weich sie waren.
Ich hatte keine Ahnung, wie ich überhaupt zu Hause angekommen war, ohne auch nur irgendetwas auf der Straße wahrgenommen zu haben. Ich konnte mich an kein Stück der Strecke erinnern, an nichts, was mir unterwegs begegnet wäre. Ich war einfach nur gefahren, außerhalb meines Körpers und meines Kopfes war alles weg. Immer wieder sah ich diesen Blick, spürte ich seinen Atem auf meiner Haut. Ich konnte ihn noch immer riechen.
Selbst als ich bereits seit Stunden im Bett lag, schlug mir mein Herz noch bis zum Hals. Ich war hellwach. Konnte noch nicht mal ans Schlafen denken.
Ich fragte mich, wann das passiert war. Wann aus diesem »Gott, was für eine schreckliche Frisur!« »Dein Lachen haut mich um« wurde. Wann aus diesem »Ich kontrolliere zwanghaft meinen Verstand« »Ich habe die Kontrolle verloren« wurde. Wann aus »Ich bewahre einen kühlen Kopf« »Ich ließ mir den Kopf verdrehen« wurde. Wann aus »Ich habe nur Schmetterlinge im Bauch, wenn ich ihn sehe« »Ich bekomme schon weiche Knie, wenn ich nur an ihn denke« wurde. Wann aus »Nur wenn ich an ihn denke …« »Immer wenn ich an ihn denke …« wurde.

Die kleine durchgeplante Welt in meinem Kopf stand kopf.

* * *

Drei Tage waren erst vergangen, und von SMS zu SMS vermisste ich ihn mehr.

Just lying under the sky, watching the stars.
Wishing you could keep me company!
Ich liege gerade unter freiem Himmel und schaue mir dir Sterne an.
Ich wünschte, du wärst bei mir.

War es normal, dass in meinem Körper schon allein wegen solcher SMS der Teufel los war?
Nüchtern betrachtet waren es doch einfach nur geschriebene Worte. Worte, die aus langweiligen, simplen Buchstaben bestanden. Warum konnten sie diese ganzen verrückten Dinge mit mir anstellen? Weil es seine Worte waren. Weil er sogar dem reinsten Buchstabensalat in meinem rosaroten Hirn eine Bedeutung gegeben hätte.

In den letzten Tagen hatte ich es erfolgreich einrichten können, Jan zumindest einigermaßen aus dem Weg zu gehen. Natürlich hatten wir täglich Kontakt, aber dieser ging nicht über Telefonate und SMS hinaus. Ich ließ mich freiwillig zum Arbeiten einteilen und hatte mir zudem die Termine mit meinem Nachhilfeschüler, den ich zweimal in der Woche in Englisch unterrichtete, auf die letzten beiden Tage gelegt. Ich konnte Jan jetzt einfach nicht sehen. Es war so schwer, bei ihm zu sein, mit meinem Herzen und meinen Gedanken jedoch ganz woanders. Ich wollte meine Ruhe haben und meinen Tagträumen nachhängen, ohne mich verstellen zu müssen. Ohne aufzufallen und bohrenden Fragen aus dem Weg zu gehen. Hatte keine Lust, so zu tun, als wäre alles okay, obwohl dem nicht so war. Auf der einen Seite war ich ausgesprochen egoistisch, auf der anderen Seite fraßen mich meine Schuldgefühle regelrecht auf. Ich konnte so nicht weitermachen. Nicht weil ich es nicht länger hätte verbergen können, sondern weil ich es nicht wollte. Sicher hätte es auch eine Weile ohne das Fällen einer Entscheidung funktionieren können. Weder der eine noch der andere wäre mir auf die Schliche gekommen – sie kannten einander nicht. Die Entfernung war zu groß, als dass sie sich zufällig begegneten. Keiner von meinen – oder unseren – Freunden kannte Andrew. Außer meinen engsten Freundinnen, die jedoch schwiegen wie ein Grab. Auf sie war Verlass. So lief das nun mal unter uns. Die eine deckte die andere, egal worum es ging, und wenn es brenzlig wurde, sogar ohne Absprache und trotzdem wasserdicht. Jede kannte die andere wie ihre eigene Westentasche und wusste genau, was gesagt werden musste, um der Freundin die Haut zu retten. Es wäre natürlich auf den ersten Blick eine einfache Lösung gewesen. Zumindest was meine Schwäche, Entscheidungen zu treffen, anging. Doch wie lange würde ich es aushalten, auf zwei Hochzeiten gleichzeitig zu tanzen? Könnte ich noch unbeschwert leben mit all den Lügen? Wie lange würde ich in den Spiegel sehen können, ohne mich zu fragen, wer dieses Mädchen war, das mich da so eiskalt anstarrte? Selbst wenn ich versucht hätte, diesem Gedanken als Lösung auch nur einen Funken Ernst abzugewinnen, ich hätte ihn praktisch nie in die Tat umsetzen können. Das wäre nicht ich gewesen, oder? Ich konnte doch nicht auf diese Weise skrupellos sein?! Abgesehen davon – hatte ich Jan nicht schon genug hintergangen?

Nicht nur wegen des Kusses, sondern auch wegen meiner Gefühle und Gedanken, die nur noch wenig mit unserer Beziehung zu tun hatten. Eine Affäre funktioniert nicht auf Dauer, wenn Gefühle im Spiel sind. Sie ist keine Notlösung, der man sich aus Feigheit bedienen sollte. Mich hatte sie unglücklich gemacht, nicht zuletzt deshalb, weil ich Menschen wehgetan hatte, die mir sehr am Herzen lagen, obwohl mir nie etwas ferner gelegen hatte als genau das. Ich wollte niemanden verletzen und verletzte am Ende alle. Affären sind immer verletzend und manchmal machen sie abhängig. Zu Beginn lachen sie verlockend, doch zum Schluss zeigen sie ihr schäbiges Grinsen.

Heute weiß ich, dass ich nicht aus Angst die Augen hätte schließen dürfen. Dass ich nicht nur auf meinen Verstand hätte hören dürfen, denn der trägt den größten Teil der Schuld. Mein Verstand hatte all die Zweifel ins Leben gerufen und die Entscheidung, die mein Herz gefällt hatte, immer wieder in Frage gestellt. Ich allein trug die Verantwortung dafür. Das hatte ich irgendwann von meiner ständigen Planerei und meinem unermüdlichen Organisationsdrang. Aber was nützt mir diese Einsicht, wenn sie zu spät kommt? Damals hätte ich mutiger sein müssen. Ich wusste, was ich wollte, traute mich jedoch nicht, es zu haben. Denn wenn man etwas hat, begleitet einen stets die Angst, es vielleicht irgendwann nicht mehr zu haben. Eines Tages zu verlieren, woran man sein Herz verloren hatte – davor hatte ich so sehr Angst, dass ich mich uns in den Weg stellte. Immer wieder. Ich konnte nicht anders. Ich wollte meine Gefühle für ihn spüren, wollte mit ihm zusammen sein. So wie er mit mir zusammen sein wollte. Und unabhängig davon, für wie lange ich diese Angst überwinden und mich deshalb auf ihn einlassen konnte – mich auf uns einlassen konnte –, tauchte sie irgendwann wieder auf.

Und zwar genau dann, wenn ich mich gerade mal wieder schön ins Hier und Jetzt gerettet hatte und dann beim Zappen auf CNN oder sonst wo hängen blieb, wo ich auch nur den kleinsten Funken an Information erhaschen konnte, da von Andrew diesbezüglich nie viel zu holen war. Die Nachrichten zu verfolgen, war eine Art Zwangszustand geworden, seit ich ihn kannte und mich dadurch zwangsläufig damit beschäftigte, wie sich die Pläne der amerikanischen Regierung in Bezug auf den Irak entwickelten. Es war längst kein Geheimnis mehr, dass sein Aufenthalt hier in Deutschland nur noch eine Frage der Zeit war.
Aber was kam danach? Wie viele Monate hätte ich in Ungewissheit aussitzen müssen und in Angst? Das war nicht meine Welt! Das war seine Welt. Das hatte er sich ausgesucht, und ich, ich wollte mir das nicht für mich aussuchen!

Hisst noch jemand die weiße Flagge? – **Oktober 2002**
Oder gehen wir gemeinsam unter?

Aller Vorsicht zum Trotz konnte ich mich nicht von ihm distanzieren. Die Sehnsucht war stets größer als die Vernunft, und so wollte ich die Monate – oder die Wochen –, die wir noch gemeinsam hatten, unbeschwert mit ihm genießen. Wieder versuchte ich meine Zweifel bezüglich der Zukunft zu verdrängen. Mit meinem Herzen und meinen Gedanken wollte ich einfach im Hier und Jetzt sein. Warum sollte ich alles von vornherein begraben, statt einfach zu leben?
Und so hatte ich wieder einmal die Vorsicht totgeredet und ihr anstelle meiner Gefühle ein Grab geschaufelt.
In den letzten Tagen hatte ich mein Handy außer während des Schlafens kaum aus den Augen gelassen, denn ich wollte seinen Anruf auf keinen Fall verpassen. Immer wenn es klingelte oder der SMS-Ton erklang, schrak ich auf. Nur ein einziges Mal hatte ich das Klingeln nicht gehört, weil ich gerade unter der Dusche war, und wie das Leben so spielt, hatte ich natürlich in diesem Augenblick seinen Anruf verpasst. Einige Sekunden später ertönte das Kurzmitteilungssignal und informierte mich darüber, dass eine Nachricht auf der Mailbox eingegangen war. »Morning, sweetie! I just called to say I miss you! Talk to you later!« Morgen, Süße! Ich wollte nur sagen, dass ich dich vermisse. Bis dann!
Es war schön, seine Stimme zu hören. Er fehlte mir bereits nach so kurzer Zeit. Und obwohl ich mich wahnsinnig über seine Nachricht freute, lösten seine Worte gleichzeitig einen seltsamen Schmerz in mir aus. Irgendetwas brannte auf einmal schrecklich

in meiner Brust. Als würde eine dieser fetten Raupen – eine von denen, die diese feinen Stacheln um sich herum haben – meine Luftröhre hinaufkriechen. Es brannte so stark, dass ich sie ausspucken wollte, die Raupe. Aber ich konnte es nicht.

Aus meiner Gedankenkrämerei riss mich mit einem Mal die Stimme meiner Mutter, die mich ans Telefon rief. Am anderen Ende der Strippe war Jan. Er bestand darauf, mich heute noch zu sehen. Nachdem ich die letzten Tage schon keine Zeit mit ihm verbracht hatte, ließ er sich diesmal nicht vertrösten. Also willigte ich ein, am Nachmittag vorbeizukommen. Allerdings versuchte ich, noch ein paar Stunden rauszuschlagen, damit ich mich sammeln konnte, denn nach allem, was passiert war, brauchte ich Zeit, um mich auf das Treffen einzustellen.

* * *

»Hi!« Automatisiert stellte ich mich auf die Zehenspitzen, drückte ihm einen Kuss auf den Mund und vermied jeden Blickkontakt.

»Endlich, Schatzi!« Jan zog mich zur Tür herein und drückte mich innig. »Ich hab dich vermisst!«, flüsterte er in mein Haar und fing an, mich zu küssen. Sein Parfüm stieg mir penetrant in die Nase und der vertraute Duft von »Joop! Homme« weckte in mir sofort das schlechte Gewissen. *Gott, das ertrage ich nicht!*, dachte ich und versuchte mich aus seiner Umarmung zu lösen.

»Ich brauch' erst mal einen Kaffee, willst du auch einen?« Mit diesen Worten schob ich ihn zur Seite und krabbelte unter seinem Arm hindurch in die Küche.

Um irgendwie beschäftigt zu wirken und Jan auf Abstand zu halten, bereitete ich den Kaffee heute in einer besonders aufwendigen Prozedur zu. »Die Kanne hier gehört auch mal wieder ausgespült!«, bemerkte ich beiläufig und spritzte einen ordentlichen Schuss Spülmittel hinein, bevor ich wie eine Wilde begann, die Kanne zu schrubben. Und schließlich auch den Wassertank, das Spülbecken und die angrenzende Arbeitsplatte.

»Was ist nur heute mit dir los?« Jan schlang von hinten seine Arme um mich und seine Brust drückte fast zu hart gegen meinen Hinterkopf. Ich spürte seinen trainierten Oberkörper durch mein T-Shirt und mir wurde noch viel intensiver bewusst, wie wenig ich ihn in den letzten Monaten tatsächlich wahrgenommen hatte.

»Achtung, ich hab nasse Hände!«, sagte ich und schob ihn mit meinen Ellenbogen unsanft von mir, um nach dem Küchenhandtuch zu greifen.

Jan schnaufte und ließ die Hände gegen seine Oberschenkel klatschen. »Alles klar! Geht das jetzt den ganzen Tag so weiter?«

»Was geht wie weiter?« Ich ignorierte seinen bissigen Tonfall, nahm Milch aus dem Kühlschrank und zwei Kaffeelöffel aus der Besteckschublade und brachte beides zum Tisch. Schließlich holte ich zwei Tassen aus dem Schrank über der Spüle.

»Dass du so abweisend bist!«, antwortete er nun scharf und stellte sich mir in den Weg, als ich gerade die Tassen auf dem Tisch absetzen wollte.

»Ich bin doch gar nicht abweisend!« Wieder schenkte ich seinem gereizten Ton keine Beachtung, sondern balancierte konzentriert die vollen Tassen um ihn herum, ohne ihn dabei anzusehen.

»Sandra! Stell jetzt den verdammten Kaffee weg!« Jan packte meine Handgelenke und knallte die Tassen auf den Tisch, sodass sie überschwappten.

»Spinnst du, sag mal?!« Aggressiv zog ich meine Hände weg und funkelte ihn an, als ob ich ihn auf der Stelle vierteilen wollte.

»Siehst du, genau das meine ich, Sandra! Du bist nur noch bescheuert zu mir!« Jan griff die Kaffeelöffel vom Tisch und warf sie wütend in das Spülbecken.

»Ich bin nur noch bescheuert zu dir? Dann frag ich mich, warum ich heute unbedingt herkommen musste!« Verächtlich nahm ich die halb leeren Tassen und kippte sie über der Spüle aus.

»Musste?!«, schnappte Jan jetzt. »Du *musst* also Zeit mit mir verbringen! *Ich* hab mich auf *dich* gefreut, *ich* hab *dich* vermisst! Aber *du*, du mich natürlich nicht! Du brauchst ja nur deinen Freiraum, bla bla bla!«

»Fängst du schon wieder mit der gleichen Scheiße an?« Mir platzte der Kragen. »Ich ertrage diese Diskussionen nicht mehr, Jan! Andauernd die gleiche Kacke!«

»Und ich ertrage deine Ego-Tour nicht mehr!«, konterte Jan und seine braunen Augen schimmerten fast schwarz.

»Weißt du was? Du kannst mich mal! Du erdrückst mich, du nimmst mir die Luft zum Atmen! Ich hab keinen Bock mehr!« Ich war außer mir vor Wut! Denn, oh Mann, es war so wahr, ich hatte absolut keinen Bock mehr! Ich war es so leid, das alles kotzte mich nur noch an!

»Das kotzt dich alles an? Unser Leben kotzt dich an? Dann hau ab und scheiß auf unser Leben!« Die Ader an Jans Hals pulsierte und seine Stimme war so laut, wie ich Jan noch nie erlebt hatte.

»Genau das mach ich jetzt auch!«, brüllte ich zurück, kickte meine Hausschlappen in die Ecke, sprang in meine Turnschuhe und stürzte auf die Tür zu. Ich war so wütend, dass ich mich wirklich beherrschen musste, nicht wie eine Irre aufs Gas zu steigen, als ich im Auto saß und dabei schon Pias Nummer wählte.

Ohne Begrüßung keifte ich los, als ich hörte, dass sie abgenommen hatte. Ich regte mich unbeschreiblich auf und verschwendete nicht viele einleitende Worte, bis ich sämtliche Flüche einmal hoch und runter geschworen hatte. Ich war fuchsteufelswild und sie konnte mich verstehen. Ihrer Meinung nach ließ ich mir ohnehin zu viel bieten. Sie sagte immer, ich sei zu gutmütig und hätte Jan schon längst mal in seine Schranken weisen müssen. Je mehr ich mich in Rage redete und wir die alten Geschichten hochkochten, die mich schon so oft an den Rand meiner Toleranzgrenze getrieben hatten, desto wütender wurde ich und desto mehr wurde mir bewusst, wie sehr ich die Nase voll hatte. Irgendwann war auch bei mir die Schmerzgrenze erreicht. Pia war schnell klar geworden, dass sie keine Chance hatte, mich am Telefon wieder zur Ruhe zu bringen. »Maus, ich bin in fünf Minuten da!« Kaum hatten wir aufgelegt, blinkte auch schon Jans Name zum ersten Mal auf dem Display auf, doch ich drückte ihn weg.

Warum die beste Freundin ...
... besser ist als Schokolade

Mit Schokolade bewaffnet und ausgestreckten Armen kam meine »bessere Hälfte« die Treppe hoch. Ja, ich weiß, ich entfremde diesen Begriff, aber in unserem Fall passte das so entschieden besser. Pia war einfach meine andere Hälfte. Wir ergänzten uns in unseren Stärken und Schwächen. Drohte ich mal wieder völlig in meinen Träumereien verloren zu gehen, holte sie mich auf den Boden der Tatsachen zurück. Und schien sie dort wie so oft festzustecken, entführte ich sie in meine Was-wäre-wenn-Welt. Fehlte mir der Arsch in der Hose, um Konsequenzen zu ziehen, schnürte sie mir den Gürtel fester und versetze mir auch noch einen Tritt. War sie der alte Griesgram, der sie eben war, gab ich ihr das Lachen zurück.
Wo wir gerade beim Thema »Lachen« sind: Pia und ich hatten auch vieles gemeinsam. Wir besaßen den gleichen Humor, waren oft in der gleichen Stimmung und dachten fast immer dasselbe. Vor allem aber hatten wir die gleichen Prinzipien, an denen unsere Freundschaft – ebenso wie wir selbst – wachsen konnte. Vertrauen, Loyalität und Ehrlichkeit hatten bei uns oberste Priorität. Natürlich war es nicht immer leicht, einander gnadenlos die Wahrheit zu sagen, doch für uns funktionierte das. Wir schätzten diese Ehrlichkeit und wussten, wie viel wir einander bedeuteten. Das galt übrigens nicht nur für Pia. Auch mit Tess verband mich etwas ganz Besonderes.

Pia, Tess und ich kannten uns schon seit der fünften Klasse. Die Mischung aus uns drei Individuen ergab das perfekte Gesamtpaket. Wo Tess Ruhe brachte, schoss unser Feuerteufel Pia gern mal zu Unrecht übers Ziel hinaus. Wo Pia und ich akribisch geplant hatten, schmiss Tess spontan alles über den Haufen. Mit einer konntest du die schöneren Traumschlösser bauen, mit der anderen besser der Realität ins Auge blicken. Aber wir alle drei konnten zusammen lachen und weinen.

Da saßen wir nun und futterten viel zu süße Schokoriegel, rissen ein paar dumme Sprüche bezüglich des Streits und lachten uns kaputt über unsere eigenen Witze. Die vorangegangene Situation war zwar nicht unbedingt lustig, aber wir schafften es wie immer, uns gegenseitig hochzuziehen. Nur selten kam es vor, dass uns nach derartigen Ereignissen nichts einfiel, um die Stimmung zu heben.

Mal wieder fest entschlossen, unseren Männern abzuschwören, verfielen wir in diese typischen Mädelsgespräche, bei denen Kerle nichts mehr zu lachen hatten. Wie schon so manches Mal zuvor beschlossen wir, dass jetzt Schluss sein musste. Jede von uns hatte die Nase gestrichen voll von diesem Hickhack. Zugegeben, wir konnten unsere Hände auch nicht unbedingt in Unschuld waschen, doch den Terror, den Pias Freund und Jan seit einigen Monaten zu einem richtigen Hobby hatten ausarten lassen, wollten wir uns nicht länger antun. Da musste man sich doch mal fragen, wie es überhaupt so weit kommen konnte, dass Pia und ich völlig außer Rand und Band waren, wenn wir mal losgelassen wurden! War das nicht eine völlig normale Reaktion? Sich über ein Jahr lang – in Pias Fall sogar schon seit zweieinhalb Jahren – nur nach dem Freund zu richten, ständig auf der Couch vor dem Fernseher zu sitzen, jeden Tag ein und dieselbe Person zu sehen – wer sollte das aushalten? In unserem Alter! Wir waren doch viel zu jung, um uns so fest zu binden, um uns von einem einzigen Menschen derart einnehmen zu lassen. Natürlich war das für eine gewisse Zeit okay, natürlich macht man auch Abstriche in einer Beziehung. Aber warum eigentlich »natürlich«? Warum muss Beziehung »Abstrich« heißen? Und nicht »Gewinn«? Sollten Beziehungen denn nicht genau das für uns sein – ein Gewinn? Wie oft sind sie stattdessen eine Belastung? Und warum geben wir Beziehungen, die uns nur noch belasten, nicht einfach auf? Wenn sie uns nur noch ein Klotz am Bein sind, den wir neben uns her schleifen, weil er halt da ist und der sich dort hartnäckig hält, bis er vor Erschöpfung von allein abfällt oder irgendwann resigniert am Boden liegen bleibt, nachdem der Läufer zu oft darüber gestolpert ist. Wir können nicht verhindern, dass unsere Bedürfnisse im Laufe der Zeit wieder stärker werden, auch wenn es uns zwischendurch gelingt, sie zu kontrollieren, sie zu unterdrücken. Doch irgendwann hat jeder seinen schwachen Moment, und diesen nutzen die lieben kleinen Verdrängungen, die wir Menschen in unserem Kontrollzwang erschaffen, gnadenlos aus. Dann bist du anfällig für all die süßen Verlockungen sowie die kleinen und großen Sünden des Lebens. Und seien wir mal ehrlich: Darf man diesen denn in unserem Alter nicht auch einfach mal nachgeben? Und dies mit jeder einzelnen Pore unseres Körpers genießen? Apropos genießen: Ebenso wie Pia wollte ich endlich wieder das Leben genießen. Ich fand mich zu jung, um Abstriche zu machen, und brauchte meine Freiheit. Ich wusste nicht, wie lange oder in welchem Ausmaß, aber mir war klar, dass ich nicht länger eingesperrt sein wollte.

Deshalb ging ich auch ans Telefon, als Jan das nächste Mal anrief. Ich wollte, dass er verstand, dass ich ernsthaft keine Lust mehr auf all das hatte, dass ich Abstand und Ruhe brauchte. Dass ich ihn jetzt einfach nicht sehen wollte und stattdessen Raum brauchte, um meine Gedanken zu ordnen. Um mir darüber klar zu werden, was ich brauchte und was nicht. Was ich wollte und was nicht.

* * *

In den letzten Stunden hatten Pia und ich uns derart in Fahrt geredet, dass wir völlig die Zeit vergessen hatten. Lust zum Weggehen hatten wir ausnahmsweise auch nicht, und so quatschten wir uns fest. Das war mal wieder so eine Nacht, in der wir einfach nur auf dem Balkon saßen und redeten und lachten. Und niemanden brauchten außer uns. Wenn wir lachen konnten, waren wir glücklich. Wenn wir redeten, mussten wir früher oder später lachen – meistens später, denn je später es wurde, desto aufgekratzter und alberner wurden wir. So war es letztendlich immer der gleiche Kreislauf. Also waren wir glücklich, wenn wir zusammen waren. In Nächten wie dieser saßen wir schon mal bis zum Morgengrauen und quasselten, denn wir konnten uns endlos über ein und dasselbe Thema auslassen. Nicht selten saßen wir die halbe Nacht in Bademäntel und Decken gehüllt und spannen unsere Theorien über das Leben, die Liebe und alles andere, was unsere Teenagerherzen so beschäftigte. Wir fanden immer nur schwer ein Ende. Um die Geduld der Nachbarn nicht auszureizen, verzogen wir uns irgendwann mit all unseren Utensilien hoch in mein Bett, wo wir rege weiterdiskutierten und heimlich aus dem Fenster qualmten. Manchmal fragen wir uns heute noch, ob meine Mutter das tatsächlich nie gerochen hat. Vielleicht hat sie auch einfach nichts gesagt, um uns unseren Spaß zu lassen.

Über einen Vogel ... – **Herbst/Winter 2002**
... der endlich wieder fliegen kann

Nun waren es nur noch drei Tage, bis seine Rückkehr anstand. Fazit dieser drei Wochen ohne ihn: Sie waren auf jeden Fall anders verlaufen, als ich erwartet hatte ...
Ursprünglich hatte ich gehofft, dass ich in diesen drei Wochen merken würde, dass ich ihn nicht brauchte. Ich dachte, Jan und ich würden uns eventuell wieder annähern und ich würde Andrew vergessen. Ganz nach dem Motto: Aus den Augen, aus dem Sinn. Er war zwar auch aus den Augen, ich bekam ihn aber nicht aus dem Kopf.
Ich hatte erwartet, langsam, aber sicher wieder Ruhe und Ordnung in mein Leben zu bringen. Doch irgendwie ging mein Plan nicht so ganz auf. Wie eigentlich keiner meiner Pläne mehr so richtig aufging, seit wir uns begegnet waren.
Stattdessen musste ich erkennen, dass ich unverändert an ihn dachte, ständig das Bedürfnis hatte, mit ihm zu sprechen, und eine SMS nach der anderen verschickte.
Obendrein hatte ich zu guter Letzt noch meine Beziehung hingeschmissen. Ich wusste ja, dass ich nicht die personifizierte Disziplin war, aber dieses Mal schlug ich mich selbst um Längen. Zugegeben, unter anderen Umständen hätte ich wahrscheinlich nicht so konsequent auf diese Trennung beharrt. Oder sollte ich sagen, diese quasi provoziert? Unter anderen Umständen, sprich, wenn Andrew nicht gewesen wäre. Ich wollte einfach frei sein. Frei sein

für Andrew. Einfach für mich entscheiden können, ohne Rücksicht zu nehmen und Abstriche zu machen. Nur tun und lassen, wonach mir der Sinn stand. Endlich spontan sein können. Wie erwartet, schien Jan seine Freiheit weniger zu genießen. Er gab sich nicht so leicht geschlagen und fand sich nicht mit meiner Entscheidung ab. Unentwegt rief er mich an. Und ich ignorierte seine Anrufe ohne Pardon. Wenn er auf dem Festnetz anrief, ließ ich mich verleugnen. Klingelte mein Handy und ich sah seine Nummer auf dem Display, drückte ich ihn weg. Stand er vor meiner Haustür, öffnete ich nicht. Er hätte sagen und versprechen können, was er wollte. Das kannte ich alles schon. Eine Zeit lang hielt er sich an unsere Abmachungen, doch nach ein paar Wochen fing das Theater wieder von vorne an. Nein, für mich war die Grenze erreicht.

* * *

In der letzten Nacht vor Andrews Rückkehr schlief ich beschissen. Irgendwie machte mich das alles nervös. Vielleicht hätte ich ihm nicht gleich auf die Nase binden sollen, dass ich Jan den Laufpass gegeben hatte. Aber als er am Telefon mal wieder seine Anspielungen machte, konnte ich es mir einfach nicht mehr verkneifen. »Er hat dich den ganzen Tag, kann dich in den Arm nehmen, wann er will, kann mit dir hin, wohin er will ... Und ich? Ich kann dich immer nur einen Abend sehen, kann nirgends mit dir hinfahren, dich nicht zu Hause besuchen ...« Daraufhin war es mir einfach rausgerutscht. Er hatte es ja lange Zeit ziemlich gelassen genommen, aber seit ein paar Wochen ließ er sich immer öfter anmerken, wie ihm dieses Dreiecksgespann im Magen lag. Meist waren es nur Andeutungen, die er nebenbei fallen ließ,

doch ich hörte heraus, dass es ihn störte. Somit war ich doppelt erleichtert, dass dieses Versteckspiel ein Ende gefunden hatte. Endlich konnten wir uns sehen, so oft und so lange wir wollten, ohne ständig die Gratwanderung zwischen Lüge und Heimlichtuerei in Kauf nehmen zu müssen. Wir konnten uns spontan verabreden, ohne dass ich vorher tagelang mein Alibi vorbereiten musste. Wir konnten bis spät in die Nacht telefonieren, weil niemand neben mir lag, wegen dem ich seinen Anruf hätte ignorieren müssen, obwohl ich so gerne seine Stimme gehört hätte. Endlich konnte ich ihm ruhigen Gewissens sagen, wie gern ich ihn hatte oder dass ich ihn gerade vermisste. Und zum ersten Mal fand ich es spannend, nicht alles planen zu können. Nicht zu wissen, was der Tag oder der Abend alles bringen würde. Ich genoss diese neue Unabhängigkeit. Endlich konnten wir ganz offen überall hingehen. Wir konnten uns küssen, einfach so, gedankenlos, irgendwo in der Öffentlichkeit, ohne die Angst im Rücken, erwischt zu werden. Nachdem ich in den letzten Monaten ungefähr zehn Essenseinladungen ausgeschlagen hatte, durfte ich mich nun endlich wieder »daten« und kam so doch noch in den Genuss der »best German Schnitzels« in seinem Lieblingsrestaurant. Ob Kino oder einfach zusammen auf der Couch rumhängen, nichts war jetzt mehr tabu oder schwierig zu realisieren.
Und natürlich blieben wir unserem Stammclub treu. Wir feierten unsere Geburtstage und auch sonst jedes Wochenende dort. Seit ich ihn kannte, existierte ein Freitag in meinem Kopf überhaupt nicht mehr ohne die Assoziation »*Andrew*«.
Überhaupt schien im Augenblick nur sehr wenig in meinem Kopf los zu sein, was nichts mit diesen sechs Buchstaben zu tun hatte. A-N-D-R-E-W. Für mich waren es die schönsten sechs Buchstaben der Welt. Der schönste Name überhaupt. Ich weiß noch, ganz

am Anfang dachte ich mir, wenn man schon Amerikaner ist und einen Freifahrtschein für die coolen Namen hat, hätte dabei gern auch etwas weniger Langweiliges rumkommen dürfen. Andrew. Wie ätzend! Das klang nach Seitenscheitel, beiger Bundfaltenhose und Sonntagsgottesdienst. Oder schlimmer noch, zuerst hatte ich immer an Peter Andrew gedacht, diesen aufgepumpten englischen Sänger mit der hohen Stimme, der am ganzen Körper glänzte. Schrecklich und eine echte Herausforderung, dieses Bild aus meinem Kopf zu bekommen. Aber letztendlich lief es mit dem Namen wie mit den Haaren. Die mochte ich ja mittlerweile auch. Mochte? Ich liebte, wie sich die Stoppeln anfühlten, wenn ich mit den Fingern darüberstrich. Oder nehmen wir meinen Namen. Am Anfang fand ich einfach nur niedlich, wie er ihn aussprach. Nach einer Weile wunderte ich mich, warum sich die Amis so schwer damit taten, ihren Akzent abzulegen, auch wenn sie ein Wort schon tausendmal gehört hatten. Mittlerweile würde ich sterben, wenn er ihn auch nur ein bisschen anders aussprechen würde. Ich war verrückt nach seiner Stimme und den Grübchen, die sich bildeten, wenn er lachte. Bewunderte die Stabilität, die er vermittelte, ohne dass ihm das bewusst war. Ich fand toll, wie klar er manchmal die Dinge sah, wenn sie in meinen Augen auch noch so kompliziert waren, und dass er durch nichts aus der Fassung zu bringen war. Er schien immer vorbereitet zu sein, so als könnte ihn nichts umhauen. Ich liebte seinen Blick, wenn ich Lieder mitsang und er überlegte, ob ich wohl wirklich verstand, was ich da trällerte. »Do you really understand this song?« *Verstehst du diesen Song wirklich?*, fragte er daraufhin immer skeptisch. »Sing doch nicht solche Lieder! Mädchen wie du …!«, nuschelte er dann meist durch die Zähne.

»So, so, Mädchen wie ich? Wie sind denn Mädchen wie ich?«, bohrte ich schließlich amüsiert und beobachtete, wie er sich um Kopf und Kragen redete. Ganz versessen war ich aber auf seine Wangen, wenn er lachte. Diese formten sich immer zu kleinen Bällchen, in die ich am liebsten reingebissen hätte.

Oh mein Gott! Kann mir bitte jemand eine runterhauen? Warum werden wir so bescheuert, wenn wir verknallt sind? Auf einmal gefallen uns Dinge, die wir sonst schrecklich finden. Erklären stinknormale Körperteile zu unserem ganz speziellen Schönheitsideal. Plötzlich nehmen wir Dinge wahr, die uns sonst nie aufgefallen wären. Dann sehen wir überall »sein Auto«, nur weil irgendein Trollo mit dem gleichen Modell an uns vorbeifährt. »Oh, Nummernschild XY, nee, war er doch nicht, nur das gleiche Ortskennzeichen!« – »Daaas gleiche Parfüüüüm hat eeeer aaauuuch!« Ja kein Wunder, wenn man bei Douglas schon den zwanzigsten Duft auf die letzte freie Körperstelle gesprüht hat!

Round and round and round it goes ... – **Februar 2003**
Wenn Inkonsequenz zu nichts Halbem
und nichts Ganzem führt ...

Eines Nachmittags im Februar dann – es war kurz nach meinem Geburtstag – stolperte ich förmlich über ein Päckchen vor der Haustür, als ich gerade auf dem Weg in die Stadt war, um Tess zum Shoppen zu treffen. Ich setzte mich also kurzerhand auf die Treppe und schaute das kleine, bunt verpackte Etwas an. Als ich es öffnete, fand ich ein Fotoalbum. Fein säuberlich eingeklebte Bilder, beschriftet, mit Datum und Kommentar versehen, bunt verziert mit Farbstiften und kleinen Klebebildchen. Da war mein Lieblingsschnappschuss aus unserem ersten gemeinsamen Skiurlaub, Jan und ich in langen Unterhosen und mit zerzausten Haaren, wie wir unter einer Mütze steckten und uns knuddelten, als wären wir einander die liebsten Menschen auf der Welt. Und da, die Fotos vom Sommer auf dem Campingplatz, der alte Wohnwagen, in dem wir übernachtet hatten, und das Bild, auf dem ich mit Schnorchel und Taucherbrille auf Jans Schultern saß, während er komplett unter Wasser stand und nur die kleinen Luftblasen auf ihn schließen ließen. Fotos von unserem ersten gemeinsamen Weihnachten und der Schlittenfahrt im Schneematsch, unserem ersten Silvester in den Bergen, als wir in Schneeanzügen auf der Bank vor der kleinen Hütte eingeschlafen waren. Das Album enthielt quasi alle Stationen unserer Beziehung, und auf der letzten Seite entdeckte ich ein dickes »Sorry!« auf einem eingeklebten Umschlag, in dem ein Brief steckte.

Mein Schatz,

schon lange bevor du dich von mir getrennt hast, habe ich gemerkt, dass sich deine Gefühle für mich verändert haben. Dass du nicht mehr richtig bei mir warst. Ich hatte gehofft, es wäre nur eine Phase, die du selbst vielleicht noch nicht mal richtig wahrnehmen würdest. Ich dachte, alles könnte wieder ganz normal werden, wenn ich die Probleme nur eisern genug ignorieren würde. Doch jetzt bist du schon seit acht Wochen weg, und langsam kann ich es einfach nicht mehr ignorieren. Weil ich bald verrückt werde! Meine Gefühle sind nämlich nicht weniger geworden. Im Gegenteil. Ich liebe dich jeden Tag mehr.

Es tut weh, hilflos zusehen zu müssen, wie wir beide uns immer fremder werden. Wir haben so viel gestritten und so viel zerredet.

Ich weiß, ich war oft eine Belastung für dich. Ich war verzweifelt und wusste nicht mehr, wie ich in irgendeiner Form Druck auf dich ausüben konnte. Dir war ja alles irgendwann einfach nur noch egal und ich kam überhaupt nicht mehr an dich ran. Mit keinem Wort, mit keiner Handlung.

Ich weiß auch, dass dir deine Freiheiten und deine Freunde enorm wichtig sind. Aber ich dachte immer, ich wäre auch einer deiner Freunde. Ein Freund, mit dem du alles teilen kannst. Wann ist diese Freundschaft zwischen uns kaputtgegangen? Wie konntest du diese Entscheidung allein treffen? Mich einfach vor vollendete Tatsachen stellen? Haben wir nicht immer alles beredet?

Ich erkenne dich nicht wieder! Du warst doch immer die Vernünftigere von uns beiden. Die Stärkere. Wie kannst du mich jetzt so im Regen stehen lassen, wo ich doch deine Freundschaft am meisten brauche? Wie kannst du so dichtmachen und mir noch nicht mal die Chance geben, um dich zu kämpfen? Uns eine Chance geben, das gemeinsam durchzustehen! Ich weiß, dass wir das schaffen können! Wenn du dich nur endlich wieder öffnen könntest. Für mich und unser Leben.

Ich weiß, du willst das alles gar nicht hören. Weil du Angst hast, dass da tief in dir noch etwas übrig ist, das ebenfalls an uns hängt. Das uns liebt. Darum musst du das jetzt hören.

Bevor es zu spät ist.

Dein Jan

Ohne die üblichen Vorboten wie Kloß im Hals oder brennende Augen kullerten bei mir jetzt von null auf hundert die Tränen. Dicke, fette, ehrliche Tränen. Tränen voller Schmerz darüber, dass meine Gefühle nicht mehr gereicht hatten, um noch mehr Seiten dieses Albums zu füllen, mit noch mehr liebevollen Momenten, noch mehr Jahreszahlen. Dicke, fette, ehrliche Tränen des Mitgefühls für Jan. In diesem Moment konnte ich seinen Schmerz fühlen. Auf einmal wurde er zu meinem Schmerz. Alles tat weh. Der Verlust, das riesengroße Chaos der letzten Monate und vor allem das Mitleid, das ich offenbar hundert Mal stärker für andere Menschen empfinden konnte als die meisten anderen, die ich kannte. Bis ich bei der letzten Zeile angekommen war, saß ich da und heulte. Ich heulte wie ein Schlosshund. Meine Kiefer schlugen zitternd aufeinander und ich konnte mich gar nicht mehr beruhigen. Verstohlen wischte ich mir die Tränen weg, weil ich immer noch im Hof auf der Treppe saß, doch ich wischte und

wischte und die Tränen flossen weiter. Meine Nase lief, ich steckte in einem regelrechten Heulkrampf. Ich brauchte ein Taschentuch, kramte in dem Päckchen nach einem Fetzen Papier, als sich ein Arm um mich legte, ein Taschentuch nach meiner Nase griff und sich ein Schluchzen zu mir beugte und auf mir zusammensank. Durch die salzigen Tränen bohrte sich sein Hundert-Tage-Bart in meine Kopfhaut. Auch Jan zitterte am ganzen Körper. Er war blass und schmal im Gesicht geworden. Es war kaum zu ertragen, ihn so leiden zu sehen. So verzweifelt, so hilflos. Ich konnte nicht stark bleiben, musste noch mehr heulen. So saßen wir beide da, klammerten uns aneinander und weinten. Was ich ihm angetan hatte, machte mich echt fertig. Deshalb schaffte ich es nicht, das zu tun, was am vernünftigsten gewesen wäre. Nämlich meine Meinung beizubehalten und mich nicht wieder erweichen zu lassen. Aber das ging nicht.
Ich wollte nicht, dass er litt. Ich konnte ihm nicht länger wehtun. Hoffentlich fragte er mich nicht, was ich noch für ihn empfand. Ich müsste lügen, weil die Wahrheit zu schmerzhaft für ihn wäre. Er liebte mich, und das wusste ich. Ich wusste auch, dass er sich das Gleiche von mir erhoffte. Doch was meine Gefühle betraf, so konnte ich nicht sagen, dass ich ihn noch immer liebte.

♥ *Ich hasste diesen Liebesendeschmerz, der sich schon lange in meinem Herz breitmachte. Nicht wegen ihm, sondern wegen mir.*
Weil ich ihn nur noch halb fühle. Zu halb. Zu wenig.
Deshalb wäre es besser, wie es sein würde, wenn ich es ihm sage.
Ich hatte solche Angst vor diesem Liebesendeschmerz, denn ich wusste, er würde ihm das Herz brechen.

Doch eigentlich musste es sein. Damit wir beide wieder glücklich werden können.
Und ich dem, den ich ganz fühle, der mich ganz fühlt, mein Liebesanfangsglück schenken kann. ♥

Als wäre es nicht schon schlimm genug, dass ich mich wieder dem Leben, das ich nicht führen wollte, versprochen hatte, so hatte ich auch noch das Gespräch mit Andrew vor mir. Ich musste ihm sagen, dass ich zu *ihm*, wie wir Jan immer nannten, zurückgegangen war. Ich hätte ihn nicht anlügen können. Wenigstens das war ich ihm schuldig. Ich musste aufrichtig mit dieser Sache umgehen. Alles andere hätte die Probleme nur noch größer gemacht.

Als ich abends im Bett, ohne lange zu fackeln, weil ich es mir womöglich sonst noch mal anders überlegt hätte, seine Nummer wählte, hatte ich den größten Kloß im Hals, den man im Hals haben konnte. Als er abnahm, hatte ich fast keine Stimme. Ich wollte nicht lange um den heißen Brei herumreden, denn es fiel mir schon schwer genug, ihn überhaupt so zu enttäuschen. Also fiel ich gleich mit der Tür ins Haus: »I gotta tell you something!« Ich muss dir was sagen!

»What's up, sweetie?« Was ist los, Süße?

»We've made up!« Wir haben uns wieder vertragen!, stammelte ich in einem verzweifelten Versuch, den Ausdruck »Wir sind wieder zusammen« zu umgehen.

»Who?« Wer?, fragte er irritiert.

»Him and me!« Er und ich!, entgegnete ich kleinlaut.

»You're joking?!« Das ist ein Scherz?!, stieß er hervor.

»Nein!«, flüsterte ich einsilbig, denn ich konnte meine Stimme selbst kaum ertragen.

Als ich nichts weiter sagte, merkte er, dass ich es ernst meinte. Mir fehlten die Worte vor lauter Dummheit und Scham. Er fing gefühlte zehn Sätze an und brach sie in der Mitte ab. »You know how I feel … I gave you so much time …« Du weißt, was ich für dich empfinde … Ich habe dir so viel Zeit gelassen … Er war sauer. Vor meinem geistigen Auge konnte ich den Zorn in seinem Gesicht sehen, was sich wie ein Hieb in die Magengrube anfühlte. Ich konnte es nicht ertragen, dass er böse auf mich war. »I felt so sorry for him, you don't understand that!« Er hat mir so leidgetan, du verstehst das nicht!, fiel ich ihm ins Wort und suchte atemringend nach Erklärungen, wo kaum sinnvolle zu finden waren. Nach Ausreden, die für einen Außenstehenden kaum noch fadenscheiniger klingen konnten.
»No, Sandra, you don't understand!« Nein, Sandra, du verstehst nicht!, unterbrach er mich dieses Mal lauter, als ich es von ihm gewohnt war, und mir fuhr es ein zweites Mal in den Magen. Beide Arme schützend angezogen, als wollte ich unbewusst seine Worte abwehren, saß ich stocksteif in meinem Bett, gab keinen Mucks von mir und ließ seine Worte auf mich einprasseln. Jedes einzelne fühlte sich an wie ein weiterer Stich in die Bauchdecke, und damit verstummte ich endgültig. »You felt sorry for him …? Do you ever feel sorry for me?« Er hat dir leidgetan …? Tue ich dir irgendwann mal leid? Ehe ich eine Chance hatte, aus meiner Starre aufzutauen und noch mehr Blödsinn zu faseln, legte er auf. Wie gefesselt von einem schlechten Film saß ich noch einige Minuten regungslos auf meinem Bett, starrte an die gegenüberliegende Wandschräge und verband paralysiert die unterschiedlich großen Kerben in der Holzdecke mit imaginären Strichen zu kleinen Bildchen. Großartig! Das hatte ich mal wieder eins a hinbekommen. Ich hatte es doch wirklich drauf, alles zu vermasseln.

Im Affekt haute ich mir selbst eine runter. Allerdings schaffte ich es nicht, mir so gehörig eine zu verbraten, dass es mir auch nur annähernd die Befriedigung verschaffte, die ich gerade suchte. Je länger ich hier saß und die Wand anstarrte – die blöde imaginäre Ente aus einer Maserung im Holz, aus der ein Schnabel und ein dunkelbraunes Auge hervorgingen –, desto wütender wurde ich auf mich. War ich von allen guten Geistern verlassen, Andrew diesen Vorfall bei der erstbesten Gelegenheit zu beichten? So weit kam man mit Ehrlichkeit! Ich war derart zornig, dass ich mich wie von Sinnen mit dem Gesicht nach unten auf die Matratze warf und mit geballten Fäusten auf mein Kopfkissen einschlug. Halb deutsch, halb englisch schrie ich mir meinen Frust von der Seele und prügelte auf das Kissen ein. Minutenlang. Ohne Pause. Ich fluchte und brüllte und schrie jeden an, der in die Sache involviert war, am meisten mich selbst. Bis ich vor Erschöpfung nur noch dalag, das Gesicht tief im Kissen vergraben, und heulte. Ja ich heulte wie ein kleines Kind. Konnte ein Mensch eigentlich mehr Mist bauen als ich in den letzten Monaten? War es möglich, noch mehr Fehler zu machen? Ich hatte alles falsch gemacht, was man nur falsch machen konnte. Nur weil ich – verdammt noch mal! – einfach nie hart bleiben konnte, gab ich mich immer wieder selbst auf. Doch diesmal war es nicht nur das. Denn diesmal gab ich nicht nur mich auf, sondern Andrew gleich mit! Ich hatte keine Kraft und keinen Elan mehr, ständig gegen irgendwen oder irgendwas anzukämpfen. So konnte das nicht weitergehen. Zu kraftlos, um heute noch über eine Lösung nachzudenken, schrieb ich gedanklich die Strichliste weiter, die ich zum Thema »So kann es nicht weitergehen« gnadenlos anführte, und verfiel in ein monotones Wimmern, das vor lauter Leere und Dunkelheit in meinem Kopf irgendwann nur noch ein Fiepsen war, bis ich schließlich völlig erschöpft einschlief.

Life's a bitch ... – **Februar/März 2003**
Das Leben ist ein A...

Als ich am nächsten Morgen aufwachte, wollte ich die Augen nicht öffnen. Ich hoffte, wenn ich sie geschlossen ließe, wäre alles nur ein böser Traum gewesen. Meine Augenlider vermochte ich zwar zu kontrollieren, aber nicht meine Gedanken. Und so konnte ich nichts dagegen tun, dass die Bilder und Gespräche der letzten Wochen in meinem Kopf Kreise zogen. Ich sah Andrews Lächeln und gleichzeitig Jans Tränen. Hörte mich lachen und im nächsten Augenblick schluchzen. Decke über den Kopf und einfach liegen bleiben. Nie mehr aufstehen und bloß niemanden sehen. Mit niemandem reden und einfach tun, als gäbe es außer mir keinen Menschen auf der Welt. Wenn ich mich lange genug verkroch, lösten sich vielleicht irgendwann alle Probleme in Luft auf. Vielleicht bemerkte dann niemand, dass ich nicht mehr da war. Ja, ich weiß, sich der Verantwortung zu entziehen, war keine Lösung. Aber nur dieses eine Mal? Spätestens in ein paar Stunden würde Jan versuchen, mich zu erreichen, und sich wundern, wo ich wohl abgeblieben war. Jan! Wenn ich seinen Namen schon hörte – oder sagte –, biss sich der Gedanke, mich hier zu verstecken, noch mehr in meinem Kopf fest. Nur ein paar Jahre und alles wäre Schnee von gestern. Ich musste nur noch jemanden finden, der für mich arbeiten ging, sich um meine Unibewerbungen kümmerte und anschließend der ganzen Welt verklickerte, dass ich mir eine Auszeit genommen hatte. Vielleicht könnte ich eine von den Mädels überreden, mein Leben in die Hand zu nehmen. Zu tun, als wäre sie ich, damit sie alles für mich erledigte. Pia zum

Beispiel. Ob sie das Chaos irgendwelcher Kids beseitigte oder mein Leben aufräumte, wo war da der Unterschied? Oder Tess? Schon in der Unterstufe hatte sie immer tapfer ihren Kopf für mich hingehalten, wenn wir mal wieder was ausgefressen hatten. Somit war sie quasi von klein auf in diese Position hineingewachsen. Wer würde sich also besser eignen als sie?

Na gut, alles Unsinn, ich sah es ja ein. Da musste ich selbst durch. Und wie sollte es jetzt weitergehen? Am besten, ich konzentrierte mich auf Jan und beendete die Geschichte mit Andrew. Genau genommen hatte er das bereits für uns beide erledigt. Ich würde es einfach vermeiden, ihn zu sehen oder zu hören, und dann musste ich ihn doch irgendwann vergessen.

Ihn nicht zu hören, war insofern nicht schwer, weil er nicht mehr anrief. Das änderte zwar nichts daran, dass ich mich ununterbrochen nach seiner Stimme sehnte, aber zumindest hatten wir keinen Kontakt. Ihn nicht zu sehen, war auch nicht schwer. Ich ließ einfach einige Mädelsabende aus und blieb somit unserer Stammdisko fern. Das alles ließ sich also praktisch umsetzen – aber wollte ich das? Wie lange würde es mir gelingen, die Sehnsucht zu unterdrücken und durchzuhalten? Manchmal musste ich es mir wirklich verkneifen, ihn anzurufen. Ich hätte mich ja nicht melden müssen. Nur kurz seine Stimme hören, und wenn es nur eine Sekunde wäre, und dann wieder auflegen. Ich hätte auch freitags mit den Mädels mitgehen können. Ich musste ja nicht auffallen. Einfach nur heimlich irgendwo in der Menge untertauchen und ihn beobachten. Nur kurz schauen und dann wieder gehen.

Das überlegte ich mir jeden Tag, und immer wieder ließ ich es sein. Es hatte ja keinen Sinn. So würde ich nicht von ihm loskom-

men. Ich versuchte es mit allen Mitteln. Ich musste mir nur einreden, dass er doch gar nicht so umwerfend war. Deshalb suchte ich nach Dingen, die mir an ihm nicht gefielen. Wie wäre es mit der Frisur? Diese abrasierten Haare – schrecklich! Aber wie sie sich in den Händen anfühlten, wenn man darüber strich ... Okay, etwas anderes. Seine Augen. Blau. Ich mochte an Männern keine blauen Augen. Die hatte ich selbst und fand sie deshalb bei Jungs unspektakulär. Lieber grün. Doch dieser Blick ... Gut, das war wohl auch nicht die richtige Methode. Dann eben einfach den Kopf ausschalten. Oder das Herz. Am besten beides. Und vor allem brauchte ich Ablenkung. Also versuchte ich, rund um die Uhr irgendetwas zu unternehmen. Nach einer Weile war ich ein Genie im Verdrängen geworden. Ich hatte in mir selbst meinen Meister im Augen-vor-den-Tatsachen-Verschließen gefunden.
Aber hin und wieder merkte ich doch, dass noch kein Meister vom Himmel gefallen war. Nämlich dann, wenn es Abend wurde und es Zeit war, schlafen zu gehen. In dem Moment stand es schlecht um die Ablenkung. Oder dann, wenn Jan sich zu mir unter die Bettdecke kuschelte und ich mich dabei ertappte, nicht bei der Sache zu sein. Wenn er mich in den Arm nahm und meine Gedanken woanders waren. Aber das durfte nicht sein! Es war nun mal, wie es war. Ich hatte mir vorgenommen, mich zu entscheiden, und nun hatte ich mich entschieden. Oder die Umstände hatten für mich entschieden – genau genommen auch wieder gegen mich. Aber gut, irgendwann musste dieses Theater ja ein Ende haben. So kapselte ich mich für einige Zeit ab und schaffte es einigermaßen, im Alltag und in Gegenwart von Jan zu funktionieren.
Doch wie ich nun mal war, konnte ich mich nicht für immer irgendwo verkriechen. Nachdem ich es also mal wieder ein paar

Wochen geschafft hatte, meine Bedürfnisse zu unterdrücken, beschloss ich es zu wagen, mich den Mädels anzuschließen. Natürlich hatte ich darüber nachgedacht, dass er vielleicht da sein würde, und ehrlich gesagt hoffte ich das sogar insgeheim. Doch Tess und Pia hatten mich die letzten Wochen auf dem Laufenden gehalten und mir berichtet, dass sie ihn seit unserem Telefonat dort nicht gesehen hatten.

* * *

Die erste halbe Stunde war ich ziemlich nervös, weil ich mir nicht sicher war, ob er tatsächlich nicht da war. Ich wollte mir gar nicht ausmalen, wie das alles hätte ablaufen können, wenn ich plötzlich, für ihn so unerwartet, vor ihm gestanden hätte. Aber nachdem wir Mädels einige Runden gedreht hatten und ich ihn nirgends gesehen hatte, entspannte ich mich allmählich. Wir pflanzten uns an die Bar und genossen unsere Drinks – seit Langem endlich wieder in kompletter Runde. Meiner wiedergewonnenen Freiheit zu Ehren ließ ich eine Extrarunde springen. Schon bald waren wir ziemlich aufgedreht, quatschten nur Blödsinn und baggerten den Barkeeper an, der unser Vater hätte sein können, um ihm ein paar Freidrinks abzuluchsen. Wir konnten uns nicht mehr halten vor Lachen, weil wir uns gegenseitig mit unseren Schmeicheleien toppten. Auf der anderen Seite der Bar tummelte sich seit geraumer Zeit ein Grüppchen von Typen, die uns beobachteten. Einer von ihnen suchte schon eine Weile Blickkontakt, aber wir taten so, als bemerkten wir ihn nicht. Wir hatten gerade keinen Bock auf Small Talk und wollten lieber unter uns sein. Nachholen, was die letzten Wochen viel zu kurz gekommen war.

Aus dem Augenwinkel beobachtete ich, wie die Jungs den Kellner zu sich winkten und auf uns deuteten. Einen kurzen Moment später stellte der Barkeeper drei Wodka Red Bull mit einem netten Gruß von den Herrschaften auf der gegenüberliegenden Seite vor uns auf den Tresen. Na toll! Jetzt konnten wir sie ja kaum länger ignorieren. Um die Wette strahlend, als hätte man ihnen gerade ein Jahresabo für den Playboy geschenkt, prosteten sie uns zu. Also prosteten wir zurück und bedankten uns. Keine Minute später kamen sie um den Tresen herum und stellten sich uns vor. Kreuz und quer quetschten sie sich zwischen uns und fingen mit dem üblichen Geplauder an. Die Jungs waren wirklich locker drauf und auch ganz nett, trotzdem war ich schnell gelangweilt. Die meisten Gespräche in Diskotheken waren nun mal oberflächlich. Schließlich ging man ja auch nicht unbedingt feiern, um tiefsinnige Themen zu wälzen. Tanzen wollten die Typen nun auch noch, doch ich für meinen Teil war nicht wirklich scharf darauf, mich dabei auch von nur einem von ihnen angrabschen zu lassen. In der Praxis sah das nämlich eher so aus, dass die dich fast von hinten durch die Hose rammelten, nur weil sie sich ein Pflaster auf die Backe geklebt hatten und sich für Nelly hielten. Wenn du nicht ganz schnell dein Ärschchen in Sicherheit brachtest, hattest du schneller einen nassen Lappen im Nacken, als dir lieb war. Während ich mich also mit Händen und Füßen gegen die Überredungsversuche wehrte, waren meine Mädels schon so gut wie auf und davon. Mit der Aussage, ich hätte heute meine Sitzschuhe an, schickte ich meinen hartnäckigen Verehrer schließlich hinterher und streckte zum Abschied meine hohen Hacken in die Luft.

So blieb ich also allein zurück. Aber alles war mir heute lieber, als mit diesem Typen Trockensex auf der Tanzfläche zu haben. Ich hielt mich an meinem Drink fest, hörte mir die Musik an, die von der Tanzfläche runterschallte, und drehte mich auf meinem Barhocker im Takt von links nach rechts, als *er* auf einmal im Türrahmen stand. Als ich ihn sah, war mein Kopf plötzlich leer. Ich konnte nichts denken, nichts fühlen, außer einen gehörigen Schock in eben dieser Sekunde, als er mich erblickte und unter dem Türrahmen für maximal eine Sekunde lang einfror. Wenn überhaupt. Vielleicht war es auch nur mein eigenes Blinzeln, das für mich eine Sekunde lang das Bild anhielt. Ich konnte keinen Überlegungsprozess an ihm erkennen, kein Zögern, und in seinem Gesicht vermochte ich nichts zu lesen, als er direkt auf mich zukam. Reflexartig hielt ich den Atem an. Mit jedem Schritt, den er sich näherte, verstärkte sich mein Tunnelblick. Der Abstand von maximal vier Metern von meinem Barhocker zum Türrahmen ließ noch nicht mal Zeit für Gedanken wie »Kommt er her, kommt er nicht her? Was, wenn er sich umdreht und geht?« Ich war wie vor den Kopf gestoßen und reagierte automatisiert, nur noch mädchenhaft intuitiv in meinem Schockmodus. Ich biss mir auf die Lippen und warf ihm einen reumütigen Blick zu, während er immer näher kam. Einen Schritt vor mir blieb er stehen, und wo die ganze Zeit unleserliche Leere gewesen war, war jetzt überraschenderweise wieder der Blick, den er immer hatte, wenn er mich ansah. Voller Wärme. An meinen Sinnen zweifelnd, aber auch erleichtert, dass er noch nicht weggerannt war, grinste ich bemüht mein charmantestes und herzerweichendstes Verzeih-mir-Grinsen.

»Sandra, Sandra!« Unter einem tiefen Seufzer schüttelte er den Kopf, als wäre ihm nicht mehr zu helfen, und entgegen all meinen Erwartungen, die ich bezüglich seiner Reaktion hatte, stellte er sich hinter mich, schlang seine Arme um mich und gab mir einen

Kuss auf den Kopf. So blieb er einfach stehen – seine Lippen in meine Haare vergraben.

Ich rührte mich nicht. Viel zu viel Angst hatte ich, ihn dadurch aufzurütteln. Ich wollte nicht, dass er mich losließ. Und das tat er auch nicht. Er hielt mich fest in den Armen und begann mich leicht auf meinem Stuhl hin und her zu wiegen. Kaum merklich und dennoch tröstlich.

»I'm going to Iraq in May.« Ich gehe im May in den Irak. Sein Atem war warm, seine Stimme gedämpft und rau.

»Okay«, sagte ich einsilbig und meine Stimme klang ungewohnt hell in meinen Ohren.

How sad I am – how sad you're gonna be – **April 2003**
Wie traurig ich bin – wie traurig du sein wirst

♥Lösche das Licht.
Sieh mich nicht so an.
Ich kann dir nichts mehr geben.
Ich bin leer für dich.♥

Das waren die einzigen Gedanken, die ich hatte, als ich nach dieser Begegnung am Wochenende, nämlich am Montagabend, erneut widerwillig neben Jan im Bett lag. Ich wollte Andrew noch mehr als zuvor, und am liebsten hätte ich es in die Welt hinausgeschrien. Jetzt, wo die Zeit knapp wurde, kam das auch im letzten Gewinde meines Dickschädels an.
Nun war es also offiziell: Andrew würde in den Irak fliegen. Dass der Zeitpunkt irgendwann kommen würde, war uns ja von Anfang an klar gewesen, nur hatte ich speziell in den letzten Wochen gehofft, dass es noch einige Monate dauern würde. Von all den vielen Fragezeichen, die da am irakischen Horizont und in meinem Kopf lauerten, war das Wann jetzt also keines mehr. May it is! Und: Andrew it is! Der Mai ist es! Und: Andrew ist es! Zumindest das hatte ich jetzt begriffen. Ich beschloss, endgültig mit Andrew über alles zu reden, wenn er sich das nächste Mal meldete. Doch er rief nicht an. Noch nicht einmal eine ganz kurze Nachricht schrieb er mir. Was war los? Wir hatten uns doch versöhnt. Oder wollte er sich mir gar nicht wieder annähern? Hatte er sich etwa verabschiedet? Vielleicht wartete er auch darauf, dass ich mich meldete. Oder sollte ich seine Distanz respektieren?

Natürlich merkte dieses Mal auch Jan schneller als sonst, dass ich mich in den letzten Tagen seltsam verhielt. Ich wäre wieder so abwesend und in mich gekehrt. Er würde nicht mehr an mich herankommen und ich suche erneut Abstand. Das und einiges mehr warf er mir vor. Als er sich schließlich in den Kopf gesetzt hatte, dass mein Verhalten irgendwie mit dem letzten Wochenende in Verbindung stehen musste, war es endgültig vorbei. »Ich will nächsten Freitag mit!«, kündigte er an. Er müsse doch mal sehen, wo ich mich so rumtreibe und was überhaupt so toll an diesem Laden wäre, dass wir dort jeden Freitag hinrannten. Er wolle mal sehen, was für Leute dort verkehren und welche Bekannten wir in der Disko hätten. »Hast du da nicht auch diesen Amerikaner kennengelernt, bli bla blub …«

So, jetzt war es endgültig so weit! In Kürze würde ich im Alter von neunzehn Jahren meinen ersten Nervenzusammenbruch erleiden! »Andrew, this is my boyfriend!« Andrew, das ist mein Freund! »Jan, das ist der Typ, mit dem ich dich seit fast einem dreiviertel Jahr betrüge!« Super! Und was jetzt? Sicher war, dass Jan mitwollte. Klar war auch, dass es ziemlich auffällig gewesen wäre, wenn ich mich zu sehr dagegen gesträubt hätte, ihn mitzunehmen. Fakt war, er ließ kein Argument gelten. Wenn ich ihn nicht mitnahm, würde er eben selbst hinfahren. Aber ich konnte es auch nicht riskieren, nicht hinzugehen und Andrew nicht noch mal zu sehen. Ich brauchte Antworten, und falls das ein Abschied gewesen sein sollte, konnte ich das so nicht akzeptieren. Was konnte ich also tun? Sollte ich Andrew vorher Bescheid sagen? Schon wieder mit einer schlechten Nachricht bei ihm aufkreuzen? Hatte er nicht irgendwann gesagt, er würde gerne mal den Mann sehen, dem es gelang, mich zu halten? *Ja, mein Lieber, diese Gelegenheit wird sich dir nun bieten!*

Also entschied ich mich abzuwarten. Das konnte ich schließlich am besten. Warten, bis die Dinge sich verselbständigten und mir alle Probleme über den Kopf wuchsen. Darin war ich unschlagbar. Und auch darin, aus den Konsequenzen, die ich deshalb bereits tragen musste, nichts zu lernen und immer wieder die gleichen Fehler zu machen.
Vielleicht würde Andrew ja gar nicht da sein (diese Theorie hatte erst letzte Woche so gut geklappt!). Oder die zwei begegneten sich gar nicht und ich könnte es mir ersparen, sie einander vorzustellen (manchmal tat es schon fast weh, sich so naiv zu stellen). Ich hätte auch jedem etwas anderes erzählen können. Andrew verstand schließlich kein Deutsch, und Jans Englischkenntnisse konnte man nicht gerade als herausragend bezeichnen. Er verstand zwar recht viel, konnte die Sprache aber nicht wirklich gut sprechen, und bei der Lautstärke in der Disko hätte ich zumindest die schlechte Akustik auf meiner Seite. Die beiden würden sich dann bestimmt nicht unterhalten. Was aber, wenn doch? Oder wenn auf einmal beide nach meiner Hand griffen oder so ähnlich? Vielleicht könnte ich von einem zum anderen tingeln à la »Das Doppelte Lottchen – neu verfilmt«. Es war auch möglich, dass Jan spontan absagte. Warum also schon vorher viel Wind machen?

* * *

Mal wieder Pustekuchen! Jan saß wacker an Bord und freute sich des Lebens. Die Mädels waren natürlich, ähnlich wie ich, hellauf begeistert, in seiner Begleitung auf dem Weg zu sein. Schon die Fahrt war ein riesen Spaß. So spaßig, dass wir am liebsten mitten auf der Autobahn gewendet hätten, um den Heimweg anzutreten oder ihn an irgendeinem Rastplatz auszusetzen. Jetzt musste ich mir schleunigst etwas einfallen lassen. Um nichts auf der Welt wollte ich, dass Jan, Andrew und ich uns auf einmal alle drei unerwartet gegenüberstanden. Auf diese Erfahrung in meiner Sammlung von »Sandra's Most Embarrassing Moments« Sandras peinlichste Momente konnte ich verzichten. Also drückte ich Jan unter einem Vorwand Teresa aufs Auge und machte mich auf die Suche nach Andrew. Wie es weitergehen würde, wenn ich ihn fand, wusste ich noch nicht. Keine Ahnung, was ich sagen oder tun sollte. Doch um darüber nachzudenken, war inzwischen keine Zeit mehr. Ich steuerte direkt auf die Cocktailbar zu, hatte aber kein Glück. Oder vielleicht doch? Wenn er nämlich nicht hier war, würde ich gerade noch einmal ungeschoren davonkommen. Um auf Nummer sicher zu gehen, setzte ich meine Suche fort. Bloß nichts dem Zufall überlassen!

Mein nächster Gang führte mich nach oben ins Bistro. Die Treppe war natürlich wieder proppenvoll. Oben angekommen, ließ ich meinen Blick kreuz und quer über die Sitzgruppen schweifen, konnte aber leider nur sehr wenig erkennen, weil die Lehnen so hoch waren, dass man von hinten keine Köpfe sah. Super, jetzt durfte ich mich in einer Minute durchkämpfen und in jeder Sitzgruppe nachsehen. Dann also los! Als ich mich auf den Weg machte und meinen Blick schweifen ließ, bemerkte ich eine Hand. Genau genommen nur einen Finger, der an der Seite einer der Sitzbänke herausschaute. Sofort erkannte ich seinen Ring. Das war *seine* Hand! Wer mochte ihm da bloß gegenübersitzen? Er saß sonst nie dort. Außer mit mir. Nie mit seinen Freunden. Vielleicht ein anderes Mädchen? Das würde erklären, warum er sich nicht gemeldet hatte. Mit welcher Reaktion hatte ich zu rechnen, wenn ich ihn störte? Ich für meinen Teil war froh, mein eigenes Gesicht nicht sehen zu können, wäre er tatsächlich mit einem Mädchen da.

Was mir innerhalb dieser wenigen Sekunden durch den Kopf ging, war unfassbar. Als hätte ich nichts Wichtigeres zu klären als die Identität seines Gegenübers. Es war schon komisch, welch banale Dinge ich ständig analysieren musste, bis von der Sache nichts mehr übrig blieb. Jedes winzig kleine Detail wurde von mir auseinandergenommen, bis ich nicht mehr wusste, was eigentlich der Anlass gewesen war. Da, schon wieder! Ehrlich gesagt sollte ich mir gerade andere Gedanken machen.

Nun war ich fast an seinem Tisch angekommen, weshalb ich einen Gang runterschaltete. Ich atmete noch einmal tief durch und schaute dann vorsichtig um die Ecke. Entwarnung! Kein Mädchen! Andrew sah mich verdutzt an, wahrscheinlich weil er nicht mit mir gerechnet hatte. Nach der ersten Überraschungssekunde hellte sich sein Gesichtsausdruck merklich auf. Er stand auf und drückte mich zur Begrüßung. Zeitgleich vernahm ich das übermütige Grölen seiner Jungs, die sich jetzt wie auf Kommando aus den Sitzreihen rechts und links des Tisches erhoben.

»There she is!« Ah, da ist sie ja! David, Andrews engster Freund unter seinen Kollegen, strich mir begrüßend über den Rücken und verschwand wild gestikulierend, als hätte man ihm ein Messer ins Herz gerammt. »Du machst den Kerl fertig!« Er zwinkerte mir zu und zog Andrew im Vorbeigehen mit der Getränkekarte eins über.

»You're a dickhead!« Du bist ein Volldepp! Andrew boxte David freundschaftlich in die Seite, bevor der sich vom Acker machte. Ich schüttelte lachend den Kopf und setzte mich auf die Bank Andrew gegenüber. »I love this guy!« Der Typ ist klasse!

Andrew rollte mit den Augen und entschuldigte sich für den wilden Haufen. »Willst du was trinken?«, fragte er und sah sich nach der Bedienung um.
Dankend lehnte ich ab und die Unterhaltung geriet ins Stocken, weil keiner von uns beiden so recht wusste, wie wir an unsere Begegnung von letzter Woche anschließen sollten.
»Wieso hast du dich nicht gemeldet?« Zwar war ich überhaupt nicht in der Position, irgendetwas von ihm zu erwarten, aber einer von uns beiden musste ja aussprechen, was da zwischen uns in der Luft waberte.
»Why didn't you call?«, gab er die Frage direkt an mich zurück und wartete mit einem nüchternen Ausdruck in den Augen auf eine Erklärung.
»Ich wusste nicht, ob du das willst«, antwortete ich kleinlaut, aber ehrlich. »Ich dachte, du wolltest dich letzte Woche vielleicht verabschieden.«
Sein nüchterner Blick verschwand und er seufzte. »Sandra, du bist zu Jan zurückgegangen.« Er griff nach meinen Händen und mir fiel auf, dass ich noch nie zuvor diesen Namen aus seinem Mund gehört hatte. »Du weißt, dass das die falsche Entscheidung war. Ich kann dich aber auch gerne wieder täglich anrufen und dir das am Telefon klarmachen.« Er grinste sein typisches Andrew-Grinsen, das so entwaffnend auf mich wirkte und mir schlagartig eine derart gute Laune bescherte, dass ich mitlachen musste.
»Yes, please. Would you do that? Call me every day ...?!« Ja, bitte. Würdest du das bitte machen? Mich jeden Tag anrufen ...?!
Dankbar, dass die Atmosphäre spürbar lockerer wurde, und erleichtert darüber, dass er es mir nicht so schwer machte, an ihn ranzukommen, hätte ich mich am liebsten über den Tisch gelehnt

und ihn geküsst. Wie er so dasaß und mir zutiefst vertraut erschien. Sein liebes Gesicht und seine warmen Hände ... Seine Hände, die meine umschlossen ...

Fuck! – Reflexartig zog ich die Hände weg, als mir der Gedanke in den Kopf schoss, dass Jan ja jederzeit hier reinplatzen könnte. Vor den Kopf gestoßen sah Andrew mich an und zog nun auch seine Hände zurück. *Sandra! Du bist doch echt die allerletzte dumme Kuh!* Innerlich gab ich mir eine schallende Backpfeife. »Jan's here!« Jan ist hier! Baam! Schon war es raus! Ich kniff die Augen zu, legte die geballten Fäuste auf dem Tisch ab und wartete, dass was passierte.

»Ho, good lord! Herrgott! Du ersparst mir aber auch wirklich nichts, oder?« Andrew stieß ein Lachen aus, als hätte er sich verhört, und nahm eine Abstand schaffende Körperhaltung ein. Hilflos nuschelte ich: »Sorry!«, und lugte wie so oft betroffen unter meinen Ponysträhnen hervor.

»Alright, bring him here!« Also gut, bring ihn her! Andrew lehnte sich zurück und atmete tief aus. Das konnte er nicht ernst meinen! Ich machte daher keine Anstalten aufzustehen. »Seriously, Sandra! I wanna meet him!« Ernsthaft, Sandra! Ich will ihn kennenlernen!

»What?« Was?, stieß ich wenig ladylike hervor. »No, you don't! I am veeery sure you don't!« Nein, das willst du nicht! Da bin ich mir gaaanz sicher! Mit einem flehenden Grinsen sah ich ihn an. Er warf mir einen Blick zu, als wollte er sagen: »Tja, da musst du jetzt wohl durch!«, und mir wurde bewusst, dass ich hier und heute keine Ansprüche zu stellen hatte. »Alles klar, gib mir eine Sekunde, ich bin gleich wieder da!« Noch mal schnell den Bambi-Blick aufgesetzt, denn die Hoffnung starb ja bekanntlich zuletzt, musste ich mich schließlich doch auf den Weg machen, um die »Most Embarrassing Moments«-Kiste zu füllen.

Okay, bringen wir es hinter uns, dachte ich mir und machte mich auf die Suche nach Jan und den Mädels. Ich gab mich ganz unbefangen, als ich Jan erzählte, dass ich »meinen Bekannten, den Amerikaner«, gerade mal wieder getroffen hatte und ich sie einander *gerne* vorstellen würde. Da war Jan natürlich direkt am Start, war er doch neugieriger als jede Oma am Fenstersims. Per Gedankenübertragung tauschten Pia, Tess und ich auf dem Weg zu Andrew panisches Gekreische und einen Redeschwall aus tausend Blicken aus. Ich spürte ihre stärkenden Hände an Oberarm und Schulter, die mir sagen wollten: *Wir sind da! Wir bekommen das schon hin!*

Wenige Meter später standen wir auch schon vor Andrews Tisch. Ich stellte ihn und Jan einander vor und sie begrüßten sich per Handschlag. Blitzartige Erleichterung überfiel mich, als ich den beiden in die Augen sah. Andrew sah gelassen drein und Jan schien ebenfalls nicht sonderlich beeindruckt. Andrew bot uns an, uns an seinen Tisch zu setzen, und schwups, hatte Jan auch schon Platz genommen. Zerknirscht schoben die Mädels und ich eine nach der anderen unsere vier Buchstaben hinterher. *Diesen erbärmlichen Small Talk hält ja kein Mensch aus!* Wieder schrien wir uns stumm unsere Befürchtungen zu und ich wäre am liebsten unter den Tisch gekrochen – zu Tess und Pia, die da in meinen Gedanken bereits saßen. Ich achtete natürlich peinlichst darauf, dass Jan hier und jetzt keinen auf Schmusekatze machte, denn das wollte ich Andrew – eigentlich uns allen – ersparen. Mein Verhalten war ja ohnehin schon an Dreistigkeit kaum zu überbieten.

Die Blicke, die ich Andrew zugeworfen hatte, mussten Bände gesprochen haben, denn irgendwann stand er auf und verabschiedete sich »vorerst«.

Alles, was Jan dazu sagte, war: »Der sieht aber nicht so gut aus, oder?«

»Muss er gut aussehen, damit ich mit ihm befreundet sein kann?« Mit dieser Frage erstickte ich die Diskussion im Keim, schließlich musste ich ja keine schlafenden Hunde wecken. Ich war nur heilfroh, dass alles so friedlich über die Bühne gegangen und ich außerdem heute nicht der Fahrer war. Ich brauchte jetzt erst einmal einen zweiten Drink und eine Zigarette.

Obwohl ich froh war, die Konfrontation hinter mich gebracht zu haben, zog es mich nur wenige Minuten später langsam, aber sicher wieder in Richtung Andrew. Er war wie ein Magnet, von dem ich permanent angezogen wurde, wenn er in der Nähe war. Also schlug ich Tess, Pia und Jan vor, tanzen zu gehen. Ich wollte nur raus aus dem Bistro und jedem anderen Raum eine Stippvisite abstatten. Dabei war mir völlig egal, wo wir landen würden, Hauptsache Andrew und ich befanden uns im selben Raum.

Nachdem wir das Bistro verlassen hatten, gingen wir über den kleinen Holzsteg hinüber in die Galerie. Auf der anderen Seite drängten sich so viele Leute, dass wir uns durch die Menschenmenge quetschen mussten. In der Galerie knallte gerade Justin Timberlakes »Like I love you« aus den Boxen, weshalb ich annahm, dass Jan und meine Mädels zum Tanzen dort bleiben würden. Wenn Jan Musik hörte, hielt ihn nichts mehr. So hätte ich zumindest Gelegenheit, mich unbemerkt aus dem Staub zu machen und mich nach Andrew umzusehen.

Während meine Begleiter wenig später tatsächlich tanzten, lehnte ich an der kleinen Bar in der hinteren Ecke der Galerie, wippte zur Musik und scannte intensiv die feierwütige Menge auf der Tanzfläche, die umliegenden Übergänge zu den anderen Räumen und die Ausgänge. Kein Andrew in Sicht. Angestrengt fixierte ich das Flimmern der Lichter, bis sie zu einem großen bunten Klumpen verschmolzen, als sich ein warmer Körper von hinten gegen mich lehnte und sich mit einer Hand rechts und einer links auf meiner Hüfte mit mir im Takt bewegte. Ich musste mich nicht umdrehen, denn ich erkannte ihn an seinem Parfüm und daran, wie er mich anfasste. Er zog mich noch etwas näher zu sich heran und ich spürte seine Lippen, als er mir leise ins Ohr sang: »If you gimme that chance to be your man ...« Wenn du mir die Chance gibst, dein »Mann« zu sein ... Nach nur dieser einen Liedzeile glitten seine Hände von meinen Hüften, seine Stimme entfernte sich und hinter mir spürte ich wieder den kühlen Zug der Klimaanlage. Ich stand unverändert da und die Zeile »I just wanna love you baby ...« klang wieder nach Justin. Aber Andrew, der jetzt in meinem Blickfeld auftauchte, bewegte immer noch demonstrativ die Lippen dazu und zwinkerte mir zu, bevor er rückwärts in der Menge verschwand.

Grinsend neigte ich den Kopf nach vorn, so tief, dass mir die Haare ins Gesicht fielen und niemand das Lächeln sehen konnte, das ich einfach nicht unterdrücken konnte.

Wenn die Politik ins Nachbarhaus zieht ... – **April 2003**
… und die Realität an deiner Haustür klingelt

»He's a boy!« Er ist ein Bubi!
»Das ist völlig egal, Andrew, er ist nämlich nicht mehr *mein* Bubi.«
Er hatte sich *ihn* ganz anders vorgestellt, sagte Andrew mir am nächsten Tag am Telefon, bevor meine Worte zu ihm durchrasselten und es am anderen Ende still wurde.
»Andrew? Bist du noch da?«
Ein zögerliches »Hm« ertönte in der Leitung.
»Kannst du dir bitte die Nummer einspeichern, von der ich dich gerade angerufen habe? Unter der wirst du mich die nächsten Tage erreichen können. Ich habe mit Pia das Handy getauscht, und Festnetz funktioniert gerade nicht.« *Ich musste leider den Stecker ziehen,* sprach ich in Gedanken weiter.
In meinem Kopf klang das ganz einfach: »Jan, es tut mir leid. Ich habe mich in Andrew verliebt. Ich werde dich immer lieb haben, aber du weißt, dass das nicht ausreicht.« Rücksichtsvoll, jedoch vernünftig. Die tatsächliche Version allerdings beinhaltete verheulte Telefonate, wütende SMS, flehende Briefe, unangekündigten Besuche seitens Jan bei mir zu Hause, in der Schule oder in meiner Donnerstagsschicht im Café. Am schwersten fiel es mir dienstags und mittwochs nachmittags, wenn ich bei meinem Nachhilfeschüler war und durch die gekippten Fenster Jans Liebeskummer in akustischer Gestalt mit der Stimme von Xavier Naidoo durch die Reihenhaussiedlung schallte. *Wieder weich zu*

werden, bringt Jan am allerwenigsten. Irgendwann wirst du dich ohnehin von ihm trennen. Meine Gedanken waren längst nicht mehr beim Present Progressive. »Mitleid ist keine Beziehungsgrundlage.« Unter ruhigen Atemzügen spulte ich mein neues Mantra ab, das mir laut Tess permanent mein Ziel vor Augen führen sollte, und schloss einfach das Fenster über dem Schreibtisch.
»›Mitleid‹ hatten wir noch nicht! Du hast gesagt, ich soll nur die Vokabeln aus Unit 9.1 lernen. Und was war das andere Wort mit ›Grundlage‹?« Mein Nachhilfekind schaute mich verwirrt an. »Entschuldige, Samuel, ich meine natürlich die grammatikalischen Grundlagen. Kommen wir noch mal zur Verlaufsform.« Während ich meinen Zeigefinger beobachtete, der den Zeitstrahl in Samuels Grammatikheft verfolgte, hörte ich mir selbst überhaupt nicht aktiv zu, sondern war gedanklich schon beim kommenden Osterwochenende und Andrews Besuch bei mir zu Hause. Meine Mutter, die bereits Weihnachten den Gedanken nicht hatte ertragen können, dass Andrew ohne ein Familienessen die Feiertage hier in Deutschland verbringen musste, bestand darauf, dass er wenigstens Ostern zu einem ordentlichen Braten und ein wenig deutscher Tradition kam.

* * *

Wie immer bei unseren Familienfesten war die Stimmung ausgelassen bis chaotisch. Meine Großmutter hatte schon die erste Portion Füllung intus, bevor meine Mutter überhaupt den Hasen fertig zerlegt hatte, und mein Onkel verschwand noch schnell auf eine letzte Zigarette vor dem Essen, um übermäßigen sozialen Kontakt zu vermeiden. Mein Bruder klärte in seiner umständlichen Erzählweise meine Tante über die Wahl seiner Leistungskurse auf, während ich Andrew beobachtete, der mit ernsthafter Miene versuchte, aus dem Denglisch meines Vaters schlau zu werden. Der leicht hessische Akzent in seiner Aussprache spielte dabei vermutlich eine geringere Rolle als die Tatsache, dass er permanent deutsche Wörter in seine englischen Sätze einbaute. »Look at this one!« Schau dir mal den hier an!, hörte ich ihn sagen und sah den Mittelfinger seiner rechten Hand in die Höhe schießen. Andrew, der im Gegensatz zu mir nicht ahnen konnte, was es damit auf sich hatte, wirkte im ersten Moment ein wenig irritiert, bis ihm die fehlende Fingerkuppe auffiel. »When I was in the Army, als ich beim Militär war, also beim Bund, Wehrdienst, da is' mir die – Sandra, wie sag' ich ›Panzerklappe‹ auf Englisch?« »Keine Ahnung, Papa!« Lachend schlug ich die Hände über dem Kopf zusammen, während sich angesichts des chaotischen Erzählstils meines Vaters ein Grinsen rund um Andrews Mundwinkel andeutete.

»Ändru, would you like some dumplings?« Andrew, darf ich dir einen Kloß geben? Meine Mutter nutzte die Unterbrechung, um ihren Kopf zwischen uns zu stecken und mir dabei verschwörerisch zuzuzwinkern, weil sie die Vokabeln benutzte, die sie vorher gelernt hatte, um Andrew auf Englisch das Essen servieren zu können. »Ich hoffe, er mag Hase?« Obwohl sie mich das bereits vor ihrem Großeinkauf gefragt hatte, weil sie sonst auf jeden Fall etwas anderes gekocht hätte, stellte sie die Frage erneut in den Raum, um sicherzugehen, dass Andrew das Gefühl bekam, berücksichtigt worden zu sein. So war das immer. Sie wollte es jedem recht machen. Automatisiert übersetzte ich ihre Frage, wie immer, wenn einer meiner Familienangehörigen überwiegend auf Deutsch mit Andrew sprach und mich im Anschluss daran mit großen Augen ansah, was so viel bedeutete wie: »Kannst du ihm das bitte sagen?« Ebenso abwartende Augen sahen mich nach seiner jeweiligen Antwort an, was allerdings nichts daran änderte, dass meine Familie brav nickte und wiederholt »Ah ja« sagte, während er erzählte. Nachdem Andrew ausführlich von den Jagdausflügen mit seinem Vater berichtet hatte und was in dem Zusammenhang schon beinahe alles auf deren Tisch gelandet wäre, hatte er auch die Aufmerksamkeit meines sonst so kontaktscheuen Onkels geweckt.

»Und der spricht kä Wort Deutsch? Sach em ma, dass isch angeln tu!« Mein Onkel, der von einer weiteren Kippenpause zurückgekommen war und mit seiner Ansprache überhaupt erst darauf aufmerksam machte, dass er wieder anwesend war, hatte ein Talent zu verschwinden und irgendwann wieder aufzutauchen, ohne dass wir es bemerkten.

»Na ja, also es ist nicht so, dass er gar keine deutschen Wörter kennt. Aber er kann halt nur auswendig gelernte Sätze sagen oder verstehen«, sagte ich und warf meinem Onkel einen ermahnenden Blick zu. »Und Dialekt versteht er schon gar nicht!«

Andrew schaute zwischen uns hin und her, als versuche er, ein Wort aufzugreifen, das ihm einen Hinweis auf den Inhalt unseres Gesprächs geben konnte. Daraufhin bahnte sich die typische »Ein Bier, bitte!«-Unterhaltung an, wobei Andrew gut allein klarkam. Ich nahm das zum Anlass, in die Küche zu gehen, um meiner Mutter beim Anschneiden und Verteilen der Torte zu helfen.

»Und? Wie findest du ihn?«, flüsterte ich unnötigerweise und wir steckten über der Torte unsere Köpfe zusammen.

»Oh, er ist ein sehr Sympathischer. Anders als die Jungs, die du bisher hattest, aber ich kann verstehen, was du an ihm findest.«

»Ja, ne, er ist doch süß!« Aufgeregt packte ich ihre Hände und brach hysterisch quietschend, als wäre ich ein kleines Mädchen, dem sie heimlich Bonbons zugesteckt hatte, in einen Freudentanz aus. Im Rückwärtsgang steppte ich durch die Küche und landete nach einer schwungvollen Drehung auf dem Weg zum Küchenschrank direkt in Andrews Armen.

»Yaaayyy! Was feiern wir?« Er machte eine jubelnde Geste und ich konnte ihm die gleiche gute Laune ansehen, die ich ausstrahlte.

»Mama hat meinen Lieblingskuchen gebacken«, flunkerte ich und es machte mir erstaunlicherweise überhaupt nichts aus, dass er mitten in meine peinlichen Dance Moves geplatzt war.

Meine Mutter wandte sich an Andrew. »I hope you like cake?« Ich hoffe, du magst Kuchen? Gleich danach schaute sie mich mit ihrem »War das so richtig?«-Blick an.

»I love cake!« Ich liebe Kuchen! Andrew grinste charmant und fasste sich an den Bauch: »You can tell ...« Wie man sehen kann ...

»Ach du Spinner!«, sagte ich jetzt absichtlich nur auf Deutsch, aber durch meine Handbewegung verstand er mich auch so. Eigentlich war Andrew in die Küche gekommen, um seine Hilfe anzubieten, und so drückte meine Mutter ihm nach einem Hin und Her darüber, ob er ihr als Gast nun helfen durfte oder nicht, zwei Kuchenteller in die Hand.

Als auch ich mir zwei Teller geschnappt hatte und wir zurück ins Esszimmer kamen, ließ meine Großmutter – ich nannte sie schon von klein auf Oma Inge – beim Anblick der Tortenscheiben die Meisterkonditorin raushängen, die sie ihrer Erzählung nach in jungen Jahren gewesen war. »Junger Mann, wenn Sie mal 'nen richtig guten Frankfurter Kranz essen wollen ...« Sie griff nach Andrews Arm, sodass er neben ihr stehen bleiben musste.

Mein Großvater, Opa Karl, unterbrach sie: »Mensch, Mudder, lass doch den Bu' in Ruh!«

Empört schlug sie sich daraufhin mit der flachen Hand gegen ihren riesigen Busen. »Nix däf mer sache!« Theatralisch, wie Oma Inge war, bekam Andrew sofort das Gefühl, er müsse ihr eine Plattform für ihre Geschichte geben, und sagte deshalb höflich: »Ich bin mir sicher, Sie backen ganz großartig.«

Nachdem ich das übersetzt hatte, kam sie freudestrahlend in Fahrt. Geschmeichelt zählte sie ihm – selbstverständlich ausschließlich auf Deutsch – von Schwarzwälder Kirsch bis hin zum Christstollen alle Torten und Kuchen auf, die sie standardmäßig zu verschiedenen Anlässen backte, und zitierte die Komplimente, die sie dafür bekommen hatte. Höflich nickte Andrew in regelmäßigen Abständen und Oma Inge war wohl der Meinung, er könne sie zumindest ein wenig verstehen, vor allem wenn sie langsam und deutlich sprach.

»Hosch, wie se versucht, Hochdeutsch zu babbele, die Alt!« Hinter vorgehaltener Hand, aber in voller Lautstärke kommentierte mein Onkel die Tirade meiner Großmutter. Woraufhin meine Mutter ihn streng ansah, meine Tante die Augen verrollte, Tim – mein Bruder – sich vor Lachen wegschmiss und ich Andrew zuflüsterte: »You're lucky, you don't understand a word!« Du kannst froh sein, dass du die alle nicht verstehst.

Oma Inge holte gerade dazu aus, ihm zu erklären, wie man am besten Marzipanröschen in Form brachte, als Andrew selbst zu reden begann. Meine Übersetzung beinhaltete immer nur: »And another cake, and another cake ...« Und noch ein Kuchen, und noch ein Kuchen ..., und er wusste nie, ob sie fertig war mit ihrer

Story, wenn sie kurz pausierte, oder nur zum Trinken oder Luftholen absetzte.

»Da können Ihre Töchter ja von Glück reden, dass sie so schlank geblieben sind«, sagte er charmant.

Tim reagierte mit einem Lachanfall. »Was soll er auch sonst sagen, wenn sie selbst hundert Kilo wiegt.«

Dafür erntete er einen Blick von meiner Mutter, woraufhin er verstummte und Oma Inge die Bühne zurückgab.

»Sie hätten mich mal vor fünfzig Jahren sehen sollen, junger Mann! Da hatte ich ein Figürchen! Ich war ein Bild von einer Frau!« Die dicken Lippen meiner Großmutter bewegten sich ausladend zu dem rollenden ›r‹, das stets mit dem Versuch einherging, Hochdeutsch zu reden.

»Das kann ich mir vorstellen. Sie haben sich auch sehr gut gehalten!«

Ich musste mir bei der Übersetzung von Andrews Schmeicheleien und der Tatsache, dass Oma Inge von »Eigenlob stinkt« noch nie viel gehalten hatte, stark das Lachen verkneifen, bestätigte aber ehrlicherweise ihre Aussage: »It's true, she was a beautiful woman when she was young.« Es stimmt, sie war eine sehr schöne Frau, als sie jung war.

Oma Inge, die keine Schmerzen damit hatte, uns ins Wort zu fallen, setzte ihre Leier unbeirrt fort. »Unser' Sandra kommt ja ganz nach mir! Die feine Nase, sehen Sie des?« Je mehr sie in Fahrt kam, desto stärker schlich sich der Dialekt wieder ein.

Im Hintergrund flogen zwischen meiner Mutter und meiner Tante Sätze über den Tisch wie: »Wir sind so hässlich wie de Vadder!«, was selbstverständlich nicht den Tatsachen entsprach, aber von meiner Großmutter dazu verwendet wurde, um klarzustellen, »wer hier die Schönste im ganzen Land« sei.

»So, Inge, wir wissen, dass du 'ne Wucht bist, und jetzt lass mal den armen Kerl in Ruhe ein Bier trinken!« Mein Vater, der schon lange vor den Marzipanröschen Mitleid mit Andrew gehabt hatte, mischte sich gerade noch früh genug in die Unterhaltung ein, sodass keiner von uns in die Abstellkammer musste, um die Alben mit alten Fotos von Oma Inge zu suchen. »Darf ich dir noch ein Bier anbieten?«

»Thanks, I'm good.« Nein, danke. Andrew erklärte, dass er noch fahren müsse.

»Ach, ihr bleibt gar nicht hier?« Meine Mutter sah uns enttäuscht an. Offensichtlich war sie davon ausgegangen, dass wir an diesem Wochenende bei uns übernachteten. Die letzten beiden Wochenenden hatte ich bei Andrew verbracht. Wenn er arbeiten musste, war es praktischer für ihn, einen kurzen Anfahrtsweg zu haben, und ich konnte bei ihm ausschlafen, bis er von der Frühschicht kam und wir zusammen Mittagessen gingen. Abgesehen davon war es mir aus Rücksicht auf Jan ganz recht, nicht ständig bei uns in der Gegend unterwegs zu sein. Auch Andrew war es unangenehm, so kurz nach Jan mit meiner Familie am Esstisch zu sitzen, weil er befürchtete, sie könnten ihm die Schuld an unserer Trennung geben. Daher freute es mich umso mehr zu sehen, dass sie es offensichtlich geschafft hatten, ihm seine Bedenken zu nehmen, und er sich kurzerhand von meinem Vater doch noch zu einem weiteren Bier überreden ließ.

Andrew war überrascht, wie locker meine Eltern mit dem Thema umgingen und dass es für sie keine große Sache war, wenn er über Nacht blieb. »Where I come from, most parents are still very traditional ...« Wo ich herkomme, sind die meisten Eltern noch sehr altmodisch ... »Junge Leute in unserem Alter dürfen in den meisten Familien nicht automatisch im selben Bett schlafen oder sich ein Zimmer teilen, nur weil sie erwachsen sind. Meine Schwester und ihr Freund zum Beispiel studieren an derselben Uni und übernachten auf dem Campus natürlich mal bei ihr, mal bei ihm. Wenn sie jedoch seine Eltern besuchen, müssen sie in verschiedenen Zimmern schlafen, solange sie nicht verheiratet sind. Vielleicht reicht auch verlobt.« Er lachte. »Keine Ahnung, wie lange seine Eltern das noch durchziehen wollen.«

Die erstaunten Augen meines Onkels verrieten, dass er einiges an Inhalt aufgeschnappt hatte, und Tim übersetzte für Oma Inge und meine Tante, was Andrew gerade erzählt hatte. Opa Karl war, wie immer, schon am Tisch eingenickt, während mein Onkel Vokabeln aus seiner dunkelroten Strickmütze zauberte, die kein Mensch von ihm erwartet hätte. Meine Mutter tingelte indessen mit leeren Tellern und neuen Gläsern zwischen Esszimmer und Küche hin und her, glücklich, uns über die Ostertage nun doch zu Hause zu wissen.

»Tja siehst du, Sandra, da kannst du froh sein, dass du in Deutschland lebst«, bemerkte mein Vater im Spaß und ich hörte ihn schon vom eigentlichen Thema abschweifen und Schlagworte wie »soziale Sicherheit« auf den Tisch werfen, als ich ihm auf die Schulter klopfte und sagte: »Keine Panik, Papa, ich wandere dir schon nicht aus.«

Abwägend neigte er den Kopf erst nach rechts, dann nach links, während Andrew meinen Bruder auf der Suche nach einer Übersetzungshilfe ansah. »Sie wird nicht nach Amerika ziehen!«, sagte der – direkt, wie er war – und musste jetzt selbst über seine plumpe Antwort lachen.

Andrew nahm es mit Humor und griff unter dem Tisch nach meiner Hand. »Da habe ich ja Glück, dass ich nach meinem Einsatz wieder nach Deutschland komme.« Ich drückte seine Hand und

verspürte eine Mischung aus Wehmut, wenn ich an die kommenden Monate dachte, sowie Herzklopfen, weil er hier bei mir zu Hause am Tisch saß.
»Apropos Irak«, klinkte sich mein Vater jetzt wieder in die Unterhaltung ein. »Wie stellt ihr euch das eigentlich vor, wenn du dann im Irak bist?«
»Wir schreiben uns!«, antwortete ich und übersetzte gleich darauf die Frage und meine Antwort für Andrew.
»And I'll call you!« Und wir telefonieren!, bestätigte Andrew zuversichtlich und seine Finger strichen über mein Knie.
Mein Vater seufzte gedankenverloren. »Ach ja, ihr seid noch jung. Versucht das alles nicht zu ernst zu sehen.«
Entsetzt fiel ich ihm ins Wort. »Papa! Dass im Irak Krieg herrscht, hast du aber mitbekommen, oder? Besser er nimmt es ernst, wenn er dort nicht draufgehen will!«
Andrew, der wohl ebenso wenig wie mein Vater diesen Temperamentsausbruch erwartet hatte, sah mich verwirrt an. »Ist das jetzt wieder so eine Situation, in der eigentlich niemand sauer ist und sich nur die Sprache so hart anhört?«
Während mein Bruder Andrew erklärte, dass ich zum Leidwesen meiner Familie manchmal ein ganz schöner Hitzkopf sein konnte, legte meine Mutter im Vorbeigehen ihre Hände auf meine Schultern: »Was Papa meint, ist, dass ihr noch jung seid und sich vieles extremer anfühlt in eurem Alter, als es rückblickend nötig gewesen sein wäre.«
»Was bitte soll das denn bedeuten?« Mein Tonfall war ungerecht patzig und meine Mutter musste mal wieder als Ventil für meinen Ärger herhalten. »Und wenn du noch ein weiteres Wort übersetzt, dann werfe ich deine Playstation aus dem Fenster, Bruderherz!« Ich fuhr meinen Ton zurück und lächelte Tim an, um

Andrews Eindruck zu schwächen, dass sich hier gerade alle in die Haare bekamen.
Oma Inge, die unterdessen am anderen Ende des Tisches meinen Onkel und meine Tante nötigte, sich die Passbilder anzusehen, die sie in ihrem Portemonnaie bei sich trug, sorgte mit einem beherzten Griff nach Andrews freier Hand dafür, dass ich nicht länger im Zentrum der Aufmerksamkeit stand.
Ich ließ Andrews Hand los, stand auf und ging über den Flur ins Gästezimmer, wo ich aus dem Fenster hinaussah.
Andrew, der mir folgte, sobald er den Fängen meiner Großmutter entkommen war, trat hinter mich und nahm mich in seine Arme.
»Hey, what's wrong?« Was ist los?
Ich legte meinen Kopf in den Nacken und ließ ihn gegen seine Brust sinken. »Nothing.« Nichts. Ich seufze und entspannte mich in seiner Umarmung.
»Deine Eltern haben es sicher gut gemeint.« Er küsste mich auf den Hinterkopf und ich spürte, während er sprach, seinen Atem in meinem Haar.
»Ja, ich weiß«, sagte ich einsilbig und schaute auf die dicht gewachsenen Tannen im benachbarten Garten. Vor meinen Augen verschwammen die Nadeln zu einer einzigen grünen Fläche. Das Irak-Thema hatte mir auf den Magen geschlagen, nicht die Versuche meiner Eltern, uns ein wenig mehr Leichtigkeit für die Zeit der Trennung an die Hand zu geben.
Hinter mir spürte ich Andrew jetzt an irgendetwas rumfummeln, und als ich mich danach umdrehte, schaute ich direkt in das Maul einer roten Antirutschsocke, die, über Andrews Hand gezogen, ihr Maul weit aufriss und mich aus meinen Gedanken holte. Die weißen Gumminoppen sahen aus wie kleine Zähne.

»Have you met Bob yet?« Hast du eigentlich schon Bob kennengelernt?
Obwohl mir eher zum Heulen zumute war, musste ich lachen.
»Wo hast du das Ding denn her?« Mein Blick fiel auf den Wäschekorb, der immer dann neben der Schlafcouch parkte, wenn meine Mutter nicht gleich nach dem Trocknen zum Bügeln oder Zusammenlegen kam.
»Ich bin das Kitzelmonster, das schlechte Laune vertreibt.« Mit verstellter Stimme klappte Andrew seine Hand zu Bobs Worten auf und zu.
»Du hast ja gar keine Hände, wie willst du mich denn bitte kitzeln?« Ich verzog die Mundwinkel zu einem schiefen Grinsen.
»Siehst du die hier?« Wieder riss Bob die Klappe weit auf und biss mich ohne Vorwarnung in die Seite. Die andere Hand kam Andrew schnell zu Hilfe, und bevor ich reagieren konnte, lag ich kreischend auf der Klappcouch, während Andrew und Bob auf mir saßen und mich kitzelten, bis mir die Luft wegblieb.
»Hilfe! Bitte hör auf, ich bekomme keine Luft mehr!«, japste ich auf Deutsch.
»Sorry, I don't understand you!« Entschuldigung, aber ich verstehe dich nicht!, sagte Bob mit seiner frechen Klappe und brach in ein fieses Lachen aus, bevor er wieder über mich herfiel.
»Seriously, Andrew! I can't breathe!« Ehrlich, Andrew, ich bekomme keine Luft mehr! Ich hatte keine Chance, mich von den achtzig, fünfundachtzig Kilo, die er bei seiner Körpergröße mindestens auf die Waage brachte, zu befreien.
»Kein Problem, ich bin ausgebildet in Erste Hilfe und beherrsche Mund-zu-Mund-Beatmung!« Bob unterbrach sein Geschnatter und das aufgerissene Baumwoll-Maul kam meinem Gesicht jetzt gefährlich nah.

»Stopp, stopp, stopp, Kleiner! Wieso lässt du nicht lieber dein Herrchen den Part mit der Mund-zu-Mund-Beatmung übernehmen?« Ich zog am oberen Stoffzipfel und hatte kurz darauf die Socke in der Hand.

Andrews Finger, die auf diese Weise endlich wieder zum Vorschein gekommen waren, verschränkten sich mit meinen. »Ich wäre jetzt auch ein bisschen eifersüchtig auf Bob gewesen, wenn du ihm erlaubt hättest, dich zu küssen!« Andrew setzte seine linke Hand neben meinem Gesicht auf, gab mir einen Kuss auf die Nasenspitze und tastete sich langsam vor.

»Wer hat denn was von Küssen gesagt? Ich dachte, wir sprechen hier von seriösen Erste-Hilfe-Maßnahmen.« Meine betont unschuldige Mimik konnte Andrew wahrscheinlich nur erahnen, zu nah war er bereits meinem Gesicht. Seine warme Unterlippe berührte meinen Mund. Ich nahm sein Gesicht zwischen meine Hände. Die Haut seiner Wangen, die vom Rasieren leicht rau war, stellte sich als auffallender Kontrast zu seinen weichen Lippen dar.

»Sandra, Liebes?« Die Stimme von Oma Inge drang über den Flur zu uns ins Gästezimmer.

»I think your Grandma is looking for you!« Ich glaube, deine Oma sucht dich!, sagte Andrew, nachdem sich der Ruf mehrfach wiederholt hatte.

»Just ignore her!« Ignoriere sie einfach! Ich zog ihn an seinem Kragen noch weiter zu mir herunter. Aber schon einen Zwischenruf später war er wieder aus dem Konzept. Er rappelte sich auf und saß rechts und links auf seine Knie gestützt über mir. »We can't! It's disrespectful to ...« Das können wir nicht! Es ist respektlos, sie ...

»Wenn du nicht gleich die Klappe hältst, dann überlege ich mir die Sache mit Bob noch mal!«
Andrew musste lachen und war gerade im Begriff, sich wieder zu mir runterzubeugen, als sich die Stimme meiner Großmutter den Flur hocharbeitete.
»Das wäre uns bei dir nicht passiert.« Resigniert atmete ich aus und schob ihn von mir.
»Das stimmt. Aber ich finde es trotzdem cool, dass wir hier sind. Auch wenn deine Oma den besten Moment des Tages ruiniert hat.« Er zwinkerte mir zu, während er mich an meinen Händen von der Couch hoch in den Stand zog.
»Da seid ihr ja!«, sagte Oma Inge, als wir die Tür des Gästezimmers öffneten und auf den Flur hinausschauten.
»Ja, ich hab Andrew und Bob mal das Haus gezeigt«, sagte ich mehr zu Andrew und setzte dabei auf Oma Inges schlechtes Gehör.
»Ich wollte dich fragen, ob du deine alte Gitarre noch hast«, erklärte sie jetzt und hakte sich bei mir unter.
»Wie kommst du denn jetzt darauf?« Verwundert sah ich sie an und beschloss, es eigentlich gar nicht wissen zu wollen. »Ja, die habe ich noch, aber die ist total verstimmt.«
Wir waren wieder im Esszimmer angekommen, als Andrew sich an Tim wendete, um Oma Inge und mich nicht zu unterbrechen:
»Did she say ›guitar‹?« Hat sie gerade ›Gitarre‹ gesagt?
»Yes, my sister plays guitar.« Ja, meine Schwester spielt Gitarre, petzte Tim, der genau wusste, dass ich mit dieser längst verlernten Tatsache nicht hausieren ging.
»I *used* to!« Früher mal!, betonte ich und klinkte mich auf diese Weise in die Konversation der beiden ein, um die vorhersehbare Konsequenz aus diesem Gespräch abzuwenden. Mit zwölf hatte

ich anderthalb Jahre Gitarrenunterricht genommen, und alles, was ich bei dem erbärmlichen Gezupfe in den schier endlosen Musikstunden gelernt hatte, war, dass ich definitiv zu ungeduldig für dieses Instrument war und es längst nicht so einfach war wie beim Keyboardspielen, sich Lieder frei nach Gehör selbst beizubringen. Die einzigen Lieder, die ich daher jemals auf der Gitarre spielen konnte, waren ausgewählte Songs der Kelly Family, die erstens die Motivation hinter dem Gitarrelernen gewesen waren und zweitens dazu gedient hatten, dass die Bemühungen des Gitarrenlehrers nicht komplett für die Katz waren. Vor diesem Hintergrund versuchte ich die Allgemeinheit davon zu überzeugen, dass es sich nicht lohne, das alte Ding vom Dachboden zu holen.

»Come on, Sandra, I wanna hear you play!« Bitte, Sandra, ich will dich spielen hören! Andrew sah mich begeistert an.

Ich versuchte von mir abzulenken, indem ich den Spieß umdrehte. »Andrew hat in der Schulband gesungen!«, verkündete ich daher lautstark in der Hoffnung, man würde mich vom Haken lassen.

Andrew, der neben seinem Namen wohl auch noch das Wort »Band« aufgeschnappt hatte, kniff die Augen zusammen, als Oma Inge sich ihm begeistert zuwandte.

»Das ist ja toll! Dann können wir alle gemeinsam singen!« Ihre Augen glänzten und ich sah vor meinem geistigen Auge das kleine rosa Buch mit den Volksliedern, aus dem wir immer zusammen gesungen hatten, als ich ein Kind war. Ich wehrte mich mit Händen und Füßen gegen die Richtung, in die diese Unterhaltung gerade driftete, ohne auch nur die geringste Chance gegen die Penetranz meiner Großmutter zu haben.

Noch bevor ich die Teleskopleiter vollständig aus der Deckenluke gezogen hatte, holte mich mein Onkel im Gang ein, denn wie auch zu Weihnachten und allen Geburtstagen suchte er das Weite, wenn Oma Inge ihre Stimmbänder ölte. Und tatsächlich, in diesem Moment hörte ich sie übertrieben vibrierend »Hohe Tannen weisen die Sterne« flöten.

Als ich ein paar Minuten später mit der Gitarre zurück ins Esszimmer kam, war dieses leer, denn außer meinem Onkel hatten es sich alle bereits auf der großen Couch im angrenzenden Wohnzimmer bequem gemacht. Als ich den Raum betrat, grinsten sie mir entgegen. Wenn ich nicht gewusst hätte, dass sie in der Erwartung waren, gleich meinem peinlichen Auftritt beizuwohnen, hätte man annehmen können, hier wäre was im Busch. »Im Angebot sind ›I can't help myself‹ und ›Because it's love‹«, sagte ich, ohne lange zu fackeln, und setzte alles auf die verstimmten Saiten, die mich vor einem Wohnzimmerkonzert bewahren sollten.

»I can't help myself!«, sagte meine Mutter, in Erinnerungen schwelgend.

Gleichzeitig brüllte Tim: »Weder noch!«

Zaghaft zupfte ich das Intro an und stellte kopfschüttelnd und mit ernsthafter Miene fest, dass die Saiten dieses alten Teils zu sehr verstimmt waren.

Oma Inge seufzte enttäuscht, während Tim erleichtert schnaufte. Zwar durchschaute er mein Laientheater, er legte es aber nicht darauf an, mich auffliegen zu lassen. Zu sehr hatte ihn die ausgiebig gelebte Fankultur während meiner vorpubertären Phase traumatisiert.

»Schade, kann man nichts machen.« Achselzuckend sah ich zu, dass ich Land gewann, bevor man mir auf die Schliche kam, und

war schon wieder die Hälfte der Teleskoptreppe hinaufgestiegen, als Andrew unter mir auftauchte.
»Wait, let me help you!« Warte, ich helf dir. Er nahm mir die Gitarre ab und kletterte mir nach. Oben angekommen – ich wollte ihn gerade zu der riesigen Kommode führen, in der sie aufbewahrt wurde –, begann er damit, an den Wirbeln zu drehen und wiederholt die Saiten zu zupfen und zu streichen. Ich schaute ihn argwöhnisch an und er grinste spitzbübisch, nachdem er mich kurz angesehen, sich dann aber wieder der Gitarre zugewandt hatte.
»Du hast auch nie erzählt, dass du Gitarre spielen kannst«, sagte ich, immer noch erstaunt, bekam aber keine Antwort. Konzentriert den Kopf zur Seite geneigt, hörte er auf die einzelnen Töne, auf die er die Saiten stimmte, und ignorierte die Tatsache, dass ich unten im Wohnzimmer ein wenig übertrieben hatte.
»If you could read my mind ...« Wenn du meine Gedanken lesen könntest ..., begann er jetzt zögerlich zu singen und war offenbar noch nicht zufrieden mit dem Klang. Erneut drehte er an den Wirbeln. Andrew setzte sich auf die Kommode und legte die Gitarre auf seinem Bein ab. »If you could read my mind ...«
Ich war wie eingefroren, als ich mich auf seinen Gesang konzentrierte, den ich hier auf dem Dachboden ohne die Geräuschkulisse einer Diskothek oder der Begleitstimme aus dem Autoradio viel deutlicher wahrnahm. »I can't get you out of my head ...« Ich bekomme dich nicht aus meinem Kopf ... Wann immer die Saiten ruhten oder seine Stimme zwischen den Zeilen pausierte, erfüllte eine fast berauschende Stille den sonst hellhörigen Raum. Mit keinem Ton, keinem Atemzug wollte ich ihn an meine Anwesenheit erinnern und riskieren, dass er aufhörte zu spielen.
»Leaving you, my little girl ...« Dich zu verlassen, meine

Kleine ... Er lächelte, was ich an der Form seiner Wangen erkennen konnte, die in diesem Moment runder wurden. Hätte ich es nicht längst eingesehen, dann hätte ich spätestens jetzt die Hände gehoben und mich ergeben. Wahrscheinlich blinkten in meinen Augen knallrote Herzchen und ein kleiner Amor flog mit Pfeil und Bogen Kreise um meinen Kopf. Bei dieser Vorstellung war ich froh, dass Andrew seine Augen die meiste Zeit geschlossen hielt und nur hin und wieder blinzelte, um seine Griffe zu überprüfen. »And if I jumped off the tallest bridge one could ever build, would you jump with me ...« Und wenn ich von der höchsten Brücke springen würde, die man bauen kann, würdest du mit mir springen? Ich sah ihn an und war weit mehr verzaubert, als ich es mir eingestehen mochte. So nah sollte er doch eigentlich gar nicht an mich rankommen. Er sollte weder Gitarre spielen können noch singen noch solche Lieder auswählen. Die Worte erfüllten den Raum auch dann noch, als Andrews Stimme längst verstummt war und er sich über den Kopf strich, augenscheinlich verdutzt darüber, dass ihn die Musik gerade so weggetragen hatte. Er kniff das rechte Auge zu und lächelte mich schüchterner an, als ich es sonst von ihm kannte. »So, here we are ...« So, da wären wir ...

»Yes, here we are ...« Ja, da wären wir ..., wiederholte ich.

»... in your attic ...« ... bei dir auf dem Dachboden ..., druckste er weiter.

»... in my attic ...« ... auf meinem Dachboden ... Ich unterdrückte ein Grinsen.

»... on a Sunday afternoon ...« ... an einem Sonntagnachmittag ... Er nahm die Gitarre am Griffbrett und stellte sie neben sich.

»Correct.« Stimmt.

»Asking you if you would jump with me from a hypothetical bridge.« Und ich frage dich, ob du mit mir von einer Brücke springen würdest, die ich mir nur ausgedacht habe. Er schüttelte den Kopf.
»That's what you said.« Das hast du gesagt.
Er kratzte sich am Kopf. »I know how to scare a sweet girl away, don't I?« Ich hab's drauf, ein süßes Mädchen zu verschrecken, was?
»That's not the scary part.« Das ist nicht das Erschreckende daran, antwortete ich schneller, als ich den Gedanken zu Ende denken konnte.
»What is the scary part?« Was ist das Erschreckende? Er schaute mir direkt in die Augen, aber es gelang mir nicht laut auszusprechen, was mir im Kopf herumgeisterte.
That right in this very moment, I probably would. Dass ich jetzt, genau in diesem Moment, wahrscheinlich springen würde.

Dear April, please don't go ...
Lieber April, bitte geh nicht ...

Die verbleibenden Wochen gingen schnell ins Land, und dann war auch schon Ende April. Das war unser letzter gemeinsamer Monat gewesen. Dafür hasste ich den April. Denn schon bald hieß es Abschied nehmen, und dabei hatten wir doch eigentlich gerade erst richtig angefangen. Nächtelang beim Italiener sitzen, Bauchweh bekommen vom vielen Lachen, bis mittags in seinen Kissen liegen und noch mal einschlafen, wenn er zur Frühschicht ging. Das alles hatte doch erst angefangen. Im April. In unserem Monat, dem ersten und einzigen, der nur uns gehörte. Der beste Grund, den April doch zu lieben. Solange er dauerte.
Anfang Mai musste Andrew weg. Auf einmal war all das, was ich immer von mir geschoben hatte, was ich immer zu ignorieren versuchte, was einst noch in ferner Zukunft gelegen hatte, unmittelbare Gegenwart geworden. So nah, dass ich meine Augen nicht länger vor der Realität verschließen konnte. Als wir uns kennengelernt hatten, war es noch über ein Jahr hin gewesen, und aus all den Monaten war nun – wie über Nacht, so schien es mir – übermorgen geworden? Am Sonntagmorgen würde er in das Flugzeug steigen, das ihn so weit von hier – von mir – wegbringen würde. Doch wohin? Was würde ihn dort erwarten? Würde er irgendwann zurückkommen? Wie würde er zurückkommen? Ihm könnte etwas zustoßen. All die Eindrücke, alles, was er dort erleben würde, könnte ihn komplett verändern. Immerhin redeten wir hier von einem Krieg. Konnte man sich überhaupt vorstellen, was das für einen Menschen bedeutete, wenn man diesem

Thema nie nähergekommen war als dem Geschichtsbuch auf der Schulbank? Dem Fernseher, den man einfach ausschalten konnte? Was bedeutete das für einen jungen Mann im Alter von einundzwanzig Jahren? Konnten sich junge Leute, die wie ich in der westlichen Welt aufwuchsen und leben durften, heutzutage überhaupt vorstellen, wovon uns unsere Großeltern erzählt hatten, wovon wir nur in den Nachrichten sahen? Bevor ich Andrew kennengelernt hatte, war für mich dieses Thema immer ziemlich weit weg gewesen. Nicht hier in meiner kleinen Welt. Und nun war alles so nah. Es kam viel zu schnell so nah und viel zu erschreckend. Ich wusste manchmal gar nicht, was ich denken sollte, und ich glaube, mir war zu Beginn nicht voll und ganz klar gewesen, was da auf uns zukam.

Am letzten Freitag vor seiner Abreise hatten die Jungs eine Abschiedsparty in unserem Stammclub geplant. Wo auch sonst. Ich fand den Gedanken gar nicht so schlecht, eventuell ein wenig Ablenkung in der Party zu finden und die melancholische Stimmung in mir zumindest für ein paar Stunden zu verdrängen. Rückte Andrews Abreise doch in jeder unserer Unterhaltungen früher oder später in den Fokus. Vielleicht konnten uns die Leute, die Musik ablenken und es fühlte sich etwas weniger intensiv an, als wenn wir allein wären. Ich hasste Abschiede und die Vorstellung, ein paar lustige Stunden miteinander zu verbringen, war irgendwie erleichternd, wenn es auch nur eine Illusion war. Aber genau das brauchte ich jetzt. Illusionen. Loslassen war so überhaupt nicht mein Ding und darum brauchte ich nicht auch noch eine dramatische Abschiedsszene.

Das mit dem Lustigsein klappte genau eine Stunde lang. Von da an begann ich, mich an die Uhrzeiger zu hängen in der Hoffnung, sie würden ihre Runden dadurch nur langsamer drehen können.

Hier und da gelang es Andrew, die Stimmung aufzulockern und mich zum Lachen zu bringen, doch im Hinterkopf hatte ich immer diese Gedanken. Ich lachte und gleichzeitig versetzte es mir einen Stich, wenn ich mich fragte, ob wir jemals wieder zusammen lachen würden. Wenn ich darüber nachdachte, wie oft wir hier gesessen und geredet hatten. Wie wir uns hier nach unserem Streit begegnet waren und einfach dagestanden hatten, ohne zu sprechen. Wie ich ihn von hier aus beobachtet hatte und mir zum ersten Mal sein süßes Lachen aufgefallen war. Ich konnte mich anstrengen, wie ich wollte, aber mit guter Laune war heute nichts. Zeitweilig gelang es mir gerade mal, mir ein gut gemeintes Lächeln abzuringen, aber je mühsamer Andrew versuchte, mich aufzuheitern, desto schlechter ging es mir. Das war wieder eine von diesen Situationen, mit denen er sich abfand, ohne Wenn und Aber.

»Er ist wirklich so ein lieber Kerl!« Irgendeine von seinen Bekannten belagerte mich die ganze Zeit und kaute mir das Ohr ab, während sie so tat, als ob sie nicht auf ihn stünde, und hach, dann kam wieder ein tiefer Seufzer von ihr: »Den darfst du nicht gehen lassen!« *Das wäre dir ganz recht, was?*, dachte ich mir nur. *Dann könntest du ihm noch länger deine Freundschaftsnummer vorgaukeln.* Demonstrativ steckte ich mir den Finger in den Hals, als ich Andrew einen heimlichen Blick zuwarf.

»Come on, let's get outta here!« Komm, lass uns woanders hingehen! Er nickte mit dem Kopf in Richtung Ausgang, reichte mir seine Hand über die Köpfe der anderen hinweg und zog mich zu sich rüber.

Ich war froh, aus der Menschenmenge raus zu sein. Ständig hüpften irgendwelche Leute um ihn herum, um sich zu verabschieden. »What a terrible idea to spend our last night here!« Was für

eine doofe Idee, unseren letzten Abend hier zu verbringen! Er streckte mir seine geöffnete Handfläche entgegen, um mein Jackenmärkchen einzusammeln, zahlte unsere Karten an der Kasse und zog mich hinter sich durch die Schranke am Ausgang. Ich rang mir ein müdes Lächeln für ihn ab, als er mir in die Jacke half.
»Ah, look at you! You're so pretty when you smile!« Ah, schau mal da! Du bist so hübsch, wenn du lachst! Er grinste, ergriff beide Seiten meiner Jacke und zog mich näher an sich heran.
»And now, no more thinking about tomorrow! I'm still here.« Und jetzt denken wir nicht mehr an morgen! Ich bin ja noch da! Geschickt fädelte er den Reißverschluss ein, zog ihn hoch und gab mir einen Kuss auf die Nasenspitze. Ziellos und schweigend liefen wir über den Parkplatz. So früh im Jahr war es nachts noch ziemlich kalt, weshalb ich meine eisigen Fingerspitzen in die Jackentasche steckte. Eine Gänsehaut überzog meinen Körper, ich klapperte mit den Zähnen und meine Beine fühlten sich bald ganz steif an in meinem knappen Jeansrock und der dünnen Feinstrumpfhose.
»Wanna sit in the car?« Sollen wir uns ins Auto setzen?, fragte er mich, als ich nicht mehr verbergen konnte, wie durchgefroren ich war. Mitten in der Nacht im Industriegebiet gab es außer Burger King keine Alternative, und darum bogen wir in die nächste Parkreihe ein. Sein Jeep. Ich liebte dieses Auto! Er war riesig. Dunkelgrün. Eine typische Ami-Karre.
Doch heute liebte ich am meisten die Standheizung darin. Andrew drehte maximal auf und schaltete das Radio ein.
»Wenn du das als warm bezeichnest, bin ich ja froh, dass wir nicht Januar haben!« Auf dem Weg zum Auto war mir der Gedanke noch so verlockend erschienen, gleich eine Heizung un-

term Po zu haben, aber im ersten Moment war es fast noch ungemütlicher, mich auf den kalten Sitz zu setzen, als draußen auf dem Parkplatz zu stehen.

»Schön wär's, wenn jetzt erst Januar wäre und nicht April!«, widersprach er mir.

Ich stieß ihn freundschaftlich in die Seite und stellte meine Füße auf dem Armaturenbrett ab. »Hey, you said no more thinking about tomorrow!« Hey, du hast gesagt: »Schluss damit, an morgen zu denken!«

»Du hast recht!«, räumte er ein und nuschelte, während er sich am Radio zu schaffen machte: »Gleich wird es warm sein hier drin, das dauert immer ein paar Minuten.«

»Ah, das dauert immer ein paar Minuten ... So you have girls in here all the time, eh?« Du hast also ständig Mädels hier drin, wie? Ich zog ihn auf, um die Stimmung aufzuheitern.

»What? Oh, come on!« Was? Also bitte! Und da war er wieder, der Gesichtsausdruck, der dieses »What?« begleitete, den ich so sehr an ihm liebte und den ich jetzt schon vermisste.

»Andrew, ich mache nur Spaß!«, schob ich hinterher, um sicherzustellen, dass er mich nicht missverstand.

»Sandra, Sandra!« Er wusste mittlerweile, dass mir gefiel, wie er meinen Namen aussprach, und setzte das auch gerne mal bewusst ein. Er machte aus dem »a« nicht, wie vielleicht vermutet, dieses typisch amerikanische »ä«, nein es war schon »a«, aber er betonte es anders. Das erste »a« war sehr dominant, er sprach es also lang: [a:]. Das »r« war typisch »amerikanisch-gerollt« und das letzte »a« sprach er als »schwa« und somit ganz kurz. [Sa:ndrə] wäre dann ungefähr das Ergebnis, wenn man es in Lautschrift schreiben würde. Und auf unerklärliche Weise hörte sich mein Name so lebendig an, wenn er ihn sagte. Ich weiß wirklich nicht, wie ich es treffend beschreiben kann. Nur eins weiß ich ganz sicher: Es war wie eine Sucht! Ehrlich! Ich war süchtig danach. Alle Nachrichten, die er auf meiner Mailbox hinterlassen und in denen er meinen Namen gesagt hatte, hatte ich gespeichert und tausendmal abgehört. Doch irgendwann war mein Handy kaputt gegangen, und bis ich ein Neues erstanden hatte, waren die Nachrichten gelöscht, weil ich sie nicht rechtzeitig und regelmäßig hatte speichern können.

Dieser unglückliche Zwischenfall hatte meiner Abhängigkeit ein jähes Ende bereitet. Das ist krank? Völlig durchgeknallt? So ist das eben, wenn man abhängig ist – oder sollte ich lieber sagen verliebt?

Andrew unterbrach meinen Gedankenfluss. »Will you forget about me when I'm in Iraq?« Wirst du mich vergessen, wenn ich im Irak bin?

Ich zog die Augenbrauen hoch. »Sowieso! Ich werde dich schneller vergessen, als wir heute Nacht tschüss sagen!«

Mit einem lauten Seufzen stieg er auf mein Foppen ein. »Ja, ich dachte mir schon, dass du so was in der Art sagen würdest.«

Ich rückte ein Stück zu ihm rüber, schlang meine Arme um seinen Oberarm und legte mein Kinn auf seiner Schulter ab. »I will not forget about you when you are in Iraq!« Ich werde dich nicht vergessen, wenn du im Irak bist!, sagte ich leise in sein Ohr.

Er zog mich auf seinen Schoß und strich eine Haarsträhne aus meinem Gesicht, als ich ihm nun direkt gegenübersaß. »My CLG!«, flüsterte er und fing an, kleine gehauchte Küsse auf meinem Gesicht zu verteilen.

»Wer oder was ist ein CLG eigentlich?«, fragte ich, ohne die Augen zu öffnen.

»You!« Du!, antwortete er. »My cute little German!« Meine süße kleine Deutsche!

Ich musste an den Abend denken, als wir uns zum zweiten Mal gesehen hatten und er diese Abkürzung in unsere Unterhaltung gestreut hatte, und wurde augenblicklich noch rührseliger, was mich dazu verleitete, sein Gesicht in beide Hände zu nehmen und ihm einen dicken Kuss zu geben. Seine Lippen waren noch kalt von draußen, aber seine Hände und sein restlicher Körper waren warm. Seine Beine unter mir zu spüren, seinen Bauch und seine Brust, ihn anfassen zu können, ihn riechen zu können – all das fühlte sich so gut an, dass es fast schon wehtat. Wären wir in einem Film gewesen, hätte die Kamera jetzt den Sternenhimmel einfangen, der in dieser Mainacht ausnahmsweise nicht hinter einem nebligen Wolkenschleier versteckt war. Zu hören wäre nur noch der Radiomoderator gewesen, der den nächsten Song ankündigte, und aus den Lautsprechern softrockten »3 Doors Down« in der Dunkelheit, während die Kamera in den Sternen verweilte und Zeilen über den Himmel wanderten, die von zwei verschiedenen Welten erzählten, in der jemand lebte und von denen die meisten Menschen eine wahrscheinlich nie kennenlernen würden. Bis das Bild wieder bei uns ankäme, lägen wir längst im Kofferraum, mein Gesicht an seine Wange geschmiegt, und er würde mich küssen, wie immer auf die Nasenspitze. »So ›When I'm gone‹, eh?« »When I'm gone«, was?

»When I'm gone?«, fragte ich im Flüsterton zurück.

Er lachte mich an. »Scheint, als hätten wir noch ein Lied.« »Wenn du wüsstest, wie viele Lieder wir haben!«, erwiderte ich absichtlich auf Deutsch und grinste ihn herausfordernd an.

»Hey, this is not fair!« Hey, das ist gemein! Er zog eine Schnute, aber das ließ ich nicht gelten.

»You should have learned more German!« Du hättest mehr Deutsch lernen sollen!, sagte ich entschieden und machte keine Anstalten, ihm mein kleines Geheimnis zu übersetzen.

»I should have had a different teacher.« Ich hätte einen anderen Lehrer haben sollen. »Ich konnte mich in deiner Gegenwart nicht konzentrieren!« Er grinste mich an und versuchte mich mit Schmeicheleien weichzukochen, aber ich war gedanklich schon längst einen Schritt weiter und reckte mich, um einen Blick auf die Uhr im Armaturenbrett zu riskieren. Bestimmt war eine halbe Ewigkeit vergangen, seit wir den Club verlassen hatten. Tatsächlich wurde meine Vermutung in Form von roten Ziffern bestätigt – es war halb fünf am Morgen. Ich wusste, dass er noch nicht komplett gepackt hatte und seine Nacht somit noch kürzer ausfallen würde. Daher verwarf ich den Gedanken, ihm die Uhrzeit zu verschweigen, so schnell, wie er aufgekommen war. »It's pretty late …« Es ist ganz schön spät …, murmelte ich mit kratziger Stimme und zupfte mein Top zurecht, das ich mir von der Kopfstütze geangelt hatte.

»Yeah, I know …« Ja, ich weiß …, nuschelte er zurück. »Lass uns noch fünf Minuten hier liegen bleiben, ja?« Er mummelte mich wieder in seine Arme ein und ich lag mit meinem Gesicht an seinen Hals geschmiegt und atmete tief ein. So tief, dass ich seine Haut an meine Nasenlöcher sog. Am liebsten hätte ich seine warme Haut komplett eingeatmet und seinen Duft auf ewig in meiner Nase eingeschlossen.

»Hast du keine Angst?«, flüsterte ich.

»Das ist mein Job«, antwortete er, wie immer, wenn man ihm Fragen dieser Art stellte.

Ich atmete schwer aus und lockerte damit seine Umarmung, fragte aber nicht weiter. Mit ein paar Handgriffen die Haare richtend und die Kleidung zurechtziehend, kletterten wir nach einer weiteren halben Stunde, in der wir es erfolgreich geschafft hatten, die Zeit zu ignorieren, wieder über die Sitzlehne – diesmal in die andere Richtung. Und dort saßen wir nun, genau so wie vier Stunden zuvor. Nur dass wir den Abschied nun nicht mehr länger hinauszögern konnten. Er ließ den Motor an, um mich zum Eingang zu bringen und anschließend weiterzufahren. Gleich würde ich aussteigen und er wäre fort. Ich würde mich einfach so verhalten, wie ich es mir vorgenommen hatte: eine Umarmung, ein Kuss und keine große Sache daraus machen. Deshalb waren wir doch hier. Aus diesem Grund hatten wir uns schließlich gegen einen Abend zu zweit entschieden. Bloß keine dramatische Abschiedsszene!

»I'll write or call you as soon as we get set up with email or phone, okay?« Ich schreibe dir oder rufe dich an, sobald wir Internet oder Telefon haben, ja? Er sah mich tröstend an.

»Have a good flight and take care, okay?!« Guten Flug und pass auf dich auf, ja?, gab ich zurück und schaute ihn mit meinem niedergeschlagenen, aber durchdringenden Blick an, so als wollte ich ihm sagen: *Hey, ich erwarte, dich in einem Jahr hier wiederzusehen! Gesund und munter!* Doch ich schluckte diese Worte mitsamt dem Kloß im Hals runter, rutschte vom Sitz – und mit einem kleinen Satz war ich draußen. Kurz und – na ja, schmerzlos konnte man es nicht wirklich nennen, aber zumindest ließ ich mich zu nichts hinreißen. Ohne mich noch einmal umdrehen zu wollen, zog ich stur meinen Weg zur Eingangstür durch, als ich »Sa:ndrə!« hörte. Ich drehte mich zu ihm um und sah, wie er den

Kopf aus dem geöffneten Fenster seines Wagens streckte. Mein Blick war fragend, aber ich lief nicht zurück.

»I miss you already!« Du fehlst mir jetzt schon!, sagte er, jetzt etwas leiser, aber für mich immer noch deutlich.

Schließlich kullerten bei mir doch noch die Tränen. »Ich will nicht, dass du gehst!« Mein Atem war weiß in der Nachtluft, und in dieser Stille klang meine Stimme lauter, als ich beabsichtigt hatte. Auf dem Weg zurück zum Auto wischte ich mir verstohlen die Tränen weg, bevor ich seine Hand nahm, die er mir durch die geöffnete Scheibe reichte.

»You know I have to go!« Du weißt doch, ich muss gehen!, war die einzige Erklärung, die er für mich hatte, als er meine Fingerspitzen an seinen Mund zog und sie küsste, bevor er den Motor wieder anließ.

»Ich weiß!«, sagte ich, und jetzt klang meine Stimme mickrig gegenüber dem lauten Brummen des Motors. So mickrig, wie ich mich fühlte.

Was macht man mit Nägeln ...

... ohne Köpfe?

Das war also die nicht dramatische Abschiedsszene, wie ich sie mir *nicht* ausgemalt hatte. Es bestätigte sich einmal mehr, dass dieser kleine Deal zwischen mir und der Disziplin geplatzt war, seit sich die Geschichte mit Andrew und mir verselbständigt hatte.
Den ganzen Samstag beobachtete ich aus dem Augenwinkel die Uhr und zählte die Stunden, die uns dem Sonntagmorgen näher brachten. Die letzte Nacht ging mir durch den Kopf und ich konnte nur schwer akzeptieren, dass es das jetzt wirklich gewesen sein sollte. Schon morgen würde er dreieinhalbtausend Kilometer weit weg sein, und bald würde er mich vergessen haben, wenn er die Sache in seinem Kopf nicht ohnehin bereits abgehakt hatte. Und ich stand da wie ein Häufchen Elend! Darum hatte ich nie Nägel mit Köpfen machen wollen. Weil es genau jetzt nicht so schwer werden sollte.
Und was tat man in so einer Situation? Nein, Schokolade würde dieses Mal nicht helfen, und nein, auch die beste Freundin nicht. Verdrängung? – So weit war ich gerade noch nicht. Hoffnung? – Wäre es nicht ziemlich waghalsig, zu hoffen und nach Monaten voller Hoffnung noch enttäuschter zu sein, weil man hoffnungslos gehofft hatte? Wäre es nicht naiv, sich einzureden, man würde aufeinander warten, sich nie vergessen und immer in Kontakt bleiben? Er würde dort andere Sorgen haben, als an mich zu denken.

Das war es nun also gewesen. So war unser Abschied verlaufen. Ich konnte es jetzt schon kaum noch erwarten, endlich wieder von ihm zu hören. Bis zu diesem Zeitpunkt war geplant, er müsse zwölf Monate im Irak bleiben. Ein ganzes Jahr. Vier Jahreszeiten. Dreihundertfünfundsechzig momentan endlos scheinende Tage.
»Ich vermisse dich jetzt schon. Aber du weißt, ich muss gehen!« Das waren also seine letzten Worte gewesen. Das letzte Mal, für eine halbe Ewigkeit, oder wahrscheinlich für immer, dass ich seine Stimme gehört hatte.

* * *

»Hey! I just wanted to check if you're okay because you seemed pretty sad last night!« Hey, ich wollte nur hören, ob du okay bist?! Du schienst ganz schön traurig letzte Nacht! Ich saß gerade, oder besser gesagt immer noch, auf dem Balkon und rauchte verheult eine Zigarette nach der anderen, in meinem Kopf ständig die gleichen Schlagworte »morgen früh«, »sieben Uhr«, »Abflug«, als mein Handy klingelte. »Andrew Handy«, blinkte es auf dem Display. Nach dem Gefühlschaos der letzten Nacht war es erleichternd, mit ihm zu reden. Für einen kurzen Moment war die Endgültigkeit, die mich während der letzten Stunden belastet hatte, nicht mehr so erdrückend. Die Dramatik der Dunkelheit und der Tränen war verblasst. Seltsamerweise sehen Traurigkeit und Schmerz bei Tageslicht immer harmloser aus als im Mondschein. Irgendwie bringt der Tag ein wenig mehr Hoffnung.
Wir unterhielten uns lange darüber, wie seine Arbeit dort genau aussehen würde, und es beruhigte mich ein wenig zu hören, dass die Einheit, der er angehörte, in erster Linie für Ordnung und Sicherheitsmaßnahmen zuständig war. Zumindest beruhigte es

mein naives Mädchenhirn. Ich hatte ja noch keine Ahnung, was es bedeutete, dort für Recht und Ordnung zu sorgen. Ich nahm an, es würde sicherlich bald ruhiger werden, weil mittlerweile offiziell Waffenstillstand herrschte. Aber was wusste ein Mädchen wie ich, das in Watte gepackt aufgewachsen war, schon von einer Welt wie dieser. Während wir redeten, fing Andrew an, seine restlichen Sachen einzupacken. Hin und wieder nuschelte er etwas außerhalb unseres Gespräches. Er redete so leise und undeutlich, weil er ja mit sich selbst sprach, dass ich nur »Where's that stupid gas mask?« Wo ist diese blöde Gasmaske? und irgendetwas mit »chemical« chemisch verstehen konnte. Und urplötzlich war es vorbei mit der Ruhe, die sich peu á peu in mir ausgebreitet hatte. Mir wurde erneut bewusst, dass es falsch war, mir Illusionen zu machen. Was wussten wir schon, was da wirklich noch alles passierte?! Die Selbstmordattentate, die unzählige Leben forderten, ständig neue Bombenanschläge und Geiselnahmen. Von anderen Dingen, die bis zu diesem Zeitpunkt noch nicht einmal an die Öffentlichkeit getreten waren oder teilweise auch nicht bis zu den Medien durchsickern würden, ganz zu schweigen. Ich spürte, wie mein Kinn zu zittern begann, und presste meine Lippen aufeinander. Ich wollte nichts sagen und hörte ihm deshalb weiter beim Herumwuseln zu.
»Warum bist du so still?«, unterbrach er sich plötzlich selbst.
Ich hatte einen Frosch im Hals, der sich partout nicht runterschlucken ließ. Als ich mit aller Gewalt versuchte, meine Stimme zurückzugewinnen, kullerte auch schon wieder die erste Träne über meine Wange und ich war nur noch imstande, flüsternd hervorzubringen: »I don't know what to say!« Ich weiß nicht, was ich sagen soll!

Nachdem wir uns irgendwann zum zweiten Mal verabschiedet hatten, legte ich auf. Eine Zeit lang saß ich unverändert auf der Eckbank auf dem Balkon und starrte vor mich hin. Irgendwie fühlte ich gar nichts. Ich dachte auch nicht nach. Mein Kopf war leer. Noch immer erschien es mir so unecht, dass er ab morgen nicht mehr da sein würde. Dass er nicht täglich anrufen und nicht schreiben würde, bevor wir ins Bett gingen.

Kurz bevor ich in dieser Nacht einschlief, zählte ich noch einmal nach, wie viele Stunden es bis sieben Uhr waren.

Und als ich am nächsten Morgen vom Zwitschern der Vögel im Apfelbaum vor meinem Fenster geweckt wurde, der jetzt im Frühling so hübsch blühte, und im ersten Sonnenlicht des Tages die Welt so schmerzlich harmlos erschien, machte mir ein Blick auf den Wecker deutlich, dass Andrew nun tatsächlich fort war.

Ich vermisse dich ... – **Mai 2003**
... und denke daran, wie es war,
bevor die Zeit für mich stehen geblieben ist

»Good night, sweetie! Wish I was there to tuck you in ...«
Gute Nacht, Süße! Ich wünschte, ich wäre bei dir, um Gute Nacht zu sagen ...
[Andrew 2003]

Die kommende Woche verlief recht erträglich für mich. Nach der ersten Heulattacke war ich unerwartet gefasst. Offensichtlich realisierte ich zu diesem Zeitpunkt noch nicht, was er alles aus meinem Leben mitgenommen hatte. Wahrscheinlich fühlte ich auch deshalb noch so wenig Veränderung, weil ich daran gewöhnt war, ihn nicht jeden Tag sehen zu können. Abgesehen von den Anrufen, die jetzt fehlten, war in meinem Alltag alles beim Alten. Schnell merkte ich, dass es mir guttat, wenn ich nicht ständig über ihn und alles drum herum nachdachte.

Das änderte sich erstmalig, als das Wochenende vor der Tür stand und ich, schlagartig deprimiert, an der Bar in unserer Stammdisko saß. Seit mehr als einem Jahr war ich nun zum ersten Mal ohne ihn dort. Was sollte ich nur so allein anfangen? Das machte doch keinen Spaß! Die Mädels waren bald auf und davon und ich blieb grübelnd zurück. Allein auf meinem Platz, auf dem ich unverändert saß. Wie fast jede Woche des vergangenen Jahres. Nur sein Platz war jetzt leer. Zum ersten Mal hatte er nicht dort gesessen und bereits auf mich gewartet, wie er es früher immer getan hatte. Inmitten der fröhlichen und ausgelassenen

Menge kam ich mir einsam vor in dem fahlen Licht, bedrängt von diesem ohrenbetäubenden Lärm, und fühlte mich mit einem Mal so klein. War denn niemand hier, den ich kannte? Womit ich eigentlich meinte, ob *er* nicht vielleicht doch hier war. Lächerlicher Gedanke, ich weiß ... Taub für die Diskomusik, die aus vier Räumen gleichzeitig auf mich einströmte, zog in meinem Kopf ein und dasselbe Lied seine Kreise. Dieses Lied von einem Mädchen, das auf einer Brücke in der Dunkelheit steht und auf ihn wartet. Aber da ist nichts außer Regen. Sie kann keine Fußspuren mehr erkennen, und egal wie angestrengt sie in die Dunkelheit hineinhört, sie bekommt keine Antwort. Kann sie denn niemand hören? *Kannst du mich denn nicht hören?* Kein Gesicht, das sie kennt, kein Ort, an den sie gehen kann, um ihm näher zu sein.
Du wirst dieses Mal nicht zurückkommen und alles in Ordnung bringen, stimmt's?

* * *

Von nun an waren es verdammt lange Nächte ohne ihn. Verdammt einsam. An diesem Abend tat es verdammt weh, dort zu sitzen und zu wissen, dass er definitiv nicht durch die Tür kommen würde und dass ich nichts gegen diese Tatsache tun konnte. Ich war traurig und so unendlich wütend, dass ich mich dieser Entscheidung des Schicksals – des Lebens – einfach machtlos fügen musste. In manchen Momenten wollte ich laut schreien: Warum zum Teufel holst du mich nicht hier raus? Ich verstand einfach nicht, warum manche Dinge so geschehen mussten, wie sie geschahen, nur damit am Ende jeder sein Schicksal erfüllt und durchlebt hatte, wie es für ihn vorbestimmt war. Warum konnte man nicht selbst entscheiden, wann man aussteigen wollte? In dieser Situation wünschte ich mir nichts sehnlicher als seinen aufmunternden Blick und sein liebevolles Lächeln. Hier direkt neben mir. Zum Anfassen nah. Doch außer in meinen Gedanken lächelte er mir nicht zu.

Ich wusste natürlich, dass er nicht hier sein konnte, aber wie absurd der Gedanke auch war, ich konnte nichts dagegen tun, dass ich in meine Tagträume abschweifte und mir ausmalte, wie es wäre, wenn er doch plötzlich vor mir stünde. Wenn er einfach so hereinkommen würde, obwohl er eigentlich weg sein müsste. Die Vorstellung, ihm jeden Moment zu begegnen, fühlte sich so gut an, dass sie für einen kurzen Moment dieses Brennen in meiner Brust verdrängen konnte. Aber nur so lange, bis ich mir wieder vor Augen führte, dass ich dieses schöne Gefühl nie wieder erleben würde. Dass ich diese Zeit nicht zurückholen konnte. Dass unsere Zeit jetzt und hier aufgehört hatte.

Und so verlief von nun an jeder Freitag auf ähnliche Weise. Auch wenn ich versuchte, mir nichts anmerken zu lassen und mich abzulenken, konnte ich es nicht sein lassen, jedes Mal nach ihm zu suchen. Ich wollte sichergehen, dass ich ihn nicht vielleicht doch übersehen hatte …

Ich weiß, dass das Unsinn ist, und ich wusste es auch damals, aber es war in etwa so wie ein Zwang. Wenn ich mich dabei ertappte, wie ich meine Blicke schweifen ließ, kam ich zur Vernunft und ließ es sein. Doch wenig später ging es wieder los. Zum Beispiel war jedes Mal beim Einparken und auch vor der Heimfahrt mein Hirn darauf programmiert, die parkenden Autos nach grünen Jeeps zu filtern. Meine Augen konzentrierten sich darauf, die Sitzgruppen im Bistro zu scannen, wann immer ich den Durchgang dort nutzte, um dem Gedränge in den Hauptgängen zu entgehen. Die Jacken an den Garderoben, jedes Gesicht in der Cocktailbar – meinem Blick entging nichts! Noch schlimmer war es, wenn eines *unserer* Lieder gespielt wurde. Was eigentlich viel mehr *meine* Lieder waren, die ich mit uns verband. Dann konnte ich überhaupt nichts anderes mehr denken. Sie verfolgten mich nämlich nicht nur an diesen Freitagen, sondern fast täglich. Wenn ich den Fernseher einschaltete oder ins Auto stieg und mit Umdrehen des Zündschlüssels die Stereoanlage ansprang.

»Soll ich ihn dir so einstellen, dass er angeht, wenn du das Auto anmachst, oder willst du aufs Knöpfchen drücken zum Einschalten?«, hatte mich mein Bruder gefragt, als er mir den CD-Player ins Auto einbaute. Hätte ich damals geahnt, welch fatale Folgen es unter Umständen noch haben würde, wenn das Radio mit Drehen des Zündschlüssels startete, hätte ich mich wahrscheinlich für die Variante »Knöpfchen drücken« entschieden. Im Badezimmer musste ich zwar noch »aufs Knöpfchen« drücken und hätte somit die Wahl gehabt, *nicht* einzuschalten, aber ich wollte schließlich die Nachrichten hören. Bei keiner Gelegenheit ließ ich sie aus. Ob morgens beim Fertigmachen oder beim Autofahren, im Hintergrund lief meistens »AFN Wiesbaden – The Eagle«, weil ich mich dadurch irgendwie mit Andrew verbunden fühlte. Sitcoms und Serien mussten nachts im Bett dem Nachtjournal weichen, und aus der Tageszeitung fehlte jeweils der Teil, der die außenpolitischen Themen behandelte. Tagtäglich verfolgte ich das Geschehen im Irak. Keinen Beitrag, keinen Artikel ließ ich aus, der mir auch nur die geringsten Informationen liefern konnte.

* * *

»Er hat geantwortet!« Fünf Tage nach Andrews Abreise rief mich Benni an. Da weder ich noch eines meiner Mädels zu Hause einen Internetanschluss hatte und ich somit noch nicht mal eine eigene E-Mail-Adresse vorweisen konnte, hatte ich meinen Banknachbarn aus dem Englisch-LK angehauen, mich von seinem E-Mail-Account schreiben zu lassen. Wenn man täglich mehrere Stunden, und das schon seit mehreren Schuljahren, nebeneinander saß, bekam man unweigerlich so einiges von dem jeweils anderen mit und es blieb nicht aus, dass man sich anfreundete. »Soll ich dir die E-Mail vorlesen?«

»Nein! Ich komme vorbei, ich will die Nachricht selber lesen!«, schrie ich aufgeregt in den Hörer, bevor ich diesen schwungvoll auf die Gabel knallte, ohne mich von Benni zu verabschieden. Hektisch zog ich Schuhe und Jacke über meinen Jogginganzug und sprang in meine Karre. Keine zehn Minuten später drückte ich Benni im Vorbeirennen einen Kuss auf die Backe und raste schnurstracks in sein Computerzimmer.

Von: Andrewindadesert03@yahoo.com
An: B.Koenig@web.de
CC:
May 12, 2003
Subject: Hey!

Sandra,
Had a great flight, everything is fine. I'm not in Iraq yet. I'm in Kuwait. It's frickin hot here, 100 F every day. I think that's about 37 °C. I should be going to Iraq soon. Right now, I'm on the night shift. I'll keep you updated so you know I'm okay. Just glad you wrote, sweetie.
Andrew

12. Mai 2003
Betreff: Hallo!
Sandra,

ich hatte einen guten Flug. Alles gut hier momentan. Ich bin noch nicht im Irak. Ich bin noch in Kuwait. Es ist brutal warm hier. 100 Grad Fahrenheit jeden Tag. Das müssten so ungefähr 37 °C sein. Lange werde ich nicht mehr hier in Kuwait bleiben. Momentan habe ich die Nachtschicht. Ich halte dich auf dem Laufenden, Süße. Ich freue mich, dass du geschrieben hast, und wollte dich nur wissen lassen, dass es mir gut geht.
Andrew

Unglaublich – die E-Mail, die ich Andrew von Bennis Account geschrieben hatte, war die erste, die ich je verschickt hatte. Unvorstellbar mittlerweile. Was stellte diese Distanz noch vor wenigen Jahren für eine Herausforderung dar. So wären wir heute ständig über unsere iPhones per WhatsApp, Skype oder FaceTime in Kontakt und der Zeitunterschied wäre, in welchem Land auch immer wir uns aufhielten, wahrscheinlich unser größtes Problem.

Es war beruhigend zu hören, dass es ihm gut ging. Weniger beruhigend dagegen war es, schwarz auf weiß zu haben, dass er wirklich fort war. Und noch beunruhigender war, dass ich von Tag zu Tag und von E-Mail zu E-Mail immer mehr bemerkte, wie sich alles in mir und in meinem Leben nur noch um ihn zu drehen schien. Da gab es plötzlich diese Nächte, in denen ich fast bis zum Morgengrauen wach lag und nicht damit aufhören konnte, über uns nachzudenken. In diesen Nächten wiederholte ich tausendmal unsere Geschichte und mir fielen so viele Dinge ein, die ich anders gemacht hätte, wenn die Möglichkeit dazu bestanden hätte. Mir kam dann alles in den Sinn, was ich während der Heimlichtuerei am Anfang und später aus Angst vor Verbindlichkeit verpasst hatte, ihm zu sagen. In diesen Nächten bereute ich es so manches Mal, dass ich so lange so feige gewesen war. Ich betrachtete das vergangene Jahr und stellte fest, dass ich es leid war. Ich hatte mein ganzes Leben satt. Was die Vergangenheit hätte sein können und was ich daraus gemacht hatte – beziehungsweise was ich nicht daraus gemacht hatte –, stimmte mich nachdenklich, traurig und wütend zugleich. Ich hasse diese aufwühlenden Nächte. Und ich hasse diese endlosen Tage. Auf ihn zu warten. Darauf zu warten, dass er irgendwann wiederkäme. Die Tränen nicht zurückhalten zu können, wenn sie mich von einer Sekunde auf die andere überfielen, nur weil ich in Gedanken mit ihm redete. Das alles hasste ich. Ich hatte es satt, all das totschweigen zu müssen, weil fast kein Mensch nachvollziehen konnte, was plötzlich mit mir los war. Ich hasse mich dafür, dass ich ihn so lange als mein Geheimnis gehütet und fast jeden um mich herum belogen hatte. Ich hatte mich ja sogar selbst die meiste Zeit belogen. Manchmal wäre es mir am liebsten gewesen, wenn mich einfach jeder in Ruhe gelassen hätte. Ich wünschte mir, er würde wiederkommen und alles zurückbringen, was er mir gestohlen hatte. Vielleicht würde dann die Sehnsucht nicht mehr so stark in mir brennen und ich könnte endlich damit aufhören, den ganzen Tag zu träumen, weil ich ihn nur so halten konnte. Die Realität musste ihn gehen lassen – aber ich? Ich musste überhaupt nichts! Ich konnte ihn behalten, solange ich wollte und solange ich ihn brauchte. Und ich brauchte ihn. Er fehlte mir so sehr.

»Hey, this is Andrew, please leave a message!«, beep.
»Hey, this is Andrew, please leave a message!«, beep.

Hey, hier ist Andrew, bitte hinterlasst mir eine Nachricht! Piep.
Keine Ahnung, wie oft ich in manchen Nächten die Wahlwiederholung drückte, um sein deutsches Handy zu erreichen, und das nur, um seine Stimme zu hören.

♥*Lass mich schlafen*
Und lass mich träumen
Fernab der Gegenwart
Die wie ein Film an mir vorüberzieht
Ich bin nur Zuschauer
Mehr kann ich nicht sein
Darum frier mich ein
Bis wieder Frühling ist
Und du bei mir bist♥

Räumkommandos ... – **Sommer 2003**

... und Hausdurchsuchungen

Abgesehen davon, dass ich in Selbstmitleid und Liebeskummer versank, verbrachte ich die folgenden Tage und Wochen damit, mich um einen Studienplatz zu bewerben.

Von: B.Koenig@web.de
An: Andrewindadesert03@yahoo.com
CC:
30. Juni 2003
Betreff: Just wanted to let you know ...

... that I would have jumped with you from your hypothetical bridge.

Remember that day in my attic? I wish we could go back to it. I still haven't got used to the thought of you doing what you do out there ... living that life out there while I'm here, doing all these mundane things like signing up for Translation and Interpretation classes. I seem to find you everywhere in my life. You've left your mark, mister. ;-)
Hope you get back to me soon so I know you're okay.
Take care,
Sandra

Betreff: Ich wollte dir noch sagen ...

... dass ich mit dir von deiner ausgedachten Brücke gesprungen wäre ...

Erinnerst du dich an den Tag bei mir auf dem Dachboden? Ich wünschte, wir könnten die Zeit zurückdrehen. Ich habe mich immer noch nicht an den Gedanken gewöhnt, dass du da draußen bist und tust, was du tust ... dieses schreckliche Leben da lebst, während ich hier so normale Dinge mache, wie mich an der Uni einzuschreiben. Übersetzen/Dolmetschen. Ich scheine dich überall in meinem Leben zu finden. Du hast deine Spuren hinterlassen, Mr. ;-)
Ich hoffe, du meldest dich bald, sodass ich weiß, dass es dir gut geht.
Pass auf dich auf,
Sandra

* * *

»So, meine Liebe, genug Trübsal geblasen!« Pia packte mich am Arm. »Du ziehst dir jetzt was Anständiges an und kommst mal hier aus der Bude raus.«
Meine Mädels waren nicht bereit, mich noch länger mit Mitleid zu überschütten. Radikal ließen sie mein kleines Fluchtdomizil, das ich mir in meinen Gedanken und meinem Zimmer erschaffen hatte, räumen. Tess schleppte mich in die Stadt, weil Shopping bei uns Mädels ja bekanntlich eine heilende Wirkung hat, und Pia hatte für uns einen Friseurtermin geplant. Die beiden waren fest entschlossen, mich einem Mädels-Motivationsprogramm zu unterziehen. Sie überzeugten mich davon, dass es an der Zeit war, verrückte Dinge zu unternehmen, damit ich auf andere Gedanken kam. Ein Zungenpiercing und ein Arschgeweih später entschieden wir, am Wochenende erstmals die Location zu wechseln. Pia wollte ihr Tattoo natürlich gleich der Männerwelt präsentieren, und mich würde vielleicht ein ordentlicher Schluck Wodka über die geschwollene Riesenzunge in meinem Mund

und den Kummer in meinem Herzen hinwegtrösten. Wir hatten alle begriffen, dass die Zeit in unserer Stammdisko der Vergangenheit angehörte. Diese Erkenntnis hatte, abgesehen von meinem ganz persönlichen Drama, für uns alle einen etwas melancholischen Beigeschmack, weil uns klar wurde, dass damit ein kleiner Lebensabschnitt, eine Phase unserer Jugend zu Ende gegangen war. Die erste Euphorie der Zeit, wenn du deinen Führerschein frisch in der Tasche hast, dich total frei und unabhängig fühlst, war verblasst. Jetzt würde ein neuer kleiner Abschnitt beginnen, von dem keiner von uns wusste, was er bringen würde.

* * *

»Sandra, I'm so glad I got through to you. I've been trying for days to call you, but the line is so bad out here.« Sandra, ich bin so froh, dass ich dich erreicht habe. Ich habe seit Tagen versucht, dich anzurufen, aber die Verbindung ist so schlecht hier. Ich konnte Andrews Stimme nur leise und unterbrochen in der Leitung hören.
»Finally! Andrew! It feels so good to hear your voice. How are you?« Endlich! Andrew! Es tut so gut, deine Stimme zu hören! Wie geht es dir? Ich verhaspelte mich fast beim Sprechen, weil ich mich von der schlechten Verbindung so gehetzt fühlte.
»Sandra, you have no idea what's going on here.« Sandra, du kannst dir nicht vorstellen, was hier vor sich geht. Andrews Stimme klang gepresst. »David got injured by a hand grenade. He's in hospital now. It's a great mess.« David wurde von einer Handgranate getroffen. Er ist jetzt im Krankenhaus. Es ist ein riesengroßes Chaos. Andrew hörte sich ungewohnt fahrig an.

Ich war schockiert. Diese Info über David führte mir zum ersten Mal bildlich vor Augen, womit Andrew es vierundzwanzig Stunden am Tag zu tun hatte. »How did that happen?« Wie ist das passiert?, fragte ich in einem schwachen Versuch, mein Mitgefühl zu zeigen. Dabei kämpfte ich gegen die Tränen, die mir vor Schreck in die Augen geschossen waren.
»During a house search. Some remaining resident obviously threw it. It is crazy, Sandra! You never know what's waiting for you around the corner. People are scared. They want to defend themselves. They carry weapons. Even some kids do, and it is so hard to make the right decision in seconds, if you know what I mean.« Während einer Hausdurchsuchung. Es war noch jemand in dem Haus, und der hat sie geworfen. Es ist verrückt hier, Sandra! Du weißt nie, was hinter der nächsten Ecke auf dich wartet. Die Leute haben Angst. Sie versuchen sich zu schützen, indem sie Waffen tragen. Sogar manche Kinder haben Waffen. Es ist so brutal, innerhalb von Sekunden die richtige Entscheidung zu treffen, falls du verstehst, was ich meine.
Jeder Satz von ihm, jedes Stück seiner gegenwärtigen Realität, das durch den Hörer in meine heile Welt sickerte, ließ mich einsilbiger zurück. »Ja. Ich glaube schon, dass ich weiß, was du meinst«, antwortete ich und fragte mich: Ist das so? Würde er auf ein Kind schießen? Ist das die Entscheidung, von der er spricht? Der Film in meinem Kopf überforderte mich. Die Unterschiede, die zwischen unseren Welten lagen, überforderten mich.
In den letzten paar Tagen war meine größte Sorge hier das fette Stück Fleisch in meinem Mund gewesen, weil ich anscheinend die Wundheilung einer Hundertjährigen hatte, während Andrew zusehen musste, wie Splittergranaten seinen besten Freund das Leben hätten kosten können. Es hätte jeden dort treffen können.

Es hätte Andrew treffen können. Diese Vorstellung machte mich fertig. Und genau *das* hatte ich kommen sehen. Genau darum hatte ich Andrew emotional mehr auf Abstand halten wollen, als es mir letztendlich geglückt war. Ich fragte mich, ob es nicht besser gewesen wäre, wenn wir als Freunde auseinandergegangen wären. Vielleicht hätte mich diese ganze Nummer dann nicht so mitgenommen. Doch wenn ich an all die Momente dachte, die wir als Freunde nicht erlebt hätten, fühlte ich mich noch leerer, als ich es ohnehin schon tat. Dann dachte ich gern zurück an den Abend am See und unseren ersten Kuss, an Bob das Kitzelmonster und die unzähligen Stunden, die wir knutschend auf der Tanzfläche verbracht hatten. Die Kluft, die plötzlich zwischen diesen beiden Welten lag, war riesig. Eben war er noch da gewesen, und nun lag so vieles zwischen uns.

Jede Nacht wünschte ich mir heimlich, es wäre nur ein schlechter Traum. Doch selbstverständlich war alles unverändert, wenn ich am Morgen die Augen öffnete. Und weil das Leben nicht schläft und ich natürlich nicht den ganzen Tag träumen konnte, musste ich wohl irgendwann lernen, die Zeit loszulassen.

Zugegeben, es klappte nicht sofort, aber mit den Wochen, die ins Land gingen, wurde es immer besser. Und diese ganze »Leben umkrempeln«-Kiste funktionierte schubweise auch recht gut. Auf Dauer gelang es mir, mich daran zu gewöhnen, dass Andrew körperlich nicht anwesend war. Ich vermisste es natürlich, mit ihm zu sprechen, ihn ansehen, ihn anfassen zu können. Aber irgendwie schaffte ich es, mich daran festzuhalten, dass wir uns zumindest schreiben konnten. Dass ich nicht ganz auf ihn verzichten musste. Auch wenn er so weit weg war.

Von: B.Koenig@web.de
An: Andrewindadesert03@yahoo.com
CC:
10. September 2003
Betreff: I just realized I didn´t have any pictures of you

Dear Andrew,
I just looked at the pictures you sent. It feels good to see your face again after all this time. However, I must admit that the big tanks and rubble in the background aren't helping me to worry less about you.
I think about you a lot!
I miss you,
Sandra

Betreff: Mir ist gerade aufgefallen, dass ich gar kein Foto von dir hatte.

Lieber Andrew,
ich habe mir gerade die Bilder angesehen, die du geschickt hast. Es tut gut, nach all der Zeit dein Gesicht wieder zu sehen. Jedoch muss ich zugeben, dass die riesigen Panzer und die Häuserruinen nicht gerade dazu beitragen, dass ich mir weniger Sorgen mache.
Ich denke viel an dich!
Du fehlst mir,
Sandra

Schlaflos ... – **Herbst und Winter 2003/2004**
... im Einzimmerapartment

Danach herrschte für gut einen Monat Funkstille. Andrew musste mal wieder umziehen und es dauerte oft eine Weile, bis sie mit Internet ausgestattet waren. Ich war zwischenzeitlich mit den Vorbereitungen für mein Studium und dem damit einhergehenden Umzug beschäftigt. Ohne Ende Papierkram, Nummern ziehen bei Einwohnermeldeämtern und eine Wohnung suchen – was in dieser Stadt hier zu einer echten Herausforderung werden konnte. Die Studentenwohnheime waren schneller belegt, als ich »Studentenwohnheim« sagen konnte, und die meisten freien Wohnungen waren zu teuer, um sie allein oder zu zweit zu bewohnen. Nach einer WG mit fremden Leuten stand mir aktuell nicht der Sinn, und somit machte sich allmählich Stress breit. Wir hatten ungefähr noch drei Tage, bis die Uni losging, als Bennis Vater zwei freie Apartments in einem Wohnkomplex angeboten bekam, für die wir letztendlich aus Zeitnot die Mietverträge unterschrieben, ohne noch große Ansprüche stellen zu können.

Von: B.Koenig@web.de
An: Andrewindadesert03@yahoo.com
CC:
30. Oktober 2003
Betreff: Settling in

Hey Andrew,

I hope you're still alright.

Sorry I haven't emailed much lately.

There have been a lot of welcome events and lectures that have kept me busy. I've made a few new friends, but of course I really miss my girls at home.

Feeling a bit lonely here every now and then. Pretty sure you know the feeling.

I miss you,

Sandra

Betreff: Eingewöhnung

Hey Andrew,

ich hoffe, bei dir ist immer noch alles gut.

Entschuldige, dass ich in letzter Zeit nicht so oft geschrieben habe.

Wir haben ständig irgendwelche Einführungsveranstaltungen und Vorlesungen. Ich habe ein paar neue Leute kennengelernt, aber natürlich vermisse ich meine Mädels zu Hause sehr.

Ich fühle mich manchmal schon recht einsam hier. Ich bin mir sicher, du kennst das Gefühl.

Du fehlst mir,

Sandra

Von: Andrewindadesert03@yahoo.com
An: B.Koenig@web.de
CC:
12. November 2003
Betreff: Wish I was back in Germany

Sandra,

I'm still doing fine, just very busy all the time. I definitely wish I was back in Germany. It's always so frickin hot here. I'm just working a lot, usually about 16 hours a day, seven days a week. Anyways, it was good hearing from you, sweetie. I'll definitely have to come visit you at school.

Miss you,

Andrew

P.S. I need to talk to that British teacher of yours who doesn't like the »American influence« on your English, Miss Kirschtal! :-)

12. November 2003

Betreff: Ich wäre gern wieder in Deutschland

Sandra,

mir geht es immer noch gut, ich hab einfach nur sehr viel zu tun. Ich wünschte, ich wäre wieder in Deutschland. Es ist so unglaublich heiß hier. Ich arbeite momentan ungefähr sechzehn Stunden am Tag, sieben Tage die Woche. Schön, von dir zu hören, Süße. Ich muss dich unbedingt an der Uni besuchen kommen.

Du fehlst mir,

Andrew

PS: Ich muss mich mal mit dieser britischen Lehrerin unterhalten, die »den amerikanischen Einfluss« in deinem Englisch nicht mag, Fräulein Kirschtal! :-)

* * *

Diese Stadt hier raubte mir den letzten Nerv. Nicht dass es an dieser Hinterwäldler-Uni nur einen öffentlichen Computer mit Internetzugang gab, der ungefähr vierundzwanzig Stunden am Tag belegt war, nein, so fuhren einem auf dem Weg zum einzigen Internetcafé in der Stadt auch noch zehn Fahrradfahrer vor die Karre. Als hätte meine Schüssel nicht schon genug Dellen und ich punktetechnisch in Flensburg nicht ohnehin für den Rest meines Lebens ausgesorgt. Andere Leute studierten in München, in Hamburg, Berlin – aber mich hatte es ausgerechnet in dieses Kaff verschlagen! Das war wieder so typisch! Eine Stadt, ausgelegt auf Fahrradfahrer und Fußgänger! Da hätten sie ja gleich mein Gesicht auf das Ortschild drucken können: Ich muss leider draußen bleiben!
»Sag mal, hast du keine Augen im Kopf? Ich glaub', bei dir hackt's!« Wütend brüllte ich die Windschutzscheibe an. Vorher das Fenster runterzuleiern, hätte natürlich erheblich dazu beigetragen, dass dieses dämliche Arschloch, das gerade schmunzelnd wieder auf sein Rad stieg – amüsiert über den Anblick eines hochroten Kopfes, an dessen Ende der Hals immer dicker wurde –, auch was von den Beschimpfungen gehört hätte, die sich so leider nur als tonlose Mundbewegungen und verzerrte Gesichtszüge hinter der Scheibe abspielten.
»Son las cinco de la mañana y no he dormido nada ...«, klapperte Aventura mit »Obsesión« in meiner Handtasche. Diese lag auf dem Beifahrersitz. Nachdem ich darin herumgekramt und endlich mein Telefon gefunden hatte, war der Refrain schon einmal komplett durchgelaufen.
Ich schaute auf das Display. »Anonymer Anrufer«.
Geh ich ran, geh ich nicht ran? Geh ich ran, geh ich nicht ran?

Mein Kopf sagte nein, gleichzeitig drückte mein Finger auf »Gespräch annehmen«.
»Ja?«
Rauschen ... Knattern ... Rauschen – weg.
»Na geil! Für so 'ne *Scheiße* hab ich fast den nächsten Auffahrunfall riskiert! Verdammte Telefonhotline!« Mir platzte fett der Kragen in meinem alten Schimmelkarren, den man einhändig, ohne Servolenkung, zwischen all den Radfahrern und Fußgängern kaum durch den Kreisverkehr bekam, ohne sich dabei die Schulter auszukugeln.
Endlich am Internetcafé angekommen, parkte ich wie immer ohne Parkschein in einer der wenigen Parklücken, die einem eine kostenfreie Parkdauer von einer Stunde einräumten. Wenn diese abgelaufen war, hieß es für mich »umparken«, und zwar jeden Tag, gnadenlos, nach jeder Vorlesung oder Unterrichtseinheit. Bei Wind und Wetter und egal wie weit entfernt von den Lehrräumen ich mein Auto abstellen musste. Gerade jetzt im Winter war das oft wirklich ätzend, und bei uns in Deutschland fing der ja meist erst nach Weihnachten so richtig an.

Von: Andrewindadesert03@yahoo.com
An: B.Koenig@web.de
CC:
January 10, 2004
Subject: Tried to call you

Sandra,
There is something I wanted to talk to you about. I tried to call you because I didn't want to email you about it, but the line's gone dead.

You know things aren't easy over here, and you know that I was originally supposed to be back by April ...
It seems my time over here is going to be extended by another six months. I wish I could come back earlier, but it seems there isn't much I can do about it.
I'm sorry I don't have better news for you.
I hope you understand that this is something I have to do.
I still miss you a lot,
Andrew

10. Januar 2004
Betreff: Habe versucht, dich anzurufen

Sandra,
es gibt da etwas, worüber ich mit dir sprechen wollte. Ich habe versucht, dich anzurufen, weil ich es dir nicht per E-Mail sagen wollte, aber die Verbindung ist abgerissen.
Du weißt ja, die Lage hier ist ziemlich kompliziert ... Und du weißt auch, dass ich ursprünglich im April zurückkommen sollte ...
Momentan sieht es leider so aus, als würde mein Einsatz hier um sechs Monate verlängert werden. Glaube mir, ich würde auch lieber früher wiederkommen, aber ich werde nicht viel dagegen tun können.
Es tut mir leid, dass ich keine besseren Neuigkeiten für dich habe.
Ich hoffe, du verstehst, dass ich das tun muss.
Ich vermisse dich immer noch sehr,
Andrew

Ein weiteres halbes Jahr. Somit wurden aus den verbleibenden drei Monaten neun Monate. Noch mal so lange, wie er jetzt schon weg war. Mit dieser Rechnung ging ich seit Tagen ins Bett und landete unweigerlich immer wieder bei den besagten schlaflosen Nächten, die mich zeitweise fast verzweifeln ließen. Je fester ich die Kopfhörer in meine Ohren drückte und je tiefer sich die Worte von Green Day in mein Hirn fraßen, desto verlockender erschien mir der Gedanke, mich hier zu verkriechen, bis er wiederkäme. »Wake me up when September ends ...« In meiner Interpretation bedeutete das: »Weck mich auf, wenn alles vorbei ist ...« Denn genauso hätte ich die Zeit am liebsten überbrückt. Im Schlaf, ohne sie spüren zu müssen. Warum konnten diese Worte so brennen? Warum können Worte überhaupt ernsthaft und wirklich wehtun. Wie ein Messer, das einem in die Brust gestochen wird. Wie funktioniert das, dass die reine Vorstellungskraft, Gefühle, die nur im Kopf existieren, körperliche Schmerzen auslösen können? Läuft da wahrhaftig irgendein chemischer Prozess in uns ab, oder ist das einfach alles nur Einbildung? Es kostete mich so viel Selbstbeherrschung zu akzeptieren, dass man das Leben nicht verbiegen konnte. Dass man sich der Welt, dem Schicksal manchmal tatenlos unterwerfen muss, weil es nicht in unserer Macht liegt, manche Ereignisse des Lebens abzuwehren oder so zu verändern, wie wir es gerne möchten. So sehr möchten, dass man fast platzt bei dem Gedanken daran. Nein, wir müssen uns beugen, egal wie laut wir es anschreien, das Schicksal, egal wie fest wir es schlagen, das Schicksal, egal wie fest wir an ihm reißen, wenn es vor uns wegläuft.

In diesen Nächten war ich so aufgewühlt, dass ich das Gefühl hatte, ich müsste sofort aufstehen und losrennen. Hinrennen zu ihm, und schon unterwegs fing ich an, ihm alle diese ungesagten Worte entgegenzurufen. Alle diese Gedanken, die ich immer nur in mir herumgetragen hatte, schrie ich gegen den Wind, wenn ich durch die Nacht rannte, ohne Socken, ohne Schuhe, barfuß die

Straße entlang. »Ich bin so blöd, dass ich dich habe gehen lassen, denn eigentlich wusste ich es die ganze Zeit, dass ...«, kreiste es in meinem Kopf, während ich im Nachthemd in der Abflughalle stand und mein Blick hektisch die Flugtafel hoch und runter raste.

Von: B.Koenig@web.de
An: Andrewindadesert03@yahoo.com
CC:
20. Januar 2004
Betreff: Crazy world

Dear Andrew,
I was lying awake all night thinking about fate and how all the things that we think we have no time for may be the very things that keep our world turning. There are so many things that remain unsaid between us, and that's what makes it so hard for me.
Not sure whether any of this makes sense to you. Anyway, I hope you're well. Keep me updated.
I miss you,
Sandra

Betreff: Verrückte Welt

Lieber Andrew,
Ich habe die ganze Nacht wachgelegen und über das Schicksal nachgedacht. Über all die banalen und kleinen Dinge, die uns oft so unbedeutend vorkommen, aber in manchen Momenten doch alles zusammenhalten. So vieles bleibt ungesagt zwischen uns, und das macht es so schwer für mich.

Wahrscheinlich ergibt das hier alles gar keinen Sinn für dich. Wie auch immer, ich hoffe, es geht dir gut. Halte mich auf dem Laufenden.
Du fehlst mir,
Sandra

Von: Andrewindadesert03@yahoo.com
An: B.Koenig@web.de
CC:
January 25, 2004
Subject: RE: Crazy world

Sandra,
To be honest, your email was a bit confusing. But anyhow, I still miss you too. There is so much I need to tell you, but this is not the right time. Today, I was transferred into a new tent. So I have air conditioning now, which is nice. Gotta get back to work though.
Love,
Andrew

25. Januar 2004
Sandra,
um ehrlich zu sein, war deine E-Mail ein bisschen verwirrend, aber irgendwie vermisse ich dich auch immer noch. Ich muss dir so viel erzählen. Aber hier ist nicht der richtige Ort dafür. Wir sind heute in andere Zelte gezogen und haben jetzt endlich eine Klimaanlage. Ich muss wieder an die Arbeit zurück.
Liebe Grüße
Andrew

Ich fragte mich, wie lange ich das noch aushalten würde? Wie lange ich es noch schaffen würde zu warten. Oder vielmehr, wie lange ich es noch schaffen würde, die Hoffnung aufrechtzuerhalten, dass es mir gelang zu warten. Wie sehr ich mich auch immer wieder am Riemen riss und mich dazu zwang, ein wenig Abstand zu der ganzen Sache entstehen zu lassen, warfen mich Mitteilungen wie diese Monate zurück in meinem Verarbeitungsprozess. Und außerdem, was bitte sollte das heißen: »Anyhow I still miss you«? »Irgendwie« vermisste er mich auch immer noch? Irgendwie? Wie schön, dass ich immer noch hier saß und mir Woche für Woche offenbar nur einredete, dass es leichter wurde, je mehr Zeit verging, während er, wie es aussah, langsam über mich hinwegkam.

* * *

»Nice little story, Miss Kirschtal! You should translate it and take it to your class for creative writing.« Nette kleine Geschichte, Fräulein Kirschtal! Sie sollten das mal übersetzen und in Ihren Kurs für Kreatives Schreiben mitnehmen. Mrs. Jennings, meine Dozentin für Vocabulary and Idioms, sprich Wortschatzkunde und Redensarten, zwinkerte mir verschwörerisch zu und sah freundlicherweise darüber hinweg, dass ich heute nur körperlich in ihrer Stunde anwesend war. »Sorry, Mrs. Jennings!« Sorry, Frau Jennings! Ich grinste sie verlegen an, als sie meine Aufmerksamkeit zurück in den Klassenraum holte.

♥*Ich schaute in die Augen dieses Mädchens.*
Sie erinnerte mich an jemanden, den ich mal gekannt hatte.
Sie stand einfach nur da und starrte zurück.
»Was machst du denn da drin?«, fragte ich sie.
»Ich wohne hier«, antwortete sie.
»Da drin?«, fragte ich verwundert.
»Ja, hier findet mich niemand«, entgegnete sie.
»Vor wem versteckst du dich denn?«, fragte ich.
»Vor der Liebe, vor dem Leben. Lange Geschichte …« Sie seufzte. »Ich würde so gerne hier raus, aber ich kann nicht.«
»Natürlich kannst du!«, sagte ich zu ihr.
Wortlos legte sie ihre Handflächen auf das Glas.
»Das ist doch nur Glas«, sagte ich und griff die Blechvase vom Fenstersims.
Und unter einem Klirren ging mein Spiegel zu Bruch.♥

Times change – **Frühling und Sommer 2004**
Zeiten ändern sich

Es war definitiv die richtige Entscheidung, mich für das Austauschprogramm in London einzuschreiben. Der Alltagstrott hier nervte und ich konnte es kaum abwarten, dass es in ein paar Wochen endlich losging. Die Nachricht von Andrew war nur das i-Tüpfelchen auf meiner hervorragenden Laune. Ich konnte diese Bude nicht mehr ertragen. In diesem Hasenkasten bekam man ja Zustände! Meine erste eigene Wohnung. Das hörte sich toll an – zumindest hatte es das vor einem Jahr! Leider musste ich zur Berichtigung dieses Statements sagen: mein erstes eigenes Apartment. Oder: das Apartment. Oder: das hässlichste Apartment, das ich je gesehen hatte.

Ich werde es mal etwas detaillierter beschreiben: Es war ein möbliertes Apartment. Die Grundfarbe, die sich durch das gesamte Zimmer zog, war Cappuccino-Beige. Stimmt, hätte gut aussehen können, *wenn* nicht all die fest integrierten Möbel aus Krankenhauskunststoff bestanden hätten und wenn sie nicht auch noch untrennbar miteinander verbunden gewesen wären. Untrennbar deshalb, weil aufgrund der äußerst geringen Raumgröße keine andere Anordnung der Möbelstücke als die ursprüngliche möglich war. Wenn man die Eingangstür öffnete, stand man direkt im Wohn- und Schlafraum. Diese Gegebenheit trug ungemein zum wohlig warmen Sicherheitsgefühl bei, das ich in diesem Apartment in der Nacht empfand. – *Nicht!*

Sollte also irgendwann einmal ein Verrückter in meine Wohnung einbrechen, so müsste er nur einen Schritt machen und stünde direkt vor meinem Bett. Oder vor dem Herd, das käme jetzt ganz darauf an, ob er sich, von der Tür aus gesehen, nach links, also zu mir, oder nach rechts, also zum Herd beziehungsweise zum Kühlschrank drehen würde. Beziehungsweise deshalb, weil sich der Herd direkt auf dem Kühlschrank befand. Also die beiden Herdplatten, von denen nur eine richtig funktionierte. Klar also auch, dass meine Ernährung zu dieser Zeit ziemlich einseitig aussah. Ziemlich einseitig insofern, als dass ich mal darüber nachdenken könnte, bei »Wetten, dass..?« aufzutreten. »Wetten, dass ich jede Marke Dosenravioli an ihrem Geschmack erkennen kann?!«

Aber gut, ich will nicht undankbar sein. Immerhin hatte mich dieses Apartment vor einer gemeinschaftlichen Toilettenbenutzung mit dreizehn anderen Personen gerettet. Gemeinschaftlich deshalb, weil das letzte verfügbare Zimmer, das ich alternativ hätte beziehen können, in einem Studentenwohnheim ohne eigenes Bad und mit Gemeinschaftswaschraum auf dem Gang gewesen wäre. Dann doch lieber meine Einzelzelle hier im trostlosen Wohnblockviertel – mit eigenem Badezimmer. Ein Wunder, dass sie das Klo nicht direkt an die Küchenzeile angereiht haben, um auf diese Weise einen weiteren Quadratmeter einzusparen.

Benni war übrigens in der Zelle direkt über mir untergebracht. Das war vor allem am Anfang oft hilfreich gewesen, denn er hatte mir mit meinen Umzugskartons geholfen, mich bei Heimweh abgelenkt, hatte angeregt, dass wir auch mal was anderes kochten als Dosenravioli, war mit mir spazieren gegangen, wenn ich sonntagsabends nicht einschlafen konnte, und hatte mich in den Arm genommen, wenn ich mich in meinem Liebeskummer suhlte. Im Winter hatte er jeden Morgen vor der Uni meine alte

Karre angeschoben, die bei Regen, Schnee und Kälte nie anspringen wollte, und jedes Mal, wenn in meiner Fantasie mal wieder ein »Einbrecher« im Anmarsch gewesen war, hatte er bei mir übernachtet. Inzwischen war nicht nur der Winter, sondern auch der Frühling längst vorbei. Der Sommer neigte sich dem Ende zu, und ganz nach dem Motto »Tausend Mal berührt ...« blieb Benni manchmal auch noch da, wenn kein »Einbrecher« im Anmarsch war.

Brett vorm Kopf – **September 2004**
Mauer ums Herz

Zu meiner Schande muss ich gestehen, dass ich ein hoffnungsloser Serienjunkie war. Ich hatte meine Daily Soaps, die ich regelmäßig verfolgte, und etliche Lieblingsserien dazu. Seit ich hier wohnte und allmählich der erste Motivationsschub, den ich in Bezug auf den Lernaufwand aufbringen konnte, nachgelassen hatte, nahm der Serienwahn noch größere Dimensionen an. Mit der Zeit fiel mir in meinem kleinen Apartment die Decke auf den Kopf. Benni und ich unternahmen weniger als in der Anfangszeit und die täglichen Übersetzungen, mit denen wir uns zu Beginn die Nächte um die Ohren geschlagen hatten, reduzierten wir nach und nach um die Hälfte. Wir hatten nämlich für uns die Alternative »Jobsharing« entdeckt, teilten irgendwann die Übersetzungen auf und druckten sie dann jeweils für den anderen – beziehungsweise die andere – aus, um einen groben Umriss über die Thematik vorliegen zu haben und den Lerneffekt aus den Besprechungen in der Uni ziehen zu können.

Somit hatte ich plötzlich eine Menge Zeit. Viel zu viel Zeit sogar, um in alle Soaps, die das Fernsehprogramm hergab, reinzuschnuppern. Es dauerte nicht lange und ich war auch bei den Serien, die mir anfangs überhaupt nicht zugesagt hatten, stets auf dem aktuellen Stand. Die Phase, in der ich die Kontrolle über mein Fernsehverhalten verlor, war an ihrem Höhepunkt angelangt. Ab spätestens halb sechs am frühen Abend hatte ich volles Programm. Währenddessen ließ ich mich durch nichts stören und war stets genervt, wenn entweder das Telefon oder die

Türglocke läutete. So auch an diesem Abend, als mein Handy meinen aktuellen Lieblingssong als Klingelton abspielte.

»Ja?« Ich schnaufte und rollte die Augen.

»[Sa:ndrə]!«

Und da war es wieder!

Langes »a«, kurzes »schwa«.

»Hey, it's me! I'm back!« Hey, ich bin's! Ich bin wieder da!

Baaaaaaang! Ein Brett traf auf meinen Kopf. Ich sprang auf. *Atmen, atmen! Sandra! Atmen! Sprechen! Hallo Stimmbänder, Ton an!* Meine Hand griff an meinen Hals. Ich brachte keinen Ton raus, als ich die Decke von mir strampelte. Mit einem Satz sprang ich vom Bett zur Badezimmertür und riss erst mal das Fenster auf. *Tiiiiief einatmen und ausatmen.*

»Hi!«, sagte ich endlich.

»Hi!«, erwiderte er und ich hörte *das* Lächeln in seiner Stimme.

»Wow!« Ich war immer noch sehr einsilbig und nicht fähig zu denken.

»Wow!«, sagte nun auch er. »You seem happy about my call! – Andrew, how are you? I'm glad you are back! How were things in Iraq? Well, you know, you've never heard from me again because I have totally forgotten about you!« Wow! Du scheinst dich über meinen Anruf zu freuen! – Andrew, wie geht's dir? Ich bin froh, dass du zurück bist! Wie war's im Irak? Ja, weißt du, du hast nie mehr was von mir gehört, weil ich dich total vergessen habe!, begann er nun für mich zu sprechen.

Endlich gewann ich meine Stimme und mein Hirn zurück und es fing an, nur so aus mir herauszusprudeln. Wie ein Wasserfall überflutete ich ihn aufgedreht mit Fragen. »Wie geht es dir?«, »Wie war es?«, »Seit wann bist du wieder da?«, »Warum musstest du so viel länger bleiben?« Eine Frage nach der anderen schoss

aus mir heraus, bis er mich lachend unterbrach: »Heeeey, breathe!« Heeeey, atme!
»It's just ... I don't know ... Oh my God ...! I mean ... wow! You're back!« Es ist nur ... Ich weiß nicht ... Oh mein Gott ...! Ich meine ... wow ... du bist wieder da! Ich war völlig erschlagen.
»You've forgotten about me!« Du hast mich vergessen!, warf er auf einmal in meinen Satz- und Wortfetzenschwall. »You never sent me another email!« Du hast mir nie mehr zurückgeschrieben! Ups! Dieser Vorwurf traf mich wie ein Blitz, nachdem ich seine erste Anspielung erfolgreich ignoriert hatte. Ich faselte etwas von wegen Studium und Lernstress und hoffte, dass ihm das als Erklärung vorerst ausreichen würde. Es war gerade nicht der richtige Moment, um ihm zu sagen, weshalb ich den Kontakt während der letzten Monate hatte abreißen lassen. Nach zehn weiteren »Ähm«s und »I don't know«s Ich weiß nicht folgte abschließend nur noch ein kleinlautes, mehr fragendes als aussagendes »I'm sorry?!« Es tut mir leid?!
Er lachte, als nehme er es mir zumindest in diesem Moment nicht mehr übel, und stellte mir die Frage, auf die ich seit eineinhalb Jahren wartete. »Wann können wir uns sehen?«
Dass ich das noch mal hören würde! Es gab Momente, da hatte ich mich nicht mal mehr getraut, mir das auch nur zu wünschen. »Ich hoffe bald«, antwortete ich und beendete das Telefonat, immer noch mehr verdattert als überzeugt davon, dass dieser Anruf gerade wirklich stattgefunden hatte.
»Oh ÄÄÄndruuu!« Als ich aus dem Bad kam, warf sich Benni, der durch die dünne Wand wahrscheinlich jedes einzelne Wort gehört hatte, theatralisch die Hände gegen die Brust.

»Halt die Klappe!«, giftete ich ihn an und warf ihm einen eindeutigen Blick zu, der ihm zu verstehen gab, dass er in diesem Ton bei mir gar nichts erreichen würde.

»Was wollte er?«, fragte Benni jetzt mit hochgezogenen Augenbrauen, immer noch genervt, aber weniger spöttisch.

»Sagen, dass er wieder da ist!« Ich war jetzt ruhiger und bemühte mich um einen betont beiläufigen Klang meiner Stimme, während ich eine Wasserflasche öffnete und ihm ein Glas reichte, um beschäftigt zu wirken und zu vertuschen, wie aufgewühlt ich war.

Doch Benni schob meinen Arm beiseite, quetsche sich ignorant an mir vorbei und steuerte auf die Tür zu. »Ah! Dann bin ich jetzt wieder abgemeldet! Ablenken muss ich dich ja nun nicht mehr!«

Hör auf zu grinsen, Schicksal! – **Herbst und Winter 2004**
Zufall? Wer bist du und warum tust du das?

Es war Vollmond und trotz vorgezogener Vorhänge war es so hell in meinem Zimmer, dass ich nicht mehr einschlafen konnte. Die Straßenlaternen tauchten die sterilen weißen Wände des Studentenwohnheims auf dem Campus in London in ein warmes Gelb und ich starrte hellwach an die Decke.
Gott, das war schon Wahnsinn! Ob er sich verändert hatte? Ob er irgendwie anders aussah? Bis jetzt hatten wir noch nicht viel darüber geredet, wie es im Irak gewesen war, denn in den paar Minuten, die wir uns immer nur über das Handy hörten, wollte ich davon nicht großartig anfangen. Also hatte ich ihn, abgesehen davon, ob es ihm so weit gut ging, noch nicht ausführlicher danach gefragt.
Ich wusste noch nicht mal mehr, was genau ich gerade geträumt hatte, weil der Traum keine Handlung hatte, ich sah nur noch Andrews Gesicht und hatte ein seltsames warmes Gefühl im Bauch, das mich noch den ganzen Tag über begleiten sollte. Seit drei Uhr lag ich wach. Zum ersten Mal seit Monaten waren sämtliche Erinnerungen – die komplette Geschichte, all seine Worte und was wir gemeinsam erlebt hatten – wieder hochgekommen.
Als um halb acht endlich der Wecker klingelte – völig überflüssig übrigens, da ich spätestens mit Sonnenaufgang von allein aufwachte –, war ich völlig gerädert. Wie konnten die Engländer nur ohne Rollläden schlafen? In den ersten Nächten hier hatte ich einige jämmerlichen Versuche unternommen, den Raum stärker abzudunkeln, indem ich Handtücher über die Gardinenstangen

gehängt hatte, weil die Gardinen so kurz waren. Nachdem ich allerdings mehrmals kurz vor einem Herzinfarkt gestanden hatte, weil die Handtücher nachts von den Stangen gerutscht waren und mit Getöse die gesamte Fensterbank abgeräumt hatten, versuchte ich mich jetzt an die Helligkeit zu gewöhnen. Wie auch an den Gedanken, dass Andrew wieder da war. Oder besser gesagt in Deutschland. Andrew hatte bereits zwei Wochen nach seiner Rückkehr eine eigene Wohnung bezogen, weil er raus aus der Kaserne und weniger Trubel um sich haben wollte. Für ein Jahr hatte er den Mietvertrag bei seinem German Buddy Michael »unterzeichnet«. Das war auch der einzige Lichtblick, der mich darüber hinwegtrösten konnte, dass ich direkt am Morgen nach seinem Anruf in den Flieger nach London steigen musste und jetzt fünf Monate hier festsaß.

* * *

»I'm having my warming-up on Friday! You should come!« Ich gebe am Freitag eine Einweihungsparty! Du musst kommen! »I can get you a ticket if you want!« Ich besorge dir auch ein Ticket! Wann immer das Wochenende vor der Tür stand, versuchte Andrew mich irgendwie nach Deutschland zu verfrachten, doch leider hieß es auch dieses Mal: »No party for shorty!« Keine Party für die Kleine! Seit er wieder da war, nannte er mich so. Vielleicht war er sich nicht sicher, ob ich noch immer seine CLG war, und benutzte deshalb lieber neutralere Kosenamen?!
Jedenfalls hatte ich am Montag eine Präsentation, die die Hälfte meiner Gesamtnote in Communication Skills bildete, und somit kam es nicht in Frage, nach Hause zu fliegen. Seine Einweihungsparty zu verpassen, war schon schlimm für mich. Viel schlimmer

aber noch war, als er anrief und völlig euphorisch ins Telefon jubelte: »I'm going to the World Palast on Friday! You have to come!« Ich gehe am Freitag in den World Palast, du musst einfach kommen! Das war richtig bitter. Unser Club! Und er würde da sein! Wie ich es mir so lange gewünscht hatte! Genau wie früher! Ich hatte diesen Moment so lange herbeigesehnt, und jetzt war er da! Wie konnte man nur so ein mieses Timing haben? Diesen Abend verpassen zu müssen, war ohne Übertreibung das Schlimmste, so lächerlich sich das auch anhören mag, was mir in den letzten Wochen passiert war. Monatelang hatte ich diese Bilder in meinem Kopf gemalt, wie ich an unserer Bar saß und er auf einmal durch die Tür kam. Wie wir uns zum ersten Mal wieder gegenüberstanden und mit einem Schlag dort weitermachten, wo wir vor so vielen Monaten aufgehört hatten. Dass wir *unser* Leben wiederhatten. *Unsere* Gewohnheiten und Traditionen. *Unsere* Zeit! Natürlich nervte es mich insgesamt, dass ich nicht zu Hause gewesen war, als er zurückkam, und natürlich brannte mir jeder Tag unter den Nägeln, an dem ich ihn nicht wiedersehen konnte, jetzt, wo der Tag X endlich vor der Tür stand, und natürlich hätte ich jedes Wochenende platzen können, an dem ich wieder nicht nach Hause fliegen konnte, doch World Palast ohne mich ging gar nicht! Wenn ich mir nur vorstellte, wie diese Tussi, die mich an unserem letzten Abend vor eineinhalb Jahren zugetextet hatte, sich seit Wochen an ihn ranschmeißen konnte, während von mir nicht die geringste Spur zu sehen war, wurde mir schlecht. Was bitte hatte ich verbrochen, dass ich das verdient hatte? Irgendwer schien doch nicht zu wollen, dass wir uns wiedersahen?! Sollte ich ihn vielleicht nicht wiedersehen? War es besser für mich, die gewonnene Distanz zu wahren und nicht wieder diese Nähe zwischen uns entstehen zu lassen? Womöglich wollte mich das

Schicksal, das Leben, der Zufall, wer auch immer hier mittlerweile am Steuer saß, beschützen. Doch wovor? Vor einer Enttäuschung? Vor dem, der da wiederkam? Vor mir selbst und der Drama Queen, die so gerne Besitz von mir ergriff? Davor, ein weiteres Mal durch diesen Abschiedsschmerz hindurchzumüssen? Doch wer hatte hier tatsächlich und letztendlich das Steuer in der Hand? Waren es nicht vielleicht wir selbst?

* * *

»I am going back to the States by the end of the week!« Ich gehe Ende der Woche in die Staaten zurück!, sagte Andrew, für seine Verhältnisse ungewöhnlich aufgebracht, eines Mittags im November am Telefon.
»What?« Was? Für eine elegante Ausdrucksweise sah ich in diesem Moment so wenig Notwendigkeit, wie ich Verständnis für eine derart kurzfristige Planänderung hatte. »You said you'd stay for a year!« Du hast gesagt, du bleibst ein Jahr! Ich war gleichermaßen entsetzt und schockiert über diese unerwarteten Neuigkeiten.
In Colorado Springs war eine Position frei geworden, auf die er sich noch aus dem Irak gemeldet hatte, nachdem sein Dienst dort verlängert worden war. Er umriss mir kurz den Sachverhalt, doch noch bevor er alle Details schildern konnte, fiel ich ihm wieder ins Wort. »Wieso zum Teufel meldest du dich denn auf so was? Du wusstest doch, dass du nach der Verlängerung auf jeden Fall wieder nach Deutschland kommen würdest!«
»Yeah, but at that time I did not want to come back here!« Ja, aber zu dem Zeitpunkt wollte ich eigentlich gar nicht mehr nach

Deutschland zurückkommen! Er klang jetzt unerwartet vorwurfsvoll, schließlich hatten wir in den letzten Wochen immer recht unkompliziert miteinander gesprochen.

»Ich habe mich wohl verhört!« Entsetzt starrte ich in den Spiegel, der an meiner Zimmertür hing, und sah einen weit aufgerissenen Mund, der gerade noch einen Seufzer der Empörung runterschluckte.

»Sandra, what did you expect? You hadn't emailed me in ages. I thought you were with that Benni guy of yours who …« Sandra, was hast du denn erwartet? Du hast dich ewig nicht gemeldet, ich dachte du wärst längst mit diesem Benni-Typen zusammen, der …

»Das ist jetzt nicht dein Ernst! War ja klar, dass du nicht nachvollziehen kannst, wie es für mich war, als du einfach so von heute auf morgen ein halbes Jahr länger wegbliebst, alle drei Wochen mal ein paar Bilder per E-Mail schicktest, am besten noch den Rest deines Freundeskreises im Verteiler!« Schon wieder fiel ich ihm ins Wort. Eine Diskussion um Benni würde ich hier nicht gelten lassen, wenn Andrew derjenige war, der die Situation am Bein hatte, die nicht zu ändern gewesen war. Und danach, meinen verletzten Stolz und die Enttäuschung über das einstige »anyhow« in seiner E-Mail durchzukauen, stand mir nach dem Verlauf dieses Gesprächs auch nicht der Sinn.

»Ich könnte dich besuchen kommen. Wenn ich morgen fliege, dann hätten wir noch zwei Tage!«, unterbrach er meinen Ausbruch, um unser Gespräch ganz offensichtlich nicht in Streit ausarten zu lassen.

»Ich bin auf einer Exkursion, Andrew! Wir sind mit der ganzen Austauschgruppe in Brighton! Inklusive Dozenten«, sagte ich,

entnervt durch diese Umstände und die Energie, die es kostete, permanent all die Frustration am Handy zu diskutieren.
»Wieso werde ich das Gefühl nicht los, dass du die Dinge komplizierter machst, als sie sein müssten?«, fragte Andrew.
»Ich? Du gehst doch früher zurück als geplant. Deinetwegen haben wir jetzt keine Zeit mehr!« Ohne dass ich es beabsichtigte, klangen meine Worte vorwurfsvoll.
Unbeherrschter, als ich es von ihm kannte, erwiderte er: »Sandra, ich wäre jeden verdammten Tag, seit ich wieder da bin, zu jeder Tages- und Nachtzeit in ein Flugzeug gestiegen und zu dir geflogen. Aber du hattest ja ständig irgendeine Prüfung oder was weiß ich, was du alles für Gründe gefunden hast, um mir aus dem Weg zu gehen.«
»Äh, sorry, aber kannst du dir auch nur annähernd vorstellen, wie schwer es war, dich aus dem Kopf zu bekommen und hier einen auf normale Welt zu machen, während du da draußen warst?« Ich war jetzt ziemlich aufgelöst, wurde mir doch im Verlauf dieses Gespräches bewusst, dass seine Anschuldigungen gar nicht so abwegig waren, auch wenn ich mir das nur ungern eingestand.
Unerwartet leise kommentierte er das Gesagte: »Nein, ich kann mir nicht vorstellen, wie es für dich gewesen sein muss, einen auf normale Welt zu machen, weil in den letzten eineinhalb Jahren meines Lebens nichts auch nur annähernd normal war.« Er schien traurig zu sein und löste in mir zu Recht Schuldgefühle aus, weil ich mal wieder nur mit mir selbst und meinen Gefühlen beschäftigt war.
»Sorry, Andrew. Ich weiß nicht, was gerade in mich gefahren ist. Vielleicht hast du recht und ich hatte einfach nur Panik.« Panik, dass die alten Wunden wieder aufreißen würden und ich mit

dem ganzen Verarbeitungsprozess von vorn beginnen musste, wenn er nach seinem Aufenthalt in Deutschland zurück nach Amerika ging. So viel Klarheit wie in diesem Moment hatte schon lange nicht mehr in meinem Kopf geherrscht und mir fiel wie Schuppen von den Augen, was für eine riesige Mauer ich Stein um Stein, Monat um Monat hochgezogen hatte. Erst waren die Monate nur in Zeitlupe vergangen, und als er dann endlich wieder zurück gewesen war, war mir plötzlich alles zu schnell gegangen. Der Gedanke, dass ein einziges, wenige Stunden andauerndes Treffen den Verarbeitungsprozess von mehreren Monaten zerstören könnte, machte mir Angst und verschaffte mir wiederum die Einsicht, alles vermasselt zu haben. »Kannst du nicht eine Woche später heimfliegen und vorher doch noch mal herkommen? Oder ich komme einfach für ein Wochenende nach Hause!«

In der winzigen Hoffnung, auf den letzten Drücker noch Berge versetzen zu können, spielten wir die verschiedenen Möglichkeiten durch, wie wir es zwischen Arbeit, Prüfungen und möglichen Flugverbindungen doch noch schaffen konnten, uns zu sehen. Aber natürlich waren das alles Luftschlösser, mit denen wir versuchten, die Enttäuschung erträglicher zu machen.

* * *

Als der Tag seines Abflugs dann vor der Tür stand, hätte ich am liebsten auf der Stelle alles stehen und liegen gelassen, das Austauschprogramm abgebrochen und mich in den Flieger nach Frankfurt gesetzt. Teresa hatte mir sogar vorsorglich Flugverbindungen rausgesucht, falls ich spontan meinen Rappel bekommen würde. Prüfungen schmeißen hin oder her – zeitlich gesehen war es inzwischen unmöglich geworden, ihn noch zu erwischen. Also sprachen wir uns wieder einmal nur am Telefon, als er mich von dem Handy eines Freundes anrief, um sich zu verabschieden. »Ich fasse es einfach nicht, dass wir uns nicht mehr gesehen haben!« Egal wie oft wir diese Aussage zwischen uns hin und her spielten, die Tatsache fühlte sich von Mal zu Mal surrealer an. »I would have been your ticket to the States!« Ich wäre deine Fahrkarte nach Amerika gewesen!, sagte er mit einem Lachen in der Stimme, aber es gelang mir nicht, den ironischen Unterton herauszuhören. Wie immer beim Telefonieren lief ich Kreise und Schleifen durchs Zimmer. Gerührt von seiner Aussage, die mich andeutungsweise in seine Zukunft einbezog, beschlich mich trotz aller Mauern um mich herum ein Gefühl von Wehmut, das sich gewaltig vertraut anfühlte. Plötzlich wurden die Erinnerungen an unsere letzte Verabschiedung gefährlich lebendig, und ohne meine Lippen kontrollieren zu können, die meiner Vernunft weit voraus waren, platzte aus mir raus, dass er noch nicht gehen könne, weil ich ihm noch so viel sagen müsse. Kaum hatte ich es ausgesprochen, fing er an nachzuhaken. Am liebsten hätte ich mir die Zunge abgebissen. Ich behauptete, die Sentimentalität aufgrund des bevorstehenden Abschiedes hätte mir das Hirn vernebelt, doch anders als sonst ließ er dieses Mal nicht so schnell locker. »Sag es doch endlich, Sandra!«, forderte er mich mehrmals nachdrücklich auf, doch ich schwafelte mal wieder nur rum – das konnte ich schließlich gut – und lenkte das Thema holprig, aber wirkungsvoll in einen sicheren Hafen. Der schön weit entfernt lag vom Hier und Jetzt. Ich versicherte ihm, mit der Sprache rauszurücken, wenn er mich aus Amerika anrufen würde. Somit hatten wir einen Deal und ich ihm das Versprechen abgenommen, dass er sich melden würde.

»I will miss you!« Ich werde dich vermissen!, sagte ich zu ihm, fast schon selbstverständlich, als unser Gespräch langsam zum Ende kam.
»Ehm, no, you won't! You'll forget about me!« Äh, nein, wirst du nicht! Du wirst mich wieder vergessen!, stichelte er, wie immer, wenn es um dieses Thema ging, meinte es aber in diesem Moment nicht böse, was ich an seiner Stimme hören konnte. »But *I* will miss *you*!« Aber *ich* werde *dich* vermissen! Er schien kein weiteres Süßholzraspeln von mir zu erwarten. »Well cutie, I really gotta go now!« Okay, Süße, ich muss jetzt wirklich los!
Ich setzte mich aufs Bett, weil meine Beine sich anfühlten, als wäre ich gerade einen Marathon gelaufen. »Komm gut nach Hause!« Und noch während ich mir »nach Hause« bildlich vorstellte, wurde mir mit einem Mal so richtig klar, welche Chance ich da vertan hatte. Betreten schwiegen wir beide für einen Moment, bis wir uns ein letztes bedrücktes »Bye!« abrangen.
Kurz vor dem langen dumpfen Tuten, welches das endgültige Ende des Gesprächs signalisierte, sagte er noch: »Ich liebe du, okay?« Dann legte er schnell auf.

A promise to be kept ... – **März 2005**
Ein Versprechen, das es zu halten gilt ...

Ich musste ständig daran denken: »Ich liebe du, okay?« und »I would have been your ticket to the States!« Interpretierte ich hier mal wieder zu viel? Ging meine Leidenschaft, mich in Dinge hineinzusteigern, ein weiteres Mal mit mir durch? Seit unserem letzten Telefonat machte mich das ganze Andrew-Thema wieder mal wahnsinnig. Natürlich konnte ich ihn nicht mehr vergessen und bereute es mehr, als ich mir je hätte vorstellen können, ihn nicht wiedergesehen zu haben. Was Männer mit manchen Sätzen bei uns Frauen auslösen können, ist einfach unverschämt! Seit er zurück nach Amerika gegangen war, waren bereits vier Monate vergangen und ich hatte immer noch nichts von ihm gehört, obwohl er versprochen hatte, sich so bald wie möglich zu melden. So viel also zu seinem »Big promise, Sandra!« Fest versprochen, Sandra!

Seit Tagen durchforstete ich daher wie eine Verrückte sämtliche Telefonbücher und Suchmaschinen, die das Internet zu bieten hatte. Irgendeine Spur musste doch zu finden sein, die mich zu ihm führen könnte. Man glaubt es kaum, aber es gab ein Leben vor Facebook, Myspace, studiVZ und all diesen sozialen Netzwerken, die einem heutzutage die Suche nach Personen so viel leichter machen. Zu der Zeit, als ich nach einem Weg suchte, hatten wir seit gerade mal einem halben Jahr einen Internetanschluss zu Hause und das Online-Telefonbuch schien das einzig greifbare Hilfsmittel zu sein. www.phonebookoftheworld.com. Und einloggen. »Find a person!« Finde eine Person!, prangte fett auf dem Bildschirm. Na also! Und klick. *Super! Dieses Internet ist einfach super!* Meine Gedanken fuhren schon auf Erfolgskurs, als meine Euphorie nur eine Enter-Taste später wieder gebremst wurde, weil ich feststellen musste, dass mir doch zu viele persönliche Daten fehlten. Natürlich war mir bewusst, dass ich nach einer Nadel im Heuhaufen suchte, wenn ich nur anhand eines Namens und ohne weitere Details eine Person in Amerika ausfindig machen wollte. Und woher um Himmels willen sollte ich seine Sozialversicherungsnummer wissen? Diese anzugeben, wäre nämlich die großartige Alternative zu den detaillierten Personenangaben gewesen. Fakt war, ich kannte seinen Vor- und Zunamen und wusste, in welchem Bundesstaat er lebte. Super, Michigan hatte ja laut Wikipedia nur 9.883.640 Einwohner. Bei den spärlichen Angaben, die ich machen konnte, war das Ergebnis so umfangreich, dass die Suchmaschine noch nicht mal jeden Treffer anzeigte. Und jeden Treffer abzutelefonieren, wäre zudem eine ganz andere Nummer gewesen. Abgesehen davon musste er ja längst in Colorado sein. Anderer Staat, gleiches Problem. In Michigan würde ich daher maximal sein Elternhaus finden. »Ja, hallo, Sandra hier aus Deutschland ... Sie kennen mich zwar nicht, aber würden Sie mir eventuell die aktuelle Telefonnummer Ihres Sohnes geben?« Oder vielleicht entschied ich mich für die noch peinlichere Variante und rief auf der Militärbasis in Colorado Springs an. Aber welche der tausend gefundenen Nummern sollte ich da nehmen? Und was erzählte ich denen dann?

Alles hätte so einfach sein können, hätte ich nicht ein kleines, aber entscheidendes Detail seiner E-Mail-Adresse vergessen. Warum musste Benni auch unbedingt die E-Mails von Andrew löschen? Und was nun? Plan A: Ich könnte alle Telefonnummern anrufen und mich durchfragen. Plan B: Ich könnte einen Brief schreiben, ihn an sämtliche dieser Adressen schicken und hoffen, dass er ihm irgendwann zugestellt werden würde. Fragt sich nur, wie lange das dauern mochte und wie viele Leute diesen Brief am Ende lesen würden, beispielsweise auf der Suche nach einer Briefbombe – bei den Amis konnte man ja nie wissen. Aber im Ernst, das war viel zu peinlich! Andererseits – viele Möglichkeiten blieben mir nicht. Also verfasste ich mit Pias Hilfe doch die Briefe. Zwischenzeitlich war ich teilweise so verzweifelt, dass ich einen Funken Ernsthaftigkeit in den Gedanken legte, einfach nach Colorado zu fliegen und dort den ganzen Laden umzukrempeln. Schließlich kam Plan C: Nach tausend weiteren Theorien, wie man ihn finden könnte, ohne wie eine Irre einfach irgendwo in Colorado Springs herumzurennen oder diese dämliche Briefaktion zu starten, kam mir urplötzlich doch noch eine gute Idee in den Sinn. Ich bat eine Kommilitonin, die selbst schon mal vor diesem Problem gestanden hatte, um Hilfe. Ihr Ex-Freund war bei der Army gewesen und eines Tages auf Nimmerwiedersehen in den Staaten verschwunden. Nachdem sie wutentbrannt den Fernseher, den er gekauft hatte, seine Playstation und was sonst noch von ihm geblieben war, bei eBay verkauft hatte, hatte sie sich auf die Suche nach Kontaktmöglichkeiten gemacht, um ihm einen boshaften Gruß hinterherzuschicken. Vielleicht hatte sie diesbezüglich einen Rat, also rief ich sie an. Und ja, sie wusste mir zu helfen! Ihren Ex-Freund hatte sie damals über seine E-Mail-Adresse bei der Army erreicht, weil diese alle die gleiche Struktur gehabt hatten und sich nur durch die Vor- und Zunamen unterschieden. Also Vorname, gleich dahinter ein Punkt, dann der Nachname – der Rest war immer gleich. Ich erinnerte mich sogar noch daran, dass Andrew auch seinen zweiten Vornamen in seiner Work-E-Mail angegeben hatte, und somit schien diese Möglichkeit nun endlich das Lichtlein am Ende des Tunnels zu sein. Keine Sekunde nachdem ich aufgelegt hatte, mailte ich genau einen Satz:

Someone is still waiting for you to keep your promise.
Jemand wartet darauf, dass du dein Versprechen einhältst.

Wie viele Chancen ... – März/April 2005
... bekommt man vom Leben?

Und gleich am nächsten Tag folgte das Highlight. Zuerst dachte ich, meine E-Mail wäre wieder zurückgekommen, denn ich konnte es nicht fassen. Traute meinen Augen nicht, als ich in meinem Spam-Ordner eine E-Mail mit unbekannter Absenderadresse und dem Betreff »FINALLY!!!!« öffnete.

Von: Andrew2501@yahoo.com
An: sandra.kirschtal@web.de
CC:
March 30, 2005
Subject: FINALLY!!!!

Sandra,
I hope you didn't think I was ignoring you! I had an old email address of yours that I wrote to several times, and I was wondering why I never received any replies.
Anyways, I'm getting a phone service next month, so we should have a chance to talk very soon. I miss Germany so much, and I miss you too! I can't believe we missed the chance to hang out again. I wish you could come visit me. You should think about it ... we'd have a great time. Michigan is beautiful in the summer, lots of lakes for swimming and boating.
I'm in Colorado right now, and it's pretty nice out here too.
I bought a new car recently. It's made in Germany, and it's called a Chrysler Crossfire. I love it. You'd look good in it. :-)

There's so much I want to talk to you about!!!!
Love,
Andrew

30. März 2005
Betreff: Endlich!!!!

Sandra,
Ich hoffe, du denkst nicht, ich hätte dich vergessen. Ich hatte eine alte E-Mail-Adresse von dir, an die ich öfter geschrieben, von der ich aber nie eine Antwort bekommen habe.
Nächsten Monat bekomme ich endlich einen Telefonanschluss, also können wir bald telefonieren. Ich vermisse Deutschland so sehr! Und dich auch!
Ich kann einfach nicht fassen, dass wir uns nicht mehr gesehen haben. Ich wünschte, du könntest mich besuchen kommen. Du solltest mal darüber nachdenken, mich besuchen zu kommen. Wir hätten eine tolle Zeit. Michigan ist toll im Sommer. Hier gibt's viele Seen, wo man schwimmen gehen und Boot fahren kann.
Im Moment bin ich in Colorado. Hier ist es eigentlich auch ganz schön. Ich habe mir vor Kurzem ein neues Auto gekauft, einen Chrysler Crossfire. Das Auto kommt aus Deutschland. Ich liebe es. Du würdest gut darin aussehen. :-)
Ich muss dir so viel erzählen.
Liebe Grüße
Andrew

Ein wild umherhüpfender Gummiball und ein Stall voll aufgebrachter Hühner waren nichts im Vergleich zu mir an diesem Tag. Ich war so aufgedreht und euphorisch, dass ich regelrechte

Siegeshymnen im immer gleichen Rhythmus schmetterte. *Er will mich sehen! Er vermisst mich! Er hat mich eingeladen! Er flirtet mich an!* In seinen Zeilen schwang eine Leichtigkeit mit, die mich ansteckte und sich wie ein Schlussstrich unter den letzten Monaten anfühlte.

Meinen Mädels bluteten schon bald die Ohren, und nachdem sie sich über mich totgelacht hatten und Tess meinen Freudentanz noch dazu auf ihrer Handykamera festgehalten hatte, stürzten sie sich wie ein eingeschworenes Team mit den Sofakissen auf mich.

Von: sandra.kirschtal@web.de
An: Andrew2501@yahoo.com
CC:
1. April 2005
Betreff: RE: FINALLY!!!!

Andrew,
I'm happy to hear from you!
I had no idea you didn't have my new email address.
Great to hear you're doing well.
So you've got a new car?! I can't believe you sold the Jeep. I loved that car. (If only for the crazy memories ... ;-))
I have been thinking about the times we had a lot lately.
Maybe one day we'll get another chance to meet again. There is so much left to say.
Hope to hear back from you.
Love,
Sandra

Andrew,

ich freue mich, von dir zu hören!

Ich hatte keine Ahnung, dass du meine neue E-Mail-Adresse nicht hattest.

Schön zu hören, dass es dir gut geht.

Du hast also ein neues Auto! Ich fasse es nicht, dass du den Jeep verkauft hast. Ich liebte dieses Auto, und das nicht nur wegen einiger verrückter Erinnerungen ... ;-)

Ich habe in letzter Zeit viel an uns gedacht.

Vielleicht sehen wir uns irgendwann mal wieder. Es gibt definitiv eine Menge zu erzählen.

Ich hoffe, ich höre bald wieder von dir.

Alles Liebe

Sandra

Von nun an e-mailten wir fast täglich.

Von: Andrew2501@yahoo.com
An: sandra.kirschtal@web.de
CC:
April 2, 2005
Subject: RE: RE: FINALLY!!!!

Dear Sandra,

As for your feelings, I feel the same way. I can still picture you any time I close my eyes.

I'm still going to try and make it back to Germany, but I don't have that scheduled for the near future. I think you need to come visit me in the States this summer. I know you'd have a great time. I partied and hung out with you in Germany, and now I think it's time for you to come to

me. I like the old car too, but I like this one better ... even though we wouldn´t be able to share a memory in it. :-)
Your English seems to have greatly improved ...
I hope to hear back from you soon.
Love,
Andrew

2. April 2005
Liebe Sandra,
was du gesagt hast, darüber, dass du viel an unsere Zeit denkst ... Mir geht es genauso. Ich kann mir dich immer noch ganz genau vorstellen, wenn ich meine Augen schließe.
Ich versuche immer noch, irgendwann wieder nach Deutschland versetzt zu werden. Aber es sieht nicht so aus, als stünde das in naher Zukunft für mich auf dem Plan.
Ich finde, du solltest mich im Sommer besuchen kommen. Ich bin mir sicher, du würdest hier eine tolle Zeit haben. Ich habe mit dir in Deutschland gefeiert und Zeit verbracht, ich finde, jetzt ist es an der Zeit, dass du nach Amerika kommst.
Ich mochte das alte Auto auch gerne, aber das neue gefällt mir viel besser. Obwohl wir darin keinen Platz für verrückte Erinnerungen hätten. :-)
Dein Englisch ist viel besser geworden ...
Ich hoffe, du meldest dich bald wieder.
Liebe Grüße
Andrew

Von: sandra.kirschtal@web.de
An: Andrew2501@yahoo.com
CC:

3. April 2005
Betreff: RE: RE: RE: FINALLY!!!!
Hey Andrew,
I'm taking classes in school that deal with differences in countries and cultures. One of our teachers gave us this example: Americans tend to be very polite and always try to create a good atmosphere. They like your name, they like your hair, they like your dress, and so on. They invite you over for coffee, saying »If you're ever in town, make sure you stop by.« But they would never really expect you to show up at their front door. If a German invites you over for coffee, you can be sure to find the coffee table set. Otherwise, they wouldn't have invited you.
Then she started laughing, thinking about a foreigner gladly accepting the offer and ringing the doorbell to find a surprised American opening the door. ;-)
I'm so happy we're in touch again …
Especially since you ignored me for so long. :-P
Love,
Sandra

Hey Andrew,
an der Uni habe ich spezielle Fächer, die sich mit landeskundlichen Themen beschäftigen. Kulturelle Unterschiede zum Beispiel. Eine unserer Dozentinnen gab uns mal folgendes Beispiel: Amerikaner neigen zu einem sehr höflichen Umgangston, sie versuchen stets eine gute Atmosphäre zu schaffen. Sie mögen deinen Namen, deine Frisur, ihnen gefällt dein Kleid usw. Sie laden dich zum Kaffee ein nach dem Motto »Falls du mal in der Gegend bist, musst du unbedingt vorbeischauen …« Allerdings würden sie niemals wirklich erwarten, dass du bei ihnen aufkreuzt.

Wenn dich ein Deutscher einlädt, kannst du sicher sein, einen gedeckten Kaffeetisch vorzufinden. Sonst würde er so etwas nicht sagen.
Dann lachte sie sich kaputt über die Vorstellung, wie ein Ausländer total erfreut dieses Angebot annimmt und einen überraschten Gastgeber vorfindet. ;-)
Ich freue mich so, dass wir endlich wieder Kontakt haben, nachdem du dich sooo lange nicht gemeldet hast. :-P
Liebe Grüße
Sandra

Von: Andrew2501@yahoo.com
An: sandra.kirschtal@web.de
CC:
April 4, 2005
Subject: RE: RE: RE: RE: FINALLY!!!!

Sandra!!!
You know I'd like to see you!!!
These are the dates I'll be home in Michigan: July 26 – August 11. Michigan is very nice, and there are lots of different things to check out. I think that would be a perfect time to take you around and show you where I come from. If you let me know the exact dates you'd be able to come, I could plan some stuff to do. My aunt and uncle live near a park where they've got a cool event called Arbor Days. It's pretty fun, and they have a huge fireworks display at the end of it. I think it's happening just before I leave in August. Detroit and Flint are your best choices for airports to fly into.
It seems I'll be here in Colorado for at least a year. I'm desperately trying to get back to Germany, but I'm not sure yet when or whether it's going to work out. I'd love for you to come to the States.

And by the way, I didn't have your new email address, whereas you HAD my address, but FORGOT about me when I was in Iraq. :-P
Let me know how everything works out! ;-)
Love,
Andrew

4. April 2005
Sandra!!!
Du weißt, dass ich dich sehen will!!! Das sind meine Reisedaten: Ich werde vom 26. Juli bis zum 11. August zu Hause sein. Michigan ist sehr schön. Es gibt vieles, was wir uns anschauen können. Das wäre die perfekte Zeit, um dir zu zeigen, wo ich aufgewachsen bin. Wenn du mir sagst, wann genau du kommen könntest, dann kann ich ein paar Sachen für diesen Zeitraum planen. Wo meine Tante und mein Onkel wohnen, da gibt es dieses Fest, es nennt sich Arbor Days. Das ist ganz schön und am Schluss gibt es noch ein Feuerwerk. Ich glaube, das findet statt, kurz bevor ich im August wieder wegfahre. Detroit und Flint Michigan sind die besten Flughäfen für dich.
Momentan sieht es so aus, dass ich mindestens für ein Jahr hier in Colorado bleiben muss. Aber ich versuche alles, um wieder nach Deutschland gehen zu können. Jedoch habe ich keine Ahnung, wann und ob das überhaupt klappt. Darum würde ich mich wirklich freuen, wenn du kommst.

Und übrigens, ich hatte deine aktuelle E-Mail-Adresse nicht, wohingegen DU mich VERGESSEN hast, als ich im Irak war. :-P
Lass mich wissen, ob es klappt. ;-)
Liebe Grüße
Andrew

Von: sandra.kirschtal@web.de
An: Andrew2501@yahoo.com
CC:
5. April 2005
Betreff: RE: RE: RE: RE: RE: FINALLY!!!!

Okay. I'll think about it.
AND
I didn't forget about you when you were in Iraq. You had started getting over me long before I stopped writing you ...

Okay. Ich denke darüber nach.
UND
Ich hab dich nicht vergessen. Du warst doch längst über mich hinweg, bevor ich aufgehört habe zu schreiben ...

Von: Andrew2501@yahoo.com
An: sandra.kirschtal@web.de
CC:
April 5, 2005
Subject: Sorry?

When did I say that I had gotten over you?!

5. April 2005
Wann habe ich gesagt, dass ich über dich hinweg wäre?

Kaum hatte ich das gelesen, drückte ich auf »Antworten« und schlug wieder in die Tasten:

Von: sandra.kirschtal@web.de
An: Andrew2501@yahoo.com
CC:
5. April 2005
Betreff: RE: Sorry?

»But ANYHOW I still miss you too ...« – remember?
»IRGENDWIE vermisse ich dich auch noch ...« – erinnerst du dich?

Und prompt kam zurück:

Von: Andrew2501@yahoo.com
An: sandra.kirschtal@web.de
CC:
April 5, 2005
Subject: RE: RE: Sorry?

No, I don't! What does that have to do with it?

5. April 2005
Nein, ich erinnere mich nicht! Was hat das jetzt damit zu tun?

Von: sandra.kirschtal@web.de
An: Andrew2501@yahoo.com
CC:
5. April 2005
Betreff: Are you serious????

What does that have to do with it? I didn't really like hearing that you no longer missed me that much ...

»SOMEHOW I still miss you!«

Betreff: Ist das dein Ernst????
Was das damit zu tun hat? Es war nicht gerade schön zu hören, dass du mich nicht mehr so sehr vermisst hast ...
»IRGENDWIE vermisse ich dich noch!«

Von: Andrew2501@yahoo.com
An: sandra.kirschtal@web.de
CC:
April 5, 2005
Subject: YOU can't be serious! Das kann nicht DEIN Ernst sein!

Er sendete mir einen Auszug aus dem Wörterbuch mit der korrekten Übersetzung von »anyhow«:

jedoch, trotzdem, gleichwohl

Ich starrte die Wörter an und war wie vor den Kopf gestoßen, als mir klar wurde, was mir da für ein peinlicher Denkfehler unterlaufen war. Das konnte wirklich nicht mein Ernst sein! Wie konnte mir das *bis jetzt* nicht aufgefallen sein?! Zumindest mittlerweile hätte ich das doch checken müssen! Aber ich musste auf dieser Schiene wohl so eingefahren gewesen sein, dass mein Hirn wie vernagelt war. Dieser Satz, vielmehr meine falsche Übersetzung davon, hatte sich so in meinen Kopf gebrannt, dass ich ihn einfach nie mehr neu übersetzt hatte. Nie mehr! Und ich hatte seine E-Mails mehrfach gelesen in all den Monaten, die sie da schon ausgedruckt in ihrer Box mit allen anderen Erinnerungen lagen. *Sandra, das ist der reinste Anfängerfehler! Das geht gar nicht!*

Zu meiner rechtmäßigen Verteidigung hätte ich die Tatsache heranziehen können, dass man in der Schule vielleicht nicht jede einzelne Vokabel so differenziert beackert wie im (leises Räuspern, Übersetzer-) Studium, aber das ließ die schreckliche Perfektionistin in mir selbstverständlich nicht zu. *Sandra, du hattest Englisch Leistungskurs! Vergiss es, das zieht nicht!*
Ich konnte mir leibhaftig vorstellen, wie er dort saß und den Kopf schüttelte. So wie ich es früher immer getan hatte, wenn mir die Worte fehlten.
Ich konnte mich ohnehin an ihn erinnern, als wäre er nie fort gewesen. Als lägen nicht mehr als zwei Jahre zwischen damals und heute. Ich sah noch ganz deutlich den Ansatz seiner Grübchen. Kannte noch haargenau den Klang seiner Stimme und wie er meinen Namen sagte. Ich konnte ihn immer noch riechen, wenn ich die Augen schloss, tief einatmete und mir vorstellte, wie meine Nasenspitze sein T-Shirt berührte. Ich wusste noch heute, wie sich seine Lippen anfühlten und die Haarstoppeln in meiner Handfläche. Ich erinnerte mich an jeden Abend bis ins Detail und hatte nicht ein einziges Wort vergessen, das er gesagt hatte.
So fing ich an zu schreiben. In meinen Gedanken erzählte ich ihm alles, was mich in diesen Andrew-Nächten beschäftigt hatte, immer und immer wieder. Doch als ich Zeile für Zeile niederschrieb, war ich mir plötzlich nicht mehr sicher, ob ich wirklich von der Vergangenheit sprach. Wie konnte es sein, dass wir uns immer wieder auf diese seltsame Weise annäherten? Egal wie oft wir gestritten hatten oder ich alles vermasselt hatte, egal wie lange oder wie oft wir uns nicht gesehen hatten – wir niemals ganz losgelassen hatten? Vor allem auch jetzt nach all der Zeit und über diese Distanz. Zwei Jahre lang hatten wir uns nicht persönlich gesehen. Mal ganz ehrlich, wie lange sollte das noch so

gehen? Würden wir jemals eine gemeinsame Zukunft haben? Und warum redete ich schon wieder von der Zukunft, statt erst einmal eine Gegenwart zu schaffen?

Wer magst du wohl heute sein?
Bist du noch du?
Oder bist du nur noch jemand?
Alles? ... oder niemand? ... mehr ... für mich ...

In Gedanken versunken fuhr ich seit bereits zwei Stunden mit Teresa nachts um halb eins immer noch in völliger Dunkelheit und ohne zu reden ziellos über sämtliche Landstraßen der Umgebung. Hauptsache, es war wenig Verkehr und wir konnten uns von der Musik berieseln lassen und die Texte der Lieder in uns aufsaugen. Wir hatten uns am Nachmittag eine neue CD gekauft und wollten »nur schnell« zur Tankstelle fahren und währenddessen »mal kurz reinhören«, als daraus dieser Trip entstand und wir eine der verrücktesten Nächte unseres Lebens hatten. Da war dieser eine Moment, in dem wir beide bei ein und derselben Stelle im Lied den gleichen Gedanken hatten:
»Ich muss zu ihm fliegen!«
»Du musst zu ihm fliegen!«
Noch in dieser Nacht setzten wir uns vor den Computer und durchsuchten die Flugangebote verschiedener Reiseveranstalter und Fluggesellschaften im Internet, um einen Finanzplan zu erstellen. Bereits am nächsten Morgen war mein Sparkonto geplündert und keine zwei Stunden später war ohne große Vorankündigung eine kleine SMS unterwegs ins große Amerika.

I just booked a flight ...
Ich habe gerade einen Flug gebucht ...

* * *

Von: Andrew2501@yahoo.com
An: sandra.kirschtal@web.de
CC:
May 27, 2005

Subject: Can't wait to see you!

Hey,
I hope everything works out well with your travel plans. During the time you'll be here, we always go on a big canoe trip on a river by the cabin. There are usually 40–70 of us. Anyways, just let me know if you need any more help.
Love,
Andrew

27. Mai 2005
Betreff: Ich kann es nicht erwarten, dich zu sehen!

Hey,
ich hoffe, du kommst gut voran mit deiner Planung. Wir gehen jedes Jahr zu der Zeit Kanu fahren. Ganz in der Nähe von unserem Ferienhaus. Wir sind ungefähr 40 bis 70 Leute. Lass mich einfach wissen, wenn du noch Hilfe brauchst.
Liebe Grüße
Andrew

Von: sandra.kirschtal@web.de
An: Andrew2501@yahoo.com

CC:
28. Mai 2005
Betreff: Can't wait either

Hey Andrew,
That sounds like fun. I'm excited to meet your friends.
AND
Sorry, I flooded you with texts the other night. We were out with the girls. Lots of alcohol involved ... :-S SORRY!!!
Sandra

Betreff: Ich kann es auch kaum erwarten!

Hey Andrew,
das hört sich gut an! Ich freue mich schon darauf, deine Freunde kennenzulernen.
UND
Sorry, dass ich dich letzte Nacht mit SMS überflutet habe. Ich war feiern mit den Mädels. Ziemlich viel Alkohol im Spiel ... :-S 'tschuldigung!!!
Sandra

Von: Andrew2501@yahoo.com
An: sandra.kirschtal@web.de
CC:
May 31, 2005
Subject: I'm hot like a volcano! What the heck ...?

Hey,
I had a pretty drunken weekend too. :-) If you haven't checked your voicemail yet, you might want to delete my messages. :-/
It was a vacation weekend for us. Starting next week, I'll be in Idaho for three weeks. I don't know if I'll get set up with email or not. Hopefully I will, just in case anything else needs to be worked out.
Well, talk to you later, sweetie.
Andrew

31. Mai 2005
Betreff: Ich bin heiß wie ein Vulkan! Was zum Henker ...?

Hey,
ich hatte auch ein ziemlich alkoholreiches Wochenende. :-)
Falls du bis jetzt deine Mailbox noch nicht abgehört hast, tu mir einen Gefallen und lösche die Nachrichten einfach. :-/
Wegen des Feiertages hatten wir ein langes Wochenende. Ab nächster Woche bin ich für drei Wochen in Idaho. Ich weiß noch nicht, ob wir da Internet haben. Ich hoffe es, falls noch irgendetwas geplant werden muss.
Bis bald, Süße.
Andrew

Von: sandra.kirschtal@web.de
An: Andrew2501@yahoo.com
CC:
5. Juni 2005
Betreff: Great songs your German buddies taught you!

Hi,

Just checking whether you're getting my emails now that you're in Idaho.

My passport finally arrived. I'm so excited!

Love,

Sandra

Anyway, I like your voice.

Betreff: Das sind ja tolle Lieder, die dir deine deutschen Kumpels da beigebracht haben!

Hi,

ich wollte nur mal sehen, ob du in Idaho Internet hast.

Mein Pass ist endlich da! Ich bin so aufgeregt.

Liebe Grüße,

Sandra

Trotzdem mag ich deine Stimme ...

Von: Andrew2501@yahoo.com
An: sandra.kirschtal@web.de
CC:
June 5, 2005
Subject: Kinda embarrassing, eh?

Hey,

Yes, I have internet in my hotel room, so that's good. Glad to hear your passport arrived.

I planned a lot of fun things while you're here. And there will be quite a few parties.
I am so excited that you're coming.
Can't wait to see ya,
Andrew

5. Juni 2005
Betreff: Ein bisschen peinlich, was?

Hey,
ich habe Internet in meinem Hotelzimmer. Zum Glück. Schön zu hören, dass dein Pass angekommen ist.
Ich hab viele lustige Sachen geplant für uns. Es stehen auch ein paar Partys an.
Ich freu mich so, dass du kommst.
Ich kann's kaum erwarten, dich zu sehen.
Andrew

Von: sandra.kirschtal@web.de
An: Andrew2501@yahoo.com
CC:
6. Juni 2005
Betreff: A few parties? At least we can make fools of ourselves in person then ...

Hey,
One more thing: how far is Chicago from you? About five hours?
I'm so excited about the whole trip, and I can't believe I'm really going to see you.
Hope everything is going well in Idaho.

Keep me updated,
Sandra

Betreff: Einige Partys? Na, dann können wir uns wenigstens persönlich voreinander zum Affen machen ...

Hey,
noch was anderes: Wie weit ist Chicago von dir entfernt? So um die fünf Stunden?
Ich bin so aufgeregt wegen der ganzen Reise und kann nicht glauben, dass ich dich wirklich wiedersehe.
Hoffe, bei dir in Idaho ist alles gut.
Bis bald
Sandra

Von: Andrew2501@yahoo.com
An: sandra.kirschtal@web.de
CC:
June 6, 2005
Subject: Haha, can't wait

Well,
Chicago is about a 4–5 hour drive from me. It's not that bad of a drive, and it's a very cool city. We could definitely go there and check it out if you want to. I haven't been there for a few years, and I wouldn't mind seeing it again with you.
I want to let you know a few things for when we go to my cabin up north. There will be campfires at night, and there are lakes, so bring a swimsuit. Also, bring some clothes that you wouldn't mind wearing if we go into the woods. Maybe we will go fishing. :-) It will be warm here,

but maybe bring a light jacket in case it rains. My sister will be coming with her boyfriend, too.
Can't think of anything else right now. Well, just keep me updated.
It's always nice to hear from you,
Andrew

6. Juni 2005
Betreff: Haha, ich kann's kaum erwarten ...

ja, also Chicago ist so ungefähr vier bis fünf Stunden von mir entfernt. Die Fahrt ist nicht so wild und die Stadt ist echt cool. Wir können da auf jeden Fall hinfahren, wenn du willst. Ich war schon ein paar Jahre nicht mehr dort und würde mir die Stadt gerne noch mal mit dir zusammen anschauen.
Übrigens, wir werden auch in unser Ferienhaus im Norden von Michigan fahren. Auch dort sind überall Seen, also bring unbedingt Badesachen mit. Abends sitzen wir am Lagerfeuer. Nimm also auch Klamotten mit, die schmutzig werden können, die du im Wald anziehen kannst oder so. Vielleicht gehen wir angeln. :-) Es wird größtenteils warm sein, während du hier bist. Aber nimm dir vielleicht trotzdem eine dünne Jacke mit, falls es mal regnet oder so.
Sonst fällt mir gerade nichts mehr ein. Halte mich einfach auf dem Laufenden. Ich freue mich nämlich immer, von dir zu hören.
Andrew

Von der organisatorischen Seite her verflogen die Wochen nur so. Aber aus meiner Schon-seit-Nächten-nicht-mehr-schlafen-können-nen-Perspektive betrachtet zogen sich die Tage wie ein ganzes Päckchen Hubba Bubba auf einmal im Mund.

Aquarius vs. Pisces – **Juni 2005**
Fische gegen Wassermann

12. Juni 2005:
Hello?!
Would you please answer your phone, Andrew?!
Hallo?!
Würdest du bitte ans Telefon gehen, Andrew?!

Senden.

Tüüüt ... Tüüüt ... »Hey, this is only my voicemail. Please leave a message.«
Hey, das ist leider nur meine Mailbox. Hinterlasst mir eine Nachricht.

Wieder nur die Mailbox.

»Andrew, you could at least tell me what's going on!?!«
Andrew, du könntest mir zumindest mal sagen, was los ist!?!

Auflegen.

Von: sandra.kirschtal@web.de
An: Andrew2501@yahoo.com
CC:
13. Juni 2005
Betreff: WE NEED TO TALK

Andrew,
I have no idea why you aren't talking to me.
What happened? I'm sure we can work this out.
Sandra

Betreff: WIR MÜSSEN REDEN

Andrew,
ich habe keine Ahnung, aus welchem Grund du nicht mit mir redest.
Was ist passiert? Ich bin mir sicher, wir können das klären.
Sandra

Seit einer Woche beantwortete er weder meine Anrufe noch meine E-Mails oder SMS. Ich hatte keine Ahnung, was das nun wieder sollte. Wie sehr ich auch grübelte, ich konnte mir einfach keinen Reim auf sein Verhalten machen. Immer wieder rief ich ihn an, schickte fast täglich E-Mails. Doch von ihm kam nichts.
»ÄÄnndruuu, juuu talk to miii ... right now ... answer your phone ... Hello? Heelloouu?« ÄÄnndruuu, rede mit mir ... sofort ... geh ans Telefon ... Hallo? Halloooo?
»Ey, der hat doch 'ne Macke!«, lallte ich Teresa ins Ohr und stützte mich auf ihrer Schulter ab. »Ey, kannst du mir mal sagen, was der jetzt schon wieder hat? Ich flipp gleich aus! Ich komm dem durch die Leitung in seine fucking Mailbox, und dann ...
Siehste, der will mich gar nicht seh'n! Der hat das nur aus Höflichkeit gesagt und ich hab mich so aufgedrängt! Ich fass es nicht. Ich hab's doch gleich gesagt!«
»Ach Quatsch! Natürlich will der dich seh'n. Sonst hätte er doch nicht die ganzen Sachen geplant. Jetzt überleg noch mal gut, was du zuletzt gesagt hast. Gaaanz genau nachdenken. Konzentrier

dich!« Mit beiden Händen quetschte Teresa meine Backen zusammen und bohrte ihren Blick in mich, als würde das meine Konzentration fördern. Ich musste ein Auge zudrücken, um die zweite Teresa auszublenden. »Du musst Wort für Wort noch mal alles durchgehen, was ihr gesprochen habt.« *Hicks* Sie drehte sich zum Barkeeper. »Duuu, die zwei Dinger da, die du uns grad' gebracht hast, die waren einfach unglaublich lecker! Was war'n das? Ach, is' ja auch egal! Machst du uns noch zwei, büüdde? Aber wenn's geht, nicht so viel Sahne, mir is' schon ganz schlecht von der viiieeelen Sahne! Und mehr von dem dursichtigen Zeugs da bitte! Daaanke!«

»Der da, *der* is' der einzige Mann, den man gebrauchen kann, ich sag's dir.« Ich lehnte mich nach vorne auf den Tresen. »Wenn's nach mir ginge, dann wären Barkeeper die einzigen männlichen Wesen auf der Erde. Die geben dir diese ganzen bunten Getränke, und dann ist die Welt in Ordnung. Willst du viel Sahne, bekommst du viel Sahne, willst du wenig, bekommst du wenig. Du bekommt genau das, was du willst. Alte, ich sag's dir, ohne Männer wären wir viel glücklicher!«

»Außer die Barkeeper!«, betonte Teresa nun zustimmend.

»Außer die Barkeeper, die dürfen bleiben!« Ich nickte in vollem Einverständnis und prostete Teresa zu. »Oldi, ich sag's dir, ich hab' die Schnauze voll, kein Mann – *außer* natürlich der Barkeeper – kommt noch mal näher als einen Meter an mich heran!«

»Auf gar keinen Fall!« Teresa schüttelte den Kopf und hob ihr Glas!

»Uuund der Dönermann! Komm, Schnecke, lass heimgehen!«

* * *

»Entschuldigung, ihr Mäuse, ich wollte euch nicht aufwecken! Ich wollte nur nicht, dass Tess sich auch noch in den Döner legt«, flüsterte meine Mutter und zog den Teller unter meinem Arm weg.
»Was'n für'n Döner?«, grummelte ich und rieb mir die Augen.
»Och Scheiße, verdammt!« Mein ganzer Ärmel war voller Knoblauchsoße. »Oh nee, ey!«
»Hier, Schatz, zieh das an, und dann geht ihr hoch ins Bett und schlaft noch eine Runde. Ich hab euch schon mal das Fenster gekippt, ja?«
Mama war die Beste. Schlaftrunken und noch völlig belämmert, taumelten wir die Treppe hinauf in mein Zimmer.
Als wir am späten Nachmittag endlich wieder zu uns kamen, schnappte ich mir, wie jeden Tag nach dem Aufwachen, direkt mein Handy.

14. Juni 2005:
Okay, let's talk.
Andrew
Okay, lass uns reden.
Andrew

Beim Anblick dieser SMS dämmerte mir, dass ich Andrew letzte Nacht sturzbetrunken auf seine Mailbox gesprochen hatte. Gott, wie peinlich! Wie eine verrückte Stalkerin. Genau das würde er mir sagen wollen. *Mann, ich hasse Barkeeper! Die füllen einen ab, bis man nicht mehr zurechnungsfähig ist, nur um sich die Taschen zu füllen. Die gehören abgeschafft! Furchtbares Volk!* Meine Gedanken machten mal wieder ihr eigenes Ding, als sich meine geschwollenen Füße in die Socken quälten. »Ich geh schnell runter Andrew

anrufen«, sagte ich zu Teresa und schälte mich mühsam aus dem Bett. *Heiliger Gott, mein Kopf platzt!*
»Schon wieder?« Teresa gähnte.
»Ja, er hat geschrieben«, erwiderte ich knapp und warf ihr mein Handy zu, sodass sie seine SMS lesen konnte.

»Das muss man sich mal vorstellen. Da spricht der eine Woche nicht mehr mit mir, statt einfach einen Ton zu sagen!« Erleichtert, aber immer noch ziemlich fassungslos über so viel Sturheit, brüllte ich Tess schon von der Treppe aus die ersten Brocken entgegen.
»Was war denn jetzt?« Teresa saß neugierig im Bett, als ich wieder im Zimmer ankam.
»Was war?« Ich schloss die Tür hinter mir und setzte mich zu ihr. »Es war wieder ein Wassermann-Sturheits-Anfall! Ich hab' ihm doch letztens erzählt, dass ich Jan getroffen habe, und er hat wohl verstanden, dass ich mich wieder mit Jan treffe. Aber anstatt direkt nachzufragen und die Sache anzusprechen, schmollt der Herr lieber eine Woche, bis er mal die Zähne auseinanderbekommt!«
Mit einem Blick, der sagte: »Der hat sie doch nicht alle!«, sah Tess mich an. »Nee, oder?!« Sie öffnete ihren Zopf, den sie immer zum Schlafen trug.
»Also so was Bescheuertes! Alter Schwede, der Typ kostet mich den letzten Nerv! Schrecklich, ihr Wassermänner!« Ich gab Teresa einen Klaps auf den Oberarm und verrollte die Augen.

Counting the days

Die Tage zählen

Von: sandra.kirschtal@web.de
An: Andrew2501@yahoo.com
CC:
5. Juli 2005
Betreff: Counting the days

Hey,
On the news they said there was a big storm in Colorado.
Just wanted to make sure you're okay. I haven't heard from you in a while.
Sandra

PS: Just wanted to make sure you haven't stopped talking to me because you're mad at me FOR NOTHING ;-)
PPS: Anything you would like to have from Germany?

Hey,
ich habe im Radio gehört, dass es in Colorado einen heftigen Sturm gab. Ich wollte nur wissen, ob es dir gut geht, weil ich schon eine Weile nichts mehr von dir gehört habe.
Sandra

PS: Ich wollte nur sichergehen, dass du nicht wieder aufgehört hast, mit mir zu reden, weil du sauer auf mich bist, WEGEN NICHTS! ;-)
PPS: Gibt es irgendetwas, was du gerne aus Deutschland hättest?

Von: Andrew2501@yahoo.com
An: sandra.kirschtal@web.de
CC:
July 7, 2005
Betreff: RE: Counting the days

Funny …
I'm fine. The storm wasn't in my area. So no worries. We had a bit of time off from the Army, and I've been gone for almost a week, so that's why you haven't heard from me.

Maybe some good German Riesling … that's all I can think of.
Only three weeks to go. I can't wait to see you. :-)
Andrew

7. Juli 2005
Witzig …
Mir geht's gut. Der Sturm war nicht bei mir in der Gegend. Also mach dir keine Sorgen. Ich hatte ein bisschen frei und war für fast eine Woche nicht hier. Darum hast du nichts von mir gehört.
Vielleicht einen leckeren Riesling … Das ist eigentlich alles, was mir einfällt.
Nur noch drei Wochen. Ich kann es kaum erwarten, dich zu sehen. =)
Andrew

Von: Andrew2501@yahoo.com
An: sandra.kirschtal@web.de
CC:
July 25, 2005

Subject: Flight information

Sandra,
One last thing: I need your flight information so I know what time and where to come get you! Everyone is so excited about your visit.
I'm glad everything is working out. The only thing left for me to do is drive 24 hours home :-/ which will suck!
Good night, sweetie.
Andrew

25. Juli 2005
Sandra,
eine Sache noch: Ich brauche deine Flugdaten, damit ich weiß, wann und wo ich dich abholen kann. Alle freuen sich schon total auf dich.
Ich bin froh, dass alles so gut klappt. Das Einzige, was ich jetzt noch vor mir habe, ist die Heimfahrt von ungefähr 24 Stunden. :-/ Das wird ätzend.
Gute Nacht, Süße.
Andrew

Ladies and Gentlemen, please fasten your seat belts!

Sehr verehrte Damen und Herren,
bitte legen Sie Ihre Sicherheitsgurte an!

28. Juli 2005:
At the airport now.
I'm so excited.
Sandra

Bin jetzt am Flughafen.
Ich bin so aufgeregt.
Sandra

28. Juli 2005:
It's all planned.
The first day you arrive will be busy.
Your first few days will be a big party, hope you don't get too drunk. =)
On my way home. I can't wait!
Love,
Andrew

Es ist alles organisiert.
Deine ersten Tage hier werden ein einziger Party-Marathon werden.
Nicht dass du dich zu sehr betrinkst. =)
Ich bin jetzt auf dem Heimweg. Ich freu mich!
Liebe Grüße
Andrew

Mit Umsteigen in Paris, wo ich beim Boarding wie ein Schwerverbrecher behandelt, bis auf die Socken ausgezogen und gefilzt und zusätzlich mein Gepäck um rund fünf Kilo erleichtert wurde, landete ich nach einer Gesamtreisezeit von ungefähr fünfzehn Stunden und acht Filmen per Inseat-Video endlich in Detroit. Ja, heutzutage ist das völlig normal, dass man am Security Check meistens schon ohne Aufforderung seine Schuhe auszieht und sie zusammen mit seinem Handgepäck und dem kleinen Zipper-Beutel, in dem man fein säuberlich alles Flüssige – Handcremes und all die anderen Kosmetikartikel in Reisegröße – verstaut hat, in eine der grauen Kisten legt, um sie dann auf dem Beförderungsband durch den Scanner fahren zu lassen. Doch das war mein erster Transatlantikflug, und bevor die Sicherheitsvorschriften international so verschärft worden waren, war ich erst zwei Mal geflogen. Zack, ab mit der Partybüchse, schön zweieinhalb Stunden, FRA–PMI, vom Plastikbeutel für Flüssigkeiten hatte damals noch kein Mensch was gehört.

Nachdem ich Charles de Gaulle hinter mir gelassen hatte und ohne Verzögerungen die Gepäckausgabe passierte, erwartete ich keine weiteren Sonderbarkeiten, als ich mühsam meinen Rollkoffer durch die mit Teppich ausgelegten Flure schleppte und mich in die unendlich lange Schlange für »Visitors« an den Einreiseschaltern einreihte. Zwei zermürbend lange Stunden hatte ich angestanden, als ich endlich an der kleinen weißen Linie ankam, die mich noch von einem der Schalter trennte. Ein Kopf schaute hinter einem Computer hervor und eine Hand streckte sich aus einer kleinen Öffnung in der Scheibe und gab mir ein Zeichen vorzutreten. Der »nette« Herr aus dem Glaskasten, der genau genommen ein sehr großer Herr mit geschätzten fünfzig Kilo Übergewicht war, quetschte mich aus wie einen Sack Zitronen, bis nur noch das Fruchtfleisch übrig geblieben war, nachdem er meine Fingerabdrücke genommen und die verbrecherähnlichen, biometrischen Fotos geschossen hatte.

»What's the reason for your visit?« Was ist der Grund für Ihren Besuch? Mit tiefer Stimme und afroamerikanischem Akzent startete er seine Fragerunde, ohne mich anzusehen.

»I'm visiting a friend.« Ich besuche einen Freund, erwiderte ich ein wenig eingeschüchtert.

»You're visiting a friend. Where does your friend live?« Sie besuchen eine/n Freund/in. Wo wohnt Ihr/e Freund/in? Immer noch ohne Blickkontakt zu mir aufzunehmen, war er damit beschäftigt, irgendetwas aufzuschreiben. Zumindest deutete ich die Bewegungen des Kugelschreibers, dessen Ende ich oberhalb des Milchglasstreifens in der Scheibe sehen konnte, so.

»He lives in Flint.« Er wohnt in Flint, antwortete ich versucht souverän.

»*Er* wohnt in Flint ...« Jetzt hob er seinen Blick und reckte seinen Kopf ein Stück weiter zum Fenster heraus. »Are you getting married in the U.S.?« Haben Sie vor, hier zu heiraten?

»Wha... eeehh, me? Married? Eeehh ... noooooo!« Wa... äähh, ich? Heiraten? Ääähh ... neeeiiin! »I am here on vacation.« Ich mache hier nur Urlaub, sagte ich, verschreckt wie ein kleines Mädchen auf dem Schulhof, dem sie gerade das Pausenbrot geklaut hatten.

Wohl eher um Small Talk zu machen, fragte er: »How do you know each other?« Woher kennen Sie sich? Er zog seinen Kopf zurück und erweckte durch den beiläufigen Tonfall den Eindruck, die offizielle Befragung sei beendet.

»Wir haben uns in Deutschland kennengelernt!« »He works for the Military.« Er ist in der Army.

»Aahaa.« Schweigen ... Tippen ... Schweigen ... Tippen ... »Bitte schreiben Sie hier auf, wo Sie während Ihres Aufenthaltes in den Vereinigten Staaten wohnen werden.« Er schob mir ein weiteres Formular zu. Artig schrieb ich Andrews Adresse, seinen Vor- und Nachnamen sowie seine Telefonnummer von dem kleinen Zettel ab, auf dem ich mir zu Hause alles notiert hatte.

»So you're staying with him?!« Sie wohnen also bei Ihrem Freund?! Sein Gesicht kam wieder beängstigend nah an die Scheibe heran.

»Eehhh ... yes?!« Ääähh ... ja?! Ich überlegte. »Hm ...« Er schaute erneut auf den Zettel ... las oder tat so, als lese er, und schaute mich wieder an.

»Two weeks, eh?« Zwei Wochen, hä?

»Ja, Sir, zwei Wochen.« Ich nickte artig und fühlte mich, als wäre ich wieder zwölf.

Dann deutete sich so etwas wie ein ganz leichtes Lächeln auf seinen Lippen an. »Alright, welcome to the United States, young lady!« Na dann, willkommen in den Vereinigten Staaten, junge Dame!

Ausatmen! Bis über beide Ohren grinsend dankte ich und machte mich schleunigst vom Acker, bevor er mich noch mal zurückpfeifen konnte. Von dem Fragenkatalog, der mich soeben erschlagen hatte, immer noch völlig übermannt, trennte mich nur noch der Zoll vom Ausgang. *Verdammt noch mal, Sandra, warum hast du denn nichts zu verzollen?* Mal wieder kämpfte ich in Gedanken gegen mich selbst und suchte verzweifelt nach Möglichkeiten, um Zeit zu schinden. Zeit schinden, aufschieben, das waren doch meine Stärken, erinnern wir uns?! *Sandra, reiß dich zusammen! Arsch rein, Brust raus! Oder war es Arsch raus, Brust rein? Nein, das macht keinen*

Sinn! Herrje, mir wird schlecht, gibt es denn hier keine Toiletten? Hinter dem Zoll führte ein schmaler, mit schwarzen Spanngurten abgesteckter Gang in die Ausgangshalle, in der bereits etliche Menschen warteten und mit suchenden Blicken den nach draußen strömenden Passagierfluss durchforsteten.
Gott, da muss er irgendwo dabei sein. Ich sterbe! Mir war in meinem Leben noch nie so übel gewesen. Meine Knie zitterten, ich hatte Hitzewallungen und fühlte mich so wackelig auf den Beinen, als hätte ich seit Tagen nichts gegessen und wäre deshalb kurz vor einem Kreislaufzusammenbruch. Gut, ich hatte wochenlang kaum gegessen, aber während des gesamten Fluges hatte mich die Crew gemästet. Ich hatte noch nie so oft an ein und demselben Tag gefrühstückt und so viele Tassen Kaffee hintereinander getrunken. Ich war aufgeregter als vor meiner Abiprüfung, nervöser als vor meinem ersten Date, zu dem man mich wohlgemerkt drei Wochen lang hatte überreden müssen. In diesem Moment hatte ich mehr Schiss als vor meiner Weisheitszahn-OP, nach der mein Gesicht ausgesehen hatte, als hätte ich meine Backen mit einem dieser kleinen blauen Happy Hippos aus dem Überraschungsei getauscht. Ja, so ein Happy Hippo in einem Überraschungsei wäre ich jetzt am liebsten gewesen. Und zwar auf dem Mahlzeitentablett eines Kidsmenüs im Flugzeug auf dem Rückflug nach Frankfurt.
Mein Herz schlug mir bis zum Hals, und egal was ich auch hätte tun wollen, ich steckte im Passagierfluss fest und um mich herum drängte alles nach draußen. Stehen bleiben war nicht drin. Umdrehen auch nicht. Ich versuchte möglichst beschäftigt und konzentriert zu wirken, mein Gepäck und den Weg vor mir immer im Blick. Nicht dass er mir ansah, dass ich kurz vor einer Herzattacke stand.

Und dann traf mich plötzlich fast der Schlag, als ich ihn hinter einer Reisegruppe am Ende des Ganges entdeckte und um mich herum der Geräuschpegel dumpf wurde. Mein Kopf war leer. Tunnelblick. Alles war ausgeblendet und ich sah nur noch ihn. Wie er da stand und grinste. Kein Gespür für den schweren Koffer, den ich hinter mir herzog, oder die vollgestopfte Handtasche, die mir seit Stunden auf der rechten Schulter schmerzte. Keine anderen Menschen, nichts gab es für mich, als ich ihn anstarrte und wie ferngesteuert auf ihn zulief. Zuerst fiel mir das schwarze Poloshirt auf. Ich hatte keine Ahnung gehabt, dass ihm Schwarz so gut stand. Mein zweiter Blick fiel auf seine *Haare*. Ja, er hatte eine Frisur! Wo früher nur dunkel gefärbte Stoppeln gewesen waren, saß nun eine schwarze Sonnenbrille in strubbeligen Haarspitzen, die im Sonnenlicht, das durch die großen Fenster fiel, goldblond schimmerten. Um seinen Hals baumelte ein Kettchen mit hölzernem Anhänger, der mir sofort ins Auge stach, weil er mir unbekannt war, und um sein Handgelenk war ein braunes Lederband geschnürt. Alles neu. Außer am Finger – da trug er immer noch denselben Ring. Selbst die beige Cargohose, die bis über die Waden hochgekrempelt war, fiel mir sofort auf, weil sie für seine Verhältnisse modisch und somit ein enormer Fortschritt war. *Alder Vadder!* – wie wir »Grenz-Hessen« sagen –, *was haben Sie mit meinem kahl geschorenen Soldaten gemacht?* In meinen Gedanken sah ich mich schon hysterisch ins Telefon brüllen: Tess! Er sieht so gut aus! Er sah sogar brutal gut aus im Vergleich zu damals. Verändert. Die Kleidung. Der Teint, als käme er gerade aus dem Urlaub. Die Haare vom Sommer aufgehellt und fast wasserblaue Augen. In diesem Moment versicherte ich mich insgeheim, dass ich auch wirklich im geplanten Bundesstaat gelandet war und nicht etwa in Kalifornien und er irgendwo um die

Ecke sein Surfbrett liegen hatte. Während mein Kopf Amok lief, waren es noch ungefähr sechs Schritte, bis ich am Ende der Spanngurte angelangt sein würde. Noch fünf, noch vier ... und dann stand ich vor ihm. Absolut gar keinen Plan, wie ich ihn begrüßen sollte, fühlte ich mich hilflos und gleichzeitig übermütig, als er die Arme öffnete, mich angrinste und ich ihm um den Hals fiel. Er drückte mich unerwartet fest und herzlich an sich, und das Erste, was mir auffiel, als ich so nah bei ihm stand, war, dass er immer noch das gleiche Parfüm benutzte wie damals. Er roch so, wie ich ihn in Erinnerung hatte. Fast. Da war noch etwas. Rauch?

Manchmal werden Träume wahr ... – Juli/August 2005
... wenn wir sie lassen

Meinen Koffer im Schlepptau, lief er zielgerichtet voraus ins Parkhaus. Schon von Weitem sah ich ein Mädchen an einem Auto mit geöffnetem Kofferraum lehnen. Das musste unser Auto sein, und das Mädchen war vermutlich seine Schwester. Zwar sahen sich die beiden weder ähnlich, noch hatte ich jemals ein Bild von Sarah gesehen, doch anders konnte es kaum sein, es sei denn, er hatte sich spontan eine neue Freundin zugelegt, wovon ich jetzt mal nicht ausging. Sarah begrüßte mich knapp, aber höflich und nahm auf dem Beifahrersitz Platz, während Andrew mein Gepäck im Kofferraum verstaute. Wortlos und weil mir nichts anderes übrig blieb, stieg ich hinten ein. Im nächsten Gespräch mit mir selbst fiel mir erst mal demonstrativ die Kinnlade runter. Sympathisch war anders. Aber gut, ein gewisses Maß an Stutenbissigkeit war ich ja gewohnt. Vielleicht musste Sarah erst einmal auftauen? *Oder sie ist einfach 'ne dumme bitch!* Da war sie wieder, die charmante Sandra aus dem inneren Monolog. So gesehen konnte ich froh sein, dass Sarah den Platz vorn bei Andrew an sich gerissen hatte, wenigstens konnte sie mir dann nicht die ganze Fahrt lang ihre Blicke in den Nacken bohren und ich hatte da hinten erst einmal ein paar Minuten zum Runterkommen. In Gedanken telefonierte ich nämlich immer noch hysterisch kreischend mit Tess.
Überwältigt von der Tatsache, hier hinter ihm im Auto zu sitzen, einfach so auf dem Highway zu fahren – in Detroit, Michigan, USA –, brachte ich während der zweistündigen Autofahrt kaum

ein Wort zustande. Das jedoch fiel außer mir niemandem auf, weil Sarah in einer Tour quasselte und nur dann ihren Monolog unterbrach, wenn Andrew einen der hundert Anrufe, die während der Fahrt reinkamen, lauthals über den Lautsprecher entgegennahm und jeweils mit einem abgehackten »Laters!« beendete, bevor er das Handy mit einer Hand zuklappte und es schwungvoll fallen ließ, sodass es noch eine Weile an der Schnur baumelte, mit der es am Rückspiegel aufgehängt war. Laters! Die Verabschiedung war meist das Einzige, was ich den Telefonaten aufgrund seines unverständlichen Slangs entnehmen konnte, und selbst *die* war mir neu – die Phrase und die Tatsache, dass er so undeutlich sprach. In den wenigen Atempausen, die Sarah machte und in denen noch dazu das Telefon mal still stand, stammelte ich aus lauter Verunsicherung zu allem Übel noch das schlechteste Englisch meines Lebens zusammen, sodass ich fast schon froh war, wenn Sarah wieder in unsere Konversation preschte und ich einfach nur meinen Gedanken nachhängen konnte.

Ich konnte es nicht glauben. Zwanzig Stunden zuvor hatte ich noch in Deutschland am Flughafen gestanden, und nun war ich tatsächlich in Amerika. Fuhr auf einem vierspurigen Highway, auf schwarzem Asphalt mit gelben Linien, vorbei an grünen Straßenschildern mit fast unaussprechlichen Namen darauf wie Kalamazoo, Saginaw County oder Tittabawassee River. Riesige bunte, sich aneinanderreihende Werbetafeln von Fastfood-Restaurants, Leuchtreklamen vor Motelparkplätzen und blinkende Schilder vor Shoppingmalls, die sich gegenseitig zu übertrumpfen versuchten, säumten den Straßenrand und ich konnte nicht aufhören, mich heimlich in den Oberschenkel zu zwicken, um sicherzugehen, dass das alles kein Traum war. Ich konnte es kaum fassen, dass ich wirklich verrückt genug gewesen war, in einer im wahrsten Sinne des Wortes »Nacht- und Nebelaktion« einen Flug zu buchen, und nun hier hinter ihm auf dem Rücksitz saß und ihm ungläubig in den Nacken starrte.

Noch immer quatschte ihn seine Schwester ohne Unterlass voll, als sich meine Aufmerksamkeit wieder auf das Geschehen im Auto richtete und er den Blinker setzte.

Wir bogen in eine dieser typisch amerikanischen Hofeinfahrten ein und parkten vor dem elektrischen Rolltor der Doppelgarage vor einem dieser in Reih und Glied stehenden Häuser, die charakteristisch für die Vorstadtidylle waren, wie man sie aus Sitcoms wie »Hör mal wer da hämmert« oder »Eine schrecklich nette Familie« kannte. Einstöckig, überwiegend aus Holz gebaut, mit einer kleinen weißen Veranda und einer gläsernen Tür vor der eigentlichen Haustür, stand sein Zuhause, nur durch den üblichen Grünstreifen von den beiden Nachbargrundstücken getrennt, auf denen jeweils eine amerikanische Flagge wehte und ein ausladender Pick-up in der Einfahrt parkte.

Andrews Dad lief uns bereits entgegen, als wir mit Sack und Pack auf das Haus zugingen, und strahlte mich mit einer Herzlichkeit an, die sofort das Eis brach. Besonders nach dem miserablen Start mit Sarah hatte sich meine Aufregung davor, seinen Vater kennenzulernen, während der zweistündigen Fahrt nahezu ins Unermessliche gesteigert. Als Jeff dann vor mir stand, war die Nervosität wie weggeblasen. Er war so aufgeschlossen und freundlich, dass ich mich innerhalb von Sekunden wohlfühlte. Wie ich feststellte, sah er ziemlich gut aus für einen Papa. Er war sogar noch ein bisschen größer als Andrew, hatte braune Haare, die locker nach hinten geföhnt waren, und dieselben Grübchen beim Lachen wie sein Sohn.

Ich bekam Andrews altes Zimmer und er zog in das Zimmer seiner Schwester um. Vielleicht war sie mir gegenüber deshalb so zickig, weil sie meinetwegen ihr Zimmer nicht für sich allein hatte. Aber für Andrews Vater wäre es nie in Frage gekommen, dass Andrew und ich im selben Zimmer übernachteten. Egal ob das für uns in Deutschland in unserem Alter gang und gebe war oder nicht und wir auch laut amerikanischem Gesetz erwachsen waren.

»That's me on Prom Night! She was my first girlfriend!« Das bin ich am Abend des Abschlussballs. Sie war meine erste Freundin! Andrew lehnte grinsend im Türrahmen und ich kam mir etwas ertappt vor, wie ich da so ohne Schuhe in seinem Bett lag und mir die gerahmten Fotos auf der Kommode neben der Zimmertür ansah. Auf einem der Bilder war Andrew als Teenie im Anzug zu sehen, in seinem Arm ein Mädchen, das einen kleinen Blumenstrauß in der Hand hielt. Ich wusste darauf nichts wirklich Charmantes zu sagen, weil ich in meinem vermatschten Hirn augenblicklich nichts anderes denken konnte als: *Was ist das für ein hässlicher Anzug?* und: *Warum zum Geier sieht die aus wie ein lilafarbenes Bonbon?* Meine Klamotten hatte ich bereits in dem Einbauschrank an der Wand gegenüber dem Bett verstaut, und so blieb mir nichts weiter zu sagen oder zu tun, als mich aufzurappeln, ihn jetzt etwas peinlich berührt anzugrinsen und zu hoffen, dass mir meine Gedanken nicht wieder ins Gesicht geschrieben standen.

»Gosh, I've missed that cute smile!« Gott, ich habe dieses niedliche Lachen vermisst!, sagte er mir ganz unverblümt ins Gesicht und schüttelte den Kopf, wie ich es von ihm kannte.

»Das bist du nie mehr losgeworden, was?«

Er streckte mir seine Hand entgegen, um mir zu signalisieren, dass es Zeit war zu gehen. Sein Zwinkern verriet mir, dass er meine Anspielung auf das Kopfschütteln verstanden hatte.

* * *

Jeffs Geburtstagsparty fand im Country Club in Goodrich statt, dem Ort, in dem Andrew aufgewachsen war und gewohnt hatte, bevor seine Eltern sich hatten scheiden lassen und sein Vater mit ihm und seiner Schwester umgezogen war. Die Autofahrt dorthin dauerte eine knappe halbe Stunde und ich musste mich stark zusammenreißen, bei dem gleichmäßigen Brummen des Motors und der monotonen Geschwindigkeit nicht einzuschlafen. Der Ausblick trug auch nicht gerade mit viel Abwechslung dazu bei, mich wacher zu halten. Hier war außerhalb der Ortschaften kaum etwas Interessantes zu sehen. Alle paar Meilen entdeckte ich Seen, die von hübschen Häusern gesäumt waren. An Holzstegen waren kleine Motorboote festgemacht. Ansonsten erblickte ich nur breite Straßen und Bäume, hier und da mal eine Tankstelle oder einen Drugstore, sonst nichts.

Wir hatten das Clubhaus noch nicht vollständig betreten, als die ersten Partygäste bereits auf uns zukamen und uns gut gelaunt begrüßten. Andrew und sein Vater hätten meinen Besuch schon seit Tagen angekündigt, erzählten sie, und je mehr Aufmerksamkeit sich auf mich richtete, desto unfreundlicher wurde Sarah. Penetrant mischte sie sich in jede Unterhaltung ein und gab mir das Gefühl zu stören. Besonders bei Jeffs Freundin Lydia war es für sie ein Kinderspiel, das Gespräch an sich zu reißen und Andrew und mich von der Bar abzudrängen. Die beiden waren erst seit Kurzem ein Paar und Lydia war offensichtlich selbst noch damit

beschäftigt, bei der einzigen Frau in der Familie Punkte zu sammeln. Weder Jeff noch Andrew schien Sarahs Verhalten aufzufallen. Nicht dass ich das erwartet hätte angesichts der Tatsache, dass Frauen diese Spielchen viel zu geschickt und unterschwellig betrieben. Vielleicht war Andrew auch nur abgelenkt von all den Frauen, die ihn umgaben. Die meisten davon waren irgendwelche Mütter aus der Nachbarschaft, die ihn in die Wange kniffen und sich darüber freuten, dass er gesund aus dem Irak zurückgekehrt und endlich mal wieder in der Heimat anzutreffen war. Glücklicherweise erlöste mich Jeffs bester Freund und Feuerwehrmann »Luke the Firefighter« mit der Einladung zu einer Spritztour in seinem Boot, genau im richtigen Moment von Sarah. Luke wohnte nur zwei Fahrminuten vom Country Club entfernt in einem massiven Holzhaus direkt am See. Die dicken Holzbalken unterhalb der Decke und die kleinen Fellstücke auf dem Sofa und den Sesseln in seinem Wohnzimmer verliehen seinem Haus einen urigen Look. An seiner Einrichtung erkannte ich in ihm den Naturburschen, den Macher, den Nachbarschaftshelfer – eben den Feuerwehrmann, der überall gern eine Hand reichte. Und das passte zu ihm. Luke war ein Teddybärtyp, der wahrscheinlich immer nur jedermanns oder besser gesagt jeder»fraus« guter Freund war. Mit seiner sehr markanten Nase und den etwas eigenwilligen Zähnen hatte er nichts offensichtlich Gutaussehendes, dafür aber unzählige sympathische Eigenschaften an sich.
Gut gelaunt startete Luke den Motor, als Andrew mir seine Hand reichte, um mir die kleine Treppe hinunterzuhelfen, die ins Boot führte. Ich nutzte diese beiläufige Situation, um ihm bezüglich Sarah auf den Zahn zu fühlen. »Deine Schwester scheint mich nicht sonderlich gut leiden zu können.« Ich drückte sehr gelinde aus, was im Grunde mehr als offensichtlich war.

»Oh please, this is ridiculous! She might be a little overprotective, but ...« Oh bitte, das ist doch lächerlich! Sie mag ja etwas überfürsorglich sein, aber ... Der Rest seines Satzes drang schon gar nicht mehr zu mir durch. *Ridiculous. Na danke auch! Sehr charmant!* »Sie hat mir sogar gesagt, dass sie dich niedlich findet«, schob er hinterher, weil er wohl bemerkt hatte, dass ich innerlich protestierte. *Niedlich? Was war ich? Sein neues Haustier oder was?* Das war ja klar! Frauen können so intrigant sein. Genau das war der Grund dafür, dass ich ihm nichts davon erzählte, dass Sarah mich vorhin an der Bar zur Seite genommen hatte, als Andrew unter den ganzen Müttern auf der Party vergraben war. »Ich schaue nicht noch mal zwei Jahre lang zu, wie du meinen Bruder zum Narren hältst!« Selbst jetzt noch fiel mir bei dem Gedanken daran beinahe vor Empörung die Kinnlade runter, wie so oft, wenn diese Schlange wohldosiert ihr Gift verspritzte – so gering, dass nur der Gebissene das Brennen unter der Haut spürte, aber von außen nichts zu sehen war.
»You know, my sister ...« Weißt du, meine Schwester ... Unsicher versuchte er seinen uncharmanten Start dieser Konversation wettzumachen.
»Lassen wir das, Andrew!«, unterbrach ich ihn. Diese dumme Kuh würde mir nicht länger meinen Abend versauen. Luke, der im Moment ihrer Anfeindung neben uns an der Bar gestanden hatte, hatte uns bestimmt nicht grundlos genau in diesem Moment von Jeffs Geburtstag entführt. Um das Thema zu wechseln, machte ich Luke ein paar Komplimente zu dem wunderschönen Grundstück, auf dem er wohnte, und ließ den Wind, der mir um die Nase blies, meine Gedanken reinigen.
»Ich kann nicht glauben, dass du wirklich hier bist!« Die Sonne ging schon langsam unter, als wir in Schrittgeschwindigkeit im

Abendwind die zweite Runde über den kleinen See vor Lukes Haus drehten, vorbei an den anderen Bilderbuchhäusern. Andrew, der neben mir aufgetaucht war, legte versöhnlich seine Hand auf meine Schulter. Die Lampions aus der kleinen Tiki-Bar auf dem Steg von Lukes Nachbarn leuchteten in kleinen blauen und roten Punkten am Ufer und aus dem Augenwinkel nahm ich Andrew wahr, der mich ansah. Wie früher spürte ich diese Vibes von ihm ausgehen und wusste, was er dachte, ohne dass er es hätte aussprechen müssen.

»Honestly Sandra, when I saw you coming out of the airport, I thought ›Holy God, she is beautiful!‹.« Ehrlich, Sandra, als du aus dem Flughafen herauskamst, dachte ich mir nur: Heiliger Gott, sie ist so hübsch! Ich hoffte, dass meine Wangen jetzt nicht so rot wurden, wie sie heiß waren, und die Dämmerung meine Verlegenheit verschleiern würde. »Wie machst du das nur? Bei all dem guten Essen in Deutschland. Ich meine, schau dich an, du stehst hier, bist total schlank und siehst toll aus!«

»Ach komm, ich bin überhaupt nicht total schlank und …« Geschmeichelt winkte ich ab. Ja, zugegeben, den ein oder anderen Kilometer hatte ich in den letzten Wochen mit den Inlinern zurückgelegt, und ein paar Sit-ups, die die Figur formen sollten, waren vielleicht auch mal dabei gewesen, aber dass ich zwei oder drei Kilo weniger als sonst auf die Waage brachte, lag wohl mehr an der Aufregung, die mir in den Wochen vor meiner Abreise den Appetit geraubt hatte, als daran, dass ich es ernsthaft nötig gehabt hätte, abzunehmen.

»I like all the Koteletts and Schnitzels in your belly.« Ich mag die ganzen Koteletts und Schnitzel in deinem Bauch!, lenkte ich auf Denglisch vom Thema ab und legte demonstrativ meine Hand auf seinen Bauch, wo eigentlich überhaupt keiner mehr war.

»I should have done more workout.« Ich hätte mehr trainieren sollen. Er legte seine Hand auf meine und rieb sie über seinen Bauch.

»So ein Quatsch!« Ehrlicherweise schob ich hinterher: »Du hast ganz schön abgenommen.«

»Mittlerweile habe ich schon wieder ein bisschen zugenommen. Du hättest mich mal sehen sollen, als ich gerade aus dem Irak zurück war. Ach, stimmt ja, da hattest du ja keine Zeit für mich.« Zu gern nutzte er jede Vorlage, die sich ihm bot, um mir das unter die Nase zu reiben.

Doch ich spulte dieses Mal nicht meine übliche Leier auf diese Anspielung ab. »Seit wann rauchst du überhaupt?« Andrew steckte sich mindestens schon die fünfte Zigarette an, seit er mich abgeholt hatte, und noch immer war das für mich ein befremdliches Bild. Es passte überhaupt nicht zu ihm.

»Ich habe irgendwann im Irak damit angefangen.« Er schnickte die angerauchte Zigarette über Bord, als wäre sie plötzlich überflüssig geworden. Meine Frage nach dem Warum sparte ich mir. Die Antwort konnte ich mir selbst geben und die Welt um uns herum war ohnehin gerade viel zu schön für dieses Thema. Die Sonne war mittlerweile komplett hinter den Bäumen verschwunden. Am Ufer konnten wir beobachten, wie die Menschen ihren Abend verbrachten. Vor manchen Grundstücken säumten Fackeln den Weg zum Haus und durch die Fenster fiel vereinzelt Licht aus den Küchen und Wohnzimmern der Nachbarschaft. Jetzt im August wurde es schon wieder früher dunkel und hier mitten auf dem See hätte man wahrscheinlich ohne die kleinen Lampen auf dem Boot die Hand nicht mehr vor Augen gesehen. Ohne Vorwarnung gab Luke auf einmal Gas, als er zur letzten Runde ansetzte und ich ruckartig aus dem Stand in die Ledersitze hinter mir und direkt in Andrews Arme flog. »Oh I get by with a little help from my friends ...« Oh, ich krieg's hin mit ein wenig Hilfe von meinen Freunden ... Gut gelaunt sang Luke mit seiner Brummbärstimme gegen den Fahrtwind an. Dass meine Jacke dabei von der Brüstung ins Wasser rutschte und Andrew und ich mit den Köpfen zusammenstießen, war vermutlich in seiner romantischen Vorstellung davon, uns ein wenig auf die Sprünge zu helfen, nicht vorgekommen. Scheinheilig summte er den Rest des Liedes, als wir längst wieder am Ufer angekommen waren und er in einer Seelenruhe das Boot am Steg festmachte, die Lampen löschte und so tat, als wären wir überhaupt nicht da. Abwechselnd sah ich von Luke, dessen Rückenansicht ich jetzt nur noch bewundern konnte, weil er längst über den Steg zum Auto lief, zu Andrew, der die Hand seines freien Arms über die Augen geschlagen hatte und ungläubig den Kopf schüttelte.

»There are blankets underneath your seat! – Sorry about your jacket, sweetheart!« Unter eurem Sitz gibt es übrigens Decken! Tut mir leid mit deiner Jacke, Liebes! In der Dunkelheit war noch schwach ein Winken zu erkennen und schließlich nur noch das Geräusch von Lukes Automotor zu hören.

»Zum Glück. Ist ja ganz schön frisch hier draußen«, murmelte ich ihm hinterher, und selbst wenn sein Auspuff meine Stimme nicht gefressen hätte, hätte er mich längst nicht mehr gehört.

»Are you okay?« Geht's dir gut? Mit beiden Händen untersuchte Andrew meinen Kopf und seine Stimme klang etwas rauer als sonst in der kühlen Nachtluft. »This is so embarrassing!« Das ist so peinlich! In Gedanken stellte ich mir den passenden Blick vor, der seinen Kommentar begleitete.

Um diesen Moment aufzulockern, sagte ich scherzhaft: »Ich glaube, ich habe eine Gehirnerschütterung von deinem Dickschädel! Ich kann mich an nichts mehr erinnern.«

»Ah, das ist gut, dann kannst du zu Hause wenigstens nicht erzählen, dass dich hier ein verrückter Feuerwehrmann nachts auf dem See ausgesetzt hat!«

»Wer bitte sind Sie? Kennen wir uns?« Ich trieb unser kleines Spielchen jetzt sehr vorhersehbar auf die Spitze.

»Du erkennst mich nicht? Das bricht mir das Herz! Ich bin es doch, dein Mann! Erinnerst du dich wenigstens an unsere vier Kinder?« Andrew stimmte einen wehleidigen Ton an und in der Dunkelheit stellte ich mir seinen Blick ähnlich theatralisch vor. Entsetzt unterbrach ich unser kleines Laientheater: »Four kids? Holy cow! Andrew, you are soooo Midwestern!« Vier Kinder! Ach du heiliger Bimbam! Du kannst nicht leugnen, dass du aus Michigan kommst.

»I am Midwestern, aha. And you know that because you hang out with people from Michigan all the time.« Ach ja, bin ich das? Und du kennst dich so super damit aus, weil du ständig mit Leuten aus Michigan abhängst. Andrews Lachen hallte durch die Nacht und ich musste zugeben, dass ich das neulich im Fernsehen aufgeschnappt hatte. »I am glad you are sooo German, Miss Smarty-Pants!« Ich bin ja nur froh, dass du sooo deutsch bist, Fräulein Schlaumeier! »Sonst könntest du nicht verstehen, was ich dir jetzt gleich ins Ohr flüstern werde.« Verschwörerisch grinste er mich an und deutete mir unter einer Zeigefingerbewegung an, ein Stück näher zu rücken.

Bittersweet summer of mine
Der Sommer schmeckt zartbitter unter den Scheuklappen, die rosa Brille auf der Nase

»Es kann doch nicht sein, dass ihr wirklich kein schöneres Wort als ›scratch‹ für ›kraulen‹ habt! Du verstehst bestimmt einfach nur nicht, was ich meine!«, protestierte ich, als wir am Sonntagabend wieder bei Andrew zu Hause waren und erschöpft vom stundenlangen Paddeln und Herumtoben im Fluss nach zwei Nächten auf dem Zeltplatz endlich frisch geduscht zurück in der Zivilisation angekommen waren. In Joggingklamotten lagen wir im Bett und ich strich unter seinem T-Shirt mit den Fingernägeln seinen Rücken entlang.

»I don't know what ›kraulen‹ means!« Ich hab keine Ahnung, was ›kraulen‹ bedeuten soll! Andrew runzelte die Stirn, wie immer, wenn ich deutsche Worte benutzte, die er nicht kannte und die ich nach längeren Umschreibungsversuchen ungeduldig in unsere Unterhaltungen einwarf. »Das Wort ›scratch‹ ist jetzt nicht gerade die romantischste Bezeichnung für ›kraulen‹!« Unzufrieden verrollte ich die Augen. Andrew schmunzelte nur abgelenkt und mir war natürlich klar, dass Vokabeln in diesem Moment so ungefähr das Letzte waren, was ihn interessierte.

Kaum war Jeff im Schlafzimmer verschwunden und Sarah eingeschlafen, hatte sich Andrew über den kurzen Flur rüber in sein altes Kinderzimmer geschlichen, in dem ich schon auf ihn wartete. Wenigstens sah es hier immer noch ein bisschen nach Kinderzimmer aus, und so kam man sich weniger doof vor, wenn man mit Anfang zwanzig nachts barfuß über Flure schlich.

»Hey, kann ich dich was fragen?« Mit einem Blick, als könnte ich kein Wässerchen trüben, sah ich ihn an und strich mit dem Zeigefinger auf immer der gleichen Stelle hin und her. Eigentlich hatte ich gar kein Recht dazu, solche Fragen zu stellen, aber es interessierte mich einfach zu sehr. Vor allem weil ich nach dem Abendessen eine deutschsprachige E-Mail in seinem Postfach gesehen hatte, als wir zusammen vor dem Computer saßen, um ein Hotelzimmer in Chicago zu suchen.

Er drehte sich um und zog mich auf sich. »Anything!« Alles! Sein Blick verriet Neugier.

»How many girls did you have in Germany apart from me?« Wie viele Mädchen hattest du außer mir in Deutschland?

Er sah mich weniger überrascht als fast schon ein bisschen irritiert an. »Wie kommst du denn jetzt auf so was?«

»Wegen der E-Mail.« Die mir eigentlich auch nur wegen der deutschen Anrede »Hey Süßer« in der Betreffzeile aufgefallen war.

»Ach, das war nur so ein Mädchen«, sagte er mit aufgesetzt grimmiger Miene und zusammengekniffenen Brauen. »Ich war ein paar Mal mit ihr aus, als ich aus dem Irak wiederkam und du mich ständig für diesen Benni versetzt hast!«

Für diese Bemerkung fing er sich den bekannten Klaps auf die Brust ein. »Du weißt genau, dass ich da gerade mein Auslandssemester gemacht habe.«

»But ...« Aber ... Er hörte mir gar nicht erst zum hundertsten Mal zu, was ich zu meiner Verteidigung zu sagen hatte, sondern redete einfach weiter: »... das ging nicht lange, weil ... sie war

nicht ...« Dann brach er ab und schien zu überlegen – oder zu bereuen, dass er so drauflos geplappert hatte.
Jetzt war ich neugierig. »Sie war was nicht?«
»She wasn't ... she wasn't you!« Sie war nicht du!, flüsterte er noch leiser, als wir sowieso schon sprachen in diesem Kinderzimmer, das direkt an die beiden anderen Schlafzimmer angrenzte, und sah mich ernst an, was aber offenbar nicht mir galt, sondern eher aussah, als ob er gerade in Gedanken war.
Ich schaute ihn ein paar Sekunden lang an, wie er Löcher in mich starrte, und warf die nächste Frage in den Raum, als ich nichts Sinnvolles auf sein Geständnis zu erwidern wusste: »Und sonst? Ich meine, seit du wieder hier bist? In Colorado?«
»Nope!« Nö!, entgegnete er knapp, ohne aus seiner Starre aufzutauen.
»Warum nicht?« Automatisiert fragte ich weiter, weil seine Antwort so einsilbig gewesen war, und zupfte dabei an seinem Halsausschnitt.
Endlich kam wieder Leben in sein Gesicht. Er rollte sich zur Seite und stützte sich auf seiner Hand auf. »Ja weißt du, da gab es so ein Mädchen in Deutschland, das ich ziemlich gerne hatte, aber sie hatte einen Freund. Und als ich dann im Irak war, hat sie irgendwann aufgehört, auf meine E-Mails zu antworten ...«
Als er mir zuzwinkerte, setzte ich einen betont erstaunten Blick auf, als wüsste ich nicht, wovon er sprach. »Wer war sie denn?«
»My CLG!« Meine CLG! Er gab mir einen Kuss auf die Nasenspitze, aber ich hatte nicht vor, mich ablenken zu lassen, jetzt, wo er endlich anfing, in ganzen Sätzen zu sprechen.
»Hm ... und was ist mit den Mädels in Colorado?«

»I don't care about the girls in Colorado.« Die Mädels in Colorado interessieren mich nicht. Er ließ von meiner Nasenspitze ab und wanderte mit seinen Lippen zu meinem Mund.

»Ja, aber du lernst doch bestimmt Mädels kennen«, nuschelte ich zwischen zwei Küssen.

Andrew nuschelte noch viel undeutlicher: »Aber ich will keine von denen«, und hörte nicht auf, mich zu küssen

Obwohl mein Mund beschäftigt war, war er in den falschen Momenten immer noch schneller als mein Kopf, und zu meiner eigenen Überraschung hörte ich mich fragen: »Und was willst du?«

»Was ich will? Überleg dir lieber ganz schnell, was *du* willst, denn wenn du nicht gleich aufhörst, mich zu küssen, lasse ich dich nicht mehr aus diesem Bett raus!«

* * *

Am nächsten Morgen wachte ich vor ihm auf. Ich lag auf dem Rücken und er auf dem Bauch, sein Gesicht an meinen Hals geschmiegt, so wie wir in der Nacht eingeschlafen waren. Ich getraute mich nicht, mich zu bewegen, weil ich Angst hatte, ihn aufzuwecken. Im ganzen Haus war es still. Ich konnte noch nicht einmal nachsehen, wie spät es war. Durch den Schlitz der Vorhänge blinzelte ein Sonnenstrahl. Ohne einen Mucks von mir zu geben, ließ ich meinen Blick durch das Zimmer wandern. An den Wänden hingen Fotos von ihm und seiner Schwester. Sie war schon als Kind ein hübsches Mädchen gewesen, das musste ich zugeben. Diese kupferroten Haare zu den rehbraunen Augen. Sie hatte ein schmal geschnittenes Gesicht und ein hübsches Lachen. Schade, dass sie sich mit mir so gar nicht anfreunden wollte. Auf einem ausgedruckten Foto, das in der Ablage des Druckers neben dem Computer lag, war ein Typ im Footballtrikot abgebildet, der, so nahm ich an, ihr Freund sein musste, der ursprünglich auch mitkommen wollte.

Der Schrank war fast leer. Nur die Kleidung, die er mitgebracht hatte, hing vereinzelt auf den wenigen Bügeln, die noch aus Jugendtagen übrig geblieben waren. Auf dem Schreibtisch stand der PC und in der Ablage darunter lagen ein paar verstaubte CDs. Als ich mich so im Zimmer umsah und weiter meinen Gedanken nachhing, ertappte ich mich dabei, wie ich Andrew ganz zart über den Kopf streichelte. Als wollte ich ihn trösten oder beschützen. Er sah so friedlich aus mit geschlossenen Augen, seiner kleinen Nase, den goldblonden Haaren und den gebräunten Schultern. Er atmete ruhig und gleichmäßig. So ruhig hatte ich ihn schon lange nicht mehr erlebt. Im Gegenteil. Seit er aus dem Irak zurück war, war er viel unruhiger als früher. Fast schon hektisch in allem, was er tat. Ständig war er in Bewegung, ständig musste er irgendetwas machen. Von dieser ruhigen und ausgeglichenen Art, die ich so an ihm mochte, hatte ich, seit ich hier war, noch nicht viel gesehen. Als ich ihn so musterte, beschlich mich mit einem Mal ein wenig Traurigkeit. Fast schon Mitleid. Er lag hier bei mir und sah so unbekümmert aus, unversehrt. Noch vor einigen Monaten hatte er auf einem Feldbett geschlafen, und das meistens nie länger als vier Stunden am Stück, mal in der Nacht, mal am Tag, abhängig davon, welche Schicht er gehabt und wie es die Situation zugelassen hatte. Achtzehn Monate lang waren ein Zelt, ein Truck, zerstörte Straßen, auf denen sich obdachlose und verwaiste Kinder, verwitwete Frauen und verwundete Männer ihrem Schicksal beugten, sein Zuhause gewesen. Seine Kameraden seine Familie. Freunde, von denen der ein oder andere nicht mit ihm zusammen nach Hause gekommen war.

Schon allein die wenigen Fotos, die er mir eines Mittags eher spontan gezeigt hatte, als wir auf der Couch saßen und seinen Laptop nach Filmen durchsuchten, bereiteten mir eine Gänsehaut. Als ich ihn in diesem Geländewagen sitzen sah, in voller Montur, mit dem Maschinengewehr auf dem Schoß, komplett abrasierten Haaren, extrem schmal im Gesicht geworden, lief mir ein kalter Schauer den Rücken hinunter. Doch was noch mehr in meinem Kopf hängen geblieben war, war die Tatsache, dass sie später an dem Tag, an dem dieses Foto entstanden war, mit ihrem Truck über eine Mine gefahren waren und dem Kameraden, der am Steuer saß, das Bein amputiert werden musste. Ich will den Gedanken gar nicht aussprechen, der einem unweigerlich in den Kopf kommt, wenn man in einer Situation wie dieser anfängt, über Glück, Zufall und Schicksal nachzudenken. Danach konnte ich zum ersten Mal wirklich nachvollziehen, was er mit »Ich weiß nicht, ob es so gut ist, wenn du dir die Bilder ansiehst!« meinte. Er wollte nicht, dass ich ihn so sah und mir Sorgen machte.

»Still thinking about that stupid email?« Denkst du immer noch über diese doofe E-Mail nach?, murmelte er verschlafen und erwischte mich dabei, wie mein Blick am Bildschirm des Computers festgewurzelt zu sein schien. Doch ich war in Gedanken ganz woanders und schaute nur zufällig in diese Richtung. »Sandra, come on! Can you see that girl anywhere? Where is that girl?« Sandra, bitte! Siehst du das Mädel hier irgendwo? Wo ist das Mädchen? Suchend hob er die Bettdecke hoch, krabbelte darunter und küsste meinen Bauch. »Hello girl, where are you? Well, I can't see her anywhere!« Hallo Mädchen, wo bist du? Also, ich kann sie nirgends sehen! Er tauchte wieder auf und sah mich eindringlich an. »Sandra, *she* is *not* here with me – in my bed. I brought *you* to my home, to my dad's house.« Sandra, sie ist nicht

hier bei mir – in meinem Bett. Ich habe *dich* zu mir nach Hause geholt, in das Haus meines Vaters. »Sandra, Sandra ...« Er schüttelte den Kopf in unserer gewohnten Art und rieb seine Nase an meiner Wange. Inzwischen sprach er übrigens meinen Namen ziemlich richtig aus, was ich gar nicht so prickelnd fand. Im Vergleich zu den meisten anderen seiner Kollegen in Deutschland hatte er sich mittlerweile ganz ordentliche Deutschkenntnisse angeeignet, wodurch sich auch seine Betonung verändert hatte. Ich muss zugeben, nach Aktionen wie »Ich bin so heiß wie ein Vulkan« war ich doch sehr überrascht festzustellen, dass sein Buddy Michael ihm beigebracht hatte, dass deutsche Verben konjugiert werden und Andrew das bei einigen Wörtern sogar beherrschte. So spielte sich beispielsweise jedes Mal folgende Szene ab, wenn einer seiner amerikanischen Freunde anstandshalber in meiner Gegenwart nach einem deutschen Wort fragte:
»How do you say ›sleep‹ in German?« Wie sagt man ›schlafen‹ auf Deutsch?
Andrew: »Schlafen.«
Daraufhin dann wieder der Freund, der das Wort »ich« bereits aus seiner vorherigen Frage und Übersetzung zu »Ich liebe dich« kannte:
»So ›I sleep‹ is ›ich schlafen‹?!« Also, »ich schlafe« heißt »ich schlafen«?! Und dann kam Andrew in Fahrt: »Das heißt nicht ›ich schlafen‹, sondern: ›ich schlafe, du schläfst, er schläft ...‹«
Wenn dann beim Nachsprechen noch jemand »du schlafst« sagte statt »du schläfst«, brüllte er stolz wie Oskar: »No, that's an Umlaut!« Nein, das ist ein Umlaut! Daraufhin schaute mich der unfreiwillige Teilnehmer der kleinen Deutschstunde meist Hilfe suchend an und ich zuckte nur lachend die Achseln.

Während ich mich noch in den Kissen rumdrückte und meinem Kopfkino nachhing, war Andrew inzwischen aufgestanden und ich konnte ihn durch die geöffnete Tür in der Küche werkeln hören. Der Geruch von frischem Kaffee lockte mich aus dem Bett. Im Haus war es immer noch still, weder Sarah noch Jeff waren zu hören. Barfuß tappte ich durch den Wohnraum, in dem es nach frischer Wäsche roch, vorbei an dem Tresen, der die Küche vom Esszimmer trennte, das eigentlich bloß aus einem ovalen Esstisch und sechs Stühlen bestand. Die Terrassentür stand offen und ich konnte Andrew durch das Fliegengitter raus in den Garten laufen sehen, bevor er sich neben Murphy, den dicken alten Labrador, ins Gras setzte. Durch das Küchenfenster beobachtete ich, wie er ihm die Ohren kraulte, als ich mir eine Tasse aus der Vitrine nahm, an der ein kleiner Zettel hing.

Andrew/Sandra
Gone to Grandma's! Join us for breakfast!
Dad/Jeff

Ich schenkte mir Kaffee ein und flutete fast die halbe Arbeitsplatte bei dem Versuch, mir Milch aus dem Drei-Liter-Kanister in die Tasse zu gießen. Rasch beseitigte ich das Chaos, und ohne auf mich aufmerksam zu machen, setzte ich mich auf die oberste Betonstufe der kleinen Treppe vor der Terrassentür, die in den verwilderten Garten führte. Es roch nach Sommer, nach warmem, trockenem Gras. Die Hitze, die selbst hier im Schatten hinter dem Haus schon am Vormittag ungewohnt intensiv war, legte sich auf meine nackten Beine und mit allen meinen Sinnen speicherte ich diesen Moment für immer in meinem Herzen.

♥Der Morgen ist schon lange wach.
Die Sonne strahlt über den ganzen Himmel.
Der Hochsommer hat den Wind längst gewärmt, der deine Stimme zu mir trägt.
Du hast mich nicht gesehen.
An jenem Morgen.
Als du mit geschlossenen Augen im Gras lagst.
Einen Morgen, den sich meine wildesten Fantasien nicht auszumalen getraut hätten. Die Spitzen deiner Wimpern glänzen im Sonnenlicht.
Gold angemalt hat der August deine Haut.
Ich kann die Schatten spüren, die sich auf dein Gesicht legen, wenn deine Finger nach der Sonne greifen.
Ohne dich zu berühren, weiß ich, wie sich der Stoff deiner Kleidung anfühlt, wie sie riecht, wie du riechst, weil du hier überall bist.
Wie bedeutend die banalsten Dinge werden können, wenn du sie im richtigen Moment siehst. Im richtigen Moment fühlst.
So banal und so ergreifend.
Dass du keine Worte findest, die nicht weniger oder mehr daraus machen.
Als sie sollen.
Als sie sind.
Nichts kann beschreiben, wie du dich mit einundzwanzig fühlst. Im Sommer deines Lebens.♥

Im Sommer deines Lebens. Der aus Bildern in nassen Tanktops und im Fluss treibenden Kanus besteht. Aus lauter Musik, tanzenden Menschen und einem Andrew, der dich huckepack durchs Wasser trägt und dabei »Ich liebe dich! Ich liebe dich!« singt. Aus Fußabdrücken in feuchtem Sand und daraus, nebeneinander im warmen Gras zu liegen.

Und du glaubst dem Sommer. Du glaubst den Bildern. Den Bildern, in denen ihr in einem Schlafsack liegt und heimlich in der Dunkelheit knutscht – unter den Sternen. Mein Gott, hat der Himmel hier viele Sterne! Natürlich glaubst du all den Bildern, wieso solltest du nicht?! Du malst sie ja gerade leibhaftig. Du bist dabei. Ihr seid dabei. In der Musik, in jedem Lied, das von der Bühne schallt und scheint, als wäre es einzig und allein für euch geschrieben. Und ja, du glaubst Green Day, dass so das Leben aussehen kann. Das Leben, das in bunten Seifenblasen um eure Köpfe weht und in diesen heißen Tagen nur aus euch besteht. Und selbstverständlich nicht zerplatzt wie all die anderen Seifenblasen. Es ist ja alles echt, schließlich kannst du ihn riechen, wenn du in seinem Pulli am Lagerfeuer sitzt und die Grillen ihr Nachtkonzert geben. Du glaubst dem Sommerwind, der deine Haare zerzaust, wenn ihr mit offenem Verdeck Händchen haltend über den Highway rast und keine Stimme so schön in deinen Ohren klingt wie seine, wenn er beim Autofahren singt.

* * *

Und gerade weil alles so echt ist, ist es auch echt ernüchternd, wenn Dinge passieren, die deinen perfekten Sommertraum trüben wollen, und du dich morgens im Hochsommer auf der Mauer am Navy Pier wiederfindest und auf den Lake Michigan schaust, im Rücken bunte Riesenräder und Achterbahnen, vor dir die Skyline von Chicago, und du mit deiner besten Freundin in Deutschland telefonierst und versuchst, Dinge zu erklären, die zwischen all der Romantik und dem Spaß einfach keinen Platz haben.

»Und was meinst du?«, unterbrach Tess meinen ersten telefonischen Vorort-Bericht, der aus Motorbootrennfahrten, Stadtbesichtigungen, Sarah-Lästereien und Kanutrips bestand und ohne chronologische Reihenfolge aus mir heraussprudelte, weil per SMS einfach zu wenig Zeichen vorhanden waren.

»Was meine ich wozu?« Ich demonstrierte gerade ein wenig zu lebhaft in der Öffentlichkeit »The song that never ends«, der unsere gesamte Reise den Au Sable hinunter begleitet hatte, sodass ich nicht gleich verstand, worauf sie hinauswollte.

»Zu Andrew«, antwortete sie. »Wie läuft's mit euch?«

»Ja, gut läuft es …« Ich machte eine kurze Pause, um die richtigen Worte zu finden, die in diesem Moment überraschenderweise nicht ganz klar auf meiner Zunge lagen, weil ich noch an einem Vorfall von vor zwei Tagen knabberte.

»Das hört sich aber nicht nach dem verknallten und aufgedrehten Tonfall deiner bisherigen SMS an!« Tess lachte überrascht und ich hörte den verwirrten Unterton heraus.

»Nee, du, alles gut, ich mag ihn immer noch, klar.«

»Du *magst* ihn …?! Ich höre …!«

»Ja, er gefällt mir schon gut. Immer noch, logisch. Optisch hat er sich halt auch wahnsinnig gemacht! Und die ganze Zeit hier war bis jetzt auch echt toll. Mir fällt auf, dass ich mir, wo ich dich höre, zum ersten Mal bildlich mein Zuhause vorstelle, so abgelenkt bin ich hier.«

»Klingt doch super!« An Tess' Stimme merkte ich, dass sie immer noch auf die Details wartete, die meinen nüchternen Tonfall vom

Anfang unseres Gesprächs erklären würden. Als die nicht kamen, bohrte sie weiter. »Aber?«

»Aber was?«, entfuhr es mir eine Spur zu zickig.

»Ja, irgendwas kommt doch da jetzt noch, oder? Du *magst* ihn?! Also bitte?! Du bist doch nicht ein paar Tausend Meilen geflogen, nur weil du ihn *magst*!«

»Ich weiß auch nicht! Irgendwie ist ja auch alles toll, außer dass er manchmal irgendwie komisch ist.«

»Inwiefern komisch? Er ist doch ziemlich süß zu dir, wenn ich lese, was du so schreibst.«

»Ja, das ist er auch! Aber manchmal ist er auch irgendwie komisch.«

»*Irgendwie komisch*!«, wiederholte Tess in einem Ton, der mir sagen sollte, dass das keine Beschreibung war, die mein Empfinden präzise wiedergab.

Ich versuchte es erneut. »Er ist manchmal nicht mehr so wie früher. Ich weiß nicht, ob er nur hier so anders ist, vor all seinen Freunden und seiner Familie, oder ob er in Deutschland einfach nicht er selbst war, weil er dort fremd war. Irgendwie ist er anders, seit er wieder da ist.«

»Du meinst, seit er aus dem Irak wieder da ist?«

»Ja, vielleicht.« Ich machte eine kurze Pause. »Er ist momentan so rastlos und irgendwie unbändig. Weißt du noch, dass ich vorgestern Nacht, als ich dir schrieb, daheim geblieben bin und er allein zu dieser Party gegangen ist?«

»Als die Jungs nachts so sternhagelvoll zurückkamen?«, fragte Teresa.

»Ja, genau! Die waren irgendwie so assi drauf, als sie zur Tür reingefallen und durch die Küche getobt sind!«

»Ja gut, die waren halt betrunken, ne.« Teresa schien wenig beeindruckt.
»Du hättest sehen müssen, wie die sich aufgeführt haben! So ist Andrew in Deutschland nie abgegangen, und wir waren auch oft betrunken, wenn wir feiern waren. Der hat mich vor den Jungs behandelt, als wäre ich irgendeiner seiner Buddies.«
»Vielleicht war er sauer, dass du nicht mitgegangen bist.«
»Bestimmt war er das! Immerhin waren alle seine Kumpels da und er hat garantiert auch ihnen vorher groß angekündigt, dass ich zu Besuch komme, und dann besitze ich die Frechheit und kreuze da nicht auf.«
»Hallo? Du hattest einen Sonnenstich!« Teresa schien mir mein schlechtes Gewissen ausreden zu wollen. »Außerdem machst du dir schon wieder zu viele Gedanken!«
Wahrscheinlich hatte sie recht. Dieser eine Abend. Was war der schon im Vergleich zu zwei Wochen.
»Sag mal, was ist denn das für eine Musik im Hintergrund?«, fragte Tess jetzt mitten in unsere Unterhaltung hinein. »Hört sich ja cool an!«
»Du kannst die durchs Telefon hören?« Ich hatte ihren Wink verstanden. Kein Gejammer mehr. »Das ist 'ne Band, nennt sich Stellar Road, die spielen hier auf dem Pier, wo wir gerade sind.«
»Was ist denn bitte ein Pier?« Tess unterbrach mich und mir fiel dadurch erst auf, wie selbstverständlich ich mit Namen von Orten und Dingen, die hier gängig waren, um mich warf, die wir zu Hause gar nicht kannten.
»Das ist ein Steg, der raus aufs Wasser führt und einen halben Vergnügungspark beherbergt. Hier gibt's sogar ein Riesenrad! Und gleich mehrere Restaurants und Stände mit Süßigkeiten und Souvenirs. Ich hab schon Fotos für dich gemacht! Es ist echt cool

hier!« Ich geriet regelrecht ins Schwärmen, als ich Tess beschrieb, was sich hier alles, »nur« auf einer Plattform, draußen auf dem Lake Michigan tummelte.

»Na also! So gefällst du mir schon besser!« Tess klang zufrieden und ich gab es auf, mich selbst in diesem Leben noch verstehen zu wollen. »Was soll ich sagen, mir kann man es eh nicht recht machen! Du, Tess, ich muss auflegen. Andrew kommt zurück.« Kurz bevor das Gespräch beendet war, rief ich ihr noch hinterher, dass sie mal nach »Stellar Road« googeln sollte, aber ich war mir nicht sicher, ob sie mich noch gehört hatte. Eilig steckte ich mein Handy wieder in die Tasche und beschloss, das Gespräch schnell zu vergessen.

Im selben Moment war Andrew auch schon da, reichte mir einen Frozen Strawberry Daiquiri, setzte sich neben mich auf die Mauer und ließ ebenfalls die Beine Richtung Wasser baumeln. »I got 'n idea!« Ich hab 'ne Idee! Er strahlte mich an, mit einer Unbefangenheit in seiner Mimik, die mir deutlich machte, dass für ihn die Welt in Ordnung war. Diese tausend hinterfragenden Gedanken waren mal wieder nur in meinem Kopf, und jetzt tat es mir fast ein bisschen leid, dass ich mich von dem Terror in meinem kranken Hirn manchmal so verunsichern ließ. »Do you still like to listen to Green Day sometimes?« Hörst du ab und zu noch Green Day?

»Yes, I do! Aua, that hurts!« Ja, tue ich! Aua, das tut weh! Ich presste meine Hand gegen die Stirn, als ob das jemals gegen Hirnfrost geholfen hätte.

Andrew lachte und legte seine Hand auf meine, und wie gewohnt verbesserte er mich: »You gotta say ›ouch‹!« Du musst »Autsch« sagen!

»No! I say ›Aua‹ because I'm German!« Nein! ich bin deutsch, und darum sage ich »Aua«! Ich grinste doof zurück und war froh, dass die übliche Leichtigkeit, die ich hier verspürte, zurück war.

»Jedenfalls sind Green Day gerade auf Tour. Hast du Lust, sie live zu sehen?«

»Wann?«, fragte ich überrascht.

»Samstagabend!«, sagte Andrew.

»Samstag ist unser letzter Abend!« Ich war mal wieder geschockt darüber, wie wenig ich in Zeit und Raum lebte, seit ich hier war.

»Ja, ich weiß!« Andrew nickte und ließ seine Hand sinken. »So you don't wanna go?« Also willst du nicht gehen?

»Go see Green Day? Of course I wanna go!« Aufs Green-Day-Konzert? Doch, klar!

»No, I mean go home!« Nein, nach Hause, meine ich!

»Willst du denn, dass ich bleibe?« Ich gab die Frage zurück und tippte aus Unsicherheit meine Zehen ins Wasser.

»That's not an answer to my question, Sandra!« Das beantwortet meine Frage nicht, Sandra! Er tippelte mit seinen Fingerspitzen auf meiner Kniescheibe.

»You never answer any of my questions either!« Auch du beantwortest nie meine Fragen!, hörte ich mich mal wieder vorschnell drauflos plappern und fixierte seine nervösen Finger auf meinem Knie, indem ich beruhigend meine Hand darauf legte.

»Are you serious?« Meinst du das im Ernst? Er sah ehrlich überrascht aus. »Hatten wir nicht erst neulich eine große Frageunde zum Thema Mädchenbekanntschaften und so?« Offensichtlich war er verwundert.

»Das meine ich nicht. Wir reden selten über ernsthafte Themen wie deine Mutter oder darüber, dass du dich seit dem Irak verändert hast. Was ja absolut nachvollziehbar ist bei all dem, was du dort gesehen und erlebt haben musst. Aber meinst du nicht, es täte dir vielleicht gut, auch mal darüber zu reden?«

»Inwiefern hab ich mich denn in deinen Augen verändert?« Ich sah die Irritation über die Wendung in dieser Unterhaltung in seinen Augen. »Wenn du unseren Streit im Supermarkt meinst – sorry, falls ich da ein bisschen barsch war, aber die Entscheidung zwischen Cheese und Salsa Dip ist jetzt wirklich nichts, was dein Leben verändert und worüber man fünf Minuten lang diskutieren muss.« Er schien davon auszugehen, dass ich mich doch mehr über unsere Meinungsverschiedenheit am Vormittag aufregte, als ich zugegeben hatte.

»Nein, die Situation meinte ich nicht explizit«, sagte ich dünnhäutig. »Allerdings ist sie ein gutes Beispiel dafür, wie unausgeglichen du momentan bist.«

»Also, ich bin bestimmt nicht unausgeglichen!« Wie ich erwartet hatte, sperrte er sich jeglicher Selbstreflexion.

Um einzulenken, sagte ich: »Ach, Andrew, ich will hier wirklich keinen Streit heraufbeschwören, also lass es uns einfach vergessen.«

Doch wie es aussah, konnte er meinen Vorwurf nicht einfach so im Raum stehen lassen. »Ich wüsste nicht, was es bringen sollte, den ganzen Tag über Dinge zu reden, die grässlich waren oder einfach nicht mehr zu ändern sind.«

Resigniert ließ ich die Schultern sacken. »Ich dachte nur, es könnte vielleicht hilfreich sein, wenn du nicht immer alles mit dir allein ausmachst. Das ist alles.«

Er schaute auf den See und sein Gesichtsausdruck war leer. »Man kann die Vergangenheit nicht totreden.«

»Nein, das kann man nicht. Aber man kann sie verarbeiten. – Wie sind wir jetzt eigentlich von Green Day auf dieses Thema gekommen?« Ich überlegte laut. Schon waren wir wieder beim ursprünglichen Thema unserer Unterhaltung.

»Ach ja, wir hatten darüber gesprochen, ob du bleiben willst.« Er machte eine kurze Pause und fuhr dann fort: »Das alles musst du also wissen, um zu entscheiden, ob du bleiben willst?« Seine Mimik hellte sich jetzt deutlich auf und er machte mir damit klar, dass hiermit das Kreuzverhör sein Ende hatte.

»Nein, ich muss das wissen, um das Gefühl zu haben, dich zu kennen!«, sagte ich enttäuscht. In meinem Bauch machte sich ein Gefühl breit, als kenne ich tief in mir drin bereits die Antwort auf seine Frage, und die schmeckte mir so gar nicht.

»Ich hab doch noch nie groß und breit über alles gesprochen, was mich beschäftigt. So hast du mich kennengelernt. Und jetzt stört es dich auf einmal?« Ich konnte ihm diesen Gedanken noch nicht mal verübeln, denn er hatte recht damit. Allerdings hatte ich mit dem Andrew von früher auch nicht die Differenzen gehabt, die ich mit dem Andrew von heute hatte.

Mein Andrew von früher war ruhig und gelassen gewesen. Mein Andrew war der Fels in der Brandung gewesen und unerschütterlich. Doch jetzt gab es Momente, da erkannte ich ihn nicht wieder. Oder hatte ich ihn früher einfach nicht richtig gekannt? Nein, ich war mir sicher: Andrew war mein Andrew in Deutschland, und hier war er manchmal ein anderer Andrew. Ein Andrew, der Dinge erlebt hatte, die ihn verändert hatten. Und das konnte ich verstehen. Was ich nicht verstehen konnte, war, dass er nicht mit mir über diese Veränderungen reden wollte. Denn sie betrafen mich schließlich auch. Wie sollte ich feststellen, ob ich in diese Version von ihm genauso verliebt sein konnte, wenn der rosarote

Sommer vorbei war und ich in all der Zeit nicht die Chance bekommen hatte, ihn außerhalb des ganzen Spaßes, der Flirterei und der Leichtigkeit eines Urlaubs kennenzulernen.

»Weißt du, ich kann verstehen, dass du über manche Dinge nicht gern redest, und ich kann auch verstehen, dass das hier nicht der perfekte Ort ist – oder am Telefon oder sonst wo. Aber ich verstehe nicht, dass du mir nicht genug vertraust!«

»This is ridiculous, Sandra!« Das ist doch lächerlich, Sandra!, unterbrach er mich.

Ich löste mich aus unserer Umarmung, obwohl er für sein Empfinden wahrscheinlich völlig gelassen reagierte. Mich jedoch verletzte dieser Unterton in seinem neuen Lieblingswort, das er, wie ich fand, etwas zu leichtsinnig verwendete mit dem Ergebnis, dass ich mich nicht ernst genommen fühlte. Mir platzte der Kragen. »No, it is not ridiculous! It feels like I don't know you! And you're not gonna change this by telling me it's ridiculous! And I hate that word anyway! I hate you using that word!« Nein, das ist nicht lächerlich! Es fühlt sich an, als kenne ich dich nicht! Und das änderst du nicht, indem du mir sagst, es sei lächerlich! Ich hasse dieses Wort und ich hasse es, wenn du es benutzt!

Offensichtlich war Andrew geschockt von meiner Reaktion. »Warum regst du dich so auf? Ich sage ja nicht, dass *du* lächerlich bist, sondern dass *dein Verhalten* lächerlich ist! Wieso bohrst du immer so nach?«

»Wenn du mal über die Sachen sprechen würdest, die dich beschäftigen, bräuchte ich nicht immer zu bohren. Ich kann mich halt nicht mit Halbwahrheiten zufriedengeben. Ich kann nichts dafür, dass ich so bin! Du kannst ja auch nichts dafür, dass du so bist, wie du bist! Dass du nie über irgendetwas sprichst oder dass du total stur bist! Dass du so nachtragend bist! Oder dass du, seit

du wieder hier bist, scheinbar vergessen hast, wie man deutlich spricht! Ich finde es unhöflich, wenn du mit deinen Freunden so schnell redest, dass ich dich nicht verstehe. Und überhaupt, was sind das alles für neue komische Wörter, die du benutzt?!«
»Oh my raccoon is getting angry!« Oh, mein Waschbär wird sauer!, sagte er jetzt betont langsam und zog die Worte in die Länge, als ich abrupt abbrach, weil mir die Argumente ausgegangen waren. Ich merkte, dass er einlenken wollte, denn er sprach ruhiger als vorher und zog dabei eine Schnute.
Aber ich war noch nicht bereit, von meinem hohen Ross runterzukommen. »Stop calling me raccoon when we're fighting!« Nenn mich nicht »Waschbär«, wenn wir streiten! Schmollend machte ich einem tiefen Seufzer Luft und war schlagartig erleichtert, als das alles raus war.
»We're not fighting.« Wir streiten nicht, sagte er jetzt. »Wir reden. Wie du das möchtest.« Er startete einen gut gemeinten zweiten Versuch einzulenken, als er merkte, wie meine Körpersprache weicher wurde.
Demonstrativ drehte ich mich von ihm weg, aber nur damit er das Grinsen nicht sah, das mir jetzt die Wangen hinaufklettern wollte, weil ich ihm nie lange böse sein konnte. Ich spürte, wie sein Zeige- und Mittelfinger wie zwei Beinchen meinen Arm hinaufkletterten und an meinem Ohrläppchen zupften. »Und überhaupt, die Abdrücke sind schon fast weg! Ich sehe also gar nicht mehr aus wie ein Waschbär!« Ich konnte ja nicht ahnen, dass es im Norden so heiß war, dass man keine zwei Stunden auf einem Reifen hinter einem Boot im Wasser rumdümpeln konnte, ohne anschließend als einer der ansässigen Waschbären durchzugehen. »›Up north‹! – Hattest du nicht gesagt, das Ferienhaus liegt

im Wald?« Ein paar Minuten musste ich noch beleidigt spielen. Zu einfach wollte ich es ihm ja auch nicht machen.

»Wer bitte trägt denn auch eine Sonnenbrille beim Tubing?« Er fing jetzt an zu lachen und ich musste mich beherrschen, mich nicht davon anstecken zu lassen.

»Sonst sehe ich ja nichts, wenn ich ständig Wasser in die Augen bekomme.« Ich bemühte mich, immer noch trotzig zu klingen, als seine Fingerspitzen mein Ohrläppchen losließen und mit einer Bla-bla-Bewegung vor meinem Gesicht auftauchten.

»Hey, do you remember me?« Erinnerst du dich an mich? Ruckartig klappte er seine Hand auf und zu und es war, als sähen mich seine Finger an.

»Bob, ernsthaft, bleib mir vom Leib!« Der unterdrückte Lacher platzte jetzt aus mir heraus, als ich die nackte Handpuppe anschrie, der die Antirutsch-Socke zu ihrer Verkleidung fehlte. Ich sprang von der Mauer, um mich ins Getümmel zu retten und seiner Attacke zu entkommen, und lief geradewegs auf das Riesenrad zu. Andrew, der mich locker eingeholt hatte, stand schon mit zwei Tickets am Schalter und zog mich in die erste Gondel, die an uns vorbeifuhr.

Ich saß in der Falle, und das nutzte Bob gnadenlos aus. »Stop it! Please! I can't breathe!« Hör auf! Bitte! Ich bekomm keine Luft mehr!, japste ich unter einem Lachanfall, bis er endlich aufhörte, mich zu kitzeln, und mich stattdessen fest umarmte.

»Das ist immer die beste Stelle, die uns Bob bringt.« Er zwinkerte mir zu und drückte mir einen versöhnlichen Kuss auf.

»Der Ausblick ist ja der Wahnsinn!« Ich war überwältigt von der Weite, die vor mir lag und jetzt meine Aufmerksamkeit an sich riss. Selbst von hier oben sah der Lake Michigan immer noch weniger wie ein See, sondern eher wie ein Meer aus.

»Du bist der Wahnsinn!«, flüsterte Andrew mir jetzt ins Ohr, als er seine Wange an meine legte und mit mir zusammen über die Brüstung der Gondel auf den See schaute. »›Wahnsinnig‹ trifft es wohl eher. Ein wahnsinniger Waschbär.« Jetzt tat mir leid, dass ich mich gerade so in Rage geredet hatte, und war froh, dass er so schnell eingelenkt hatte und der Tag nicht ruiniert war. »But the sexiest raccoon ever!« Aber der sexieste Waschbär aller Zeiten!

»You are sooo …!« Du bist sooo … … doof, würde ich jetzt scherzhaft auf Deutsch sagen, aber ich fand, dass es im Englischen nicht so harmlos klang, und sprach deshalb meinen Satz nicht zu Ende, sondern schüttelte wie immer nur den Kopf, wenn ich mal wieder nicht schlagfertig genug war.

Andrew ignorierte mein verhackstücktes Englisch von eben und drehte mein Gesicht zu sich. »What is this?« Was ist das? Er runzelte die Stirn. »Hast du das schon immer?«

»Was?«, fragte ich erschrocken und fasste mir ins Gesicht.

»Na das da!« Seine Brauen zogen sich zusammen und er kam mit seinem Gesicht näher an meines heran.

»Where?« Wo? Immer noch tatschte ich mir wahllos über Nase und Wangen.

»There!« Da! Er verkniff sich ein Grinsen. »There is something on your lips!« Du hast da was an der Lippe! Er griff nach meinem Kinn, und in der Erwartung, er würde mir das Etwas aus meinem Gesicht wischen, spürte ich seinen Kuss.

Quietschend stieß ich ihm gegen die Brust. »Andrew! This is soooo lame!« Andrew! Das ist ja sooo lahm!

»I can show you something that's not lame!« Ich kann dir mal was zeigen, das nicht lahm ist! Er grinste und setzte sich auf mich.

»Weißt du wie viel Sternlein stehen ...« – **Juli/August 2005**
Lieblingsmomente

»Wie viele Sterne es hier gibt, ist der Hammer!« Ich lehnte meinen Kopf gegen seine Schulter und machte in meinen Gedanken tausend Fotos von dem dicht besiedelten Sternenhimmel, der wie eine riesige schwarze Decke mit Millionen goldenen Punkten über der Erde lag.
»Warme Sommernächte – es gibt einfach nichts Besseres. Ich könnte hier für immer mit dir sitzen.« Andrew umschloss meine Hände und küsste die Knöchel meiner Finger. »Hier ist alles so viel entspannter als in Deutschland, oder?« Da müsste man fünf Stunden vorher vor irgendeiner Halle stehen, weil man sonst keine guten Plätze mehr bekam, von allen Seiten drückten und schoben dich die Leute alle zwei Sekunden in eine andere Richtung, sodass man schon genervt war, bevor es endlich losging. Hier verteilten sich die Fans auf der Wiese, zogen die Schuhe aus, chillten.
Ich schloss die Augen und verlor meine Gedanken an die Nachtluft. Eine weitere Kleinigkeit, die mich begeistern konnte und die in das Bilderbuch in meinem Kopf wanderte. »Thank you for everything.« Danke für alles! Ich gab ihm einen Kuss auf die Wange und mir wurde schwer ums Herz, wenn ich die vergangenen beiden Wochen Revue passieren ließ und an unseren Abschied morgen dachte. »It's been an amazing time.« Es war eine tolle Zeit hier! Mit den Fingerspitzen tastete ich gedankenverloren die Stickereien auf dem mintgrünen Rock ab, den ich in einem

kleinen Secondhandladen an der North Michigan Avenue erstanden hatte, der auf unserem morgendlichen Frühstücksspaziergang zwischen Starbucks und der kleinen Muffin Bakery an der Kreuzung zur Madison Street lag.
»I told you that you'd have a great time.« Ich hab's dir doch gesagt! Er blies einen langen Strahl Rauch aus und schnickte die Zigarette vor seine Füße. Ich beobachte, wie sie abbrannte, und fragte mich, wie gerade er, der nie geraucht hatte, diesen Rauchgeschmack im Mund ertragen konnte. Wenn ich ehrlich war, mochte ich es nicht sonderlich, dass er nach Rauch schmeckte. Dass seine Hände nach Zigaretten rochen. Mir gefiel es besser, wenn er nach Andrew roch. Nach Andrew aus Deutschland. Und nicht nach Andrew, der im Irak mit dem Rauchen angefangen hatte. Als ich so dasaß und ihn beobachtete, machten sich plötzlich all diese kleinen Gedanken in meinem Kopf selbständig. Ich wollte, dass er redete wie Andrew aus Deutschland. Den Andrew aus Amerika mit all seinen Slangwörtern verstand ich manches Mal immer noch nicht. Ich wollte, dass er mich ansah wie Andrew aus Deutschland. Dass er Andrew aus Deutschland war. Immer. Und nicht nur in manchen Momenten. In den Cowgirl-Whale-Momenten, wenn ich im Wasser auf seinen Schultern ritt, den Ice-Cream-Sauerei-Momenten, wenn wir uns im Garten hinter dem Haus die Gesichter mit Eis beschmierten. Nicht nur abends, wenn er in mein Zimmer schlich, um Gute Nacht zu sagen, oder wenn er morgens gut gelaunt das Bettlaken wegzog, um mich aus den Federn zu schmeißen.
Wie hübsch er jetzt war im Vergleich zu damals, als wir uns kennengelernt hatten. Als er mit diesen karierten Hemden an der Bar gestanden hatte. Kräftiger als heute. Blasser, mit dunklen Stop-

peln auf dem Kopf. So ein paar Kilo weniger standen ihm wirklich gut. Der Sommer auf der Haut und in seinen Haaren stand ihm gut. Besser als der deutsche Winter.
»Hey, what's up?« Hey, was ist los? Er ertappte mich dabei, wie ich ihn von oben bis unten musterte.
»Nothing.« Nichts! Ich grinste wie so oft und fragte mich gleichzeitig, warum ich das ständig sagte. Nothing. Obwohl eigentlich so viel war. Obwohl ich so viel zu sagen hatte. Zu fragen hatte. Sollte er nicht vielleicht öfter wissen, was in meinem Kopf so vor sich ging? Oder wusste er schon zu viel? Wieso sollte ich ihn mit all den Fragen und eventuell auch Zweifeln beunruhigen? Oder musste ich endlich damit aufhören, immer nur alles in meinem Kopf durchzuspielen, damit er die Chance bekam mitzuspielen? Doch wieso fragen, wenn ich eh nie Antworten bekam!
Der Leadsänger entführte mich in eine Welt aus einsamen Seelen, aus Liebenden, die aufeinander warteten, Menschen, die einander vermissten oder sich einsam fühlten. In all diesen Liedern fand ich Brücken zu Andrew und mir. Zeilen, die mich an die Zeiten erinnerten, wenn er nicht da war, oder an die Zeit, in der wir uns kennengelernt hatten.
»Erinnerst du dich noch den Abend, als wir uns kennengelernt haben und du mir erzählt hast, du hättest früher in der Schulband gesungen?«, unterbrach ich Andrew beim Mitsingen.
»Klar, wieso?«, fragt er.
»Ich dachte damals, du hättest das alles nur erfunden, um mich zu beeindrucken. Genauso wie die Nummer mit Kid Rock.«
»Aber der hat wirklich hier gewohnt. Ich hab dir doch das Haus gezeigt, als wir zum Country Club gefahren sind.«
»Ja, ja ich weiß.« Ich lachte.

Andrew grinste mich jetzt an und stieß seine Colaflasche gegen meine. »Aber es stimmt, dass ich dich beeindrucken wollte. Schon als ich mich absichtlich zum Bestellen zwischen dich und deine Mädels gedrängelt habe, habe ich mir diesen Plan ausgedacht!«
»Den Plan, mich abzufüllen?« Ich gab ihm einen sanften Stoß in die Seite.
»Nach Plan ist mit dir bisher noch gar nichts gelaufen.« Er schmunzelte und schüttelte den Kopf, als er, wie es schien, noch einmal alle Stationen, die wir so durchlaufen hatten, vor seinem inneren Auge vorüberziehen ließ.
»Ebenfalls!« Diesmal schlug ich meine Flasche gegen seine.
»Kommen Sie hier bitte!«, forderte er mich auf Deutsch auf, machte seine Beine breit und wartete darauf, dass ich mich vor ihn setzte. »Du« und »Sie« konnte er immer noch nicht so richtig auseinanderhalten.
»It was a great idea to come here.« Es war eine tolle Idee hierherzukommen! Ich rutschte zwischen seine Beine, zog die Knie an, lehnte mich zurück und rieb seufzend meine Wange an seiner.
»Ich fass es nicht, dass ich morgen schon wieder heimmuss.« Mit einem wehmütigen Blick fixierte ich die Bühne am Fuße des Hügels. Die Jungs von Green Day sahen von hier aus wie kleinen Puppen. Die Entfernung hatte aber auch den Vorteil, dass Andrew und ich uns unterhalten konnten.
»Was war dein schönster Moment in den letzten beiden Wochen?« Andrew schob seinen Arm zwischen meinen Armen und Knien hindurch und verschränkte seine Finger mit meinen.
»My favorite moment ...« Mein schönster Moment ..., überlegte ich laut. »Das war der Moment, als ich dich in der Ankunftshalle des Flughafens gesehen habe. In dem schwarzen Poloshirt. Braun gebrannt.« Ich machte eine Pause und lächelte. »Mit Haaren ...

Dieser Moment, als mir klar wurde, dass in deinem Gesicht – an dir – nichts war, was mir fremd war. Dass sofort, als ich dich gesehen habe, die ganze Angst weg war und alles wie von selbst ging – so wie immer schon. Da warst du endlich, nach all der Zeit, in *echt*. Nicht als E-Mail in meinem Computer, nicht als SMS auf meinem Handy, nicht als Foto in meiner Fotokiste, nicht als Erinnerung in meinem Kopf. Sondern als Tatsache. Du – ganz und in echt. Das passierte wirklich, das war Realität, auch wenn es sich nicht so anfühlte. Das erste Mal in meinem Leben ist eine Situation genau so, wie ich sie mir tausendmal ausgemalt hatte, tatsächlich passiert.«
Dass ich in dem Moment voller Hoffnung gewesen war, voll von ungezügeltem Optimismus, und dass dieser Moment wahrscheinlich auch deshalb mein Lieblingsmoment war, sprach ich nicht aus. In diesem Moment sah ich mich auf einer Kinoleinwand. – The End.
Nachdenklich stimmte er mir zu. »Ja, das war ein toller Moment! Definitiv!« Nach einer Weile sprach er weiter. »Ich habe mehrere Lieblingsmomente. Aber worüber ich am häufigsten nachdenke, ist der Abend, als wir in Pontiac waren und sich an der Bar all diese Kerle auf dich gestürzt und dich angebaggert haben. Du hattest das schwarze Oberteil an – das mit den ›funny little stones‹ lustigen kleinen Steinchen drauf, das wir bei DKNY gekauft haben. Es roch nach unserem Weichspüler und dein Haar nach meinem Shampoo. Alle Jungs wollten das ›German Girl‹ kennenlernen und ich konnte zum ersten Mal, seit wir uns kennen, sagen: »She's with me!«« Sie gehört zu mir!
»Du meinst an dem Abend, als du mir eine Eifersuchtsszene gemacht hast, weil Eric mir einen Drink ausgeben wollte?« Ich sah ihn mit hochgezogenen Brauen an.

»Eric? You remember his name?« Eric? Du erinnerst dich an seinen Namen? Andrew lehnte sich ein Stück von mir weg und sah mich überrascht an.
Ich zuckte mit den Schultern und verzog keine Miene. »Yeah, I'm good with names!« Ja, ich kann mir gut Namen merken! »Und du hast nicht gesagt, dass ich zu dir gehöre, sondern dass er seine Getränke behalten soll!« Noch immer sah ich ihn prüfend an und versuchte mir das Lachen zu verkneifen.
»Ja, aber ich habe mich zum ersten Mal im Recht gefühlt, das zu sagen!« Seine Verteidigung klang bemüht.
»Andrew, it's okay. I know what you're trying to say.« Schon okay, Andrew! Ich weiß, was du sagen willst! Ich zog ihn an seiner Hand wieder zu mir heran, löste meinen kleinen Streich aber noch nicht auf. Ich liebte seine Stimme. Protestierend, sprechend, singend – egal. Ich wollte jedes Wort von ihm aufnehmen, um seine Stimme für immer zu konservieren. Für all die Tage und Wochen, die noch kommen würden. Zu Hause, ohne ihn. Sie in meine Kiste zu seinen Fotos und E-Mails, CDs, Postkarten und Tagebüchern legen.
Für solch perfekte Momente wie diesen, auf dem Hügel unter den Sternen, hätte ich ihm noch zehn weitere dieser blöden Jungsabende verziehen und mich wahrscheinlich noch hundertmal im Supermarkt als »ridiculous« bezeichnen lassen, wenn jeder Streit um Salsa oder Cheese Dip in einer Kissenschlacht in seinem Bett geendet hätte.
»Eric.« Wieder schüttelte Andrew den Kopf und seufzte, ohne den Blick von der Bühne abzuwenden. »I can't believe you remember his name.« Ich fass es nicht, dass du dich an seinen Namen erinnerst.

»I don't remember his name, Andrew. I was only joking!« Das tue ich ja auch nicht, Andrew! Das war ein Scherz!
»Hm, very funny.« Hm, sehr witzig!
»Ja, ich weiß! Ich habe manchmal einen tollen Humor.« Zustimmend gab ich ihm einen Kuss auf die Nasenspitze – die einzige Stelle, an die ich herankam, wenn ich meinen Kopf zur Seite drehte, während ich zwischen seinen Beinen saß.
»Some songs are so true!« Manche Lieder sind so wahr! Er drückte meine Hand fester, wie immer, wenn er mir in irgendeinem Lied eine Zeile »widmete«, und vergrub seine Lippen beim Singen in meinen Haaren. »Also – wie geht es jetzt weiter mit uns?«, sprach er in mein Haar hinein und küsste meinen Hinterkopf.
»Hm – gute Frage ...« Wie sollte es weitergehen? Was war *es* denn überhaupt momentan? Eine schöne Zeit? Ein toller Sommer? Eine Wiedervereinigung zweier Menschen, die das Leben auseinandergerissen hatte? Doch was hatte das Leben noch alles zerrissen? Was war übrig von den beiden Menschen von damals? Was hatte die Zeit aus ihnen gemacht? Was würde sie aus ihnen machen können?
Zeit ist mächtig. Sie kann vieles verändern. Kaputt machen. Doch auch heilen. Zeit kann verbinden. Zusammenschweißen.
Was würde sie uns bringen, die liebe Zeit? Natürlich würde die Distanz es uns nicht immer leicht machen, doch das kannten wir ja bereits. Damit hatten wir es ja fast von Anfang an zu tun gehabt. Dank Handy, Internet und Co. war Distanz in den letzten Jahren wenigstens ein bisschen erträglicher geworden.
»Hey guys!« Hallo Leute! Ein Mitarbeiter des Veranstaltungsteams unterbrach uns und machte uns darauf aufmerksam, dass

wir zu den letzten Besuchern auf dem Gelände gehörten. Offenbar waren wir so vertieft in unsere Unterhaltung gewesen, dass uns nicht einmal aufgefallen war, dass das Konzert zu Ende gegangen war.

Spieglein, Spieglein an der Wand ...
... Sag mir, warum ist er weggerannt?

Was bitte war das gerade? Die Stimme aus den Lautsprechern, die die Passagiere dazu aufforderte, sich anzuschnallen, drang in meine Gedankenwelt. Doch ich konnte mich nicht bewegen. Stattdessen hing mein Blick auf dem Rollfeld. Die leeren Kofferwagen waren nur noch als kleine Punkte am hinteren Ende der Startbahn zu erkennen. Direkt unter meinem Fenster wuselten Personen in Warnwesten umher und gaben sich irgendwelche für mich unverständlichen Zeichen.
Es rumste, schepperte und quietschte, als die Koffer auf den Asphalt knallten, die Fahrertür zuschlug und die Reifen beim hektischen Anfahren durchdrehten. Zwischen diese Geräusche drängte sich immer wieder das Gefühl dieser kalten und steifen Umarmung, kurz bevor Andrew wie vom wilden Affen gebissen den Abgang gemacht hatte.
Wir waren in die Zone für Kurzparker vor den Abflughallen eingebogen, als Andrew angehalten hatte und ausgestiegen war, meinen Koffer aus dem Kofferraum gehoben und ihn unsanft auf den Boden gestellt hatte. Seine Umarmung hatte keine Sekunde gedauert und war so unpersönlich und distanziert gewesen, dass nur noch gefehlt hätte, dass er mir zum Abschied die Hand geschüttelt hätte. Kein Blick mehr als nötig, keine Minute länger, als es dauerte, mich quasi aus dem Auto zu werfen, hatte er in unseren Abschied investiert. Jeder Taxifahrer hätte mich wohl herzlicher verabschiedet, da bin ich mir sicher. Kein »Melde dich, wenn du gut angekommen bist!« – *nichts* in diese Richtung. Ich konnte

mich vor lauter Schreck noch nicht mal daran erinnern, ob er überhaupt irgendwas gesagt hatte. »Go to hell and never ever call me again!« Verschwinde und ruf mich bloß nie wieder an!, hätte ein möglicher Satz sein können, der zumindest zu seinem Verhalten gepasst hätte.

Ich fühlte mich, als hätte gerade jemand meine Sachen aus meiner Wohnung geschmissen – und mich gleich hinterher. Und da saß ich buchstäblich in der Auspuffwolke auf meinem Koffer und schaute mich verdattert um.

War das gerade wirklich passiert? Ja, das war es! Und wieso bitte? Ich wusste es nicht! Ich hatte keinen blassen Schimmer. Noch nicht mal ein Fünkchen einer Ahnung.

Ich wusste nur, dass ich noch nie vorher so verletzt worden war wie in diesem Moment. Es war noch nicht mal nur verletzend, es war schon fast demütigend. Peinlich. Es war mir total unangenehm. Selbstverständlich hatte sich kein Mensch in der Parkschneise für uns interessiert, und trotzdem war es mir so vorgekommen, als hätte mich jeder angesehen. Wie von der Tarantel gestochen war er ins Auto gesprungen und davongedüst, kaum dass er mich abgesetzt hatte. Es hatte wirklich nur noch der Arschtritt gefehlt, der mich auf die Straße katapultiert hätte. Mein Hintern war glücklicherweise unversehrt geblieben, doch auf meiner Seele prangte ein deutlicher Fußabdruck in Größe 43. Was hatte ich ihm getan, dass er mich dermaßen schnell loswerden wollte? Hatte ich irgendetwas Blödes gesagt?

Seinem Wassermannschädel merkte man es doch sonst immer an, wenn ihm etwas gegen den Strich ging. Er ließ einen dann ganz klar spüren, dass man bei ihm gerade nicht sehr hoch im Kurs stand. So wie gerade eben hier am Flughafen. Da war ganz deutlich zu erkennen gewesen, dass ihm etwas nicht gepasst hatte.

Nur damit rauszurücken, *was* genau ihnen nicht passt, damit haben es die Wassermänner nicht so sehr. Entweder man kommt mit viel Glück irgendwann von selbst drauf, nachdem man mehrere Wochen lang all die kleinen Sticheleien und Anspielungen zusammengezählt hat, bis das ganze Puzzle endlich einen Sinn ergibt, oder man muss als letzte Instanz wohl eine Glaskugel zu Rate ziehen, denn selbst ausspucken wird der Wassermann unter keinen Umständen, was ihm da im Halse steckt.

Besiegt vom Sommerregen – **Herbst 2005**
Weil die Realität immer gewinnt

Der Regen prasselte laut auf das Dach. Sommerregen – er roch nach der großen Freiheit. Danach, dass alles möglich sein konnte. Solange wir noch so jung waren. Dass das Leben schön war. In jedem Moment. Dass wir nie glücklicher sein konnten. Nie unbeschwerter. Nie stärker. Nie leichter. Wenn uns nur ein einziges Mal im Leben nichts und niemand aufhalten konnte, dann, weil wir uns im Sommerregen unsterblich fühlten.

Auf den Bildern in meinen Händen streichelte seine Nase meine Wangen, seine Wimpern kitzelten meine Lippen. Ich lag in meinem Bett und hielt ihn förmlich noch immer in meinen Händen. Seine Lippen küssten meine Augen. Und seine Arme hielten mich.

Es war Sommer. Sichtbar, auf all diesen Fotos. Braune Haut. Goldene Haare. Wir lachten. Auf all den Bildern. Strahlend weiße Zahnreihen. Jugend. Schönheit. Zuversicht. Nicht zu fassen, wie perfekt das Leben manchmal sein konnte. Schmerzlich vollkommen. In meiner Kehle blieb ein stummer Schrei stecken, der als Freudentränen über meine Wangen kullerte. Zu perfekt, um wahr zu sein.

Ich drückte auf die Play-Taste der Fernbedienung und zog mir die Decke über den Kopf, bis nur noch die Augen rausschauten. Tröstlich fand ich *ihn* im Kissen wieder, denn durch den Duft des Shampoos in meinen Haaren konnte ich ihn immer noch riechen.

»Before I go, can you say something in German for me?« Kannst du, bevor ich gehe, für mich was auf Deutsch sagen?, hörte ich mich fragen, aber ich konnte uns nicht sehen. Im Wohnzimmer, wo wir das Video aufgenommen hatten, war es zu dunkel gewesen für die Handykamera.

In seinem typischen Singsang-Deutsch sagte er »Nein!« und ich konzentrierte mich auf die vagen Umrisse seines Gesichts, die hin und wieder kurz sichtbar wurden, wenn er sich nach vorn lehnte. »Bitte!«, flüsterte ich in sein Gesicht, meine blonden Haare waren alles, was von mir auf dem Bildschirm zu erkennen war, und seine Zähne leuchteten im Dunkeln, wenn er sprach.

»What do you want me to say?« Was soll ich sagen?

»Whatever you would like to say!« Was du willst!

»Hm, what about – Bauchnabel?« Hm, wie wäre es mit – Bauchnabel?

Und wenn ich es auch nicht sehen konnte im Dunklen, erinnerte ich mich daran, dass er meine Nase geküsst hatte. »Naaase!«, hörte ich seine Stimme aus dem Video und bekam eine Gänsehaut, wenn ich an seinen nächsten Satz dachte, den ich wie jeden Satz aus dieser Aufnahme auswendig kannte.

»Very good! What else can you say?« Sehr gut! Was kannst du noch alles sagen?

»Hm, what about – ich liebe dich?« Hm … wie wäre es mit – ich liebe dich?

Werfen wir uns deshalb manchmal selbst Steine in den Weg? Weil er anfängt, zu eben zu werden? Meine Gedanken schweiften vom Video ab. Kommen wir nicht damit klar, wenn sich Träume erfüllen? Sondern nur damit, ihnen hinterherzujagen? Können wir nicht leben – ohne die Sehnsucht? Weil ohne sie die Zukunft nicht erstrebenswert wäre?

Das Bild auf dem Monitor war eingefroren. Seine Lippen bewegten sich nicht mehr. Ich konnte uns nicht mehr hören. Dafür hörte ich wieder den Regen. Den gleichen Sommerregen. Nur roch er jetzt nicht mehr nach Unsterblichkeit. Und ich fühlte mich nicht mehr so leicht. So blutjung. So schön, so unschlagbar. Unbesiegbar.

Unverändert starrte ich die Schatten auf seinem Gesicht an. Und ich fühlte mich nicht nur nicht mehr unbesiegbar. Ich fühlte mich besiegt. Ich hatte gekämpft bis zum Schluss. Wie ein Tiger. Doch die Realität war stärker. Hätte ich mir am liebsten mit meinen eigenen Krallen die Augen ausgekratzt, fesselte sie mir nicht nur die Pranken, sondern verpasste mir auch noch eine Brille.

Ich hasse es, dass sie am Ende immer gewinnt!

Was vor Kurzem noch diese dämlichen Freudentränen gewesen waren und dieser Schrei, der vor lauter unfassbarem Glück in meinem Hals gesteckt hatte, waren jetzt wieder die Tränen, wie ich sie kannte und die mit 3 Doors Down noch schlimmer wurden. Schreie, die ich – wie immer – in mein Kopfkissen schrie.

Die Treppe knarzte. Der kleine provisorische Haken an meiner Zimmertür, die einst die Tür zum Wandschrank gewesen war, bevor mein Vater dahinter das Dach ausgebaut hatte und ich das schönste Zimmer im ganzen Haus bekam, klapperte geräuschvoll. Zwei kleine Dachgauben grenzten an den Hauptraum an. In einer stand mein Bett. Verregnete Nachmittage mochte ich erst, seit ich mein Bett in dieser Dachgaube hatte. Wenn es regnete, hörte es sich an, als prasselten die Tropfen direkt auf meinen Kopf. Manchmal erschien mir das irgendwie beruhigend. Weil sich meine Welt dann so normal anfühlte. Klein und alltäglich. Harmlos real. Die Westseite des Zimmers bestand aus einer großen Glasfront. Perfekt, um von meinem Sessel aus dem Regen zuzuschauen oder an schönen Abenden den Sonnenuntergang zu betrachten. In Winternächten beobachtete ich manchmal von diesem Logenplatz aus die Autos, die vereinzelt in unsere Straße einbogen und ihre Spuren im Schnee hinterließen. Unpraktisch war die Glasfront allerdings, weil mir die Nachbarskinder auf die Schlafcouch schauen konnten, die ich überwiegend benutzte, wenn ich Übernachtungsgäste hatte. Auch den Weg zur Dusche bestritt ich, wenn ich schon ausgezogen war, meistens nur mit geöffneter Badezimmertür. Geöffnet in Richtung Westseite, sodass die Fensterfront verdeckt war.

»Schatz, bist du wach?« Meine Mutter steckte ihren Kopf durch die schmale Tür.

»Ich bin im Bett! Komm rein!«

»Tess will dich sprechen.« Sie reichte mir mein Telefon, das ich mal wieder unten bei ihr liegen gelassen hatte, durch die beiden Holzbalken hindurch.

»Was ist los, Puppe?« Sie duckte sich nun doch durch den kleinen Eingang und setzte sich zu mir ans Fußende. »Sandra ruft dich gleich zurück, Tess, okay?« Sie beendete das Gespräch und legte das Telefon zur Seite. Dabei fiel ihr Blick auf den Fernseher.

»Du und dein ÄÄÄndrrru!«, sagte sie, wie sie es immer so schön deutsch sagte, um dann grinsend »Oder Andrew!« mit einem übertrieben gerollten R hinterherzuschieben. »Du schaust dir ja schon wieder die Videos an.«

»Warum muss das immer alles so kompliziert sein, Mama?«

»Weil du es manchmal kompliziert machst, Liebes.« Sie sah mich entschuldigend an. »Du musst dich irgendwann auch mal festlegen.«
»Ich hätte mich doch festgelegt!«, sagte ich trotzig.
Sie warf mir einen prüfenden Blick zu. »Hättest du das?« Verzweifelt wünschte ich mir, dass sie eine Erklärung dafür hatte, warum Andrew sich plötzlich nicht mehr meldete. Mütter hatten doch immer eine Erklärung für alles.
»Also hat er sich noch nicht gemeldet.« Sie erwartete keine Antwort von mir. »Das gibt es doch gar nicht!« Ihr Blick verriet Ratlosigkeit, als sie mir zum hundertsten Mal dieselben Fragen stellte. »Und gestritten habt ihr euch wirklich nicht?«
»Nein, Mama, zumindest nicht am letzten Abend.«
»Aber irgendwas muss doch passiert sein, dass er dich so komisch am Flughafen abgesetzt hat. Vielleicht konnte er es nicht ertragen, dass du gehst?!« Sie spielte ihre Lieblingstheorie erneut durch.
»Mag ja sein, dass er nicht der Mann der großen Worte und Sentimentalitäten ist, ja, aber das ist noch lange kein Grund, so unbeholfen zu reagieren!«, schmetterte ich ihren gut gemeinten Versuch ab und spann wieder meine eigene Theorie. »Ich sage dir, der hatte einfach keinen Bock mehr auf mich!«
»Wieso sollte er keinen Bock mehr auf dich haben?« Mama schaute mich irritiert an.
»Keine Ahnung«, gab ich resigniert zurück. »Vielleicht hat seine Schwester auf ihn eingeredet – was weiß ich. Anders kann ich mir das nicht erklären. Der will mich einfach nicht, und fertig!«
»Jetzt mach aber mal einen Punkt!« Meine Mutter lehnte sich ein wenig zurück, um mich besser ansehen zu können. »Andrew wollte dich immer! Das weißt du! Was dieser arme Kerl in seinem

Leben schon auf dich gewartet hat, geht auf keine Kuhhaut!«, fügte sie mitfühlend hinzu.

»Ja, aber offensichtlich will er mich jetzt nicht mehr!«, sagte ich flapsig und vergrub meinen Kopf in ihrem Schoß.

»Ach ihr Mäuse, da hat man euch endlich groß, aber leichter wird es dadurch auch nicht.« Sie küsste mich tröstend auf den Kopf und fischte ein Taschentuch aus meiner Nachttischschublade.

»Komm, ich rufe Tess zurück, die wartet sicher schon.« Ich schaute sie immer noch schniefend an und wartete darauf, dass sie mir das Telefon gab.

»Okay, Schatz. Und jetzt mach dir nicht so viele Gedanken. Du weißt doch, alles im Leben hat seinen Sinn.«

Ich nickte nur, obwohl mich diese Weisheit heute nicht wirklich trösten konnte, und wählte dabei schon Teresas Nummer.

Nachdem es einmal geklingelt hatte, blökte sie mir direkt ins Ohr: »Mir is' langweilig, ich will was machen!«

»Und was willst du machen?« Ich stöhnte und rollte mich aus dem Bett.

»Oh Gott, was ist denn mit dir bitte los?«, fragte Tess entgeistert.

»Ich hab 'nen Andrew-Tag.«

»Was auch sonst?!«, schnaubte Teresa.

Ich entschied mich, ihr nicht länger auf den Wecker zu gehen.

»Okay, was willst du machen?«

»Ich weiß nicht. Irgendwas Spektakuläres.« Sie schien erleichtert, dass wir das Thema nicht weiter vertiefen würden. »Mir fällt die Decke auf den Kopf!«

»Madame, dir fällt jeden zweiten Tag die Decke auf den Kopf!«, blaffte ich sie freundschaftlich an. »Ich weiß schon gar nicht mehr, was wir noch unternehmen könnten, was wir nicht schon gemacht hätten.«

»Ja, ich weiß«, räumte sie ein. »Ich will halt irgendwas fabrizieren.« Wenn sie schon das Wort »fabrizieren« benutzte, wusste ich, was auf mich zukam. Das hieß nämlich so viel wie: Ich habe überhaupt keine Ahnung, was wir Sinnvolles anstellen könnten, bin eh ziemlich verknottert vor Langeweile und auch generell einfach unzufrieden mit der Gesamtsituation. Weiß nicht, wohin ich heute mein Ei legen soll, aber bevor ich diese Laune hier aussitze, starte ich lieber irgendeine völlig sinnfreie Aktion.

»Joa, fabrizieren!«, nörgelte ich zurück und es klang, als wolle ich ein Kleinkind beruhigen, das sich eingeheult hatte. »Auf irgendwas musst du doch Lust haben?! Also?«

»Hm, ich würde gerne mal wieder an der Bar im World Palast abhängen. Mich so ein bisschen wie mit achtzehn fühlen.« Ich wusste, wie sie jetzt gerade schaute mit ihren großen grünen Kulleraugen.

Ich stöhnte. »Na, das passt ja zu meinem Tag!«

»Wie wäre es mit 'ner Revival-Night? Alte Zeiten ein bisschen aufleben lassen?«, schlug Tess vor.

Entsetzt erwiderte ich: »Willst du mich umbringen?«

»Och wieso? So zum Abschluss?«

»Ja, du willst mich umbringen!« Das bestätigte mir ihre herzlose Aussage. »Zum Abschluss! Treffende Wortwahl! Zum Abschluss eines Abenteuers? Einer Lovestory? Welchen Abschluss möchtest du denn gerne zelebrieren, liebste Freundin?«

»Zum Abschluss, bevor die zumachen! Die haben doch nur noch diesen Monat geöffnet«, erklärte Tess. »Außerdem kann es so nicht noch ein paar Wochen weitergehen! Das halte ich nicht aus! Wir müssen dich ablenken!«

In mir sträubte sich alles. »Ich will aber nicht abgelenkt werden! Ich will leiden!«

»Du kannst auch bei ein paar Wodka Red Bull leiden!«
»Holen wir mir auf dem Hinweg einen Vanilledonut?«, fragte ich immer noch in einem Tonfall, als wäre ich gerade angeschossen worden.
Teresas fettes Grinsen war quasi durchs Telefon zu hören. »Ja, du bekommst deinen Vanilledonut! Und ich nehme einen Brownie!« Da ich eh keine Ruhe vor Tess gehabt hätte, bis wir die Hummeln aus ihrem Hintern irgendwo, an irgendeinem »spektakulären« Ort, bei irgendeiner »spektakulär fabrizierten« Tätigkeit ausgesetzt haben würden, gab ich mich geschlagen und willigte ein, in einer Stunde startklar zu sein.

* * *

»Verrückt, wieder hier zu sein!« Tess schmatzte, während sie sprach, und schluckte den letzten Bissen ihres Brownies herunter. Ich fand, das war nicht nur verrückt, das war Selbstverstümmelung. Beim Blick aus dem Beifahrerfenster wischte ich mir verstohlen eine Träne weg. Hier sah es aus wie immer. Der graue Beton, die parkenden Autos, die Reihen aus kleinen Büschen, die die Fahrzeuge voneinander trennten. Alles war wie immer. Nur wir nicht. Wir stiegen nicht aus. Wir blieben mit angezogenen Beinen sitzen, schlürften unsere Karamell Macchiatos, die wir unterwegs im Drive-in geholt hatten, und hörten Stellar Road.
Ich hatte in Chicago nach dem Auftritt schließlich doch noch eine CD von der Band gekauft. Womöglich hätte ich im Internet nicht alle Titel gefunden.
Stellar Road – noch so ein Stück Andrew. Elf weitere Songs, die auf CD gepresst ihren Platz in meiner Andrew-Kiste fanden. Hundert weitere Strophen, die mein Hirn zumüllten.

Gedankenverloren klickte ich mein Telefonbuch rauf und runter. Von A-ndrew bis Z-ahnarzt Dr. Fink. Immer wieder bei A in der Versuchung, auf »Wählen« zu drücken. Doch bei jeder Runde klickte ich weiter durch bis zu Dr. Fink.
Da war so vieles, was ich zu sagen hatte. Doch wo anfangen? Wie sollte ich all die schlaflosen Nächte, die Lieder und Bilder in Worte fassen?
So tänzelte ich weiter um seinen Namen herum und ließ die Musik in meine Ohren strömen. Ich spürte meinen Körper schon fast nicht mehr, so fest fraßen sich die Melodien und Texte in mein Hirn und durch jede Zelle meines Körpers. Stellar Road sprachen mir aus der Seele, und ohne etwas zu sagen, drückte ich irgendwann doch noch den Knopf. Das leuchtende Display verbarg ich in meinem Schoß und starrte einfach nur weiter aus dem Fenster. Ich hörte genau zu, was Stellar Road zu sagen hatten, und fragte mich, was davon er durch das Mikrofon wohl verstehen konnte. Wie lange er dranbleiben würde, bevor er auflegte …
»Alte?! Was machst du da?«
Ich fuhr in die Höhe, als Tess auf einmal nach meinem Handy griff und ich es gerade noch zuklappen konnte.
»Mann! Ich hatte fast einen Herzinfarkt! Spinnst du?« Ich zog meinen Arm weg und kramte nach meiner Tasche.
»Das ist nicht dein Ernst! Du hast ihn nicht angerufen und nichts gesagt?!« Tess zog ein Bein auf den Sitz und drehte sich komplett zu mir um.
»Ääh, nein?!« Höchst beschäftigt kramte ich in meiner Tasche nach *nichts*, nur um sie nicht ansehen zu müssen. Als ob sie mir so eher glaubte …
»Der ganze Zucker ist dir wohl ins Hirn gestiegen! Und ich kann mir dann wieder das Gejammer anhören, wenn du dich über

diese Aktion ärgerst!« Tess zog verärgert die Brauen zusammen und versuchte verbissen, an meine Vernunft zu appellieren.

»Ich hab es einfach nicht mehr ausgehalten!« Trotzig stieß ich die Tasche in den Fußraum und schnaufte: »Ich will zu ihm!«, bevor ich erschöpft in den Sitz zurücksank.

»Buchen wir einen Flug, hm?« Versöhnlich grinste Teresa mich an und klimperte mit den Wimpern. In ihren Augen explodierte ein Feuerwerk aus sämtlichen Grüntönen, wie immer, wenn sich irgendeine Flause in ihr Hirn geschlichen hatte oder sie völlig begeistert von einem Einfall war. »Dann siehst du wenigstens auch mal Colorado!«, säuselte sie mit großem Augenaufschlag.

»Ja, und Andrew wandert aus!«, erwiderte ich trocken, als ich die Vibration meines Handys durch meine Tasche hindurch an meinem Knöchel spürte. Nachdem ich es herausgekramt hatte, klappte ich es auf und las:

Andrew:
Sorry you haven't heard from me in a while.
My dad's girlfriend passed. Right now we are all back home to be with my dad.
I miss you, too!

Sorry, dass du so lange nichts von mir gehört hast.
Die Freundin meines Vaters ist gestorben.
Momentan sind wir alle daheim, um bei ihm zu sein.
Ich vermisse dich auch!

Wie bitte? Und schon hätte ich wieder ausrasten können. Lydia war gestorben? Das war die Reaktion auf meinen musikalischen

Seelenstrip und davon abgesehen das Erste, was ich von ihm hörte, seit ich wieder aus Amerika zurück war? Per SMS? Ich vermisse dich auch! Wie bitte passte dieser Satz zu seinem Verhalten der letzten Wochen? *Ich höre nichts von ihm und plötzlich sagt er, er vermisst mich?* War das wieder so eine blöde oberflächliche Floskel? Einer dieser Sätze, die die Amis ausspucken, ohne dass man diese Aussage zu ernst nehmen durfte? Kehrte er jetzt, nachdem er eine Weile geschmollt hatte, einfach zurück zum normalen Verhalten? Punkt. Jetzt habe ich mich abgeregt und rede wieder mit ihr? Ganz normal und unauffällig verhalten und abermals ignorieren, was mich so ankotzt, anstatt ihr endlich zu sagen, wieso ich von heute auf morgen den Kontakt abgebrochen habe?! Wollte er ein weiteres Mal diese Tour fahren? Und wie sollte ich mich jetzt verhalten? Was ließ er mir in dieser Situation denn bitte für eine Wahl? Ja du, furchtbar, was da mit Lydia passiert ist, trotzdem würde ich gerne mal über uns und dein Verhalten reden?! Wohl kaum!

Das ist ja schrecklich ...
Das tut mir so leid für euch ...
Wie ist das jetzt so plötzlich passiert?

So lautete meine Antwort. Auf eine weitere SMS von ihm wartete ich vergebens.

♥ *If you miss me*
Why have you stopped talking to me
Calling me
Wanting me
Don´t torture yourself

You don´t have to be strong
I am waiting
Without my strength
For you
For you to be weak
For you to stop thinking
Stop fearing
Me
Never again
Will I hurt you♥

♥*Wenn du mich vermisst*
Warum hast du aufgehört mit mir zu sprechen
Mich anzurufen
Mich zu wollen
Quäl dich doch nicht
Du musst nicht stark sein
Ich warte auf dich
Ohne stark zu sein
Darauf
Dass du schwach sein kannst
Aufhörst zu denken
Aufhörst dich zu fürchten
Vor mir
Denn ich werde dir nie wieder wehtun♥

Liebe Welt ... – 2005/2006
... ich versteh dich nicht mehr

~~Dear Andrew,~~
~~Hello Andrew,~~
Hey,
Are you still not talking to me?
~~Will you ever talk to me again?~~
Can you at least listen to me?
~~I miss you.~~
Why are you mad at me?
~~I wanted~~

~~Lieber Andrew,~~
~~Hallo Andrew,~~
Hey,
redest du immer noch nicht mit mir?
~~Wirst du jemals wieder mit mir sprechen?~~
Kannst du mir wenigstens zuhören?
~~Ich vermisse dich.~~
Warum bist du sauer auf mich?
~~Ich wollte~~

Gott! Das konnte doch nicht so schwer sein! Wie viele dieser blöden SMS oder E-Mails musste ich noch aufsetzen und löschen, bis ich endlich mal auf »Senden« drückte?
Ich dachte, mit der SMS, die er mir in der Stellar-Road-Nacht geschickt hatte, wollte er wieder einen Schritt auf mich zugehen.

Doch scheinbar war es nur eine Momentreaktion gewesen. Ein kurzer, schwacher Moment, in dem ich ihn zufällig erwischt hatte. Ich verstand ihn einfach nicht. Ich hatte keine Ahnung, was mit ihm los war. Was in seinem Kopf vor sich ging und warum er nicht mehr mit mir sprach. Keinen Kontakt suchte zu mir, bis auf wenige Ausnahmen.

Sandra, I really liked you a lot.
But you've let me down so many times.

Sandra, ich hatte dich wirklich gern.
Aber du hast mich so oft enttäuscht.

Noch so ein schwacher Moment – und auch der letzte schwache Moment. Zumindest der letzte, in dem er mir noch das Gefühl gegeben hatte, dass ich tatsächlich irgendwann mal Teil seines Lebens gewesen war. Dass ich für ihn existierte, auf die Weise, wie ich für ihn existieren wollte.
Dieses flaue Gefühl im Magen, als ich morgens in meiner kleinen Dachgaube aufwachte und meinen Augen nicht traute, als auf dem Display meines Handys »SMS Andrew« stand, werde ich nie vergessen.
In der Nacht vor diesem Morgen hatte ich mal wieder wach gelegen, so wie ich es noch kannte aus den Zeiten, als Andrew im Irak gewesen war.
Das Phänomen dieser langen Nächte, die so schwarz sind, dass man Muster vor den Augen erkennen kann, wenn man nur lange genug an die Decke starrt. In denen man mit offenen Augen daliegt und erst mal eine ganze Weile lang nicht merkt, dass man gar nicht schläft. Im Kopf läuft so viel ab, aber man nimmt es gar

nicht bewusst wahr. Alles, was man denkt und sieht, passiert, ohne dass es einem augenblicklich auffällt. Bis einen etwas aus diesem Zustand reißt und man auf einmal diesen Terror im Kopf realisiert. Im ganzen Körper brennt und schmerzt es, sodass man denkt, man könnte es nicht mehr aushalten.

Das war dann einer von den Momenten, in denen *ich* es nicht mehr aushalten konnte. Es tat erst dann weniger weh und ich konnte auch erst aufhören zu denken und endlich einschlafen, wenn ich es rausgelassen hatte. Wenn ich die weißen Zeilen, die da in der Dunkelheit an meiner Decke entlangliefen, in eine SMS gepackt und abgeschickt hatte.

Und obwohl die Nacht so aufwühlend gewesen war, war sie nicht mein erster Gedanke, als ich morgens aufwachte. Erst als ich auf dem Boden nach meinem Handy tastete, um auf die Uhr zu sehen, und mein Blick auf »SMS Andrew« fiel, kehrte die Erinnerung an die Nacht zurück. Mit seinen Worten endete dieser Tag schon, als er gerade erst angefangen hatte. Weil in mir in diesem Moment so viel starb.

Ich weiß, dass ich es ihm nie leicht gemacht hatte. Und sicherlich hatte ich ihn enttäuscht. Mehr als nur einmal. Das konnte ich nicht leugnen. Doch dieses Mal?

So oft ich auch die beiden Wochen in meinem Kopf durchspielte, unsere Konversationen immer wieder aufrollte, war mir schleierhaft, womit ich ihn so verärgert hatte. Oder enttäuscht, wie er es nannte.

* * *

»Wenn du doch bloß nicht so ein Sturkopf wärst! Rede mit mir!«
Doch egal wie eindringlich ich ihn auch ansah, die Wahrscheinlichkeit, dass mich der Computer eigenhändig mit dem Netzkabel erwürgen würde, weil er mich nicht mehr länger ertragen konnte, war größer, als von Andrews Profilbild jemals eine Antwort zu bekommen. »Gut siehst du aus auf dem neuen Bild! Warst wohl im Urlaub, was? Na, wenigstens hast du meine Freundschaftseinladung angenommen. Ganz oben auf der Liste deiner ›Top-Freunde‹ hast du mich platziert. Wahrscheinlich nur, um mit mir zu prahlen. *My cute little German!* Oberflächliche Scheiße ist das doch alles hier!«
Im neuen »In-Club« der Stadt arbeitete er jetzt also nebenbei. Wenigstens erfuhr ich bei Myspace noch was aus seinem Leben. Wobei ich von diesen beiden Chicas, die da rechts und links an ihm klebten und seinen Oberkörper begrabschten, eigentlich lieber gar nichts sehen wollte.
»HOT HOT HOT«, hatte irgendeine Trulla unter das Bild von ihm, mit aufgeknöpftem Hemd hinter der Bar, geschrieben. Ich hätte brechen können! »Diese Möpse sind doch hundertpro nicht echt!« Noch immer redete ich lautstark auf den Bildschirm ein. »Wobei, so dick, wie ihr Arsch ist, könnte die Größe fast wieder hinkommen.«
Darf ich vorstellen? Herr von und zu Eifersucht! Nein, nicht ich. *Herr!* – Sagte ich doch! Das muss ganz eindeutig eine männliche Erfindung sein. Keine Frau würde auf die Idee kommen, solch ein zerstörerisches und aggressives Gefühl zu erfinden. Wie einer dieser Hiebe in die Magengrube, von dem du dich zwar nicht übergeben musst, der dir aber für einen kurzen Moment die Luft nimmt. Und wenn sich dann zu Herrn von und zu Eifersucht

noch mein treuer Wegbegleiter, die Sehnsucht, gesellt, dann vermag es schon fast eines Kunststücks, über so viele Jahre hinweg nicht irgendwann den Verstand zu verlieren. Diese ständigen Wechselbäder zwischen Enttäuschung und Wut auszuhalten. Zwischen dem Anflug von Hass und gleich darauf wieder der Angst, ihn für immer zu verlieren, hin und her zu springen. Da musste ich nur gehörig aufpassen, dass ich mir bei all der Springerei nicht noch den Fuß verstauchte. Aber das wäre fast auch schon egal. Käme da halt auch noch ein Verband drum. War ja noch was übrig von der Rolle, die versuchte, meinen Brustkorb zusammenzuhalten. So was wie eine Salbe wäre super! Oder Tabletten. »Painkiller nennt ihr die doch! Falls sich in Amerika unter all den bunten Aspirin auch Painkiller gegen Herzschmerz befinden sollten, schick doch mal ein paar rüber, bitte! Ich komme auch fürs Porto auf! Danke!«

Verbittert? Ich? Klinge ich so? Ich würde es eher Zynismus nennen. Ohne eine besonders große Portion davon hielt ich es zu diesem Zeitpunkt schlichtweg nicht mehr aus. Denn was auch immer ich mir »verstauchte«, konnte nicht annähernd so schmerzhaft sein wie die Wunde, die da in mir klaffte. Und nur diese zynischen, dummen Sprüche konnten mich derzeit davor bewahren, den ganzen Tag zu heulen. Ich wollte nicht mehr heulen. Allein das Wort »heulen« konnte ich schon nicht mehr ertragen.

Wahrscheinlichkeitsrechnung ...
... ein Grund mehr, Mathe zu hassen!

♥*It's so hard not to blame you.*
Es ist so schwer, nicht alles auf dich zu schieben.
So schwer, allein mit der Schuldfrage dazustehen.
Ohne all die Antworten leben zu müssen, die ich immer wieder suche. In meinem Kopf, in unseren Unterhaltungen, in unseren Briefen.
Sollten all diese letzten Fragen jetzt mein ganzes Leben lang offen bleiben?
Es wäre so viel leichter, wenn du mir zumindest manche Dinge erklärt hättest.
So stehe ich hier und frage mich seit einer Ewigkeit, wann wir aufgehört haben, miteinander zu sprechen.
Wieso du, wie vom Blitz getroffen, einfach abgehauen bist an diesem einen Tag?♥

Ja, das fragte ich mich wirklich, und ich frage es mich immer noch. Wie viel Zeit auch verging, diese Frage wollte nicht so wirklich verblassen. Und wie viel der Alltag auch nach und nach von mir zurückgewinnen konnte, dieses Gefühl war immer da. Ich hatte mich an diesen Stein in meinem Bauch gewöhnt, der da den ganzen Tag drin lag. Egal wohin ich ging. Egal was ich machte. Das flaue Gefühl war Gewohnheit geworden. Es war wie ein kleiner Beutel voller unguter Gefühle, der an einer langen Schnur, die quer über meine Brust gespannt war, hing und der immer bei mir war. Der an meiner Hüfte baumelte und überall mit hinkonnte, weil er ja von ganz allein hielt. Ich brauchte weder meine Hände, um ihn festzuhalten, noch musste ich ihn an- oder abschnallen. So ähnlich wie bei einer kleinen Umhängetasche im Club. Du hast sie dabei, aber sie stört dich nicht beim Tanzen. So war das mit meinem Beutel. Ich hatte ihn bei mir, aber er hielt mich nicht davon ab, meinen Alltag zu bestreiten. Mein Alltag, der sich mit der Zeit immer normaler anfühlte, wenn der Beutel nicht gerade zu sehr baumelte.

Mein Alltag in der Uni, meine Wochenenden zu Hause.

Und mein Alltag als Stalkerin. Als Stalkerin bei Myspace.

Während ich damit aufgehört hatte nachzurechnen, wie viel Zeit seit dem Sommer vergangen war, hatte ich damit angefangen, in seinem Myspace-Profil nachzuschauen. Nachzuschauen, was sich in seinem Leben so veränderte, ohne dass ich auch nur das Geringste damit zu tun hatte. Er lebte sein Leben einfach weiter. Ohne mich. Und das gut. So hatte es zumindest den Anschein. Urlaubsfotos vom letzten Trip mit den Jungs, Mädchenbekanntschaften, Clubnächte. Doch die wichtigste Information auf seiner Seite und die größte Angst, dass sich in dieser Sparte etwas verändern würde, hatte damit zu tun:

»Beziehungsstatus: Single«

Jedes Mal, wenn ich mich einloggte und mich zu seiner Seite durchklickte, war ich total nervös. Manches Mal war mir fast ein bisschen schlecht. Ich hatte Angst vor dem Tag, an dem ich würde lesen müssen:

»Beziehungsstatus: Vergeben«

Jedes Mal, wenn ich seinen Namen in meiner Freundesliste angeklickt hatte, schloss ich die Augen, und während sich die Seite aufbaute, atmete ich noch mal tief durch und stellte mich seelisch und moralisch darauf ein, dass genau an diesem Tag vielleicht etwas anderes dort stehen könnte als an jedem anderen Tag zuvor. Meine Finger zitterten, und wenn ich ohnehin einen schlechten Tag hatte, also emotional nicht sonderlich stabil war, entschied ich mich meistens im letzten Moment dazu, erst am nächsten Tag wieder nachzuschauen. Oder am übernächsten. Wann immer ich mir am ehesten zutraute, nicht vor lauter Panik den Bildschirm von mir zu stoßen, wenn sich vor mir die gefürchteten Worte aufbauen würden.

Congratulations! I've heard you dropped out of the Army! Herzlichen Glückwunsch! Ich habe gehört, du bist nicht mehr in der Army.

Eigentlich hatte ich gedacht, heute sei einer dieser eher stabileren Tage. Doch als plötzlich ein Stechen in der Brustregion einsetzte, als ich diesen Eintrag auf seiner Pinnwand las, wurde mir klar, dass ich wohl nie stabil genug sein würde, um die tragische Wahrheit hinzunehmen, dass er irgendwann vollends aus meinem Leben verschwand.

Auf der einen Seite war ich froh zu lesen, dass Irak, Afghanistan und Co. für ihn endlich ein Ende hatten, auf der anderen Seite bewegte sich die minimale Wahrscheinlichkeit, dass er eines Tages, nämlich bei seiner nächsten Versetzung, wieder nach Deutschland kommen würde, damit vollends in Richtung null. Und somit auch meine Hoffnung, dass uns dieser Umstand wie von Zauberhand eine klitzekleine Chance auf einen Neuanfang eingeräumt hätte.

Neuigkeiten wie diese waren stets wie Futter für meinen Beutel, der nach und nach immer dicker und schwerer wurde. Ein Gewicht mehr, das hineingelegt wurde.

Ein neuer Inhalt führte jedes Mal dazu, dass der Beutel zunächst heftiger baumelte, bis ich aufgrund des zusätzlichen Gewichts mehr Muskeln aufgebaut hatte und ihn irgendwann wieder unbeschwerter tragen konnte. Angeschmiegt an meine Hüfte und wieder eingepasst in meinen Alltag.

Vom Suchen und Finden – 2006/2007
Und was man findet, wenn man nicht richtig hinsieht

Loverboy82: Na, Grinsebacke ... mir ist dein hübsches Foto aufgefallen und ich dachte mir, ich schreibe dich mal an ...

»Oh bitte! Der geht ja gar nicht!«, sagte ich entrüstet.
»Ich finde, der hat einen heißen Body!« Pia grinste und bewegte die Augenbrauen hoch und runter. »Oder guck mal der da! Rocker121! Der sieht doch ganz adrett aus!«, flötete sie gut gelaunt.
»Ja, wenn man auf gelbe Zähne steht, dann ist der die beste Wahl!«
Ich bekam einen Stoß in die Seite. »Mann, du bist echt ein hoffnungsloser Fall!«
»Mich interessieren diese ganzen Freaks nicht!« Ich schob die Tastatur von mir weg.
»Wieso denn nicht? Sind ja nicht alles Idioten!« Pia gehörte zu den Frauen, die sich gerne mal auf Onlinedates einließen.
»Weil es sinnlos ist! Hat sich bisher aus einem dieser Dates irgendetwas ergeben? Die posten da Bilder, dass du Wunder was glaubst, wen du triffst, und dann kommt so einer wie Kalle♥Italien um die Ecke! ›Kalle♥Kohlenhydrate‹ hätte einem ein realistischeres Bild davon vermittelt, was einen erwartet.«
»Du musst gerade eine große Klappe haben!«, stänkerte Pia und schüttelte sich bei dem Gedanken an Kalle♥Kohlenhydrate. »Besser gelbe Zähne als gar keine Zähne!«

»Oh Gott! Ich muss brechen! Das ist ja wohl super mies von dir, gleich die schweren Geschütze aufzufahren!« BadBoyXY! »Dass ich nicht gleich misstrauisch geworden bin angesichts der Tatsache, dass er nur Bilder in seinem Profil hatte, auf denen man sein Gesicht nicht richtig erkennen konnte.«

Ja, stellenweise war man in Singlephasen doch recht verzweifelt und griff wirklich nach jedem Strohhalm. Beziehungsweise nicht unbedingt nur in den von den meisten Frauen gehassten oder gefürchteten Singlephasen. Auf der Suche nach Ablenkung und in der Hoffnung, dass eine neue Liebe endlich alte Wunden heilen würde, hatte sogar ich mich zu einem Onlinedate überreden lassen. In meiner Verzweiflung hatte ich gehofft, in dem letzten und kleinsten, verdorrten Überbleibsel des Strohhalms einen Hoffnungsschimmer zu finden. Gut, dass mein Sinn für Ästhetik und Hygiene dabei auch noch ein Wörtchen mitzureden hatte.

»Und die Moral von der Geschicht'?« Ich schaute Pia erwartungsvoll an.

»Die Liebe aus dem Internet gibt es nicht!« Sie grinste.

»Hach ja, aber die Liebe ›übers‹ Internet, die gibt es sehr wohl!«, schmalzte ich und dachte daran, wie viele Brücken sie mir schon in die verschiedensten Staaten und Länder gebaut hatte.

»Wie auch immer, ich werde es noch einmal versuchen! Ich hab echt keine Lust mehr auf dieses Single-Dasein«, jammerte Pia und überhörte meine Theorie.

»Also ich finde es gar nicht mal so übel! Ich liebe es, sonntags mit den Mädels Pizza zu bestellen und Filme anzuschauen, mit euch durch die Clubs zu ziehen und in den Urlaub zu fliegen.« Und das stimmte tatsächlich. Ich mochte es, unabhängig zu sein. Tun und lassen zu können, was ich wollte. Abends allein einschlafen zu müssen, samstagsmorgens niemanden zum Kuscheln im Bett zu haben, das war okay für mich. Was nicht okay war: Es gab niemanden, der all das mit mir teilen wollte. Gerne hätte ich jemanden gehabt, der an mich dachte, von dem ich wusste, dass er mich liebte. Jemanden, der bei mir sein wollte, es einfach nur nicht sein konnte, damit hätte ich leben können. Dank der Brücken, die wir bauen, aus Gedanken und Gefühlen. Doch die Brücke zu meinem Jemand war am anderen Ende eingestürzt. Und alles, was mir davon geblieben war, waren die Trümmer in diesem dämlichen Beutel an meiner Hüfte.

»Ich mag das alles ja auch.« Pias Antwort holte mich von meiner Brücke runter und zurück ins Schlafzimmer. »Aber irgendwann reicht es halt auch mal.«

»Du wirst deinen Prinzen schon noch finden.« Ich griff nach dem Laptop, um vor dem Schlafengehen ein letztes Mal meine E-Mails zu checken.

Frau Kirschtal! Jetzt kostenlos testen!

Nachdem ich den ersten Betreff gelesen hatte, drückte ich direkt auf »Löschen«.

Jetzt Ihr unbegrenztes Postfach sichern!

Ich löschte auch die nächste E-Mail.

Von: Lukethefirefighter@hotmail.com
An: sandra.kirschtal@web.de
CC:
Subject: Merry Christmas!!!

Hey girl,
It is wonderful to hear from you.
I sent you a Christmas package, but it came back undelivered. I thought maybe you had moved.
Winter is being very hard on us this year. Very cold and lots of snow.
I have been going to upper Michigan on snowmobiling trips quite a lot lately. It is great fun and, like I said last year (and the year before ☹), you are always welcome to join us.
I talked to Jeff the other day and he said he couldn't believe that I still talk to you. He is doing very well and wants me to tell you hello.
I wish you all the best that life has to offer. Have a merry Christmas.
I hope to hear from you soon.
Luke the Firefighter;-)

Betreff: AW: Frohe Weihnachten!!!

Hallo Mädel,
ich freue mich riesig, von dir zu hören.
Ich habe dir ein Päckchen zu Weihnachten geschickt, aber es konnte nicht zugestellt werden. Bist du etwa umgezogen?
Wir haben einen sehr rauen Winter dieses Jahr. Sehr kalt und viel Schnee. Ich fahre oft in den Norden, um mit dem Schneemobil zu fahren. Das macht so viel Spaß, und wie ich schon letztes Jahr sagte (und das Jahr zuvor ☹), bist du jederzeit herzlich dazu eingeladen.
Ich habe gerade gestern erst mit Jeff gesprochen und er sagte, er könne es gar nicht glauben, dass ich immer noch Kontakt zu dir habe. Es geht ihm sehr gut und er lässt dich grüßen.
Ich wünsche dir nur das Beste, fröhliche Weihnachten und hoffe, bald wieder von dir zu hören.
Luke der Feuerwehrmann ;-)

»Wahnsinn, dass der sich immer noch bei dir meldet«, bemerkte Pia und klappte den Laptop zu, um mir zu demonstrieren, dass sie jetzt schlafen wollte.
»Ja, da könnte sich einer mal eine Scheibe von abschneiden!«, antwortete ich mit vorwurfsvoller Stimme, bevor ich das Licht ausknipste.
»Darauf hoffst du doch wohl nicht immer noch! Was treibt denn der Blödmann überhaupt momentan? Hast du mal wieder was Neues erstalked?« Pia kofferte sich mächtig auf und drehte sich so heftig um, dass ich im Wasserbett ordentlich hoch und runtergeschaukelt wurde.
Ich fluchte. »Bin ich froh, wenn mein Bett endlich steht!« Laut überlegte ich: »Nee ... eigentlich nicht ... er scheint nicht mehr so oft online zu sein.«
»Ja, und Luke erzählt immer noch nichts von ihm?« Pia gähnte herzhaft.
»Nix! Und je länger er das Thema vermeidet, desto weniger getraue ich mich, mal eine Frage in diese Richtung zu stellen. Der würde auf der Stelle merken, dass ich ihn aushorchen will. Er erzählt ja wirklich von jedem, aber Andrew erwähnt er mit keinem Wort.«
»Der wird schon wissen, wie ihr gerade zueinandersteht!«, nuschelte Pia, schon ziemlich teilnahmslos, und gähnte erneut.
»Logo weiß er das. Jeff wird ihm bestimmt erzählt haben, dass wir keinen Kontakt mehr haben. Ob er wenigstens manchmal an mich denkt? Oder überhaupt nicht mehr?« Ich ignorierte die Tatsache, dass Pia müde war und schlafen wollte.
»Keine Ahnung! Also wenn, dann bestimmt nicht so oft wie du an ihn. Kerle sind da radikaler als wir Mädels. Die schließen irgendwann auch mal mit einer Sache ab.«

»Wie machen die das nur, dass sie das so beeinflussen können? Das klappt bei denen ja angeblich wirklich.« Wenn das bei uns auch mal so leicht wäre.

Hat jede Frau diesen Mann?
Diesen einen, der immer da sein wird?
Der *immer* und wirklich *immer* in irgendeiner Ecke deines Herzens rumlungert und niemals ganz weg ist?
Diesen einen Mann, über den du nie hinwegkommst.
Diesen einen Mann, für den du immer alles in Frage stellen wirst?
Diesen einen Mann, der immer die Frage aufwerfen wird, wie dein Leben heute wohl mit ihm aussehen würde.
Diesen einen Mann, der in deiner kitschigen Mädchenfantasie am Tag deiner Hochzeit in der Kirche aufkreuzt und seine Stimme erhebt, wenn der Pfarrer fragt: »Wenn jemand etwas gegen diese Vermählung einzuwenden hat, so spreche er jetzt oder schweige für immer!«

And then – suddenly, it's not me anymore ... – **Mitte 2008**
Wenn es auf einmal nicht mehr ich bin ...

♥*Weißt du, wie es sich anfühlt,*
wenn man Angst davor hat, etwas zu verlieren, was man nie wirklich besessen hat?
Eine Vorstellung loslassen zu müssen,
die über Jahre in deinem Kopf gewachsen ist und sich dort festgebissen hat?
Einen Wunsch aufzugeben,
den du bei jeder ausgefallenen Wimper, bei jedem Mal Kerzen ausblasen wiederholt hast?
Du kannst nicht wissen, wie sich das anfühlt, sonst würdest du es nicht übers Herz bringen, mich dazu zu zwingen!♥

Und dann war es so weit. Dreieinhalb Jahre, nachdem wir uns zum letzten Mal gehört hatten, stand der von mir so gefürchtete Moment vor der Tür.
Der Moment, in dem ich die Augen öffnete und da stand:

Andrew ist vergeben.

Ich hatte gewusst, dass der Moment kommen würde, und doch hätte ich nicht erwartet, dass es nach all der Zeit noch so sehr an mir kratzen würde. Natürlich hatten ein paar Jahre, in denen wir bis auf wenige Ausnahmen fast kein Wort gewechselt hatten, dazu geführt, Abstand zu gewinnen und uns irgendwie damit abzufinden, dass uns nicht das Happy End ereilt hatte, das wir wahrscheinlich beide ersehnt hatten. Zumindest ging ich davon aus, dass er sich ebenfalls bis zuletzt ein anderes »Ende« für uns gewünscht hatte.

Tja, ein paar Jahre. Immerhin hatte es so lange gedauert. So konnte ich mir zumindest einreden, dass er auch eine Weile gebraucht hatte, um über mich hinwegzukommen. Alles andere hätte mich umgebracht. Wäre viel zu verletzend gewesen. Und zwar nicht verletzend, was meinen Stolz betraf – sondern meine Seele. Wirklich. Irgendwie war es wichtig für meinen Seelenfrieden, dass er zumindest ein paar Jahre gebraucht hatte, bis er sich auf ein anderes Mädchen hatte einlassen können. Seelenfrieden? Was redete ich da schon wieder? Als ob ich bisher meinen Frieden gefunden hätte, wenn es um Andrew gegangen war.

Andrew und eine Freundin. Das war so ungefähr das Abwegigste, was ich mir vorstellen konnte. Andrew hatte bisher nie eine Freundin gehabt. Nicht, seit es mich gab. Nachdem wir uns kennengelernt hatten, hatte es entweder mich oder keine gegeben. Für ihn. Es gab keine Alternative für ihn. Keine Option. Kein Hintertürchen. Es gab mich, immer! – Immer, wenn ich auftauchte und solange ich blieb. Nach mir hatte es nie jemanden gegeben. Maximal ein oder zwei Dates, die ihr Ende darin gefunden hatten, dass ich wohl doch immer noch irgendwo da gewesen war, bei ihm. Auch wenn ich eigentlich mal wieder gegangen war. Die Tatsache, dass da nun *eine* war, die nicht einfach nur ein Date war und mir nicht weichen musste, steckte mir wie ein Kloß im Hals.

Dreieinhalb Jahre lag seine letzte SMS zurück. Die SMS, mit der er es geschafft hatte, den letzten Funken Hoffnung in mir zu killen. Der glorreiche Satz »I miss you, guys!« Ich vermisse euch,

Leute! hatte mich so stinkwütend gemacht, dass ich sogar meiner Dozentin jedes Mal am liebsten an den Hals gesprungen wäre, wenn sie in die Hände klatschte, um für Ruhe zu sorgen, und dazu schrie: »Hey guys!« Hey Leute!

Dieses lausige »I miss you, guys!« hatte ich zu hören bekommen, als ich während einer Zwischenlandung in Detroit auf dem Weg nach Miami in einem sentimentalen Anflug meine Finger nicht unter Kontrolle gehabt hatte, die eifrig auf den Tasten meines Mobiltelefons unterwegs waren, um ihm mitzuteilen, dass Tess und ich im Augenblick in seiner Heimat waren. Ich vermisse euch, Leute! Was sollte das? Hätte er doch lieber gar nicht geantwortet, anstatt mir so eine Ohrfeige zu verpassen. Nichts von ihm zu hören, hätte weniger wehgetan, als unmissverständlich klargemacht zu bekommen, dass er nicht *mich* vermisste. Und *uns* ja wohl gleich dreimal nicht. Dieses Mal war es völlig klar gewesen, dass es sich einfach nur um oberflächliche, leere Worte handelte. Diese SMS von ihm hatte gesessen, also ließ ich ihn von da an in Ruhe.

Ich hatte immer wieder versucht, an ihn heranzukommen in der Hoffnung, herausfinden zu können, was ihm über die Leber gelaufen war. In der Hoffnung, alles zu klären. Was auch immer *alles* gewesen sein mochte. Doch ich konnte ihn ja nicht zwingen. Er wollte nicht darüber reden? Gut, dann musste ich das akzeptieren. Ich wollte ihn nicht bedrängen oder mit E-Mails überfluten, um am Ende nur zu erreichen, dass er mich vielleicht noch von seiner Freundesliste schmiss, ich somit sein Profil nicht mehr lesen konnte oder er sich gar eine andere Handynummer zulegte. Ja, das klingt ziemlich armselig, ich weiß. Aber was war mir denn noch geblieben von ihm außer den Bildern in seinem Profil?! Was bekam ich noch mit von seinem Leben außer den paar Kommentaren, die ich hin und wieder auf seiner Pinnwand erschnüffelte?! Zu wissen, dass die Nummer, die dem heiligen Namen mit den sechs Buchstaben zugrunde lag, nicht mehr vergeben wäre – an ihn –, hätte mich umgebracht. Seinen Namen in der Kontaktliste auf meinem Handy zu haben und die Gewissheit, dass am anderen Ende der Leitung definitiv seine Stimme wäre – nur für den Fall, dass ich anrufen würde –, war das Einzige, was mir irgendwie noch das Gefühl gab, ein Stück von ihm zu besitzen. Ein klitzekleines Stück, das er mir bis jetzt noch nicht weggenommen hatte. Ich wollte einfach nicht riskieren, dass er mich komplett aus seinem Leben ausschloss. Und klar, ihm war sicherlich nicht bewusst, wie viel ich daran in den letzten Jahren überhaupt noch teilnahm, ohne dass er es bemerkte.

Selbstverständlich versuchte auch ich nach vorne zu schauen. Leider war mein Blick doch oft sehr getrübt. Und auch mein Kopf drehte sich – eigensinnig, wie wir ihn ja mittlerweile kennen – immer ziemlich hartnäckig in die entgegengesetzte Richtung.

In letzter Zeit hatte ich zum Beispiel des Öfteren versucht, ihn – meinen Kopf – dazu zu bewegen, sich in irgendwelche plumpen Bekanntschaften hineinzusteigern, um endlich dieses Loch zu füllen, das sich an der Stelle in meinem Körper gebildet hatte, an der normalerweise diese kleine Pumpe arbeitete, die uns am Leben halten sollte. Irgendjemand musste endlich diese sechs Buchstaben entthronen, diesen heiligen Namen von seinem Podest stoßen. Und konnte ich meinen Kopf endlich mal lange genug züchtigen, den Blick wirklich in Fahrtrichtung zu halten, so genügte beispielsweise schon der bereits erwähnte Zwischenstopp in Detroit, damit das Hirn innerhalb dieses schwer kontrollierbaren Schädels die Meldung an die Füße gab: Bremsen und U-Turn!

Ähnlich verhielt sich das mit allen anderen Zufällen oder Ereignissen, die meinen Alltag so kreuzten. Da feierte plötzlich der World Palast Neueröffnung und Madame Kirschtal musste natürlich mit von der Partie sein und durch ihre Anwesenheit den Altersdurchschnitt ungefähr um sechs oder sieben Jahre anheben. Ein Wunder, dass mich nach dieser Erkenntnis die Konversation mit einem neunzehnjährigen, frisch nach Deutschland versetzten Ami-Bubi und somit die Tatsache, dass es sich um einen weiteren nicht adäquaten Ersatz für Andrew handelte, überhaupt noch frustrieren konnte.

Ja, genau, *Ersatz* für *Andrew*. Es war nämlich so, dass ich mit Vorliebe amerikanische Männer kennenlernen wollte, weil ich wohl irgendwie hoffte, dass irgendein anderer Amerikaner eher an Andrew heranreichen würde, als jeder deutsche Mann dazu jemals in der Lage wäre. Da wir in Deutschland waren, liefen die natürlich nicht in Scharen einfach so vor meiner Haustür rum. Da musste ich schon in bestimmte Städte, in bestimmte Clubs oder Bars gehen. Daraus konnte leicht eine stundenlange Beschäftigung werden. Der Umstand, dass hier immer mehr Kasernen geschlossen wurden, machte die Sache nicht unbedingt leichter. Das führte dazu, dass ich Hinz und Kunz – waren sie nur in Besitz eines amerikanischen Passes – genauer unter die Lupe nahm. Da waren Typen dabei, die hätte ich normalerweise noch nicht mal angeschaut! Nehmen wir Troy … Troy war ziemlich blass und schmal, hatte pechschwarze Haare und bevorzugte auch Kleidung in ausschließlich dieser Farbe. Troy war als SMS-Kontakt gut erträglich, weil er nett war und oft schrieb. Er war eher einer der Typen, die gerne mal über das Leben philosophierten und mit denen ich mich gut unterhalten konnte. Das war's dann aber auch

schon. Sehen wollte ich ihn eher ungern – und alles Weitere schon gar nicht! Ich möchte es noch nicht mal aussprechen! Igitt!
Wer allerdings am »igittigsten« war, war Tony. Tony war eigentlich Mexikaner. Oder zumindest waren das beide Elternteile. Klein, rundes Gesicht und auch sonst nicht wirklich schlank. Was mich geritten hatte, ihm überhaupt meine Nummer zu geben – es musste die pure Verzweiflung gewesen sein. Verzweiflung in ihrer reinsten Form. Als Tony dann tatsächlich anrief, machte sich in mir schnell die Panik breit. Wie würde ich diesen Typen höflich wieder loswerden? Am abstoßendsten war, dass Igitt-Tony einen sehr ausgeprägten Sexualtrieb hatte, wie mir schien. Denn irgendwie lenkte er jedes Gespräch in diese Richtung. Als er irgendwann Versuche unternahm, unsere Unterhaltung in Telefonsex zu wandeln, war bei mir der Ofen aus! Wenn ich mir diesen ekelhaften Wicht mit seinem breiten Grinsen in dem runden Gesicht vorstellte, wie er da auf seinem Bett lag und … Gott, oh Gott! Bewahre mich vor dieser Erfahrung! Dank Tony bin ich heute noch traumatisiert in Bezug auf bestimmte Vokabeln zum Thema Geschlechtsverkehr!
Troy war also ein Reinfall. Tony war ein noch unbeschreiblicherer Reinfall. Und was kam danach? Je mehr Zeit verging, desto größer wurde der Altersunterschied zu all den Neuankömmlingen. Da war ja mittlerweile nur noch junges Gemüse dabei – so jung, dass man noch nicht mal in Erwägung ziehen konnte, ob irgendeiner geeignet wäre, ohne schon mit einem Bein im Knast zu stehen. Meine Herren, was waren das für junge Kerlchen! Achtzehn, neunzehn Jahre alt. Wenn ich sie so reden hörte, tat sich in mir immer mehr das Gefühl auf, dass hier etwas nicht richtig lief angesichts der Tatsache, dass diese Jungchen irgendwann

in naher Zukunft über irgendeinem Kriegsgebiet abgesetzt werden würden. Wie kindlich die noch alle wirkten, wie unreif sie sprachen. Ganz anders als Andrew damals ...
Oder war er gar nicht so anders gewesen? Waren wir nicht so anders gewesen?
Diese Jungs, wie sie die Mädels anquatschten, ihnen Drinks spendierten, knutschten, flirteten ...
Wahrscheinlich waren wir genauso oder zumindest so ähnlich gewesen. Und wahrscheinlich war genau das der Grund, weshalb es damals so gut funktioniert hatte. Weil wir noch viel mehr den Augenblick gelebt hatten. In kleineren Etappen gedacht hatten – bis zum nächsten Tag. In meinem Fall manchmal noch nicht mal bis dahin. Du hast dir nicht ständig überlegt, was morgen ist. Morgen passierte einfach. Nur weil du heute diesen Typen küsst, musst du das morgen längst nicht wieder tun. Nur weil du ihm heute sagst, dass du ihn magst, muss das morgen nicht immer noch der Fall sein. Wenn du erwachsen bist, läuft das anders. Du kannst nicht heute sagen, dass du ihn liebst, und morgen ist davon nichts mehr übrig. Umgekehrt geht das schon gleich dreimal nicht. *Er* kann *ihr* nicht heute sagen, dass er sie liebt, und sich das morgen wieder anders überlegen. Nein, mein Freund! Bei uns Frauen gehst du damit eine Verpflichtung ein! Was ich damit sagen will, ist: Früher hast du dir überlegen müssen, wie du über einen Zeitraum von ein paar Monaten getrennt voneinander den Kontakt hältst, und heute müsstest du dich fragen, ob du bereit wärst, dein Leben hier aufzugeben, um bei ihm zu sein. Eine riesige Entscheidung, an der so viel hängt. Wie wäre meine Entscheidung ausgefallen, wenn ich vor der Wahl gestanden hätte? Doch diese Frage stellte sich mir ja nun nicht mehr. Jetzt musste sich Catherine – oder Miss Catherine, wie sie sich online nannte

und mich fett von Platz eins seiner Freundesliste angrinste – mit all diesen Entscheidungen rumschlagen. Ich hatte ja bereits böse Vorahnungen gehabt, als die ersten Kommentare von ihr aufgetaucht waren. Als sie sich dann langsam von den hinteren Plätzen in die Top Ten der Freundesliste hochgearbeitet hatte, war ich mir immer sicherer gewesen, worauf das hinauslaufen würde.

Ja, und man sehe sich heute um, da hatte sie es doch direkt bis in seinen Beziehungsstatus geschafft.

»In einer Beziehung mit Catherine P.«

Und wohin hatte ich es geschafft? Wahrscheinlich dümpelte ich, aus reiner Gewohnheit an mein Foto und weil ich ihm noch nicht mal die Mühe wert war, daran etwas zu ändern, auf Platz drei rum. Nach Miss Catherine und seiner Schwester. Wie verlogen das doch alles war! Wahrscheinlich hatte er zu jedem dieser fünfhundert Menschen auf der Liste mehr Kontakt als zu mir. Aber Leute, ich kann euch sagen, nicht nur auf seiner Freundesliste schaute es für mich seit geraumer Zeit alles andere als rosig aus. Denn der Abstieg auf Platz drei war in den letzten Jahren nicht der einzige Abwärtstrend in meinem Leben gewesen. Es hatte diverse Dates gegeben, die alle ein jähes Ende gefunden hatten. Meistens war urplötzlich, nach einem mysteriösen Klingelzeichen, ausgerechnet in diesem Moment eine Beziehung auseinandergegangen und Pia oder Tess, je nachdem, wer von beiden sich gerade bei der letzten Verabredung nicht getrennt hatte, war auf einmal wie aus heiterem Himmel vom nicht existenten Freund verlassen worden. In äußerst abergläubischen Momenten war eher mal der Hund krank gewesen als die Oma. Oder die Katze, die ebenfalls nicht existierte, war soeben von einem Nachbarn beim Ausparken vor der eigenen Haustür überfahren worden.

Und wer geglaubt hatte, BadBoyXY wäre der einzige verzweifelte Versuch gewesen, die Einsamkeit zu besiegen und den Liebeskummer endlich zu überwinden, der lag – *richtig* – falsch! So waren den genannten Dates einige Rendezvous mit dem neuen Nachbarn vorausgegangen, der wirklich unglaublich gutaussehend war. Nein, nicht der, der die Katze gekillt hatte. Kai. Einmal quer über die Straße. Der war ein Schnittchen! Aber irgendwie war mir Kai so ähnlich, dass ich mich auch mit mir selbst hätte unterhalten können. Klar, selbst knutschen konnte ich mich natürlich nicht, aber das war auch der einzige Unterschied, den seine Anwesenheit überhaupt ausgemacht hatte. Kennt ihr diese ganz extremen Weichspülertypen? Die so romantisch sind, dass dir als Frau schlecht davon wird? Die einfach viel zu nett sind? So war Kai. Kai liegt einfach nur stundenlang da und schaut dich an. Und während du im Kopf schon den Einkaufszettel für später zusammengestellt hast, überlegt hast, was du morgen Abend anziehst, schaut und schaut Kai. Verliebt wie ein Schuljunge und offenbar auch stolzer Besitzer einer unzerstörbaren Bindehaut, wie sonst erklärt man sich, dass er eine gefühlte halbe Stunde lang ohne zu blinzeln einfach nur in dein Gesicht starren kann. Ich hätte mir wirklich gewünscht, mich in Kai zu verlieben, so fasziniert war ich von seinem hübschen Gesicht und der Tatsache, dass zwei völlig fremde Menschen so gleich sein konnten. Doch ganz egal wie waghalsig ich auch mit den Streichhölzern spielte, es wollte einfach kein Funke überspringen.
Gefolgt wurde dieses kurze Intermezzo von einem achtwöchigen Beziehungsversuch mit meiner ehemaligen Schulhofliebe – genau! Patrick aus der 11c, wir erinnern uns –, aber auch in diesem Fall wollte bei mir nicht wirklich mehr als ein »Ich finde ihn ja echt nett, *aber* ...« aufkommen. Nach zwei Abstürzen mit Jan auf

der Suche nach etwas Trost und Liebe sowie einem One-Night-Stand in der Karnevalszeit mit lila Kurzhaarperücke in einem Kastenwagen mit einem Typen aus ... – ach, lassen wir das, das würde den Rahmen sprengen – gab ich es auf.

Ich würde mich meinem Schicksal fügen müssen, das für mich wohl derzeit keine Alternative vorgesehen hatte. Und das war vermutlich auch gut so. Vielleicht sollte ich mich auf mich konzentrieren. Auf den neuen Job. Auf Dinge, die mich erfüllt hatten, bevor dieses Psychospielchen mit der Liebe so viel Raum in meinem Leben eingenommen hatte.

Doch was war das? Drehte sich und dreht sich denn nicht immer alles darum? Lieder, Filme, Bücher ...

Und eines Tages wachst du auf und fragst dich:
Wie zum Teufel bist du über Nacht so alt geworden?
Sechs Sommer später.
Lange genug, um erwachsen zu werden?

Antifaltencreme und Wäschetrockner. Waren das die aufregenden Themen im Leben, wenn es sich mal nicht nur um die Liebe drehte? Den trostlosen Alltag zu fristen und das anstrengende und mühsame Erwachsenenleben zu leben?
Wann ist man eigentlich erwachsen?
Wenn man sich die erste Q10-Anti-Aging-Creme kauft, weil man um die Augen herum die ersten Fältchen entdeckt hat?
Wenn man jeden Morgen um acht Uhr ins Büro trabt?
Wenn man den ersten Dauerauftrag über die monatliche Miete an den Vermieter einrichtet?
Wenn man das erste Auto fährt, das einem beim nächsten Regenschauer nicht vollends unterm Arsch wegrostet?
Wenn man feststellt, dass man nicht mehr jedes Wochenende nachts um vier Spaghetti mit »gepanschter Soße« essen kann, ohne auf Dauer davon zuzunehmen?
Wenn man, statt in neckischem Unterhöschen und Trägertop mit Socken und Schlabberpulli ins Bett geht, um sich bloß keine Erkältung einzufangen, weil Krankmachen im Berufsleben nicht mehr so easy ist wie in der Uni?
Wenn man seinen eigenen Versicherungsberater hat?
Wenn du auf der Straße von Jugendlichen plötzlich gesiezt wirst?
Wenn du nachts auf der Autobahn auf einmal das Tempo auf fünfzig verringern musst, um das Straßenschild lesen zu können,

und dir der Optiker verklickert, dass »Sie« eventuell eine Brille bräuchten.
Wenn du am Samstagmorgen bügelst, anstatt einen Kater zu kurieren?
Wenn du dich mit deiner besten Freundin über den Stromverbrauch des Wäschetrockners austauschst, anstatt über den Austausch von Körperflüssigkeiten mit einem heißen Flirt?
Wenn die ausgelutschten »Back to the 80s«-Partys endlich von »I love 90s« abgelöst werden und du feststellst, dass es in dem Club Leute gibt, die »If you wanna be my lover« von den Spice Girls nicht mitsingen können?
Wenn du zum ersten Mal T-Shirts für einen Junggesellinnenabschied drucken lässt?
Wenn du Freitagabend freiwillig zu Hause auf der Couch bleibst, weil du viiieeel zu müde bist, um noch wegzugehen?
Wenn du dir auf einmal um alles und jeden Sorgen machst, plötzlich nicht mehr schwindelfrei bist und darüber nachdenkst, mit dem Rauchen aufzuhören, weil du langsam Panik bekommst, wie deine Haut im Alter im Vergleich zu der eines Nichtrauchers aussehen wird?
Eine Million Fragen, die in gefühlten einer Million Nächten ihre Kreise in deinen Gedanken zogen. Gefühlte eine Million Nächte, in denen mal wieder niemand – oder vielleicht der Falsche – neben dir lag. Gefühlte eine Million Tage, an denen du mal wieder eine enttäuschende Verabredung hattest. Mal wieder den Job gewechselt hast. Mal wieder eine Beziehung in Frage gestellt hast, weil sich so ein erfülltes Leben doch nicht anfühlt, oder? Irgendwann bist du auf einmal einfach erwachsen. Doch wann das passiert ist, hast du gar nicht gemerkt. Auf einmal war alles da. Der Job, die eigene Wohnung und irgendwann auch der Mann

darin. Trotz all der Wäschetrockner und faulen Abende auf der Couch hockt da irgendwann wieder einer neben dir. Liegt neben dir. Lebt neben dir. Wenn man erwachsen ist und einen Partner hat, sollte man doch glücklich sein, oder? Darauf haben wir schließlich immer hingearbeitet. Groß werden, arbeiten gehen, Freund finden, sesshaft werden. Das war doch das Ziel. Ziel erreicht. Jetzt musste man doch glücklich sein. Aber woher kamen all die Fragen, wenn man doch so glücklich war? Wieso war noch Platz für so viele andere Gedanken und Was-wäre-Wenns, wenn man doch sooo verdammt glücklich war?! Eine Million Tage, in denen du immer noch nicht weißt, wo die Reise hingehen soll, obwohl du schon längst im Zug sitzt.

Wie eine Million Tage – so hatten sich manchmal die letzten paar Jahre angefühlt. Die letzten paar Jahre, die so monoton geworden waren. In denen ein Tag mehr und mehr dem anderen geglichen hatte, je mehr Zeit vergangen war. Je älter ich geworden war. Manchmal fühlte ich mich so alt, obwohl ich ja eigentlich immer noch jung war.

Doch ich wäre gerne viel jünger gewesen. Dieser Welt viel ferner. Denn ob es mir gefiel oder nicht, ob ich es noch hundertmal hinterfragte oder nicht, irgendwann musste ich mitlaufen in dem Rad. In dem Rad, in dem alle laufen. Alle Erwachsenen. Dem Rad, das, einmal in Gang gesetzt, nicht mehr angehalten werden kann. Weil es das Geld ausspucken muss, das du brauchst, um dein Leben zu leben.

* * *

»Manchmal glaube ich, das einzig Gute am Erwachsensein ist, dass man sich am späten Freitagnachmittag ungeniert zulaufen lassen kann.«

Völlig geplättet saßen Teresa und ich an dem kleinen Glastisch in unserer »Raucherlounge« in Pias Computerzimmer. Pia selbst haute an ihrem PC eifrig in die Tasten.

Freitag nach Feierabend war »Auskotztag«. In unserer eigens zu diesem Zweck gegründeten »Selbsthilfegruppe« fand alles ein Ohr, was mit alltäglicher Frustration zu tun hatte.

Meistens ging es um die Arbeit. Oder natürlich um Männer. Die eine hatte einen schizophrenen Chef, die Nächste einen cholerischen Kollegen, die Dritte war genervt von bestimmten Kunden oder von ihrem Freund. Ob miese Arbeitszeiten, zu viele Überstunden, Beziehungsprobleme oder einfach nur das allseits bekannte Das-Leben-ist-ein-Arschloch-Problem – Diskussionsstoff gab es zur Genüge. Und so nahm das Drama seinen Lauf. Erst kam der Alltagskram, bei der zweiten Flasche Sekt waren wir dann bei den Männern angekommen, nach der dritten Flasche ging es noch etwas weiter in die Psyche einer jeden von uns hinein – bis irgendwann die Erste heulte, die Zweite pennte und die Dritte Reizhusten hatte vom Kettenrauchen und nur noch geduldig der Ersten zuredete, die am Schreibtisch saß und ihre Chatbekanntschaften pflegte.

So blieb der Freitag der Mädelstag. Mit achtzehn wie mit –, Gott, da muss ich direkt nachzählen – siebenundzwanzig. Na ja, noch nicht ganz. Ein paar Wochen hatten Tess und ich noch. Nur Pia hatte schon dran glauben müssen. Sie war zudem die panischste von uns, was das Älterwerden anging. Was das betraf, war sie schon immer sehr extrem gewesen. Kleinlich, wenn es um optische Makel ging. Sie sah Fältchen an Stellen, wo ich sogar mit einer Lupe gescheitert wäre. *Früher* zumindest. Mittlerweile sah ich die ersten Falten auch ohne Lupe.

So hatte im Grunde jeder Abschnitt sein eigenes großes Drama. Nur die Hüllen der Darsteller und die Schauplätze veränderten sich. Was früher das Schaumbad in Vorbereitung auf eine wilde Diskonacht gewesen war, war nun die Sektrunde in Pias Raucherlounge zum Abstreifen der Arbeitswoche und zur Einstimmung auf das wohlverdiente Wochenende.

Und einige Namen veränderten sich. Männernamen. Doch die Probleme, die Männer mit sich brachten, veränderten sich nicht. Egal wie alt man war. Es wurde nicht einfacher, nur weil man nicht mehr so unerfahren und unbeholfen war. Eigentlich wurde es nur noch komplexer.

Mit achtzehn warst du davon überzeugt, dass er einfach nicht der Richtige war, wenn nach dem ersten Jahr auf einmal alle Schmetterlinge ausgeflogen waren. Heute gehst du davon aus, dass das wohl normal ist, und fängst an, nach einer tieferen Verbindung als ein paar Flügeltierchen zu suchen. Mit achtzehn hast du dich halt von ihm getrennt, sobald es anfing zu kriseln, hast einen Schuhkarton und eine Tasche gepackt und bist aus seinem Zimmer ausgezogen. Heute ignorierst du die Krise so lange, bis du den Verlobungsring in einer Schachtel auf dem obersten Regalbrett findest und feststellst, dass du mit diesem Mann auf keinen Fall für immer zusammenbleiben kannst. Dann schickst du eine Rundmail an deine Mädels, die am Montag um 18:00 Uhr direkt nach Feierabend mit einem gemieteten Kleintransporter vor der gemeinsamen Wohnung stehen, um dein halbes Leben umzusiedeln.

Und am Ende blieben immer wir. Ob im Badezimmer, beim gemeinschaftlichen Schminken oder am runden Glastisch in der Raucherlounge. Mit unserem Sekt und den Zigaretten, unseren Theorien und großen Weisheiten. Unserer Jugend nachtrauernd, die sich lächerlich lange her anfühlt, und den immer wiederkehrenden Fragen: Wann zum Teufel sind wir so schnell so alt geworden? Seit wann sieht man diese drei Striemen auf meiner Stirn, auch wenn ich sie nicht gerade runzele? Seit wann quillt meine Hüfte in Konfektionsgröße 34 rechts und links über den Hosenbund? Habe ich tatsächlich Cellulite am Oberarm oder ist das nur wieder das schreckliche Licht in der Umkleidekabine bei H&M? Da braucht man sich weiß Gott nicht zu wundern, dass es einem schwerfällt, den Ist-Zustand zu akzeptieren. Dass es schwerfällt, sich auf die Zukunft und noch mehr optischen Verfall zu freuen. Dass unsere freitäglichen Treffen immer wieder in melancholischen Gesprächen über »früher« enden und die Frage »Wisst ihr noch, als …« oft der am häufigsten gesagte Satz des Abends ist. Wisst ihr noch, als wir uns damals vorm Aufenthalt im Schullandheim die gleichen Schlafanzüge und Zahnbürsten gekauft haben? Wisst ihr noch, als wir alle Bilder von Thomas M. aus der Neunten verbrannt und diesen Voodoo-Liebeszauber aus der Bravo Girl nachts auf dem Balkon vollzogen haben? Wisst ihr noch, als wir behaupten haben, wir würden alle bei Tess schlafen, weil ihr Bruder zu Hause Geburtstag feierte, dann aber heimlich feiern gegangen sind und Pias Eltern auf einmal im Hof standen, als wir betrunken und mit Kippe in der Schnute nach Hause kamen? Erinnert ihr euch noch daran, als wir heimlich nach der Abschlussprüfung auf dem Schuldach saßen? An die Hauspartys bei Stefan? Die Wochenenden am Campingsee? An Daniel von der Wasserwacht, in den wir alle verknallt waren? Denkt ihr manchmal noch an unseren ersten Sommerurlaub auf Mallorca? »I wanna have sex with you!« Ich will Sex mit dir!, imitierte an dieser Stelle üblicherweise jede von uns laut grölend den Barkeeper aus dem Strandclub. Apropos Sex: Erinnert ihr euch an Nico? Hat der euch auch fast die Beine gebrochen? Wo wir gerade von »brechen« reden: Wisst ihr noch, als Tom, dieser Arsch, angeblich mit Magen-Darm im Bett lag und dann das Foto von ihm und der Schnalle in der Stadtzeitung war? Dann war da noch die Möbelwagenaktion, als Pia den Ring gefunden hat. Oder Tess' Auto, das den Geist aufgegeben hat, weshalb wir monatelang zwei Mal die Woche die A 5 hochgecruist sind, um sie bei dem Typen mit den Bling-Bling-Ohrringen abzusetzen. Erinnerst du dich noch daran, dass wir jedes Wochenende mit deiner alten Karre in den World Palast geeiert sind? Weißt du noch … Andrew?

Ja, ich weiß noch … *Andrew*! Als könnte ich ihn jemals vergessen. Andrew war die aufregendste Zeit in meinem Leben. Und Andrew ist auch heute noch dieses Zucken in meiner Brust, wenn wir über ihn reden. Dieses kurz mal schlucken müssen, weil du auf einmal zu viel Spucke im Mund hast oder weil du unregelmäßig geatmet hast. Andrew ist dieser süßliche Geruch im Eingangsbereich auf dem Weg zur Treppe im World Palast. Noch heute kann ich mir dort seinetwegen jedes Detail vorstellen, den Geruch in mein Gedächtnis rufen. Andrew ist Musik. Andrew verkörpert all die Lieder, die wir gehört und gesungen haben, und er ist diese Leichtigkeit, die du mit achtzehn spürst, und das Kribbeln im Bauch, das unsere Zeit wie einen Film in meinem Kopf abspult. Andrew ist diese Unruhe und Aufregung und die Sehnsucht danach, für immer jung sein zu wollen.

Der Prinz aus dem Internet
Und warum sein Pferd nicht auf den Namen »Disney« hört

Doch wir sind nicht für immer jung. Seien wir mal ehrlich! »Man ist so jung, wie man sich fühlt.« – Klar, im Kopf kann ich jung bleiben, aber sehen wir den Tatsachen doch ins Auge: Der Körper macht einfach irgendwann nicht mehr so mit wie mit achtzehn! Vier Tage hintereinander feiern gehen? Donnerstag bis und inklusive Montag. Heute heißt es: Einen Abend feiern gehen, drei Tage katern. So jung, wie man sich fühlt! Danke fürs Gespräch!
Wie sähe es denn aus, wenn wir mit unseren bald dreißig Jahren uns noch regelmäßig unter die Kids im World Palast mischen würden? Die würden uns erst mal direkt in den Discofox-Raum abschieben nach dem Motto: Die Alten sind alle drüben!
Abgesehen davon kann ich mir hundertmal einreden, wie »fucking jung« ich in der Birne bin, Spaß habe ich in dem Schuppen trotzdem nicht mehr. Wir sind da rausgewachsen.
Rausgewachsen aus den Pumphosen mit den vielen Taschen an der Seite, die dir das Mitschleppen einer Handtasche erspart haben, weil genug Platz war für Geldbeutel, Haarbürste, Lipgloss. Rausgewachsen aus den Boxerstiefeln von Adidas und den bunten Tanktops in Netzoptik. Nun müssen wir in andere Kleider hineinwachsen. Zeitgemäße Kleidung. Und in Schuhe, die uns momentan vielleicht sogar noch ein wenig groß erscheinen …

»Keine Panik, Alte! Das wird schon! Und für den Notfall haben wir die Karre am Seitenausgang geparkt!«

»Du musst gerade dumme Witze machen! Gott, ich bin so fett! Ich seh aus wie ein Eimer!«

»Ich werde mir den Tag im Kalender anstreichen, an dem ich das einmal nicht von dir hören muss!«

»Blöde Kuh!«

»Ist doch wahr! Du siehst wunderschön aus, Maus!«

»Deine Meinung zählt nicht! Du musst das ja sagen als meine Trauzeugin!«

»Markus wird es aus den Latschen hauen, das sag ich dir!«

»Mache ich einen Fehler?«

»Nein, Schatz, du machst keinen Fehler! Markus liebt dich, und du liebst ihn. Ihr passt perfekt zusammen! Du bekommst einfach gerade nur kalte Füße, das ist normal. Das vergeht wieder, sobald du neben ihm stehst.« Zumindest behaupteten das immer alle. War es nicht die Pflicht einer Trauzeugin, solch abgedroschene Antworten zu liefern? Dafür zu sorgen, dass die Braut nicht kurz vor zwölf hektisch ihr Kleid hochrafft und die Beine in die Hand nimmt. Der Bräutigam nicht wie ein begossener Pudel am Altar steht und die Schwiegermutter keinen Nervenzusammenbruch erleidet, nur weil wir Weiber einfach nie das haben wollen, was sich uns vor die Füße wirft und was uns glücklich machen könnte, wenn wir unser Bild von Glück endlich ein wenig anders einfärben würden. Vielleicht nicht immer glücklich im Walt-Disney-Sinne, aber realistisch glücklich? Denn ja, so hart diese Erkenntnis auch war und immer wieder ist, wenn ich den DVD-Player ausschalte und noch zwei Tage nach der neuesten Hollywood-Version eines Nicholas-Sparks-Romans wie in Trance und mit neuen Zweifeln an den Männern und zu hohen Erwartungen an die Liebe in meinem Alltag herumirre und die Realität mal wieder erfolgreich ausblende – aber die Romantische-Komödie-

Filmindustrie-Liebe gibt es nicht! Und ich weigere mich zu glauben, dass ich hier die Einzige mit zu hohen Ansprüchen bin oder als Einzige eine unrealistische Vorstellung von Liebe und Erfüllung hatte, bevor mir das Leben wiederholt die Tatsachen vor Augen geführt hat. Mit einem Daumen rechts und einem links hat es mir die Tatsachen ins Auge gedrückt. Und weil wir nicht blind werden wollen von all den Daumen und Tatsachen und permanente Veilchen unter unseren Augen Gerede in der Nachbarschaft auslösen würden, müssen wir uns irgendwann wohl eingestehen, dass das Leben kein Märchen ist. Keine Prinzessinnengeschichte. Kein endloser Teenie-Film, in dem der Quarterback der Highschool sich in die unauffällige, schöne Leseratte verliebt und alle Widrigkeiten und Nebenbuhler vom Drehbuchautor einfach rausgeschrieben werden. Und darum muss die Braut glauben, dass alles gut ist – so wie es ist!

»Ich liebe ihn ja auch. Aber ich habe das Gefühl, als wäre jetzt alles vorbei. Dass die wilden Jahre vorüber sind. Soll das schon alles gewesen sein?«

»Ich hör wohl nicht richtig!« Mit einem ordentlichen Schwung flog die Tür auf und Tess rauschte temperamentvoll in die Runde. »Was ist vorbei? Die Party fängt doch jetzt erst an!«, grölte sie gut gelaunt. »So, Mädels, jetzt trinken wir erst mal alle einen kräftigen Schluck, damit die Füße wieder warm werden!« Mit einem Zwinkern überreichte uns Tess je ein sprudelndes Sektglas.

»Auf unsere erste Braut!« Ich erhob mein Glas auf Pia und nahm sie in den Arm. »Und darauf, dass die wilden Zeiten nie vorüber sein werden, so wahr wir hier stehen und so Gott will für immer in dieser Kombination für den Rest unseres Lebens!« Ich musste schmunzeln, als ich den sentimentalen Moment beendete und einen anderen Gedanken ergänzte: »Vielleicht mit ein paar Ehemännern mehr oder dem ein oder anderen Schreihals an der Backe ... Auf die Freundschaft und auf die Liebe!«

»Und darauf, dass ich euch am meisten liebe!« Pia breitete ihre Arme aus und schloss uns alle ein.

»Auf den knallharten Ernst des Lebens!«

»Oohh, Tess!«, grölten wir jetzt im Chor und brachen in schallendes Gelächter aus.

»So, Kaugummi raus!« Auffordernd hielt ich Pia meine flache Hand unter den Mund und wartete darauf, dass sie ihren Kaugummi ausspuckte, bevor wir durch die Tür traten und diese hinter uns ins Schloss fiel, um Walt Disney den Weg abzuschneiden.

»Und jetzt raus die Damen, sonst denkt Markus wirklich noch, wir hätten seiner Frau zur Flucht verholfen.« Ich tat sehr geschäftig, bevor ich noch anfing zu heulen.

»Überraschen würde es wahrscheinlich niemanden!«, stellte Tess trocken fest und hakte Pia auf der anderen Seite unter.

Nein, überraschen würde es wohl niemanden. Mich am allerwenigsten.

Mache ich einen Fehler? Wenn wir uns diese Frage schon stellen, haben wir dann automatisch die Antwort? Oder führt uns das nur wieder zu der Theorie mit der unerfüllten Liebe? Müssen wir uns irgendwann vom großen Drama verabschieden, um erwachsen sein und die Zukunft beginnen zu können? Müssen wir die Vergangenheit also loslassen – und diesen *einen*?

Zwei weitere Jahre waren vergangen ohne eine Spur von Andrew. Aber das war okay für mich. Ich hatte ihn losgelassen. Dass die Zeit alle Wunden heilte, war nicht einfach nur ein dummer Spruch, den schon unsere Großmütter unseren Müttern und

unsere Mütter dann uns ins Ohr geflüstert hatten, während sie trostspendend an unseren Betten saßen, als zum ersten Mal das Herzchen brach.
Mit jeder Trennung und jeder Enttäuschung wird die nächste schon etwas leichter. Sei's drum, dass wir mit jedem Mal ein bisschen mehr abstumpfen oder mit der Zeit einfach nur lernen, wie wir damit umgehen müssen, um am schnellsten darüber hinwegzukommen. Und hast du mit sechzehn noch gedacht, die Welt ginge unter, als dein bester Freund, in den du seit Jahren heimlich verliebt warst, dir seine erste Freundin vorgestellt hat, so schließt du dich heute nicht mehr acht Wochen lang jaulend zu Toni Braxtons »Unbreak my Heart« in deinem Kinderzimmer ein und produzierst zahlreiche Gedichte und tränenverschmierte Kunstwerke, nachdem du zum zehnten Mal versucht hast, seinen besten Freund auszuquetschen und auf ihn einzureden, als ob er daran auch nur das Geringste ändern könnte, sondern heulst dich mal kräftig bei deinen Mädels aus, gehst ordentlich einen trinken und schnappst dir im Vollsuff ein Ablenkungsobjekt, bis das Wochenende, an dem du viel zu viel Zeit zum Nachdenken hast, vorbei ist und du dich am Montag wieder in die Arbeit stürzen und dich hinter ihr verstecken kannst.
Ich habe mich damit abgefunden, dass Andrew dieser *eine* in meinem Leben war. Dieser *eine*, der mich nur ein Stück des Weges begleiten sollte, der mich geprägt hat und der die Erinnerungen an meine Jugend unvergesslich machen sollte. – Der aber nicht für meine Zukunft bestimmt war. Dieser *eine*, der immer da sein wird, ja. Wenn auch nicht permanent. Der aber immer so viel Macht haben wird, um phasenweise wieder aufzutauchen und ein bisschen mein Leben aufzumischen. In dem man die Herausforderung sieht oder die Ablenkung, wenn der Alltag mal wieder

zu öde wird. Der über die Jahre im Kopf zu Mr. Perfect mutiert und an dessen Fehler man sich kaum erinnern kann. In den man alle paar Monate oder Jahre mal wieder vierundzwanzig Stunden lang verknallt ist, weil man nachts einen dieser realistischen Träume gehabt hat, in denen sich alles so echt anfühlte, dass man morgens kurz überlegen muss, ob man jetzt wirklich gerade noch geschlafen oder er nicht doch soeben vor einem im Büro gestanden hat und als neuer Arbeitskollege vorgestellt wurde, oder in welch seltsamem Mischmasch-Setting aus Alltags- und Vergangenheitsbewältigung auch immer man sich noch bis vor zwei Minuten befunden hat. Den man mal wieder googelt oder auf seiner Profilseite ausspioniert, wenn ein Buch oder Film Erinnerungen weckt.

Sein Profil war seit ein paar Jahren wie ausgestorben. Scheinbar verbrachte er, seit er mit Catherine zusammen war, nicht mehr viel Zeit bei Myspace. Warum auch? Um Kontakt zu alten Freunden zu halten? Freunde, die man nicht jeden Tag anrufen oder sehen konnte. Freunde aus aller Herren Länder? Wie ich? Ich fragte mich, wie es sich wohl anfühlte, wenn ich dort vorne stand. Ob ich an jenem Tag wohl endlich geheilt wäre von dieser Krankheit namens Andrew. Oder würde ich insgeheim warten …

Den Blick sehnsüchtig den Toren zugewandt …

Hoffend, dass sie sich öffnen mochten …

Angestrengt die Ohren gespitzt, dass ich die Stimme nicht überhörte, die da sagte: »Hold on, Sandra!« Warte, Sandra!

»Alles gut, Schatz? Was beschäftigt dich?« Julian drückte meine Hand und musterte mich verstohlen. »Was habt ihr so lange da drin gemacht? Geht's Pia gut?«

»Ja, Schatz, es geht ihr gut. Lieb, dass du fragst, aber du musst dir keine Sorgen machen! Und Markus auch nicht!« Ich legte meine Arme um ihn und schmiegte meine Wange an seine Brust.
»Du siehst toll aus! Dieses Kleid war definitiv die richtige Entscheidung! Du hättest dich eh wieder nur geärgert, wenn wir nicht noch mal zurückgefahren wären, um es zu holen. Meine hübsche Maus ...« Julian hielt mich von sich weg, schaute mich verliebt an und küsste schließlich das einzige freie Stück Haut auf meiner Stirn, das nicht von dieser aufwendigen Haarspraykreation bedeckt war, die ich den ganzen Tag liebevoll meinen »Helm« nannte.

Farewell Tess!

Ade, Tess!

Mit Plakaten, Luftballons und Taschentüchern ausgerüstet standen wir schniefend am Frankfurter Flughafen. Arm in Arm, alle drei wie immer – aber »immer« endete genau jetzt. Nun würde unser Leben hier für unbestimmte Zeit zu zweit weitergehen, weil eine von uns einen neuen Lebensabschnitt begann. So war scheinbar das Leben. Nichts war von Dauer und die große Herausforderung lag wohl stets im Loslassen.
Egal wie alt du bist, egal wer geht und wer dafür vielleicht irgendwann in dein Leben tritt. Gewiss ist nur eins: Nichts ist für immer.
Und so zog er los, unser kleiner Lockenkopf, unser Nesthäkchen, immer auf der Suche nach einem noch größeren Abenteuer und der Abwechslung, auf in Richtung Peking. Auf unbestimmte Zeit. In der chinesischen Niederlassung, der Firma, in der Tess seit ihrer Ausbildung arbeitete, hatte sie sich auf eine frei gewordene Stelle beworben und war prompt angenommen worden. Mit zwei Koffern und einer Handtasche, so zog sie los. Unsere Mutige, der besonnene Pol in unserem Dreiergespann. Während der rührseligen Verabschiedung gelang es mir, eine DVD in Teresas Handtasche zu schmuggeln. Eine kleine Erinnerung, die sie von uns mitnehmen sollte, die sie uns nahebringen sollte, wenn sie sich einsam fühlte. Wochenlang hatten wir alte Schuhkartons und Fotoalben geplündert, sämtliche PCs und Festplatten durchsucht, um unser ganzes Leben in einer Videopräsentation zusammenzuschneiden. Da waren wir im Gruppenkostüm auf sämtlichen

Faschingsumzügen, und nur an unseren Gesichtern und den verschiedenen Frisuren konnte der Betrachter erkennen, wie die Jahre vergangen waren. Drei Grazien auf bunten Luftmatratzen am Strand, drei Köpfe vor Hoteleingängen oder den Sehenswürdigkeiten unzähliger Städte – alles per Selbstauslöser aufs Foto gebannt. Bunte Tröten und Hüte in Silvesternächten, auf jedem Bild andere Kleidchen, an denen der modische Wandel der vergangenen Jahre verfolgt werden konnte. EMs und WMs, mit Flaggen bemalte Gesichter in voll besetzten kleinen Autos, Kofferraumpartys vor Konzertbesuchen, spontane Roadtrips – wir hatten alles gemacht. Alles, was nur ging. Zusammen. Immer.

Was war das mit mir und diesem Nicht-loslassen-Können? Wie viele Übungseinheiten würde mir das Leben in diesem Punkt noch bescheren, bis es irgendwann leichter wurde? Oder würde es das nie werden?

Es ist schon unglaublich, was das Leben permanent für einen bereithält. Wie es unaufhaltsam voranschreitet, weiterläuft und uns einfach mitnimmt auf dieser Reise. Es setzt uns in seinen Wagon, schnallt uns an und rollt los. Aussteigen gibt es nicht. Anhalten auch nicht. Du fährst mit. Egal wohin. Egal wie schnell oder wie langsam. Wie holprig oder eben. Eine Straßenkarte bekommst du vorher nicht. Auch kein Navi, das dir sagt, wo du abbiegen musst, wenn die Straße sich gabelt. Kein GPS-Signal, das dich rausführt aus der Sackgasse, wenn du dich verfahren hast. Alles, was du bekommst, ist eine Fahrkarte, und wenn du Glück hast, ein paar Beifahrer. Beifahrer, die gemeinsam mit dir überlegen, ob du nun rechts oder links abbiegen sollst. Die die Scheinwerfer anschalten, wenn der Weg nicht beleuchtet ist. Die die Handbremse anziehen, bevor du gegen ein Hindernis fährst.

Ich war gespannt, wie unser Wagon in der Zweierbesatzung vorankommen würde. Hoffentlich fand Tess schnell ein paar Auswechselbeifahrer, die sich auf den Straßen Pekings auskannten. Selbstverständlich konnte uns kein Beifahrer der Welt auch nur annähernd gebührend ersetzen, vielleicht aber ihre Fahrt ein wenig geselliger und leichter gestalten.

Ja, so verreist das Leben. Wege trennen sich und Wege kreuzen sich. Wohngemeinschaften lösen sich auf und Pärchen finden sich. Pärchen binden sich. Wie Pia und Markus. Pärchen finden sich, wie Julian und ich. Und so wird dir mit jedem Mal Loslassen auch irgendwo eine Hand gereicht, die darauf wartet, dass du sie ergreifst. Und festhältst.

Beziehungs- und andere Kisten
Und warum man von manchen besser die Finger lässt

»Muss dieser ganze Krempel hier schon wieder mitgeschleppt werden?«, rief mein Bruder, mit dem Kopf in einer Kiste steckend, von der obersten Stufe der Leiter.
»Ja, muss er! Da ist nämlich der ÄÄÄndruuu drin!«, gab Julian mit Piepsstimme zurück, stemmte die Hände in die Hüften und ahmte damit meine Körperhaltung nach.
»ÄÄÄndruuu! Jo maaan, I'm ÄÄÄndruuu!« Jo Maaann, ich bin ÄÄÄndruuu!, pseudorappte Tim nun wieder da oben aus seiner Ecke. »ÄÄÄndruuu! Alter! Das ist doch schon tausend Jahre her!«
»Na uuund! Das sind meine EEErinneeeruuungen!« Julian machte jetzt wieder eine Mädchenschnute und Kulleraugen. »Zitat deiner Schwester beim letzten Umzug!«
»Ohne Zweifel, sie ist die beste Schwester der Welt«, sagte Tim und stichelte weiter: »Trotzdem frage ich mich, wie du sie schon so lange aushältst, ohne blutsverwandt mit ihr zu sein!«
»Ihr seid doch so doof!« Schmunzelnd riss Pia Julian den Karton aus der Hand und flüchtete aus der Gästezimmer-Büro-Rumpelkammer-Kombination zu mir ins Wohnzimmer.
»Ich fass es nicht, da ist ja sogar noch der Brief drin, den wir nach Colorado schicken wollten!« Pia hatte auf dem Weg zu mir den Deckel geöffnet und wühlte bereits munter in der Kiste. Kopfschüttelnd hielt sie mir den zartblauen Umschlag mit dem rot-weißen Rand entgegen.

»E-Mail, was ist das?«
»Mann, wir werden alt!«
»Stell dir mal vor, wir hätten den abgeschickt?« Ich schlug die Hände über dem Kopf zusammen.
»Der ist ja sogar noch zugeklebt! Hast du den nie wieder angeschaut?« Pia sah mich ungläubig an. »Komm, wir lesen ihn!« Ohne meine Antwort abzuwarten, machte sie sich bereits am Umschlag zu schaffen.
»Oh bitte nicht! Das ist ja oberpeinlich! Ich kenn uns beide doch! Wir waren mit Sicherheit wieder hochdramatisch!« Ich wollte schon im Boden versinken, bevor wir überhaupt mit dem Lesen angefangen hatten.
»Hahaha, wie damals in der fünften Klasse, als wir meine Erlebniserzählung zusammengeschrieben haben und ich sie mit dem Kommentar ›Thema verfehlt‹ zurückbekommen habe!« Pia schmiss sich weg vor Lachen.
»Ja, genau.« Ich stimmte in ihr Lachen ein. »Vor allem eine Themaverfehlung muss man ja bei einer Erlebniserzählung erst mal hinbekommen!«
»Na ja, die dramatische Abschiedsszene im Schulbus, mit heißen Küssen und was sich da nicht alles abgespielt hat, war wohl für eine Fünftklässlerin ein wenig unrealistisch.«
»Sahen wir damals leider überhaupt nicht so!« Auch Pia bekam sich nicht mehr ein.
»Ich weiß noch, wie stolz wir waren. Wir fanden den Aufsatz unglaublich gut und konnten es kaum abwarten, bis er korrigiert war!« Ich erinnerte mich tatsächlich noch genau daran, wie wir bei Pia im Kinderzimmer auf dem Fußboden gelegen hatten und völlig in unserer Story aufgegangen waren. Ich richtete meine Aufmerksamkeit wieder auf den Brief.

Dear Andrew,

I am writing you to remind you that there is someone waiting for you to keep your promise. If these lines do not tell you who I am, you can easily break your promise.
I hope to hear back from you and that you don't keep me waiting another four months.

Lieber Andrew,

ich schreibe dir, um dich daran zu erinnern, dass es jemanden gibt, der darauf wartet, dass du dein Versprechen hältst. Wenn du anhand dieser Zeilen nicht darauf kommen solltest, wer ich bin, kannst du dein Versprechen ruhig brechen.
Ich hoffe, ich höre von dir und du lässt mich nicht noch weitere vier Monate warten.

Begleitet wurden diese Zeilen von einer Litanei an Gedichten und Gedanken, die in zahllosen grübelnden Momenten in den vier Monaten entstanden waren, als er Deutschland verlassen hatte und zurück nach Amerika gegangen war. Diese Zeilen sprachen in der dritten Person von einem Mädchen und sollten ihm endlich verdeutlichen, was ich nie geschafft hatte, ihm persönlich zu sagen. Wie sehr ich tatsächlich in ihn verliebt gewesen war ...
Ich schämte mich in Grund und Boden wegen dieser schmalzigen Gedichte, als Pia weiter ungeniert in meiner Privatsphäre wühlte. Übertrieben Kaugummi kauend und mit verstellter Stimme las sie mir euphorisch vom nächsten Papierfetzen vor, den sie aus der Kiste gekramt hatte. Und während sie auf ihre Rolle als Andrew konzentriert war und eine der ausgedruckten E-Mails

von früher zum Besten gab, durchfuhr mich heimlich still und leise diese Aufregung, die ich mir nach außen hin nie anmerken ließ und die in mir auch nach all den Jahren noch Herzrasen auslösen und mich in Sekundenbruchteilen zum Teenie werden lassen konnte.

* * *

Diese Kiste gefunden und nach all den Jahren geöffnet zu haben, verursachte mal wieder einen dieser Vierundzwanzig-Stunden-Crushs. Damals hatte ich all die Bilder von ihm in der Wüste, die Videos von uns in Michigan, die Briefe und die Mappe mit den ausgedruckten E-Mails darin verstaut und die Kiste auf den höchsten Schrank verbannt, sodass es aufwendige Kletteraktionen erfordert hätte, um an sie heranzukommen.
Ich konnte sein Haus riechen, wann immer ich es mir ins Gedächtnis rief. Der Duft des Wäschetrockners zog täglich aus dem Keller in den Hausflur und mischte sich mit der Wärme und dem Wohlgefühl in diesen Wänden. In Andrews Zimmer, im Bad, in der Küche, dem Wohnzimmer – überall roch es nach Sommer und frischer Wäsche. Nach Vanilledonuts und Frieden. Nach Ruhe und Daheimsein. Im Garten stand eine trockene Hitze, die sich als das Aroma von dürre gewordenem Gras in meinem Geruchsgedächtnis gespeichert hatte. Es war ein Sommer im August, wie ich ihn sonst nur aus Kindertagen in Erinnerung hatte. Wo im August noch Hochsommer war und den ganzen Tag die Sonne schien. Morgens, wenn ich mit meinem Kaffee barfuß auf der kleinen Treppe vor der Balkontür saß und alles noch so still war, fiel mir das Zirpen der Grillen am meisten auf. Sie waren den ganzen Tag da. Das monotone Geräusch im Hintergrund.

Und abends war es sogar noch lauter als am Tag. Nachts war der Himmel voller Sterne, zahlreicher als an jedem anderen Ort, an dem ich bisher gewesen war, und sie erschienen so nah. Fast schon, als könnte man einen abpflücken, wenn man sich nur angestrengt auf die Zehenspitzen stellte. Für mich war dieser Sommer, im Rückblick betrachtet, der Inbegriff des puren Glücklichseins. Meine Seele war noch nie so leicht, mein Kopf nie zuvor so leer gewesen wie damals. Keine Gedanken, nur all die Eindrücke, die ich augenblicklich aufnahm. Ich lebte in der Gegenwart. Die Einfahrt, in der der Pickup stand, die kleine Veranda und die Tür, die sich nie beim ersten Anlauf öffnen ließ. »Keeps Germans out of the house!« Die sorgt dafür, dass einem keine Deutschen ins Haus kommen!, hatte Andrew scherzhaft gesagt, wenn ich mal wieder am Türknauf rüttelte. All diese Erinnerungen verkörperten die pure Idylle. Die alte dunkelrote Couch, auf der ich, wenn mir danach war, nachmittags einschlafen konnte, die weiße Holzvitrine, an der die kleinen Zettelchen hingen. Die riesigen Orangensaft- und Milchbehälter im Kühlschrank, das kleine Fenster in der Dusche. Mit Murphy, dem alten stinkenden Labrador, im Schneidersitz im Gras zu sitzen …
All das war mir so schnell so vertraut geworden. Als hätte ich nie etwas anderes gekannt.
Die feinen Sonnenstrahlen, die durch die Fensterläden ins Zimmer schienen und mich morgens aufweckten. Das kühle Gefühl auf der Haut, weil die Bettlaken so dünn und leicht waren. Die weiße Zimmerdecke und die kleine Kommode mit dem Spiegel – all das hatte ich noch vor Augen. Es war still im Haus. Auf Zehenspitzen, über die meine Schlafhose fiel, tippelte ich ins Bad und sah im Vorbeihuschen einen Korb Muffins und Vanilledonuts von Andrews Oma auf dem Küchentresen stehen. Ich

ging zurück ins Bett, doch ich konnte nicht wieder einschlafen, weil ich die Donuts roch und der Tag angebrochen war.

Und so fragte ich mich in dieser Nacht, bevor ich endgültig einschlief, wann ich wohl noch mal so glücklich sein würde wie in diesem Sommer. So frei von allem. Ob mein Kopf jemals wieder so leicht sein würde?
Kann man es sich als Erwachsener überhaupt noch leisten, im Hier und Jetzt zu leben? Ständig müssen wir planen, vorausdenken, kalkulieren, vernünftig sein. Mein Sparkonto abräumen und das Geld während eines spontanen Trips nach Amerika verprassen? Das geht doch nicht! Das Auto muss in die Werkstatt und ohne Auto kommst du nicht jeden Tag so bequem zur Arbeit. Die Nachzahlung für die Heizkosten vom letzten Winter steht noch aus und der Kredit für die Küche ist auch noch nicht abbezahlt. Welcome back Willkommen zurück in der Gegenwart!

Don't get lost in the woods!
Verirr dich nicht im Wald!

Apropos Gegenwart ...

Was momentan ziemlich gegenwärtig war, war mein dreißigster Geburtstag.

Ich weiß ja nicht, wie es anderen damit geht, aber bei mir setzte kurz nach meinem siebenundzwanzigsten Geburtstag die Panik vor dem Älterwerden ein. Auf einmal war die Dreißig so nah! Im Kopf rundete man bildlich schon auf.

Die Sieben kippte in meiner Vorstellung förmlich vornüber und rollte sich zu einer Null zusammen. Von oben, wie aus dem Nichts, fiel eine Drei der Zwei auf den Kopf und stupste diese nach unten weg. Boing!, federte die Drei noch mal hoch und runter und pendelte dann langsam vor der Null ein.

Es ist wirklich verrückt, wie wir Menschen so ticken. Das muss ich immer wieder feststellen. Erst kann es uns nicht schnell genug gehen, endlich erwachsen zu werden, und kaum sind wir es, wünschten wir, wir könnten zurückspulen und irgendwo zwischen achtzehn und fünfundzwanzig die Repeat-Taste reinhauen.

»Die Dreißiger sind das beste Alter!«, versuchte meine Schwägerin in spe mir stets gut zuzureden, wenn bei mir angesichts des anstehenden Geburtstags mal wieder die Schnappatmung einzusetzen drohte.

»Mit dreißig haben wir geheiratet, mit zweiunddreißig kam Sammy und vier Jahre später war ich mit Jule schwanger. Die

Dreißiger waren eine tolle Zeit! Wenn hier jemand dazu berechtigt ist, panisch zu werden, dann bin eindeutig ich das!«
»Da muss ich dir allerdings recht geben!« Ich klopfte meiner zukünftigen Schwägerin aufmunternd auf die Schulter. »Wenigstens sieht man dir nicht an, dass du nächste Woche vierzig wirst!«

Die Dreißiger sollten also die besten Jahre sein?!
Schwer vorstellbar für mich. Und nein, bei mir machte sich nicht die Panik breit, weil ich mit großen Schritten auf diese magische Grenze zuschritt und noch keinen Mann zum Heiraten und zum Kinderkriegen hatte, sondern weil ich all dies bereits mein Eigen nennen konnte. Ich hatte ja alles – einen Job, eine Wohnung, einen Freund. Gut, ich hasste meinen Job. Zumindest an den meisten Tagen. Aber immerhin verdiente ich Geld. Zwar nicht in Mengen, aber auch nicht so schlecht.
Die neue Wohnung war der Wahnsinn. Akribisch und detailverliebt hatten wir uns jedem einzelnen Möbelstück, jeder Farbe, jedem Zimmer verschrieben, und dementsprechend toll war das Ergebnis. Ja, und Julian, der war auch toll! Noch nicht mal selbst gebacken hätte man den besser hinbekommen. Doch reichte das? Wie alt müssen wir heutzutage werden, um endlich das Gefühl zu bekommen, jetzt lange genug »gelebt« zu haben?
Das Leben ausgekostet zu haben ...
Genug gereist zu sein ...
Auf zu vielen Partys *der* beziehungsweise *die* Letzte gewesen zu sein ...
Genug miese Kater gehabt zu haben ...
Genug One-Night-Stands und schreckliche Dates ...
Genug erste Küsse mit unendlich vielen Schmetterlingen ...

Wie viele Jahre braucht es heutzutage, um endlich über diese Egophasen und den Vergnügungsdrang hinausgewachsen zu sein?
Oder werden manche von uns einfach nie erwachsen? Oder einfach nur nie Realisten?
Ich beneide die Mädels in meinem Alter, deren nächste Etappenziele Hochzeit und Schwangerschaft sind. Und das aus freien Stücken. Nicht aus Zeitdruck, sondern weil sie es wirklich wollen. Und was wollte ich? Wie immer wahrscheinlich alles, was ich nicht hatte. Aber was genau das eigentlich war, selbst das war mir nicht einmal klar. Langsam keimte in mir die Vermutung auf, dass ich eine verkorkste und verwöhnte, depressive dumme Kuh war, die nie zufrieden sein konnte. Die sich nie auf all das Gute konzentrieren konnte, das ihr augenblicklich passierte, weil sie entweder damit beschäftigt war, irgendwo in der Vergangenheit rumzuwühlen oder auf die Zukunft zu warten, die irgendwann auch für sie merklich das Nonplusultra bringen würde. Doch wie sollte man das Nonplusultra erkennen, wenn man zu den Menschen gehörte, die den Wald vor lauter Bäumen nicht sahen.

Colorado Girl
Colorado Girls
the girls he so didn't care about
until one day
one came
who was still not CLG
but obviously a lot more than that

Die Mädchen aus Colorado
die ihn so überhaupt nicht interessierten
bis eines Tages
eine kam
die zwar immer noch nicht CLG war
aber offensichtlich viel mehr als das

Und jedes Mal fällt wieder dieser Stein auf meine Brust, wenn ich mir seine Bilder in den unzähligen sozialen Netzwerken anschaue. Sehe, wie er stolz seine kleine Tochter auf dem Arm hält, die *ihre* Haare hat, aber seine blauen Augen und seine Grübchen. Die kleine Emily, die neben seinem Neffen im Gras sitzt. Diese kleine perfekte Welt, in der er jetzt lebt. Die Hochzeitsbilder, auf denen er so gut aussieht und seine Frau anstrahlt. Mit diesem Funkeln, diesem Lachen in seinen Augen, das einfach nicht mehr mir gilt und nie mehr mir gelten wird, stirbt auch heute noch manchmal etwas in mir. Zu wissen, dass ich all die Chancen, die ich immer wieder bekommen habe, vertan habe, kann an manchen Tagen noch qualvoll sein. Zusehen zu müssen, wie dieses kleine Mädchen heranwächst, wie viel Liebe in seinen Augen ist, kann manchmal noch ein Schlag ins Gesicht sein. Eine Ohrfeige, die mir die Realität gibt, um mir eindrucksvoll klarzumachen, dass ich Vergangenheit bin. Dass ich nicht ein einziger Gedanke mehr in seinem Kopf bin, dass sein Leben weitergegangen ist. Und mit dessen Fortsetzung neues Leben begonnen hat. Ein Leben, das so weit weg ist von mir und nie wieder für mich erreichbar sein wird. Irgendwann schließt sich auch das Tor, das am weitesten geöffnet war, endet die Geschichte, die einst schien, als drehe sie sich für immer im Kreis. Doch der Kreis hat sich geschlossen. Und er die Tür hinter sich. Menschen lernen aus Enttäuschungen. Er hat gelernt, loszulassen und nach vorne zu sehen. Ich bin nach wie vor die Meisterin der Verdrängung.

⊕ Add Andrew as friend
⊕ Möchtest du Andrew als Freund hinzufügen?

Ich frage mich,
ob Catherine und Emily
aus ihm wieder den Menschen machen konnten,
der mich vor zehn Jahren verlassen hat.

Und die Frage des Tages lautet:
Will mich mein Leben komplett verarschen?

»Morgen! Auch schon da?« Wie beinahe jeden Tag, seit Tess in Peking war, blinkte der kleine blaue Balken meines Skype-Accounts rechts unten in meinem Bildschirm auf.
»Cool, du bist noch da! Sorry, bin spät dran heute, ich weiß. Ich kam nicht aus dem Bett. Waren gestern erst spät zurück.«
»Wie war Prag?«
»Ganz cool eigentlich! Haben super Wetter erwischt!«, tippte ich zurück und fügte noch ein Flugzeug und einen jubelnden Smiley ein. »Lass uns später quatschen, ich muss ein paar Sachen fertig machen!« Mit küssenden und winkenden Smileys verabschiedete ich mich vorerst von Tess und widmete mich wieder meiner Arbeit. Planung des jährlichen Niederlassungstreffens, wie immer im Frühjahr. Einer der Aufgabenbereiche meines Jobs, der mir besonders viel Freude machte. *Nicht!* Seit gestern waren Julian und ich von unserem Wochenendtrip zurück und ich hätte mich schon wieder darüber aufregen können, was sich an einem einzigen Brückentag, den man sich in zwei Jahren mal gegönnt hat, so ansammeln konnte. Abgefuckter denn je von meinem Job, fiel es mir schwer, mich nach der kleinen Auszeit zu konzentrieren.
Hätte ich mich für regenerative Energien oder den Vertrieb von Photovoltaikmodulen interessiert, hätte ich wohl kaum Sprachen studiert. Mit den ursprünglichen Gedanken, mit denen man an so ein Übersetzerstudium herangeht, hatte mein beruflicher Alltag, abgesehen davon, dass ich all diese unliebsamen Tätigkeiten

größtenteils auf Englisch machte, nur noch im weitesten Sinne zu tun.

»Das Leben ist nun mal kein Wunschkonzert …!« *Ach, leck mich doch!*

Was das Leben nicht alles *nicht* ist. Erst büffelst du dich deine gesamte Jugend durch sämtliche Jahrgänge, Studiengänge oder Ausbildungen durch, weil dir, »wenn du groß bist, die Welt zu Füßen liegt«, und wenn du dann tatsächlich groß bist, heißt es den ganzen Tag nur noch: »Das Leben ist kein Ponyhof.« Ja, wen bitte wollt ihr denn hier verarschen?

Ich loggte mich bei Facebook ein. Die Tagungsräume würden auch in zehn Minuten noch verfügbar sein. Eine neue Benachrichtigung machte mich auf einen Kommentar von Luke aufmerksam.

Hey Sandra! Have fun and enjoy some good Czech beer! :-)

Hey Sandra! Hab viel Spaß und lass dir das tschechische Bier schmecken! :-)

Unter einem meiner Bilder aus den Handy-Uploads prangte ein neuer Kommentar von Luke the Firefighter.

Unser treues Seelchen, dachte ich und schmunzelte. Ich klickte auf seinen Namen, um auf seine Profilseite zu gelangen. Dort öffnete ich die Kommentarbox, um eine Nachricht auf seiner Pinnwand zu hinterlassen, als mein Blick auf den darunterliegenden Eintrag fiel und mich fast der Schlag traf.

Andrew T.:
Happy Birthday, buddy!
Alles Gute zum Geburtstag, Kumpel!

Seit Jahren hatte ich bei sämtlichen Besuchen auf Lukes Pinnwand keine Nachricht von Andrew gefunden. Umso verblüffter war ich, dass sein Name jetzt genau unter meinem stand. Ich starrte auf meinen angefangenen Eintrag und war mir nicht mehr sicher, ob ich ihn wirklich posten sollte. Andrew und ich waren ja hier nicht befreundet. Wenn ich jetzt eine Nachricht auf Lukes Pinnwand hinterließ, und zwar direkt über der von Andrew, würde ich mir ewig dieselben Fragen stellen:
Wird er mich jetzt endlich entdecken?
Schickt er mir – für den Fall, dass er mir keine Freundschaftseinladung schickt –, nur deshalb keine, weil er es nicht will?
Oder hat er mich hier bei Luke einfach nur nicht gesehen?
Natürlich hatte ich von Anfang an gewusst, dass Andrew ebenfalls angemeldet war. Als das Facebook-Fieber vor ein paar Jahren auch Deutschland erreichte und Luke mir eine Freundschaftsanfrage geschickt hatte, war meine erste Unternehmung natürlich gewesen, seine Freundesliste nach Andrew abzuklappern. Damals hatte ich noch nicht viel auf Andrews Seite sehen können, da er die meisten Inhalte für Leute, die nicht in seiner Freundesliste waren, gesperrt hatte.
Warum ich ihm keine Freundschaftsanfrage schickte?
Irgendwie hatte ich so ein Bauchgefühl, dass er sie nicht annehmen würde. Und obwohl mittlerweile so viel Zeit vergangen war und sich die Lebensumstände komplett verändert hatten, hätte ich ziemlich daran zu knabbern gehabt, wenn er mich abgelehnt hätte.
Wieder schaute ich mir seinen Namen an und jetzt auch das Kästchen mit dem Foto links daneben. Doch ich konnte nichts erkennen. Nur grauen Nebel. Oder waren das Wolken? Was hatte er denn da für ein Bild hochgeladen? Ich zögerte kurz, als ich den

Mauszeiger über das Bild schob, und überlegte, ob ich das Foto wirklich anklicken sollte, um es in groß zu sehen. Wenn ich auf das Foto klickte, kam ich automatisch auch auf seine Profilseite und ich war mir nicht sicher, ob ich mir das geben wollte. Der Abtörn, den ich mir vor knapp zwei Jahren geholt hatte, als Tess mir eröffnet hatte, dass seine Seite jetzt komplett offen wäre, lag mir immer noch wie eine verdorbene Mahlzeit im Magen, wann immer ich daran dachte. Seitdem schaute ich noch seltener auf seiner Seite vorbei, als ich es ohnehin in den letzten Jahren getan hatte. Nur das Foto anzugucken, ohne die Pinnwand abzugrasen und die Fotoalben zu checken, hätte ich dank meiner Neugier sowieso nicht geschafft.

Soll ich, soll ich nicht? Immer noch lag der Mauszeiger unverändert über dem Foto.

Ich wusste ja schon, dass die beiden geheiratet hatten. Wusste, dass er eine Tochter hatte, einen Hund und ein Haus. Noch schlimmere Neuigkeiten würde ich ja wohl kaum finden. Also? Also drückte ich mit dem rechten Zeigefinger die linke Maustaste.

Andrew T.
Arbeitet bei The U.S. Army
Verheiratet mit Catherine T.
Wohnhaft in Colorado Springs, CO
Geboren am 20. Januar 1982

Er war wieder bei der Army – ja, das war mir bereits bekannt. Aber seit wann und was er da mittlerweile genau machte, verstand ich nicht, weil mir die Begriffe, die noch dabeistanden, nichts sagten und Google mir ausnahmsweise auch keine große

Hilfe war. Auslandseinsätze hatte ich ebenfalls keine erstalken können, daher war diese Info für mich nicht weiter von Nutzen. Okay, zurück zum ursprünglichen Grund, weshalb ich auf die Seite gegangen war.
Ich klickte auf das komische Profilbild, und die Wolken … waren keine Wolken. Zumindest keine Wolken, wie man sie am Himmel findet, sondern eher, wie sie aus einer Zigarette kommen. Rauchwolken – von der Zigarre, die in das Bild hineinragt und deren Nebelschwaden sein Gesicht verschleiern. Unter dem Bild las ich:

Puffing cigars in Prague. :-) Best trip ever! Michael, you are a real friend!
Zigarrenrauchen in Prag. :-) Bester Kurzurlaub aller Zeiten! Michael, du bist ein wahrer Freund!

Prag?! Tausend Glöckchen bimmelten in meinen Ohren. Kurztrip? Wann? Blitzartig war ich völlig aufgekratzt. Datum, Datum, wo bist du?

Hochgeladen am: last week letzte Woche

Last week, last week … Es ratterte in meinem Kopf. Mein Puls überschlug sich und mein Herz hämmerte.
Komm runter, Alte! Das heißt noch gar nichts! Das Bild konnte weiß Gott wann entstanden sein und er hatte es erst jetzt hochgeladen. *Okay, weitersuchen. Alben!*

Profile Pictures | Wedding | Miscellaneous | Mobile Uploads
Profilbilder | Hochzeit | Verschiedenes | Handy-Uploads

Ich versuchte es mit »Verschiedenes«. Nichts. Nur der ganze Kram, den ich eh schon kannte. Andrew und Catherine am Strand von Schießmichtot, Familienfotos mit Schwester, deren Kindern & Co. Quasi alles zum Brechen. Das würde ich mir auch nicht noch einmal anschauen. *Schließen. Handy Uploads öffnen.* Ich sah ein Foto von einem Marktplatz. Eine Häuserfassade. *Kenn ich! Definitiv!* Hektisch befahlen meine Gedanken meinen Fingern: *Foto anklicken und vergrößern!*

Prague, March 3rd
Prag, 3. März

»Halt die Klappe! Oh mein Gott! Das ist unmöglich!« Mit einem kräftigen Stoß gegen die Schreibtischkante rollte ich meinen Stuhl zurück und sprang aus dem Sitz. Kopfschüttelnd und mit den Handflächen auf den Tisch gestützt blieb ich stehen. Mein Gesicht musste sich zu irgendeiner Mischung aus Entsetzen und Amüsement verformt haben, denn mein Arbeitskollege löste seinen Blick vom Computer und sah mich verwirrt an.
»Alles klar, Äypril?«, fragte Thorsten, der mir diesen Spitznamen gegeben hatte, weil ich so unbeständig war wie das Wetter im April. »Äypril?!«, wiederholte er. Doch ich, immer noch kurz vorm Hyperventilieren, reagierte überhaupt nicht und starrte weiter meinen Bildschirm an, als würde durch diesen gerade der Dalai Lama zu mir sprechen.
»Zentrale an Äypril! Bitte Mission abbrechen und auf Erde zurückkehren!«
»Ich glaub es nicht!« Fassungslos sah ich nun Thorsten an.
»Was ist denn los?« Seine Stimme wurde lauter und er langsam ungeduldig.

»Es ist einfach nicht zu glauben!« Ungeachtet seiner Frage setzte ich meinen Monolog fort.
»Äypril! Ich raste aus, wenn du mir nicht sofort sagst, was los ist!« Ich schaute ihn an wie ein Auto: »Ich weiß es nicht!«
Thorsten stand auf und kam zu mir rum. »Was soll das denn sein? Zigarrenrauchen in Prag?! Was hat es damit auf sich? Habt ihr den am Wochenende kennengelernt?«, fragte Thorsten überrascht.
»Geht doch gar nicht!«, pflaumte ich ihn an. »Das Foto wurde eine Woche früher hochgeladen.« Zerknirscht sprach ich weiter: »Vor zwölf Jahren hier in Deutschland.«
»Hä? Wer? Julian und du?«
»Ich und der Weihnachtsmann! Mann, ich natürlich nur!«
»Ach ja, und jetzt zufällig wiedergetroffen?!« Thorstens eben noch überraschter Blick glich einem Fragezeichen.
»Sag mal, du raffst heute wohl gar nichts!«, gab ich patzig zurück. »Wir waren doch erst dieses Wochenende dort!«
»Oh!«, sagte Thorsten nun wieder überrascht. Nach einer kurzen Pause stellte er die Frage, die ihm offenbar schon auf der Zunge gelegen hatte: »Aber hättest du gerne? – Ihn getroffen?!« Seine abwartende Haltung verriet, dass er mit jeder Antwort rechnete.
»Keine Ahnung!« Ich schnaufte tief und ließ mich zurück in meinen Stuhl sinken.
»Okay, jetzt raff ich gar nichts mehr.« Resigniert ging Thorsten wieder an seinen Platz und blätterte geschäftig in einem Papierstapel. »Wer ist der Kerl?« Nach einem kurzen Moment des Schweigens hob er seinen Kopf und sah mich über den Computer hinweg an.

Hm, wie bezeichnete man Andrew? Die Amis würden ihn wohl als »an old friend of mine« bezeichnen. »Ein alter Freund von mir!«, antwortete ich.

»Alles klar, Äypril! So gehst du ja sonst auch immer ab, wenn du mir von Freunden erzählst! – Also, wer ist der Typ?«

Ich verzog den Mund und setzte meinen »Toller Spruch, Thorsten!«-Gesichtsausdruck auf.

Doch Thorsten ließ sich nicht beirren. »Ich höre!«

»Mann, ey, du bist so eine Nervbacke!« Ich versuchte mir das Grinsen zu verkneifen. »Also …« Ich rollte mit dem Stuhl zur Seite, damit ich ihn besser sehen konnte. »Der Typ auf dem Foto heißt Andrew. Andrew war …« Und so erzählte ich meinem Kollegen in groben Zügen die ganze Geschichte. Es war Freitagnachmittag und wir waren die Letzten im Büro, weshalb ich es mir nicht nehmen ließ, die guten Momente ein wenig auszuschmücken, bis ich nach einer Weile am Ende angelangt war – dem Sommer in Michigan.

»Ja, wie? Und das war es jetzt?« Thorsten erwachte aus seiner Zuhörstarre.

»So ist es. Danach haben wir uns nie wieder gesehen.«

»Und wieso?«, fragte er jetzt enttäuscht.

»Ich weiß es bis heute nicht.«

Wenn du die Wahl hättest …
… wie würdest du dich entscheiden?

»Oh sorry!« Völlig fahrig entschuldigte ich mich bei dem Typen, den ich gerade blindlings umgerannt hatte, nachdem ich das Restaurant verlassen hatte, und bückte mich, um den Inhalt meiner Tasche einzusammeln, der auf der Straße verteilt lag.
»No, I'm sorry Ma'am!« Nein, mir tut es leid! Der Mann bückte sich ebenfalls und ich wollte ihn gerade entschuldigend angrinsen, als ich ihn ansah und einen solchen Satz zurück machte, dass ich unsanft auf meinem Hintern landete.
»Andrew?!«

»Au!« Julians Aufschrei holte mich aus meinem Traum. »Was treibst du denn da, Schatz?«, grummelte er verschlafen und ich spürte die warme Haut seines Oberarms unter meinen Fingernägeln.
»Sorry, Baby, ich habe geträumt, ich falle aus dem Bett«, flunkerte ich und versuchte mit dem Daumen die Druckstellen meiner Nägel auszustreichen. Ich hätte mich schon wieder maßlos darüber ärgern können, dass mich diese Sache bereits seit Tagen beschäftigte. Warum war es mir nicht schnurzegal, dass er mal eben so in Europa gewesen war, direkt im Nachbarland, ohne auch nur darüber nachzudenken, diese Info auf irgendeinem erdenklichen Weg zu mir durchsickern zu lassen. Mich schockte noch nicht mal so sehr, dass wir so knapp aneinander vorbei in derselben Stadt gewesen waren, sondern vielmehr die Tatsache, dass er mir so nah gewesen war. Das war ein unglaublich eigenartiges Gefühl.

Was hätte ich früher dafür gegeben, wenn er quasi um die Ecke gewesen wäre und es so einfach hätte sein können, sich zu treffen. Ich fragte mich, was wohl geschehen wäre, wenn wir uns dort getroffen hätten. Wenn wir uns, genau wie eben in meinem Traum, begegnet wären.

Er mit seiner Frau, ich mit Julian, Hand in Hand, im Schlenderschritt aneinander vorbeispaziert ... Bis wir uns aus den Augenwinkeln wahrgenommen hätten und auf den letzten Drücker noch spontan umgedreht wären.

»Das ist eine alte Freundin aus Deutschland.« Das wäre ich gewesen, wenn er mich Catherine vorgestellt hätte. Irgendein Mädchen aus Deutschland. Nicht weiter von Bedeutung. CLG? Wer ist CLG? Allerdings war Catherine auf keinem der Fotos zu sehen. Vielleicht war sie gar nicht dabei gewesen. Komisch, dass ich das jetzt im Nachhinein rausfand. Rausfinden sollte? Was ergab das jetzt noch für einen Sinn? Ich fragte mich, ob er nicht automatisch an mich denken musste, wenn er in Europa war. In Prag. So nah an Deutschland. Oder gab es so viele andere Dinge, die er eher mit Deutschland und seiner Zeit hier verband als mich?

Natürlich brannte es mir auf der Zunge, kribbelte es in meinen Fingern. Ich war kurz davor zu platzen, weil ich diese Gedanken nicht loswerden konnte – an ihn.

Am liebsten hätte ich losgebrüllt: »Du warst nicht wirklich in Prag letzte Woche ...?!«

Sollte ich ihn anschreiben? War das die Steilvorlage, auf die ich jahrelang gewartet hatte?

Hey Andrew, ich war auch in Prag! Eine Woche nach dir! Super, und dann? Was interessierte ihn das? Sogar nach all den Jahren traute ich ihm immer noch zu, dass er mir nicht antworten würde. Ich war fast schon davon überzeugt. Mittlerweile redete ich mir sogar ein, dass er mich einfach nur hassen musste. Warum sonst hatte er mich in all den Jahren nicht einmal angeschrieben? Man hielt über diese sozialen Netzwerke doch zu jedem Kontakt. *Er hasst dich, Sandra! Oder viel schlimmer noch, du bist ihm total egal!* Unglaublich, dass ich davor noch immer Angst hatte.

* * *

»Wenn du die Wahl hättest, entweder einen Tag lang Andrew zu treffen oder im Lotto zu gewinnen, wofür würdest du dich entscheiden?« Mal wieder blinkte der kleine blaue Balken meines Skype-Accounts rechts unten auf dem Bildschirm auf.
Ich wunderte mich über Tess' Frage. »Wie kommst du denn jetzt auf so was?«, tippte ich zurück.
»Keine Ahnung. Seit dieser Prag-Geschichte frage ich mich ständig, wie es gewesen wäre, wenn ihr euch gesehen hättet.«
»Das frage ich mich auch«, gab ich ehrlich zu. »Heute Nacht habe ich schon wieder davon geträumt. Das nervt mich!«
»Ja, das kann ich mir vorstellen! Vor allem weil sich manche Träume auch noch so echt anfühlen.«
Ich seufzte. »Das kannst du laut sagen! Den ganzen Tag bin ich schon völlig neben der Spur!« Ich fügte einen Smiley ein, der den Kopf schüttelte, und drückte die Enter-Taste. »Ich hab' auch einfach keine Lust mehr drauf, dass das jetzt schon wieder von vorne anfängt ...«, schob ich noch schnell hinterher, bevor ich das Fenster schloss, um nach nebenan zu gehen und mir einen Kaffee zu machen. Als hätte ich gerade keine anderen Dinge am Laufen, die meiner vollen Aufmerksamkeit bedurften. Vor Kurzem hatte Julian zum ersten Mal ernsthaft das Heiratsthema angesprochen. Natürlich benutzten wir Phrasen wie »Wenn wir mal verheiratet

sind ...« schon seit Jahren. Das machten doch die meisten Pärchen so. Klar war aber auch die ganze Zeit, dass wir dabei von »in ein paar Jahren« sprachen. Nur waren mittlerweile auch »ein paar Jahre« vergangen und in Anbetracht unseres Alters und aller anderen Umstände gewann dieses Thema langsam an Ernsthaftigkeit. Somit war also das Letzte, was ich gerade gebrauchen konnte, irgendein dämlicher »Crush«. Besonders wenn es dabei um verflossene Jugendlieben ging, die mittlerweile verheiratet waren und am Arsch der Welt lebten.

Als ich wieder zurück zu meinem Platz kam, war Tess bereits offline und nur noch ihre letzte Nachricht blinkte im Skype-Fenster.

»Das wird nie aufhören, solange du dich nicht mit ihm ausgesprochen hast! Solange du nicht die Antworten bekommen hast, die du suchst! Und noch mal zurück zu meiner Frage: Du hättest dich für den Tag mit Andrew entschieden, oder?«

One last Piece
Das letzte Stückchen

Soll ich ihm schreiben? Soll ich ihm nicht schreiben? Soll ich ihm schreiben? Soll ich ihm nicht schreiben? Tess hatte recht. Ich brauchte endlich Antworten, um mit dieser Sache abschließen zu können. *Also los: E-Mail-Account aufrufen und einloggen.*
Noch immer war seine alte E-Mail-Adresse das Passwort zu meinem Account. Seit fast zehn Jahren. Vielleicht hätte auch ich wie jeder vernünftige Mensch hin und wieder meine Zugangsdaten ändern sollen. Aber dazu hätte ich mein Passwort aufgeben müssen. Und ich wollte kein neues Passwort. Kein anderes. Das war nun wirklich das letzte Stückchen Andrew, das ich noch hatte und als mein Geheimnis hütete.

Hi Andrew,
You are probably surprised
du bist bestimmt überrascht

Und löschen!

Hi Andrew,
I was just thinking of you and
ich habe gerade an dich gedacht und

Und warum bitte hatte ich gerade an ihn gedacht? Das war auch blöd. Das war doch alles blöd! Der musste ja denken, ich sei völlig übergeschnappt, mich nach all den Jahren so total grundlos zu melden. Wahrscheinlich benutzte er nicht einmal mehr seine alte E-Mail-Adresse und es war besser, wenn ich ihn über Facebook kontaktierte. So auf die Art: »Ich habe dich gerade hier gefunden, wie geht's dir denn so?« Und der nächste Satz müsste dann seine Frau und seine Tochter beinhalten, weil mein Anstand es mir nicht erlauben würde, die Tatsache, dass er geheiratet hatte und Vater geworden war, einfach zu ignorieren. Immerhin stand das ja alles groß und breit in seinem Profil. Ich hätte also kaum so tun können, als hätte ich keinen blassen Schimmer, was sich bei ihm so getan hatte, bis er mir höchstpersönlich davon erzählen würde. Wie hätte ich erwarten können, dass er *mir* antworten würde, wenn ich ihn durch meine Glückwünsche zu Hochzeit und Kind auch noch daran erinnerte, dass es keinen Grund gab, mir zurückzuschreiben. Das große Problem an der ganzen Sache war ja auch, dass er mich in dieser Hinsicht zu gut kannte. Er wusste genau, dass ich nicht der Typ war, der ohne Hintergedanken einfach mal so »reinhört«. Ich hatte früher stets nur mit einem Ziel versucht, den Kontakt zu ihm wiederherzustellen – mit dem Ziel, ihn wieder weichzukochen. Auch wenn das dieses Mal beim besten Willen nicht meine Absicht war, so ging ich davon aus, dass er das zumindest annehmen würde. Und genau aus diesem Grund würde er mir auch nicht antworten.

Also würde ich es wie immer einfach sein lassen. Und wie immer würde auch dieses Mal das Andrew-Fieber irgendwann abklingen. Hoffentlich.

Fading Fever
Und das Fieber schwindet

Und so war es auch. Das Andrew-Fieber wurde, wie schon so oft zuvor, geheilt. Vom Alltag, von Julian, von den Mädels. Ein paar Wochen später war es nicht mehr der Rede wert. So kannte ich das ja schon. Andrew war in den letzten Jahren wohl doppelt so oft gekommen und gegangen – wenn auch nur in meinem Kopf, in meinem Herzen, meinem Bauch, meiner Nase – an all den Stellen, an denen man einen Menschen eben verinnerlichen kann –, wie ich während unserer gesamten Zeit tatsächlich gekommen und gegangen war.

Als ich mich vor einem Jahr dazu entschieden hatte, ihm nicht zu schreiben, war damit für mich klar gewesen, dass ich ihm niemals schreiben würde. Ich konnte zwar nicht garantieren, dass ich nie wieder an ihn denken oder nie wieder Schmetterlinge im Bauch haben würde, wenn ich von unserer gemeinsamen Zeit erzählte, doch das spielte keine Rolle. Ich hatte dieses Thema jahrelang mit mir selbst ausgemacht und glaubte mittlerweile, es gehöre einfach zu mir dazu. Ich wusste, über kurz oder lang konnte ich Andrew auch wieder verschwinden lassen. Ich würde meine Zukunft mit Julian nicht wegen einer dämlichen E-Mail ruinieren, so viel stand fest. Und damit war das Thema für mich erledigt. Überhaupt war in meinem Leben mittlerweile auch einfach gar kein Platz mehr für Hirngespinste. Seit ich vor acht Monaten Julians Heiratsantrag angenommen hatte, drehte sich unser gesamter Alltag nur noch darum. Wann heiraten? Wo heiraten? Wen einladen? Große Feier, kleine Feier? Zu Hause mit allen oder doch lieber wegfliegen und im kleinen Kreis? Hochzeitskleid suchen und – ach du meine Güte – Schuhe! Schuhe und ich, das war ja ohnehin schon ein Kapitel für sich, aber Brautschuhe?! Welche Kleider sollten die Mädels als Brautjungfern tragen? Konnte man eigentlich auch zwei Trauzeuginnen haben? Welche Kirche? Welche Farbe sollte die Deko haben? Wer würde wann welche Rede halten? Sollten wir nicht doch lieber durchbrennen und irgendwo ohne großes Theater heiraten? Fragen über Fragen, und mittendrin ich kurz vor einem Nervenzusammenbruch.

Und als hätte ich in den letzten Wochen nicht genug unter Schlafmangel zu leiden gehabt, klingelte es am ersten Samstagmorgen, an dem seit Langem mal kein Termin anstand, in aller Herrgottsfrühe Sturm an der Haustür. Julian, der wie immer keine Anstalten machte, dem Paketdienst oder sonst wem, den es am Wochenende vor zehn Uhr zu uns verschlug, die Haustür zu öffnen, ließ mir auch dieses Mal keine andere Wahl, als ohne BH und geputzte Zähne an die Haustür zu sprinten. Und natürlich war es der nette Paketbote, der mich gut gelaunt aus dem Bett holte – also er war gut gelaunt. Ich um diese Uhrzeit nicht. Wahrscheinlich war die Lieferung, wie so oft, noch nicht mal für mich. Julian bestellte so ungefähr alles über das Internet und ich durfte mich dann jeden Samstag um neun Uhr aus dem Bett quälen. Doch diese Sendung war an mich adressiert. Ein weiterer Stapel Stoffmuster für die Tischdecken, die Julians Mutter für den Hochzeitssaal nähen wollte. Ungeduldig riss ich das Paketband auf, als ich zu meinem Entsetzen feststellen musste, dass alle Muster orange waren. Ich wollte Koralle, in Gottes Namen! Na super! Nachdem ich nun ohnehin schon wach war, konnte ich mich auch gleich an den Computer setzen, um dem Lieferanten eine E-Mail zu schreiben.

Wenn mir eine halbe Stunde zuvor jemand gesagt hätte, welche Wendung dieser Morgen noch nehmen sollte, ich hätte ihn für verrückt erklärt. Ich weiß nicht, was mich ritt, auf eine ganz offensichtliche Spam-E-Mail zu antworten, die mit dem Absender seiner Irak-E-Mail-Adresse an diesem Morgen in meinem Spam-Ordner lag.

»Penis Enlargement!« Penisvergrößerung!, stand fett in der Betreffzeile, und obwohl ich solche E-Mails nie öffnete, tat ich es dieses Mal doch. Selbstverständlich, denn es war ja *seine* E-Mail-Adresse. Und trotzdem war völlig klar, dass es sich hier um Spam handelte, und ich, als Nicht-IT-Mensch, erklärte mir das einfach so: Irgendjemand hatte seine Adresse gehackt und diese Nachricht an alle seine Kontakte gesendet. Frechheit! Wenn dieses Arschloch eine Ahnung davon gehabt hätte, wie erschrocken ich gewesen war, bevor ich den Betreff lesen konnte. Und obwohl man auf Spam nicht antwortete, schrieb ich: »Fuck you!« Aus lauter Wut und weil mir der Schreck immer noch in den Gliedern saß. Im Anschluss daran loggte ich mich aus, und schon wenige Sekunden später schüttelte ich nur noch den Kopf über mich selbst und diese bescheuerte Aktion und bekam auch direkt die nächste Panikattacke. *Du blöde Kuh! Wieso um alles in der Welt kannst du dich nicht beherrschen! Wer zum Teufel antwortet einem Hacker?!*

Ich ließ mir erst mal einen Kaffee durchlaufen und verzog mich auf den Balkon. Jetzt brauchte ich eine Zigarette. Obwohl ich seit einigen Wochen versuchte, mit dem Rauchen aufzuhören, hatte ich eine Notfallschachtel im Küchenschrank deponiert. Ich atmete tief ein und genoss den Geschmack mit jeder Pore meines Mundes. Dazu schnappte ich mir mein Handy, um wie immer zuerst meine WhatsApp-Nachrichten zu checken, dann Facebook und zuletzt meine E-Mails. Nicht dass ich sonderlich oft wichtige E-Mails bekam, vielmehr musste ich regelmäßig die Massen an Spam beseitigen, die den Speicherplatz meines Postfachs innerhalb kürzester Zeit immer wieder an sein Limit brachten.

AW: Penis Enlargement!

Na toll, Sandra! Jetzt hast du dir einen Virus eingefangen! Oder der Hacker hat Interesse an einer Brieffreundschaft!

Sandra?

Mehr stand nicht in der E-Mail, die ich trotz aller Vernunft auch dieses Mal öffnete.
Das darf nicht wahr sein! Dieses kranke Arschloch! Meine Gedanken fluchten mal wieder lautstark und die Nachbarn auf dem Balkon nebenan durften sich an meiner Gesichtsakrobatik erfreuen.

Hör mal, du Verrückter! Das ist nicht witzig!

Ich antwortete noch dieses eine Mal und wollte mein Postfach gerade wieder verlassen, als schon die nächste Antwort da war.

I don't understand …
Ich verstehe nicht …

Der will mich wohl verarschen!

Listen, Mr. Hacker! Stop molesting me! Immediately!
Hören Sie, Herr Hacker! Hören Sie auf, mich zu belästigen! Sofort!

Ich schickte auch diese E-Mail ab und fragte mich, wo oder wie man solche Typen melden konnte für den Fall, dass er nicht aufhörte, mich anzuschreiben. Was er ganz offensichtlich auch nicht vorhatte, da ich bereits den nächsten blinkenden Umschlag auf dem Display hatte.

Sandra? What are you talking about? It is me, Andrew!
Sandra? Wovon redest du? Ich bin es, Andrew!

Now or Never
Jetzt oder Nie

Jetzt oder nie! Das ist die letzte Gelegenheit! Du tust das Richtige, Sandra! Mach dir nicht ins Hemd mit deinem scheiß Moralapostel-Gehabe, das du an den Tag legst, seit du so eine alte Kuh bist! Seit knapp zwei Wochen wusste ich, dass der gute alte »Buddy Michael« heiraten würde und Andrew eingeladen war. Viel mehr allerdings als das – oder eben alles, was ich üblicherweise über ihn erstalkte – wusste ich nicht. In dem spärlichen E-Mail-Kontakt, den wir seit der Spam-E-Mail-Aktion hatten, war jeder Satz mit Bedacht gewählt, wie mir schien. Keiner von uns wollte zu neugierig sein und umgekehrt dem anderen auch nicht zu viele Informationen aufdrängen, und so hatte Andrew mir zwar von seinen Reiseplänen erzählt, aber er hatte nicht erwähnt, dass er ohne Catherine und Emily kommen würde. Kein Wunder, dass mir mein Handy heute Morgen fast ins Klo gefallen wäre, als ich schlaftrunken auf dem Pott saß und durch meine WhatsApps, E-Mails und so weiter scrollte.

Would you be my date to the wedding?
Willst du meine Begleitung für die Hochzeit sein?

Diese Frage war heute Nacht per SMS gekommen, in einem mutmaßlichen Zustand von Unzurechnungsfähigkeit. Und nachdem mir gerade noch erspart blieb, in der Toilette nach meinem Handy zu fischen, war ich nach diesen Zeilen von jetzt auf gleich hellwach. *Oh ja, wir sind am Start, Baby!*, jubelten meine Gedanken

wild durchs Badezimmer. Im Spiegel konnte ich eine durchgeknallte Irre sehen, die unter ausladenden Hüftschwüngen bereits ihre ungekämmte Mähne zu wilden Hochsteckfrisuren auftürmte und unter Ignoranz ihres Spiegelbildes einen auf Nicole Scherzinger machte. »Don't you wish your *wife* was hot like me?!« Wer sagt eigentlich, dass ein Schlafanzug nicht sexy sein kann? Aufgekratzt wie zwölf Duracell-Hasen, und das noch vor dem ersten Kaffee, poste ich übertrieben im Nachthemd zu meiner gewohnten Performance mit der Zahnbürste als Mikrofon auf dem Badezimmerläufer, als ich über Julians Hausschuhe stolperte, die mich auf den Boden der Tatsachen zurückholten. Das war doch krank! Ich konnte nicht nach tausend Jahren Funkstille so mir nichts, dir nichts mit ihm auf diese Hochzeit gehen. Ihn überhaupt treffen zu können, zu wollen – nicht mal das war klar! Julian wäre davon bestimmt nicht begeistert. Ich war es allerdings sehr! Zumindest war das meine spontane Reaktion. Der erste Gedanke, bevor all die anderen Gedanken dazukamen. Diese Erhobener-Zeigefinger-Gedanken. Die üblichen Aber-wenn-Gedanken.
»Scheiß auf Aber-Wenn!«, blökte Tess vom Badewannenrand aus meinem Handylautsprecher. »Du weißt, ich halte nicht viel von diesem ganzen Schicksalsquatsch und ich kann dir auch nicht garantieren, dass das Thema endlich durch ist, wenn du die Chance hattest, einige Dinge mit ihm zu klären. Aber eines garantiere ich dir: Wenn du ihn nicht triffst, dann wirst du das bereuen! Und zwar dein Leben lang! So gut kenn ich dich! Denk nur mal zurück an die Zeit, als er aus dem Irak kam und ihr euch in Deutschland nicht mehr gesehen habt.«
Und Tess hatte recht damit. Genau das war mein Problem. Egal wie ich mich in der Sache entschied, es war immer falsch und richtig, beides zugleich. Je nachdem, aus wessen Blickwinkel man

diese Angelegenheit betrachtete. Julian war auf Geschäftsreise. *Wie sage ich ihm das nur? Am Handy?* Das war doch irgendwie doof. Dann würde er in Wien sitzen und sich Gedanken machen. Das wäre nicht fair. »Ich sag's ihm, wenn er wieder hier ist!« Entschieden nickte ich mir im Spiegel zu und öffnete den Kosmetikschrank auf der Suche nach einem unauffälligen Lippenstift und einem ebenso dezenten Lidschatten, was ich im Alltag beides nicht trug. Wenn schon keine Zeit mehr für einen Frisörbesuch war, musste wenigstens das Make-up zum Anlass passen. In Gedanken diskutierte ich immer noch mit mir selbst, ob ich das wirklich durchziehen würde, während meine Hände automatisiert Lidstriche zogen, Mascara auftrugen und den Rougepinsel schwangen. Zitronig oder pudrig? Ich nahm die Deckel der beiden Parfümflakons ab und hielt sie mir abwechselnd unter die Nase. Zitronig! Das wirkte weniger ausgewählt – fand ich. Wenn ich nicht bald ein bisschen runterkam, konnte ich dem Pfefferminzbonbon gleich noch eine Imodium akut hinterherschmeißen, und dann brauchte ich nirgends mehr hinzugehen! Mein Magen spielte völlig verrückt vor Aufregung. Außer Kaffee und zehn Kippen hatte ich noch nichts intus und ich bekam auch nichts runter. Wie aus mir überhaupt noch irgendetwas rauskommen konnte, war mir schleierhaft. Ein letzter prüfender Blick in den Ganzkörperspiegel und der übliche »Korrekturzupfer« am Kleidsaum, und dann hieß es tief durchatmen und den Kopfterror ausschalten, denn Andrew klingelte auf meinem Handy an. Mein Zeichen rauszukommen. Er war da.

Nachbar, wo warst du ...
   ... als ich die Katze rausgelassen habe?

Freunde und Bekannte waren erst zur Abendveranstaltung eingeladen. Als wir das Dinner, das furchtbar anstrengend war, weil ich mich von der Gesamtsituation restlos überfordert fühlte, endlich hinter uns gebracht hatten, lockerte sich die vorgegebene Sitzordnung auf und ich stand weniger unter Strom als noch vor zwei Stunden. Was redete man Unverfängliches im Kreise fremder Menschen mit einer Person, mit der man eine Vergangenheit teilte wie Andrew und ich? Beide im Modus »lockere Themen aufgrund der Anwesenheit fremder Zuhörer«, klapperten wir gemeinsame Bekannte, deren Lebensverlauf in den letzten Jahren und Hunderte Insider von damals ab. In dem Bewusstsein, dass es der blanke Wahnsinn war, dass wir hier zusammensaßen – er verheiratet, ich verlobt – und diese ganze Nummer bisher topsecret und in einer Hauruck-Aktion entstanden war, waren wir lange um die brisanten Themen herumgetänzelt und hatten, abgesehen von der Begrüßung, die aus einer schüchternen Umarmung bestanden hatte, bisher jeden Körperkontakt vermieden. Die Sitzplätze neben uns lichteten sich im gleichen Maße, wie sich die Tanzfläche füllte, was der Atmosphäre, die Andrew und mich umgab, merklich zugutekam. Die alten Stories halfen, das Eis schmelzen zu lassen und das Gefühl zu zerstreuen, dass wir uns fremd geworden waren. Beschwipst von dem Wein fuhr ich mir mit der Hand durch die Haare und sprach geradeheraus aus, was mir in diesem Moment durch den Kopf ging. »Wow, I miss those days!« Ich vermisse diese Zeit! Und das tat ich wirklich. Wenn in diesem Moment wahrscheinlich auch extremer als sonst. Wofür ich den Wein verantwortlich machte.

»Ich vermisse sie auch manchmal!«, sagte er schon fast so leise, als rede er mit sich selbst. »Mann, war ich verliebt in dich!« Er schmunzelte und zog die Brauen nach oben, bevor er tief ausatmete.

Oha! So viel Direktheit hatte ich nicht erwartet! »Ich war auch verliebt in dich!«, sprach der Wein nun weiter mit seiner großen Klappe und ich fragte mich gleichzeitig, seit wann ich bitte so erwachsen war, um mit dem einstigen Objekt der Begierde so abgeklärt über meine Gefühle zu sprechen, als diktiere ich ihm gerade ein Kochrezept.

»Leider nie zur richtigen Zeit!« Andrews Stimme holte mich aus meinen Gedanken und er zog den Mundwinkel zur Seite, als wolle er sagen: Tja, was soll man machen?! Der Wein war mir in der letzten halben Stunde gut in den Kopf gestiegen und so stützte ich meine heißen Wangen in meine Handflächen und sah ihn nur an, ohne auf diese Vorlage einzugehen. »Wir sind alt geworden!«, stellte ich wehmütig fest.

»Wir sind nicht alt, wir sind erwachsen geworden!«

»Das ist dasselbe!«, erwiderte ich trotzig und ließ mich unmotiviert gegen die Stuhllehne fallen. »Du bist Papa geworden!«, schob ich zum Thema Altwerden hinterher, nachdem ich endlich genug Wein getrunken und somit ausreichend Mut hatte, das Thema ausführlicher zu behandeln als im anfänglichen Small Talk.

»Ja, sie ist mein ganzer Stolz!«, sagte er und fixierte die Tischplatte, während er weitersprach. »Emily ist der Grund, weshalb ich nicht bereue, wie alles gekommen ist.« Er machte eine kurze

Pause und richtete dann seinen Blick wieder auf mich. »Bereust du, wie sich alles entwickelt hat?«

Ich war etwas überrascht von der Frage. »Man kann nur bereuen, was man selbst verursacht hat!«, antwortete ich und nahm noch einen kräftigen Schluck aus meinem Glas.

Er runzelte die Stirn und schaute mich mit zusammengekniffenen Augen an. »Wie meinst du das?«

»Na ja, ich kann nicht bereuen, dass aus uns nichts geworden ist, weil es nicht meine Entscheidung war. Ich kann es höchstens schade finden.«

Sein Blick wurde wacher. »Wieso meinst du, es sei nicht deine Entscheidung gewesen? Es war immer deine Entscheidung, Sandra!« Andrew schaute mich jetzt irritiert an. Dabei stachen mir wie so oft seine dunklen Brauen, die sich leicht zusammenzogen, ins Auge.

»Wie bitte? Falls du dich erinnerst, war nicht ich diejenige, die zuletzt den Kontakt abbrach!« Mit vorwurfsvoller Stimme legte ich die Tatsachen auf den Tisch.

»Wie hättest du denn in meiner Situation reagiert?«, fragte er nun im selben Tonfall.

»In welcher Situation bitte? Also entweder du hast über die Jahre einiges vergessen, Andrew, oder dir ist der Wein zu Kopf gestiegen!«

»So viel Wein könnte ich gar nicht trinken, als dass ich vergessen würde, wie es sich angefühlt hat, als du sagtest, du wüsstest nicht, wie es mit uns weitergehen soll, kurz bevor du abgereist bist.«

In diesem Moment fiel mir auch noch das letzte bisschen Fassung aus dem Gesicht, soweit ich sie überhaupt noch bewahren konnte, seit er mich abgeholt und nach all den Jahren wieder live und in Farbe vor mir gestanden hatte. Und trotz der zweiten Flasche Wein, die wir inzwischen auch schon fast geleert hatten, fühlte ich mich augenblicklich wieder stocknüchtern. »Ich hatte das so nicht gemeint, Andrew!« Betont ruhig begann ich mich zu erklären: »Ich hatte damals so viele Gedanken zu dem Thema und wusste nicht, wie ich das alles in Worte fassen sollte. Ich hätte einfach nur ein bisschen Zeit gebraucht, um zu sehen, wie sich die Sache zwischen uns entwickeln würde, nachdem ich wieder in Deutschland war. Wie das alles funktioniert hätte über die Distanz, in dem Alter. Du warst so weit weg. Und du hattest dich verändert. Ich fand auch, *du* hättest ein wenig Zeit gebrauchen können, um *dich* wiederzufinden.« Mit dieser Anspielung beendete ich meinen Vortrag und war gespannt, was er dazu sagen würde. Offensichtlich hatte er sich über all die Jahre so festgefahren in seiner Theorie, ich hätte mal wieder einfach das Weite gesucht, als er die Sache dingfest machen wollte, dass er scheinbar erst mal überlegen musste, was er dazu überhaupt sagen sollte.

»Ja, ich war nicht so einfach damals, ich weiß.« Er zögerte. »Ich stand schon ziemlich neben mir nach der Zeit im Irak. Aber das habe ich damals nicht gesehen. Oder nicht sehen wollen. Ich hätte mit dir reden müssen, das weiß ich heute.«

»Super, dass du das heute weißt!«, nuschelte ich auf Deutsch und spießte frustriert die Deko-Erdbeere von seinem Nachspeiseteller auf.

»Sorry?!« Wie bitte?

»Nothing!« Nichts! Ein wenig ermattet schnaufte ich laut aus und ließ meinen Blick durch den Saal wandern.

»Das hast du damals auch immer gesagt! Und ich wusste deshalb nie, woran ich bei dir war! Nie wusste ich hundertprozentig, was du dachtest und ob du für mich genauso empfandest wie ich für dich!«

Ohne Vorwarnung schob ich meinen Stuhl zurück. »I'll be back in a sec, okay?!« Ich bin gleich wieder da, ja?! Ich stand auf, um mir den Weg zur Toilette zu bahnen. *Verdammt, Sandra! Was hast du dir bloß dabei gedacht mitzukommen?* Es spielte sich mal wieder der typische »Note-to-self-Moment« ab. Innerer Monolog, optisch untermalt von ausdrucksstarker Mimik, wenn ich so vertieft in das Gespräch mit mir selbst war, dass ich meinem Gesichtsausdruck dabei freien Lauf ließ. *Ja, dich meine ich, Madame! Da brauchst du gar nicht so groß zu gucken! Selbst schuld!* Ich stützte mich auf dem Rand des Waschbeckens ab und schaute dumm aus der Wäsche. *Du wusstest genau, wie gefährlich das werden kann!* »I was crazy about you!« Ich war verrückt nach dir!, äffte ich ihn nach. So ein Satz, mit dieser Stimme! »Verdammte Scheiße, so was darfst du zu mir doch nicht sagen!« Ich sprach laut in den Spiegel und sah mich verzweifelt an. Als hätte ich das nicht kommen sehen können. Unsere Blicke, als wir uns vorhin gegenüberstanden, zum ersten Mal, seit wir uns in jenem Sommer so jäh verabschiedet hatten, hatten Bände gesprochen. Ich hatte in seine Augen gesehen und mich gefragt, wie ich ihm überhaupt all die Jahre hatte zutrauen können, dass er mich hassen würde, dass ich ihm egal sein könnte. Wie sehr er sich auch optisch verändert hatte, diesen Blick hatte er immer noch. Oder sollte ich sagen wieder? Diese Wärme. Diese Ausstrahlung, als wäre er sich in jeder Sekunde des Tages absolut sicher, was er tat oder was zu tun war. »Es ist nur dieser eine Abend, Sandra! Morgen gehst du zurück in die Realität und alles ist und bleibt, wie es war! Ganz einfach!« Begleitet von einem tiefen Atemzug tupfte ich mir mit einem feuchten Tuch unter den Augen entlang, über den Nasenrücken hinauf zur Stirn, strich mir durch den Haaransatz und nahm meine Haare um den Kopf herum auf der linken Seite zu einem Zopf zusammen, bevor ich den Wasserhahn zudrehte und auf die Tür zuging.

Über die Tanzfläche hinweg konnte ich auf dem Weg zurück zum Tisch Andrew beobachten, wann immer die tanzenden Pärchen eine Lücke bildeten. Er war noch schlanker als damals im Sommer in Michigan. Wahrscheinlich hielt ihn Emily ordentlich auf Trab. Der Gedanke, dass zu Hause dieses kleine Mädchen saß, das seine Tochter war, die Fotos von ihrem Gesicht, die wie eingebrannt waren in mein Gedächtnis, seit ich sie zum ersten Mal gesehen hatte – all das erinnerte mich einmal mehr an die Tatsache, dass heute Abend gar nichts real war. Machte mir einmal mehr deutlich, dass es mittlerweile Verantwortung zu tragen gab, der wir uns nicht entziehen konnten, nur weil uns gerade danach war oder wir vielleicht in diesem Moment gerne anders gewesen wären, als wir es tatsächlich waren. Freier, unabhängiger. Diese kleinen Stiche in meiner Brust halfen mir aber auch, mich wieder zu sortieren, weil sie die zwei oder drei Schmetterlinge abstachen, die sich gerade in meinem Bauch breitmachen wollten.

Durch die tanzenden Gäste hindurch sah Andrew mich nun auch an, und von seinen Lippen konnte ich lesen: »Wanna dance?« Willst du tanzen? Er grinste, und obwohl ich den Kopf schüttelte, stand er auf und fing mich in der Mitte der Tanzfläche ab. Als ich ihn meine Hand nehmen ließ, wurde mir noch mehr bewusst, wie eisern wir den gesamten Abend Berührungen vermieden hatten. Seine Hand fühlte sich ungewohnt an in meiner. Seit Jahren hatte ich keine andere Männerhand als Julians in der Hand gehalten. Zumindest nicht in einer Situation wie dieser. Seine Hand an meinem Rücken, als er mich näher zu sich heranzog, machte mich nervös. Ich war es nicht mehr gewohnt, jemandem so nah zu sein, der mir nicht durch und durch vertraut war. Sein Parfüm war mir fremd, die Proportionen unserer Körper zueinander ungewohnt, seine Bewegungen ungewohnt. Ich legte meinen Kopf in den Nacken, um ihn ansehen zu können.

»Hey what's wrong?« Hey, was ist los? Andrew sah mich mit diesem typischen Grinsen an, das sich in sein Gesicht stahl, wenn er merkte, dass ich innerlich mal wieder irgendein Gefecht mit mir austrug, ohne zu einem Ergebnis zu kommen. »Okay, step back!« Geh einen Schritt zurück!, sagte er auf einmal, schob mich ein Stück von sich weg und machte selbst einen halben Schritt zurück. »Now give me your hands.« Gib mir deine Hände. Ich war überrascht, nein verwirrt, tat aber, was er sagte. »Und jetzt fass mich an.« Ich sah ihn nun noch unsicherer an und machte keinerlei Anstalten mehr, mich zu bewegen. »Komm schon! Hier! Und da!« Lachend nahm er meine Hände und patschte damit fast kindlich über seinen Oberkörper, seine Arme, sein Gesicht. »So, fühlt es sich jetzt normaler an? Darüber hast du doch gerade nachgedacht, oder? Zumindest warst du so steif, dass ich Angst hatte, ich würde dir bei der ersten Drehung die Knochen brechen!«

»Sag mal, kann man das lernen?«, fragte ich ihn jetzt und lachte.
»Was?«
»Leuten die Anspannung zu nehmen«, antwortete ich kopfschüttelnd. Er grinste bloß, sagte aber nichts. »Das konntest du schon immer gut«, schob ich leise hinterher, während er mich wieder an sich zog und die Band ein langsameres Lied anstimmte. Und ja, es war richtig. Es fühlte sich jetzt nicht mehr komisch an. Ich lehnte mit dem Kopf an seiner Brust und ließ mich einfach führen – so gut es ging. Ohne dabei auf seine Füße zu schauen, war ich

mir nicht ganz sicher, was da unten eigentlich so abging, aber ich hoffte einfach, dass es niemandem weiter auffallen würde. Ich versuchte mich von jetzt an auf ihn zu konzentrieren und zu genießen, was wir hatten. Dass wir diesen Tag geschenkt bekommen hatten, war ein Wunder, das es verdient hatte, bewusst gelebt zu werden. Und zwar jede Sekunde. Ich hatte nicht damit gerechnet, dass ich ihn jemals wiedersehen würde, und nach diesem Abend würde das wahrscheinlich auch nie wieder der Fall sein. Darum musste ich diesen Abend nutzen. So gut es ging. Um endlich alle meine Fragen geklärt zu wissen, bis jeder wieder in sein Leben zurückging.

»I know I shouldn't say this, but you are still beautiful!« Ich weiß, ich sollte das nicht sagen, aber du bist immer noch wunderschön! Andrew sprach über meinen Kopf hinweg, der an seiner Schulter anlag. »And your smile still ...« Und dein Lachen ...

»Andrew! Don't do that!« Mach das nicht! Ich deutete an, den Kopf zu schütteln, hob ihn aber nicht völlig von seiner Schulter ab.

»Entschuldigung, ich wollte dich nicht in Verlegenheit bringen!«

»Du bringst mich nicht in Verlegenheit, Andrew! Es ist nur ... deine Stimme ... wenn du solche Sachen sagst ... das macht mich ... zur leichten Beute!« Ich bekam gerade noch die Kurve in meinem Wörtersprudel, der mal wieder aus mir rausplatzte, als ob es keinen Morgen gäbe.

»That's all it takes?« Das ist das ganze Geheimnis? »Warum warst du früher nicht so direkt?«, fragte er in einer Stimmlage, die seiner Meinung nach wohl sexy klingen sollte.

»Das ist nicht lustig, Andrew!« Wie immer gab ich ihm einen Klaps auf die Brust, aber lachen musste ich dabei trotzdem.

»I know! I'm sorry!« Ich weiß! Es tut mir leid! Er sah mich an mit diesem entwaffnenden Lachen, dem ich noch nie hatte standhalten können, und so ließ ich es einfach gut sein für den Moment, bis Platz für einen Themenwechsel war.

»Wieso hast du mich damals so schnell aufgegeben, Andrew?«, fragte ich in sein Hemd hinein, ohne ihn anzusehen.

»Ich wollte dich nicht aufgegeben. Ich konnte nur einfach nicht mehr länger damit umgehen, mir deiner nie sicher zu sein. Ich habe jahrelang auf dich gewartet, Sandra. Immer wieder, jedes Mal, wenn ich dich wieder verloren hatte. An Jan, an die Entfernung, als ich im Irak war, an dein Leben an der Uni, immer wieder an die Zeit, in der ich nicht bei dir sein konnte. Als du dann nach Hause geflogen bist mit den Worten, du wüsstest nicht, wie es mit uns weitergeht, war für mich klar, dass ich dich wieder verlieren würde. Und ich kam in meinem Leben einfach nicht vorwärts, solange ich es damit verbrachte, auf dich zu warten.«

Ich hätte darauf wieder einen Redeschwall loswerden können, von wegen dass ich nicht vorgehabt hatte, ihn warten zu lassen oder sonst irgendwie hinzuhalten, als ich damals nach Hause flog. Doch ich ließ es sein. Was hätte es jetzt noch geändert?

Nach dem Song machte die Band eine Pause und wir blieben leicht benommen auf der Tanzfläche zurück. Bis Michael neben uns auftauchte und uns nach draußen drängte, weil es Zeit für das Brautstraußwerfen war. Aus Anstand stellte ich mich mit zu den Mädels, die sich hinter der Braut versammelt hatten, aber statt auf den Brautstrauß zu achten, nutzte ich die Gelegenheit, auf mein Handy zu schauen. Da war eine Nachricht von Tess:

Was macht die Katze?

Schnell tippte ich zurück:

Die wäre besser überfahren worden, bevor ich in sein Auto steigen konnte!

Im selben Moment, als ich das Handy wieder in meine Tasche steckte, vibrierte es abermals.

Oh je ... So schlimm?

Ich antwortete nur knapp:

Nein. Leider nicht.

> *I look at you*
> Ich sehe dich an
> *And my heart drops to my stomach*
> Und mein Herz schlägt mir bis zum Hals
> *Even after all these years*
> Auch nach all diesen Jahren
> *I still care about you*
> lässt du mich immer noch nicht kalt

Das Schwierigste an der Wahrheit ...
... ist die Ehrlichkeit

»Okay, Wahrheit oder Pflicht?«, fragte Andrew nach ungefähr dem zwanzigsten Mal fast akzentfrei auf Deutsch, während er mir die Autotür aufhielt und mir seine Hand zum Einsteigen reichte. Nach einigen Flaschen Wasser hatten wir uns letztendlich im frühen Morgengrauen dazu entschlossen, den harten Kern sich selbst und weiteren betrunkenen Runden dieses Spiels zu überlassen und endlich nach Hause zu fahren.
»Wahrheit!«, entschied ich, als er neben mir Platz genommen hatte, und sah ihn abwartend an.
»Okay, Wahrheit ...« Ohne lange zu überlegen, stellte er seine Frage: »Bist du froh, dass du mitgekommen bist?«
»Für so was verschwendest du eine Frage?« Ich gab mich entrüstet.
»Klar, wieso nicht. Wir fahren ja noch eine Weile.« Er grinste.
»Aha, du fängst also erst an.« Ich lachte nun ebenfalls und antwortete dann brav: »Ja, ich bin froh, dass ich mitgekommen bin. Okay, it's my turn! *Okay, ich bin dran!* Wahrheit oder Pflicht, Andrew?« Ich streifte meine Schuhe ab und stellte die Füße aufs Armaturenbrett.
Er überlegte kurz und sagte dann: »Wahrheit!«
»Hättest du dich bei mir gemeldet, um mir zu sagen, dass du in Deutschland bist, wenn diese ganze Zufallsnummer nicht passiert wäre?« Ich hatte all meinen Mut zusammengenommen, um diese Frage zu stellen, und war gespannt, wie er darauf antworten würde. *Bitte lüge mich nicht an!*, wiederholte ich immer wieder

in meinem Kopf, während er offensichtlich darüber nachdachte, was er dazu am besten sagen sollte.

»Wenn ich ehrlich bin ... ich glaube nicht!«, sagte er zögerlich und es schien, als warte er meine Reaktion ab, um davon abhängig zu machen, ob er sich weiter erklären müsse oder nicht.

»Das dachte ich mir«, sagte ich daraufhin und erleichterte ihm somit die Entscheidung.

»Wie meinst du das?« Ich spürte, wie er mich jetzt von der Seite ansah, ignorierte aber seinen Blick.

»Weil du das beim letzten Mal auch nicht gemacht hast – als du in Prag warst!«

»Woher weißt du denn, dass ich in Prag war?« Er klang überrascht.

Ich hätte mir eine knallen können dafür, dass mein Mund mal wieder schneller gewesen war als mein Kopf! *Ach weißt du, Andrew ... ich weiß so ziemlich alles aus deinem Leben, weil ich seit Jahren heimlich dein Profil stalke!* »Aus Facebook!«, erklärte ich und schwächte die Aussage im Anschluss ein wenig ab. »Ich habe dich dort gesucht, kurz nachdem wir vor ein paar Tagen E-Mail-Kontakt hatten.« Um vom Thema abzulenken, sagte ich auffordernd: »So und jetzt beantworte meine Frage: Warum hättest du dich nicht gemeldet?«

»You didn't ask why, you just asked if ...!« Du hast nicht nach dem Warum gefragt, sondern nur ob ... Er grinste triumphierend. Zumindest sah es aus dem Augenwinkel für mich so aus.

»Gut, dann frage ich halt jetzt!« Ich grinste doof zurück, kam aber mit der Nummer so leicht nicht durch.

»Nein, nein, nein!« Stolz benutzte er eines seiner Lieblingswörter in seinem typischen Singsang-Deutsch. Und in Gedanken hörte ich ihn »Ten, ten, ten!« hinterherschieben, wie er das früher immer getan hatte, wenn ich in einem spontanen Ausbruch zuerst auf Deutsch »Nein!« geschrien hatte, was in seinen Ohren wie »nine«, also »neun« klang. Ich schmunzelte, ohne dass er es bemerkte, und er stellte unterdessen klar, dass er erst wieder an der Reihe sei.

»Bitte schön! Dann mach du!« Ich gab mich geschlagen und war gespannt, was er sich als Nächstes ausdachte.

»Hast du in den letzten Jahren …«, er zögerte kurz, »manchmal an mich gedacht?«

»Die Frage ist gemein!«, protestierte ich.

Er lockerte seine Krawatte und räusperte sich, während er abwechselnd seinen Blick auf mich und dann wieder auf die Straße richtete.

»Sometimes!« Manchmal! Ich grinste ihn an, auf eine Weise, die durchblicken ließ, dass »manchmal« gar nicht so selten war, und schob dann schnell hinterher: »Also, Andrew! Warum?«

»Warum was?« Er schaute mich verwirrt an, vermutlich weil ihm nicht klar war, dass ich immer noch bei der gleichen Frage war.

»Warum hättest du dich nicht gemeldet?«

»Mann, du hast so einen Dickkopf.« Er lachte und kniff mir dabei in den Oberschenkel.

»Ich? Dickkopf ist ja wohl mal dein Spezialgebiet!« Entrüstet stemmte ich die Hände in die Hüften und sah ihn mit runtergefallener Kinnlade an.

»Ich bin doch nicht stur!« Er lachte jetzt und ich checkte endlich, was hier für ein Spielchen gespielt wurde.

»Also?«, wiederholte ich darum noch einmal und machte keine Anstalten, ihm diesen Ablenkungsversuch durchgehen zu lassen.

»Heute holst du gnadenlos alles aus mir raus, oder?«

»Auf jeden Fall! Ich gehe nicht ohne Antworten nach Hause, da müsstest du mich schon an irgendeinem Parkplatz aussetzen!«

»Die Idee ist gar nicht mal so schlecht!« Andrew deutete einen Schlenker nach rechts auf den Seitenstreifen an. Während ich ihm einen Hieb in die Seite verpasste, beobachtete ich seine Grübchen, wie sie kamen und gingen, je nachdem, wie sehr er gerade lachte. Natürlich fuhr er nicht rechts ran, sondern kam auf meine Frage zurück. »Na ja, da gibt es mehrere Gründe. Zum einen wusste ich, dass du einen Freund hast – sorry, einen Verlobten –, und ich hatte keine Ahnung, wie du reagiert hättest, wenn ich aus dem Nichts aufgetaucht wäre. Und dann war da außerdem meine Familie, und du warst meine ... na ja, du warst *du* für mich, das wäre doch nicht richtig gewesen, oder?« Er sah mich jetzt fragend an.

»Du hast recht, das wäre es nicht«, gab ich offen zu und ignorierte die Bezeichnung, die er mir gegeben hatte, in der Annahme zu wissen, was er damit meinte. »Seine Familie« – und wieder war da plötzlich dieser Stich. Wenn ich ihn so von der Seite ansah und alles ignorierte, was in meinem Leben mittlerweile ja nicht weniger von Bedeutung war als die Dinge in seinem Leben für ihn, hätte ich auf der Stelle Rotz und Wasser heulen können. Von null auf hundert war ich deprimiert. Ob mir der Weißwein immer noch zu schaffen machte oder ob langsam die Sentimentalität durchkam, weil wir es mal wieder mit den Grenzen der Zeit zu tun hatten, die wie schon so oft zuvor bedrohlich am Horizont lauerte, war mir nicht ganz klar. Jedenfalls war mit einem Mal die überschwängliche Stimmung dahin. Und genau das schien mir auch ins Gesicht geschrieben.

»Hab ich was Falsches gesagt?«, fragte er mich jetzt und sah schon beinahe betroffen aus.

»Nein, Andrew, du hast überhaupt nichts falsch gemacht! Ich bin einfach ein Idiot! Ich hätte nicht mitkommen sollen. Es war doch klar, dass das alles nicht spurlos an mir vorübergeht!«
»Was willst du damit sagen?« Offenbar war er überfordert von dem plötzlichen Stimmungswechsel.
»Andrew, bitte! Stell dich nicht dumm! Du weißt genau, wie ich das meine! Du bist verheiratet und Vater dazu, und ich bin verlobt! Ich werde also einen Scheiß tun und auch noch aussprechen, was in meinem kranken Hirn schon wieder abgeht!« Als mir bewusst wurde, wie aufgebracht ich war und wie energisch ich gerade gesprochen hatte, biss ich mir auf die Lippe und hielt meine Klappe. Entsetzt und ein Stück weit verzweifelt starrte ich mit angezogenen Beinen aus dem Fenster, erkannte erschreckenderweise auch schon die Häuser aus der Nachbarschaft und murmelte bloß noch: »Was machen wir hier eigentlich? Ich bin so ein Idiot! Stupid ... stupid ... stupid!« Dumm ... dumm ... dumm! Wieder und wieder fasste ich mir an den Kopf und führte eines meiner Selbstgespräche.
»Hör auf damit, Sandra!« Andrew hatte am Straßenrand angehalten und wandte sich jetzt mir zu. »You are not the idiot!« Du bist hier nicht der Idiot! »Das ist doch alles meine Schuld! Wenn ich damals nicht so stur gewesen wäre, dann gäbe es dieses Problem doch gar nicht! Du hast wenigstens noch versucht, Kontakt zu mir herzustellen! Und ich? Ich weiß nicht, was ich mir dabei gedacht habe! Als wärst du einfach weg, nur weil ich dich konsequent ignoriere?! Stattdessen habe ich immer wieder überlegt, wie es gewesen wäre, wenn ...« Abrupt biss er die Kiefer aufeinander und schlug mit seiner flachen Hand wütend gegen das Lenkrad.
Wie es gewesen wäre, wenn ...

Ich getraute mich gar nicht nachzufragen. Zu viel Angst hatte ich vor dem, was da sonst noch überkochen könnte, aus dem Topf voller brodelnder Emotionen. So schaute ich Andrew einfach nur stumm an und wartete, was passieren würde. Doch es passierte nichts. Er starrte unverändert auf das Lenkrad. Mein Herz schlug bis zum Hals, ich hatte fast Angst, er könnte es hören, wenn nicht bald einer von uns beiden diese Stille brach.

»Hey, Pflicht oder Pflicht?«, fragte ich leise. Nachdem ich ihm noch ein paar Minuten gelassen hatte, um sich zu beruhigen, lächelte ich ihn aufmunternd an und nahm seine Hände.

»Hm ... schwierig ... dann nehme ich Pflicht.« Einer seiner Mundwinkel wanderte schon wieder ein wenig nach oben und sein Gesichtsausdruck hellte sich langsam auf.

»Komm her!« Ich öffnete meine Arme und forderte ihn auf, mich zum Abschied zu drücken.

»Du benutzt ein neues Parfüm!«, sagte Andrew in meine Haare hinein und atmete tief ein und aus.

Ich wich ein kleines Stück zurück, blieb dabei aber so nah vor ihm sitzen, dass ich genau auf das kleine Muttermal über seiner Lippe schaute, das mir sein Gesicht absurd vertraut erscheinen ließ.

»Das ist bestimmt schon das zehnte neue Parfüm in den letzten zehn Jahren«, sagte ich, ohne eine Bedeutung hineinzulegen, sondern einfach nur, um nicht zu schweigen, und lehnte mich noch ein Stück weiter nach hinten, damit ich ihm in die Augen schauen konnte.

»I like it!« Es riecht gut!, sagte er nun in der ruhigen Stimmlage, die ich so an ihm mochte. Sein Gesicht war nur ein bisschen mehr als eine Nasenlänge entfernt. Ich konnte seinen Kaugummi riechen, und wenn ich mich noch ein paar Zentimeter weiter vor gelehnt hätte ...

Abstand halten, Sandra!, ermahnte ich mich selbst, hörte mich aber dennoch auf Deutsch flüstern: »Wahrheit oder Dummheit?« Ich war in meiner Haltung festgefroren, wie betrunken von all den Schmetterlingen in meinem Bauch und völlig benommen durch seine Nähe.

»Whatever it is, I'll take it!« Was auch immer das sein soll, ich nehme es! Als seine Stimme verstummt war, neigte ich meinen Kopf gerade noch so weit nach vorn, dass sein Kuss auf meiner Stirn landete, und ohne zu atmen presste ich meinen Kopf gegen seine Lippen und hoffte einfach nur, dass er die Tränen nicht bemerkte, die jetzt über meine Wangen liefen.

Seine Lippen pressten sich immer härter gegen meine Stirn und seine Arme umklammerten mich nun so fest, dass es bestimmt wehgetan hätte, wäre nicht mein ganzer Körper so taub gewesen von all dem Adrenalin. »Ich werde mich scheiden lassen, Sandra. Im September«, sagte er in einem Tonfall, den ich noch nie an ihm wahrgenommen hatte. Unter seinem festen Griff erstarrte mein ganzer Körper. Hätte mich in diesem Moment ein Stein getroffen, wäre ich wohl in tausend kleine Splitter zersprungen. Ich biss mir so fest auf die Lippen, wie ich es gerade noch ertragen konnte, und schaltete meine Gedanken aus. Beharrlich konzentrierte ich mich auf meine Atmung und auf meinen Brustkorb. Strengte mich an, in gleichmäßige Züge zu kommen.

Als sich meine Wangen langsam trockener anfühlten, drückte ich ihn noch einmal ganz fest, bevor ich mich löste und ihn tapfer anlächelte, während ich aus dem Wagen stieg. »Maybe you'll send me another spam email in ten years?!« Vielleicht schickst du mir ja in zehn Jahren mal wieder mal eine Spam-E-Mail?! Dann gab ich der Beifahrertür einen Stoß, warf ihm einen Handkuss zu und ging.

Epilog

>»Leben ist das, was passiert,
während du eifrig dabei bist,
andere Pläne zu machen.«
>
>John Lennon

Mein Leben lang habe ich mir die Zukunft ausgemalt.
Dich gemalt.
Seit ich dich kenne.
In meinem Kopf dieses Bild gemalt.
Dieses Bild von uns.
Doch das Leben, das da passierte, während wir all diese Pläne schmiedeten, hat dich weggeführt von mir.
Während ich hier stand und auf dich gewartet habe. Mit dir geplant habe.
Es ist hart, sich einzugestehen, dass all meine Pläne keine Pläne waren. Sondern nur Träume.
Nur Bilder. Bunte Bilder, die ich gemalt habe. Mit Fingerfarben. Wie ein Kind. So naiv. Blind hinter Scheuklappen.
Es gab Momente, da habe ich mich so dagegen gewehrt. Mich gewehrt, es einzusehen.
Dass du nicht mehr mein Plan sein konntest.
Momente – was sag ich? Jahre! – habe ich mich gewehrt. Mich getröstet mit falschen Hoffnungen.
»Irgendwann!«, habe ich immer gesagt. – Damit die Zeit besser zu ertragen war.
»Für die Liebe ist es nie zu spät!«, habe ich immer gesagt.

Doch selbst wenn es für die Liebe nie zu spät wäre, wäre es doch zu spät für meinen Plan. Für die ursprüngliche Version davon. Die bestand nicht aus Patchwork-Familie und verlassenen Ehepartnern.
Loslassen bedeutet wohl nicht immer nur Menschen Lebewohl zu sagen, sondern auch Träumen.
Und was nunmehr so leicht über meine Lippen kommt, war der größte Bissen, den ich je runterschlucken musste.
Es brauchte Unmengen an Wasser, um dich hinunterzuspülen.
Viele Selbstgespräche. Viele Sitzungen in meinem Kopf. Es war ein einziger Kampf gegen mich und mein verbohrtes Etwas, das noch schlechter als Menschen Träume loslassen kann.
Das war einfach nicht der Plan! Verdammt noch mal!
Doch viel mehr noch als alles andere brauchte es Zeit. Viel Zeit.
Zwölf Jahre, bis ich akzeptieren konnte, dass es keinen Plan B mehr gibt.
Keinen Plan B namens »Irgendwann …«.

Danksagung

Ganz besonders möchte ich mich bei meinem Mann bedanken. Du hast mich in den Monaten intensivster Arbeit bedingungslos unterstützt, mich unzählige Stunden mit dem Laptop geteilt und den nötigen Rahmen dafür geschaffen, dass ich meiner Leidenschaft nachgehen und dieses Projekt umsetzen konnte. Dafür bin ich dir unendlich dankbar.

Vielen Dank, liebe Birgit Rentz, für die tolle Zusammenarbeit und dein offenes Ohr in allen Belangen. Deine Unterstützung ging weit über Korrektorat und Lektorat hinaus. Es war mir eine Bereicherung, von dir zu lernen, und es hat einfach riesig Spaß gemacht, sich mit dir auszutauschen. Du warst so fleißig und mit demselben Perfektionismus am Werk wie ich, und darum hätte keine Lektorin besser zu mir gepasst als du.

Der ZERO Werbeagentur München, vor allem Frau Kristin Pang, ein herzliches Dankeschön für die reibungslose und offene Zusammenarbeit. Ich liebe die endgültige Version des Buchcovers und möchte mich dafür bedanken, dass jeder noch so kleine Änderungswunsch so geduldig und fürsorglich umgesetzt wurde.

To my dear friends, Emily and Mark Christensen: thank you so much for proofreading my English. I know it was a lot of work! Emily, your opinion as a songwriter was so valuable, especially when it came to the free verse sections. Mark, your patience when I asked you to spot-check the same parts over and over again meant quite a bit to me. If I was a pain in the neck, you never let me know, and I can't thank you enough for that.

Ich möchte mich auch bei allen meinen Probelesern bedanken. Susi, Yasi, Eva, Kathi, Jules, Melli, Jenni, Sigi, Birgid, Catha, Susan und Olli, vielen lieben Dank für euer Interesse, eure Zeit und euer positives und konstruktives Feedback. Eure Meinung hat mich bestärkt und mir Mut gemacht, dieses Projekt zu realisieren. Ein ganz besonderes Dankeschön an Susann Aulbach für das gemeinsame Brainstorming und Katharina Kraus für die detaillierte Fehleranalyse.

Auch meiner Mutter gebührt ein immenses Dankeschön für die unzähligen Stunden Babysitter-Dienst, die sie geleistet hat. Ohne die Unterstützung meiner Familie im Alltag mit einem Kleinkind, vor allem von den beiden Omas, hätte ich nicht die Zeit gefunden, dieses langersehnte Projekt fertigzustellen.

Lana Rotaru, herzlichen Dank für deine Unterstützung rund um das Thema »Self-Publishing«. Ich schätze es sehr, dass ich von deiner Erfahrung profitieren durfte und du mir mit nützlichen Ratschlägen zur Seite gestanden hast.

Des Weiteren möchte ich mich bei einer alten Freundin aus meiner Jugend bedanken, die so nett war, mir eines ihrer Gedichte für meine Geschichte zu leihen. Danke, liebe Irina.

Es gibt so viele Themen und Prozesse, die man einfach oder auch mehrfach diskutiert, wenn man ein Buch schreibt und veröffentlicht. In dem Zusammenhang danke ich meiner Familie und meinen Freunden für den wertvollen Gedankenaustausch, für Anregungen und Zuspruch.

Last but not least, ist es mir ein Anliegen zu betonen, wie beeindruckt ich von einigen Kollegen aus der Branche bin, die sich ohne zu zögern hilfsbereit und kontaktfreudig gezeigt haben. Ich finde es wichtig, dass wir uns gegenseitig unterstützen, und freue mich sehr darüber, wie zugänglich ihr für Fragen aller Art wart. Vom Korrektorat/Lektorat über die großen und kleinen Hürden zum Thema Publishing bis hin zum Coverdesign und der Vermarktung – ich bin auf viele offene Ohren und »mitteilungsfreudige Münder« gestoßen, die gerne ihre Erfahrungen mit mir geteilt und mir Tipps mit auf den Weg gegeben haben. Vielen Dank dafür!